JN258856

虚妄の「戦後」

富岡幸一郎

論創社

虚妄の「戦後」●目次

▼二〇〇七年

▼二〇〇八年

▼二〇〇九年

▼二〇一〇年

▼二〇一一年

二〇〇五年

「平和国家」の正体

二〇〇五年一月、小泉首相、施政方針演説で通常国会に郵政民営化法案を提出することを宣言
五月二〇日、衆議院本会議で「郵政民営化に関する特別委員会」設置
二六日、郵政六法案の趣旨説明
同年五月、小泉首相、ロシア対独戦勝六十周年の記念式典（モスクワ）出席

昨今のマスコミ報道では、「小泉内閣の最重要課題」は、郵政民営化と日本の国連安保理常任理事国入りということになっている。郵政民営化については、賛成はむしろ少数、というより無関心を示す世論が、それを推し進める内閣にたいする支持率では依然として高い数字を示すという、相変らず奇妙奇天烈なことになっている。また、民営化は手段なのに、小泉改革では民営化そのものが目的となって、問題は何も改善されていないだの、法案は骨抜きになっているだのと、これまた妙ちきりんな批判をする評論家や学者がいて、やはり唖然とさせられる。

そもそも構造改革なるものは、アメリカの指令（年次改革要望書）によって定められたレールである。それに従うことが〝国益〟となるという選択以外の決断能力を持たない小泉内閣（日本政府）が、民営化そのものを目的としてしまっているのは、当然の成り行きとはいえ情けないではないか。

では、国連安保理入りは、いかがなものであろうか。戦後六十年目をむかえて、第二次大戦の戦勝国を

基軸にしてきた国連の旧態依然たる体制を改革することは、二〇パーセント近い国連分担金を支払っている日本がイニシアティヴをとって実現すべきであり、それは冷戦後の多極化する国際社会、とくにアジア地域での日本の責任であり、また国益にもなりうる。中国とともにアメリカも、常任理事国拡大に難色を示しているのであれば、これこそ主権国家日本としてのまたとない役回りである。大方、そんな議論がまかり通っている。

これにもうひとつ加えて、憲法改正の議論を進めておけば、日本は戦後的なるものを克服して、真に自立した国家としての体裁を成すであろう、というのが今の内閣の基本方針のようである。

熱心なのはわるくはない。町村外相は五月十六日から三日間、世界各地に赴任している特命全権大使を一堂に呼び集めて（イラク大使など現地を離れられない者は除き）、全員に「戦後六十年、平和国家としてやってきた自信と誇りを持ってそれぞれの国を説得し、支持していただくよう尽力してほしい」とゲキを飛ばしたという。常任理事国入りには、国連の全加盟国の三分の二をこえる百二十八カ国以上の賛成が必要なのに、現状では及ばない事情も勘案してのことだ。安保理問題を背景にした、中国、韓国の反日運動もあって、日本国内にもそんなに焦って常任国にならなくてもいいのでは、といった日和見主義が早くも出ている。日本が安保理改革に関わり、常任国をめざすこと自体はよい。しかし、次のような現実を見せつけられれば一体どうなのか。

ひとつは、この五月八日にモスクワで開かれたロシアの対独戦勝六十周年の記念式典に、小泉首相がのこのこと出かけて行った光景である。米露英仏中の戦勝国（安保理常任理事国）とともに、敗戦国のドイツ、イタリア、日本も出席し、「追悼と和解」をしたのであれば、新たな国際協調の時代の幕開けとしてよいではないかとの意見もあろう。だが、先の大戦で、ソ連はヤルタ協定の密約によって、日ソ中立条約を一方的に破棄して旧満州を蹂躙し、多くの日本人捕虜をシベリア強制労働へと送り犠牲とし、また北方四島を不法占領した歴史的事実はどうなるのか。ソ連の圧政を受けたバルト三国のうち二カ国の首脳はこの祝賀式典への参加を拒否し、出席したブッシュ大統領もまた戦後のソ連の中東欧支配のプロセスを批判した。第二次大戦の戦勝国クラブに、笑顔をふりまいて走り寄る日本の首相は、まさに自国の歴史認識を欠いて、〝常任理事国〟というエサに食らいつこうとする醜態を演じたのである。欧州各国の目はこういう日本にたいして冷ややかである。式典参列を拒否せよとまではいわない。せめてロシアにたいして、過去の戦争の事実と、現在まで続く北方四島の不法占拠の問題点ぐらいは、明確な言葉として表明すべきではなかったのか。

同じ敗戦国ドイツとの比較をここでするつもりはないが、戦後四十年目（一九八五年五月八日）のヴァイツゼッカー大統領の演説は、ナチス時代のドイツの罪責をあきらかにするとともに、自国民の苦難についても明言している。中国や韓国の靖国神社参拝についての批難にたいして、「他国が干渉すべきではない」と衆院予算委員会で反発し、「A級戦犯」合祀について、『罪を憎んで人を憎まず』というのは孔子の言葉だ」と小泉首相はいってのけたが、そもそも「A級戦犯」を罪としたのが東京裁判であれば、それを無前提に受け入れての答弁となる。ここには自国の戦争の義と罪責に正面きって対峙し論じようとする度量も表現力もなく、東京裁判でさばかれた戦争指導者に国家の悪を押しつけることで、あの戦争自体を他人事とする、それこそ典型的な戦後日本人（アプレゲール世代）の無責任きわまりない姿勢が透けて見える。いや、何も片言をとらえて揚げ足を取ろうというのではない。こうしたパフォーマンス外交は、もうひとつ北朝鮮との交渉においてさらに拙劣で陰惨な結果をつくり出しているのである。

形なき「国」の怯懦

いうまでもなく、それは二〇〇二年九月の平壌での小泉首相と金正日による日朝会談であきらかになった、日本人の拉致問題の解決に関してである。この会談で、それまで全体主義国家の闇に包まれていた、また日本政府によっても真剣に外交的調査のなされなかった拉致被害の実態の一部があきらかになった。しかし、その後の日朝会談や六カ国協議への展開のなかで見えてきたのは、小泉首相が金正日にたいして「自分の任期中に国交正常化を実現したい」という、はじめから相手に懇願（こんがん）する政治的プログラムであり、さらに北朝鮮の核兵器開発と実験が日程にあがってからは、アメリカと北朝鮮、さらには中国を含めたパワーゲームのなかで、ただ右へ左へと翻弄される日本の主体性なき国家の姿である。北朝鮮にとっては、アメリカに金正日体制の「主権」を認めさせることが最大の眼目であるのは言をまたない。そのために北朝鮮は核カードを切って、さらに国際社会でもしたたかな外交戦略を展開している。

そうしたなかで日本人拉致問題は、人権問題のように扱われるようになり、日本は国家としてその真相究明を断固求めるという姿勢を貫くことができなくなっているのである。北朝鮮による拉致は、そこに国家の意志が明らかに働いているがゆえに、日本の国家主権の侵害であることはいうまでもない。これはただ弱腰外交といってすませる程度の問題ではなく、すでに国家としての責任、主権を放棄した正体不明のものになっている、戦後六十年目の日本の偽らざる姿に他ならない。北朝鮮との「国交正常化」は、すでにして「小泉内閣の最重要課題」ではなくなって、常任理事国入りがそれに取って替わったとすれば、これは茶番以外の何物でもない。そもそも主権なき国家が、どうして国連において、国際社会における道義と責任を担うことができるのか。

憲法改正の議論にしても、こうした状況のなかで、何を国家の基本とし、国柄とするというのか。たとえば、九条を変えることで「戦後日本の平和志向に変化はあるか」という記者の質問に、劇作家の山崎正和氏はこう答えている。


日本政府が侵略戦争を起こそうとしても、今の若者を招集することはできない。(中略)こういう生活の中に根づいた文化、「国のかたち」こそが、実は平和の一番大きな防護壁になっている。少女らがルーズソックスをはいて、ヘッドホンで音楽を聴きながら街を歩いている風俗、あれこそが平和の要ですよ。

(『朝日新聞』二〇〇五年五月五日)


これを「国のかたち」といい、「生活の中に根づいた文化」という知識人の頭の中味こそ正体の知れぬものだが、こんな「平和」が、残念ながら外相のいう「戦後六十年、平和国家としてやってきた自信と誇り」の内実なのだ。とすれば、こういう「国」に「説得」されるどんな他国があるというのか。金権政治を日本のマスコミは批判するが、金権外交の腐臭は、戦後六十年のあいだ自国が侵略されていること(拉致事件は明白な証拠である)すら十分に自覚できない「平和国家」の、盲目と怯懦の所産であろう。

日本の敗戦と占領を論じた『敗北を抱きしめて』の著者ジョン・ダワーは、日本人は敗戦から今日まで、「平和と民主主義」を「偉大なる祈りの言葉(マントラ)としてきた」という。《これこそは、日本人一人一人が自分なりに、人によってはしばしばまったく違う意味を込めて使ってきたお守りのような言葉であり、今日でも日本人が議論しつづけている問題である》と。マントラとは、真言や念仏のような決まり文句のことだが、戦後日本人にとって、それは敬虔な信仰心から出たものではなく、ともかくそれを唱えてさえいれば、〝家内安全〟は保障されるというものであった。アメリカの歴史家は「偉大」とあえて形容することで自国の占領政策を称賛したいのだろうが、皮肉なことにその著作を読むとよくわかるのは、その「お守り」は、戦勝国によって与えられた配給品だったということだ。敗戦後、マッカーサーに十二歳の子供といわれた日本（人）は、戦後六十年、還暦をむかえて、「平和と民主主義」というマントラが文字通り空念仏であったことを思い知らされている。

思想力の喪失

二〇〇五年二月、愛知県で男が生後十一カ月の男児を刺殺
三月、福岡市で強盗容疑で逮捕されていた男が女性三人殺害を自供
五月、複数の女性に首輪をつけ三カ月以上監禁していた男が東京で逮捕

一九九七年(平成九)の六月、シンポジウムのために滞在していた韓国の慶州《キョンジュ》のホテルで朝食をとっていると、ロビーのテレビの前に人だかりがして何やら騒がしい様子であった。何か事件があったのかと訊ねてみると、五月に日本の神戸で起きた小学生児童殺害事件の容疑者として、中学三年生の十四歳の少年が逮捕されたというニュースであった。学校の校門に殺害した児童の切断した頭部を放置し、その口に「酒鬼薔薇聖斗」を名乗る犯行声明文が挟まれていた、この異常な事件は、犯人が少年であったということで、日本中に衝撃を与えたが、韓国人も驚きをかくせないようであった。「韓国でも数年経つと同じような事件が起きますよ」と隣にいた韓国人が、半ば苦笑気味に呆れ顔で言っていたのが印象に残っている。

犯行時の気持ちなどを自分の妄想する神に語りかける形で日記を綴っていた少年Aは、精神科医たちの格好の材料となったが、神戸のニュータウンの住宅街で起きたこの事件は、中流生活やら消費社会といった、日本の経済バブル後の社会の虚構性を暴き出すものでもあった。その二年前のオウム真理教による地下鉄サリン事件(一九九五年)という、倒錯したオカルティズムの現実喪失も、物質的な豊かさという戦

後日本社会の仮面を剝ぐものであった。アジアの経済バブルに浮かれていた韓国人も、一足先にその破綻と迷走のなかにあった日本の陰惨な現実に、自分たちの姿をいくぶんかの皮肉をこめて投影していたのだろう。

少年Aが逮捕されたとき、読売新聞の連載小説で、外国人が新宿歌舞伎町という物質的享楽の巷で、次々に殺人を犯す話を書いていた村上龍は、フィクションをこえるような現実の事件に遭遇した当惑を「寂しい国の殺人」という一文で次のように記した。

敗戦の焦土から、日本国は「経済の復興」という大目標を掲げて、民主主義国家として生まれ変わる。わたしはその七年後に生まれたので、敗戦直後のそのような大転換を直接には知らない。だが、これだけ経済的な大成長を遂げたのだから、おおむねうまくいったのだろう。うまくいかないはずがない。近代化という大目標は、そのまま継続されたからだ。軍国主義は途切れたが、近代化は途切れなかった。それはそのまま国家的な大目標であり得た。（中略）その時代にあったのは、近代化という国家的な大目標、それだけだ。だから、あの時代には絶対戻ることはできない。（中略）現代を被う寂しさは、過去のどの時代にも存在しなかった。近代化以前には、近代化達成による喪失感などというものがあるわけがないから、わたしたちは、現代の問題を、過去に学ぶことができないということになる。今の子どもたちが抱いているような寂しさを持って生きた日本人は有史以来存在しない。

（『文藝春秋』一九九七年九月号）

「失われた十年」といわれるのは、バブル崩壊後の、とくに九〇年代末期の金融危機を頂点とする経済的低迷をさしている。しかし、銀行の不良債権の処理がかたづき、改革やリストラが進み企業収益があがることで「失われた十年」は克服されたというのであれば、それは改めて問われる必要もなかろう。問題は、経済状況の指数ではなく、むしろ「経済」価値を指標としてきた、「近代化という大目標」そのもののうちにある。村上龍は、「経済的な大成長」を戦後日本の国家目標であるとして、それは「達成」されることで終焉をむかえ、したがって目標喪失に陥った日本人は、かつて経験したことがない「寂しさ」のうちに漂っているという。しかし、それはほんとうだろうか。対日貿易赤字がアメリカの貿易収支赤字の四割をしめた一九八七年以降、八九年の日米構造協議にはじまるアメリカの日本改造によって、貿易不均衡是正のための要求を日本は次々と呑まされてきた。八五年のプラザ合意後に、内需拡大と金融緩和によって前代未聞のバブルを生み出したあげくのことであるが、この二十年の流れを見れば、日本人が国家目標としていた「経済的な大成長」を達成したというい方自体が、一面的であるのはあきらかであろう。経済成長が国家目標であったといっても、その肝心の国家は、同盟国アメリカとの政治・外交関係において、そもそも「国家」の体をなしていないからである。

思想的不況としての「失われた十年」

「失われた十年」が、経済における対米戦争の「第二の敗戦」あるいは「第二の占領」の結果であるとすれば、問題はただ景気が回復したかどうか、といったことではなく、その〝敗戦〟の屈辱を日本人自身が克服することができるか否かである。

もちろん、小泉内閣が「改革なくして成長なし」というアメリカ発の構造改革路線を、そのはじめから終りまで空虚に連呼してきたことからも明白なように、克服などとうていできてはいない。それは日本経済が回復基調に入ったということとは全く関係がない。つまり、経済における「第二の敗戦」の克服は、日本人がそれこそ「経済」という価値以上のものを、発見しうるかどうかにあるからだ。

大東亜戦争の敗北にさいして、日本は物質主義においてアメリカに敗れたとして、彼我の資源と産業力の決定的な差に原因を帰した。したがって、戦後日本は、何よりも物質・経済を第一の国家目標にすべきであるということになり、現実に経済成長を最優先させた。そして八〇年代において、日本経済がアメリカを圧倒しはじめるや否や、「日米構造協議」や「年次改革要望書」によって、アメリカは同盟国の名のもとに公然と対日圧力のシステムを作動させ、日本経済を支えてきたさまざまな制度や基準は解体させられたのである。グローバリズムという名のアメリカの国益が規準となって、経済システムだけではなく、日本社会の独自性や文化に根ざした慣習もことごとく破壊されて、今日に至っている。

対米英の戦争に敗れたとき、日本の思想家のなかには、むろん例外的ではあったが、近代化による経済復興を第一の目標とするような選択とは真っ向う反対の議論があった。

たとえば、保田與重郎は『絶対平和論』（昭和二十五年）において、日本は敗戦によって近代の高度工業とその組織を一挙に失ったのであれば、近代の繁栄と幸福の維持拡大という考え方を潔く捨てればよい、との決断をすべきであると主張した。それは戦争放棄と永久平和をうたった新憲法をも否認することである。なぜなら、新憲法はまさに近代文明の謳歌のなかから生まれた、アメリカの理想主義の所産に他ならないからである。ＧＨＱの指導下につくられた日本国憲法は、封建的で前近代的な日本社会を解体して、

「個人」の自由主義、「世論」の民主主義、「技術」の効率主義を基調とした、近代主義の産物である。

我々はかういふ十九世紀的観念――「近代」を絶対とする観念をあくまでも否定します。廿世紀の観念では、ヨーロッパ人の最も進んだ有識者は、大体に於て「近代」を懐疑しています。近代の理想と現実への懐疑と、近代文明に対する絶望といふものが、廿世紀の特長であり、将来性でありります。マルクス主義と日本国憲法も、いづれも「近代」を絶対信仰した十九世紀観念の産物です。

二十世紀後半までの冷戦構造を支えてきたソ連（マルクス主義）とアメリカ（自由主義）は、いずれも西洋のウルトラ近代主義の途方もない実験国家であり、その覇権を賭けた両極の構造を形づくってきた。いうまでもなく戦後日本は四十年間、そのアメリカ的近代主義の傘下で、「経済」至上主義をひた走ってきた。現象としての「失われた十年」は、その経済成長が、他ならぬアメリカの内政干渉の制度化ともいうべき構造改革と市場原理主義によって、空転したことで生じた。

しかし、問われるべきは、日本の思想家が、「第一の敗戦」の折の保田與重郎のような主張をしえたのかだ。近代的な繁栄と幸福を捨てても、いや積極的に捨て去ることによって、日本人がその民族的土壌をあらためて想起し、物質的・経済的拡張を全てとするのではない「倫理、精神、思想」を再発見すべきであると説いた〝有識者〟は存在したのか、である。その主張とは、かつての保田もそうであったように、むろん古代の祭政一致の農耕生活へ戻れなどという非現実な理想をいうことではなく、「経済」という価値以上のものを、現代の日本人がその伝統のうちにいかに発見するかを真剣に問う、思想的作業の謂である。「近代」主義への「絶対信仰」にたいする、根底的な懐疑である。

したがって、それは物質的生活から精神的な豊かさへの移行といったライフスタイルのことではなく、戦後半世紀以上にもわたって日本人が信奉してきた、アメリカ的近代主義の「価値」の実質と虚構を検証することに他ならない。そこでは当然のことながら、戦後的価値や思潮だけではなく、明治近代化以降の日本的近代主義が問われることになろう。「失われた十年」は、たんに一時的な経済低迷としてではなく、日本人にとっての「近代」の確立と超克というくりかえされるアポリア（難問）が、間歇的にもたらす思想的不況のあらわれとして見るべきである。

東亜百年戦争と戦後六十年

二〇〇五年十月、小泉首相の靖国神社参拝に中国や韓国が反発、反日運動激化

東亜百年戦争という言葉は、作家の林房雄が『大東亜戦争肯定論』(一九六四年初版刊行)で用いたものである。戦後史観(東京裁判史観)がいまだ呪縛力をもっていた時代に出版された。それゆえ当時からほとんど無視され隠蔽されてきた。この問題作が二〇〇一年の八月に復刊され、当時の『発言者』(同年十月号)でも少しふれたことがあった。

戦後六十年の本年の夏、あらためてこの本を読み返しながら、林房雄があの戦争を百年、一世紀というスパンで捉え直してみせたことの重要性を再認識させられた。というのも、昨今の小泉首相の靖国神社参拝にからむ中国や韓国の反日運動も、文字通り百年のアジアの近代史を視野に入れなければ、その本質を捉えきれないからである。

林房雄は、大東亜戦争を「百年戦争」として定義する。

私は「大東亜戦争は百年戦争の終曲であった」と考える。ジャンヌ・ダルクで有名な「英仏百年戦争」に似ているというのではない。また戦争中、「この戦争は将来百年はつづく。そのつもりで戦い抜かねばならぬ」と叫んだ軍人がいたが、その意味とも全くちがう。それは今から百年前に始まり、百年

間戦われて終結した戦争であった。(中略)では、いつ始まったのか。さかのぼれば、当然「明治維新」に行きあたる。が、明治元年ではまだ足りない。それは維新の約二十年前に始まったと私は考える。

ペリーの黒船渡来は一八五三年。すなわち明治維新の十五年前であるが、林房雄はさらに七年以上前、オランダ、ポルトガル以外の外国艦船の出没しはじめた時期を、起点と考える。日本は以来、西洋列強の強力な鉄環《てっかん》にたいして、事実上の戦争状態に入り、その思想的な表現として、水戸斉昭、藤田東湖の「攘夷論」、平田篤胤と門人たちの「日本神国論」があり、そこにすでに「抗戦イデオロギー」は発生し、「戦争教育」ははじまったとする。つまり、薩英戦争、馬関戦争を経て、開国・維新、日清・日露戦争、日韓併合、満州事変、日支事変から英米との全面戦争へと、百年に及ぶ日本人の戦争が継続される。そして、昭和二十年八月十五日、それは敗戦においてついに完成された。

幕末の「薩英戦争」と「馬関戦争」を侵略戦争と呼ぶ歴史家はさすがにいない。しかも「大東亜戦争」という「無謀きわまる戦争」の原型はこの二つの小戦争の中にある。この百年の間、日本は戦闘に勝っても、戦争に勝ったことは一度もなかった。(中略)「東亜百年戦争」の中のどの戦争においても、申し合わせたように、「勝敗を度外においた、やむにやまれぬ戦争」という言葉がつかわれていることに注意していただきたい。これはただの戦争修辞でも、偶然でもない。それを戦った日本人の実感であり、本音であったのだ。

これは戦後の進歩的知識人による「十五年戦争説」（満州事変、一九三一年以後の日本の中国侵略から太平洋戦争をいう）や、司馬遼太郎のように、明治期の日本は評価できるが日露戦争後、とくに昭和の軍閥の台頭によって無謀な戦争に突入していったという、これまでの史観への有効な批判たりえていると思われる。

というのは、林房雄は「朝鮮併合」や「満州事変」について章を設けて、当時のアジア情勢と日本との関わりを、きわめて具体的に歴史的事実と付き合わせて考察しており、日本は西洋列強と同じように東アジアや中国を帝国主義的に「侵略」したのだ、というこれまでの大雑把な史観に強く反省を迫っているからである。ここで詳述できないが、樽井藤吉の『大東合邦論』（一八九三年）の見直しや、満州事変の口火となった柳条溝事件（関東軍の謀略であり、十五年戦争の起点となるといわれた）にたいして、当時の幣原喜重郎外相らの軍部批判とその外交姿勢を、どう受けとめるかといった本質的な議論が展開されているのである。それはこれまで繰り返されてきた、昭和十年代の政治家や指導者の無能さと軍部の暴走によって、日本は大東亜戦争へと坂道を転げ落ちていった……という東京裁判史観に基づく〝常識〟のウソを十分に暴き出すであろう。

大東亜会議の矛盾と問題点

いわゆる「大東亜共栄圏」という言葉は、一九四〇（昭和十五）年八月に外務大臣松岡洋右によって発せられたといわれている。これは今日では、日本の対米戦争のスローガンとして、またアジア制圧の大義名分としてとらえられているが、一九三八年の近衛文麿「新秩序」声明では、日本、中国、満州が対象であったものを、蘭印、仏印などの南方諸地域を包含することを意味していた。

大東亜戦争にたいする歴史的な評価は、東京裁判史観からの脱却にかかわっていることはいうまでもないが、そのとき日本人が用いたこの「大東亜共栄圏」なる言葉の問題性も、はじめてまともに議論されることになるだろう。林房雄のいうように、東亜百年戦争は昭和二十年八月十五日に終ったとしても、その全体的な総括は、戦後六十年という歳月を経ても日本人によって自覚的になされてきたとはとてもいえない。

東京裁判でインドの代表として参加したパール判事は、裁判自体を「儀式化された復讐」として告発し、無罪論を唱えたことで有名であるが、彼は昭和二十七年十一月に、広島高等裁判所の講演で、「日本の子弟がゆがめられた（戦争にたいする）罪悪感を背負い、卑屈、退廃に流れるのを見逃すことはできない」と明言している。戦後六十年間、日本は一国平和主義でやってきたが、それはアメリカの軍事力への服従と、日本人自身の「卑屈、退廃」による〝平和〟であったといってもよい。

ところで、先の大東亜共栄圏という言葉の問題性をより具体的に露呈したのは、一九四三（昭和十八）年十一月に東京で催された大東亜会議であろう。満州、中国の傀儡政府要人、タイ、ビルマ、フィリピンからも代表者が出席したこの会議は、アメリカの反撃によって戦局が不利となった日本が占領地域の指導者を集めて、自国の戦争をアジア諸国独立のための〝聖戦〟としてとりつくろおうとしたものだといわれてきた。そうした面があったのはたしかであるが、英米の主張する「国際正義の確立と、世界平和の保障」が、「亜細亜における殖民地的搾取の永続化に依る利己的秩序の維持」であり、日本は大東亜の圏内各国の「自主独立」をめざすという主張は、あらためて検討されるべきだろう。ここには、アジアには世界でも「もっとも卓越した」優れた文化が、「そもそもの初めから存在した」として、西洋の近代文明・物質文明の「呪縛」から人類を救うといった〃大義〃が謳われているが、アジアにおいていち早く「文明開化」を実現し、西洋型の近代国民国家をつくりあげた日本は、すでにして物質文明による戦争を遂行してきたという矛盾があきらかになっているからだ。

このことは、戦後、竹内好などによって次のように指摘された通りである。

大東亜戦争は二重構造をもっており、一方では東亜における指導権の要求、他方では欧米駆逐による世界制覇の目標であって、この両者は補完関係と同時に相互矛盾の関係にあった。なぜならば、東亜における指導権の理論的根拠は、先進国対後進国のヨーロッパ原理によるほかはないが、アジアの植民地解放運動はこれと原理的に対抗していて、日本の帝国主義だけを特殊例外のあつかいはしないからである。一方でアジアを主張し、他方で西欧を主張する使いわけの無理は、緊張を絶えずつくり出すために、戦争を無限に拡大して解決を先に延ばすことによってしか糊塗されない。（『近代の超克』冨山房）

大東亜会議は、「人類を物質文明の呪縛から救い、全人類の繁栄に貢献する……」と主張しつつ、一方で、アジア各国の計画的な「経済発展を図る」という西欧近代の普遍主義の導入が、そこには反映されている。これを近代日本とその百年戦争の根本的な問題として省みることが必要であろう。そして、それを竹内好のように矛盾、ジレンマとしてとらえるか、あるいはそのなかに「近代」の超克のジレンマを解決しうる第三の道を発見できるのか。

明治近代以来、「戦争を無限に拡大して解決を先に延ばし」てきた日本は、大東亜戦争の潰滅的敗北によって、しかしこの課題から解放されたのではない。それはまさに今日の課題である。

戦後の日本は、この六十年もの間、実は同じことを繰り返してきたのではないか。つまり、近隣アジア諸国にたいして、戦争の謝罪と経済援助を絶えず行ないながら、超近代主義（ハイパーモダニズム）としての民主主義実験国家のアメリカにひたすら従属してきたからである。あの戦争は「誤った戦争」であったという日本人の戦後史観は、その意味では二重の誤謬を生んできた。東亜百年戦争の孕む近代日本の困難（アポリア）は、敗戦と平和国家再建によって解決したという思い込みをもたらしたとともに、アメリカの軍事力の下で経済大国となった日本が、その〝平和〟と〝経済〟で二十一世紀のアジアの主軸になりうると錯覚してきたからである。自国の戦争を総括しえぬ日本人は、この六十年、アジアの国々にたいしてなお「解決を先に延ばし」続けているのだ。

二〇〇六年

大衆の衆愚政治

二〇〇五年九月、衆議院選挙で自民党が圧勝

先の衆議院選挙で自民党は、単独で二九六議席、連立与党の公明党と合わせて三二七議席という歴史的な大勝利を収めたが、郵政民営化の是非を国民に問うという、ほとんど国民投票的な民衆煽動の選挙の結果にたいして、ファシズムだの大政翼賛だのとの批判がまき起こった。

郵政民営化をやれやれと煽ってきた大手新聞やマスコミも、ここまでの自民党の圧勝は予想外とのことで、憲法改正まで突き進まれてはたまらないと、「白紙一任でお任せというわけにはいかない」（朝日社説）などと条件反射的な拒絶反応を示したが、日本を改革するというスローガン（中味は何でもいい）は、小泉純一郎なる〝変人〟とマスコミが捏造したものであるのは今さらいうまでもない。改革というマジックワードは、日本の従来のシステムと伝統的な慣習を、全てアメリカ式（というよりはアメリカの国益と合致するシステム）につくり替えてしまう呪文である。

こうした状況下で、小泉政権のあり方をファシズムと批判したところで、どうなるものではない。独裁者はワンフレーズをくりかえす首相ではなく、民意なるものをつくる選挙民すなわち大衆であるからだ。とすれば、正確には大衆を煽動する独裁政治家がいるのではなく、むしろ今日の日本の大衆こそが空虚な独裁者なのである。戦後六十年目にして、民主主義が生み出したグロテスクとしかいいようのないこ

の「大衆」は、巨大な蛇のように頽廃と退屈の虚無の裡をのたうちまわり、それは自らの尾に嚙みつきながら、あらゆるものを破壊していく。

すでに七十年以上も前に、オルテガが『大衆の反逆』のなかで指摘した「大衆人」が、それこそ改革という名の、革命のダンピングに群がっているのである。

しかしわたしは大衆がばかだといっているのではない。それどころか、今日の大衆人は、過去のいかなる時代の大衆人よりも利口であり、多くの知的能力を持っている。（中略）大衆人は、偶然が彼の中に堆積したきまり文句や偏見や思想の切れ端もしくはまったく内容のない言葉の在庫品をそっくりそのままま永遠に神聖化してしまい、単純素朴だからとでも考えないかぎり理解しえない大胆さで、あらゆるところで人にそれらを押しつけることであろう。

（『大衆の反逆』神吉敬三訳、角川文庫）

「改革をとめるな」という「きまり文句」や、「官」は悪く「民」はよいという「偏見」や、民主主義社会では最後には民意を問うのが正しいという戦後「思想」の「切れ端」や「内容のない言葉」の乱舞が、とどまることなくくりひろげられているのが今日の光景に他ならない。その間に、何が起こっているのか。

ひとつは日本の外交のかつてないほどの停滞と失態である。六カ国協議において、国家主権の侵害である拉致問題は無視され、小泉政権の余命を考えた北朝鮮は日朝事務交渉の再開という手を打ってきたが、経済制裁をふくめた具体的対抗手段をすでに放棄してしまっている日本にとって、問題解決は程遠い。国会においても、拉致問題に正面きって取り組んできた有力政治家が、郵政民営化に反対したという理由で自民党から除名処分を受けるという前代未聞のことがまかり通っており、小泉チルドレンによって与党席は占められている。

小泉政権が押しすすめてきた外交案件である国連常任理事国入りは、G4（日本・ドイツ・インド・ブラジル）のプランが破綻した後に、今度はそれまで消極的であったアメリカが一転日本支持を表明したことで、また希望が出てきたかのように騒いでいるが、これもとんでもないことである。以前には国連を口汚く批判してきたボルトン国連大使が、日本の常任理事国入りについて積極的に発言しはじめたのは、二〇パーセント近い国連の負担金を支払っている日本を巻きこんで、アメリカが国連を自国の利益によって改造するため以外の何物でもない。

オイル・フォア・フード問題（一九九一年の湾岸戦争後にアメリカの父ブッシュ政権のイラクにたいする石油経済封鎖によって、食糧不足になったイラク国民をサポートする国連の計画）に関わったアナン事務総長の息子や、それを支援したロシア、フランス、ドイツ各国の首相たちが、不当なワイロやキックバックによって厖大な援助金を横領したという疑惑が、アメリカ国内では国連の腐敗を象徴するスキャンダルとして喧伝されているが、そこにはイラク攻撃を批判した国連及び関係諸国への米国の報復があるのは見やすいところであろう。国連の支配をアメリカンスタンダードで成し遂げようとする現在のアメリカ帝国にとって、日本の存在はにわかに常任理事国として意味を帯びてきたわけである。しかし、こうした日米の〝同盟〟関係は、国際外交の舞台では、〝アメリカに何処までもついていくニッポン〟としか映らないのは当然である。

直接民主主義の空虚

カレル・ヴァン・ウォルフレンは、このような「ニチベイ（日米）」の二国間関係は、世界のどこを探しても見当たらないという。そして、ブッシュ政権と小泉政権は、世界のなかの孤立主義としてそれぞれ繭にこもっていると指摘する。しかし、日米のこの繭は全く同一ではない。

小泉首相は、一見すると〝繭〟の中にひそんでいるようには見えない。テレビ受けする政治家・小泉氏は日本国民にとっては常に身近な存在のようにみえる。だが、アジアの隣国をはじめ、世界各地の首脳たちと、小泉首相は一体どのような関係を築いているというのか。そう考えると、小泉首相の孤立ぶりは極めて明白だ。小泉首相の〝繭〟はブッシュ大統領の〝繭〟より小さく、一人用である。亀が甲羅を背負い歩くように、彼はそれを持ち歩いている。

（『朝日新聞』二〇〇五年十一月七日）

この亀の後には、それこそチルドレン、にわか代議士たちの子亀がゾロゾロついて来ているわけだが、現実に目を向ければ、十一月十八日、十九日に韓国釜山で開かれたＡＰＥＣ（アジア太平洋経済協力会議）首脳会談での中国の際立つ存在感にたいして、日本はアジアにたいする影響力を急速に落としているのはあきらかであろう。国内では、これを「靖国問題」の後遺症として議論するむきが未だに絶えないが、それこそ中国の外交戦略にのせられている。

インドネシアが今年前半、日本の安保理常任理事国入りに早々と反対したのは、日本の経済力に翳りが見えており、中国との比較において、むしろ実利的に中国を選択したからである。これは東南アジアの他の国々も同じであろう。十二月十四日の第一回東アジア首脳会議では、日本の外交の力量が全面的に問われるだろう。しかし米政府からの要望を次々に受け入れ、米軍再編、BSE牛肉の輸入再開などにおいて、ほとんど独立国としてのイニシアティヴを放棄している日本に、アジアを主導することなどできないのは明白である。

驚くべきことは、というより絶望的なのは、こうした小泉政権にたいして世論の支持力が異常なほど高いということである。この世論は、参議院の存立そのものを無視した首相の解散に拍手を送り、郵政民営化に反対した議員たちに、自民党の政策とは無関係の女刺客だのホリエモンだのを立ててみせるような手法を興味本位でもてはやした、その民衆心理の上にある。自民党をぶっこわすと叫び続けた首相は、たしかに自民党を解体したが、それはそのまま代議制民主主義という政治の根幹のシステムをも破壊しかねないのである。

民主主義はつねに衆愚政治に陥る危険があるが、今回の選挙であきらかになったのは、小選挙区制度が、議会制民主主義を機能させるということよりも、むしろ民意の集約ということを重視したその制度が、代議制度そのものを危機におとしいれたというアイロニカルな現実である。

「改革をとめるな」という「内容のない言葉」を「神聖化」して、それに反対する議員を〝造反者〟と決めつけて異論を許さないばかりか、国会議員としての身分すらも奪うという小泉政治の手法は、まさに民意＝大衆という衆愚による政治そのものの破壊活動なのだ。

直接民主主義という言葉は、今から三十五年以上も前、一九六〇年代後半の大学闘争のおりに全共闘がよく用いたものであった。むろん、それはギリシャのポリスにおける直接民主主義といったものとは全く異なるものである。つまり、良識ある国民による代議制民主主義といった制度を、革命という暴力によって破壊し斥けて、民意＝大衆が直に政治に関わるという倒錯的なユートピアであった。そして、彼等は〝解放区〟なる場を束の間大学校内などにでっちあげたが、そこは自由の空間どころか結局は糞尿の肥だめのような代物であった。小泉純一郎なるアプレゲール世代を頭にいただく日本の政治は、今やそのかつての〝解放区〟のようなものになっている。それはひとりの政治家の妄想の繭というよりも、民意なるものの空虚さと混沌の肥だめなのである。

国語力とは何か

二〇〇六年九月、オウム真理教教祖、松本智津夫被告の特別抗告棄却・死刑確定

十九世紀末から二十世紀に起こった「言語学的転回」、すなわち言語とその構造によってあらゆる現象を説明し解明しようとする流れにたいして、今日の情報技術（ＩＴ）革命の飛躍的発展によっていわれるのは、「情報学的転回」である。つまり、人間と世界の出来事を言語だけではなく、さまざまな「情報」のネットワークとしてとらえるというものだ。遺伝子情報というものが、ほとんど星占いの運命論のようにもてはやされているわけである。かくのごとき情報学的転回のグローバル時代に、言葉の可能性、それも「国語」などという代物を持ち出すのはアナクロニズムの誹りをまぬがれないかも知れない。

二十世紀の世界文学を眺望すれば、作家は母国語の巨匠でありその精神の体現者であるというロマン派的な発想は、それ自体が民族主義的な観念であり、現実にはベケットやナボコフのように多言語を操る〝脱領域〟の文学や、フランツ・カフカに代表されるマイナー文学（ユダヤ人カフカが、プラハドイツ語によって書いたことを哲学者のドゥルーズ、ガタリが積極的に評価した）などが、新たな言語潮流をつくってきた。それらはすでに「国語」を越えた文学的成果である。

いずれにせよ、国語というものが近代国民国家の成立と不可分のものであり、日本においては一八八七（明治二十）年前後からはじまる言文一致運動の定着によって、「国民」の自覚がうながされたということ

になろう。さらに国家は共同の幻想である（吉本隆明）とか、近代小説（言文一致）の流布によって国民国家という「想像された共同体」（ベネディクト・アンダーソン）が成立したという言説が、今日もなお一部の文学者やインテリのあいだで〝人気〟を博しているのであれば（帝国主義的ナショナリズムの批判として）、「国語」の問題は、戦後六十余年に及ぶ日本人のナショナリズムにたいする屈折した論理と感情を問うことになるであろう。昨今の日本語ブームは、そうした問題の根幹には（危険だからか厄介だからか）決して関わらない。

国語と日本語のジレンマ

東京帝国大学で「国語学研究室」を創設した上田萬年《かずとし》は、国語を「国民の精神的血液」であるといい、国語ナショナリズム（近代日本語）の意味を説いたが、その弟子であった時枝誠記は、一九二七（昭和二）年に朝鮮の京城帝国大学の国語学の教授として、日本語の普及という使命に直面した。宗主国による言語政策として、他民族、他国に日本語を教えることは、国語を「国民の精神的血液」として定義すれば当然のことだが矛盾をきたす。朝鮮人にとってみれば、それは朝鮮語の愛護になるからである。日本の「外地」あるいは「植民地」において、では日本語の普及と教育はいかなる理念によってなされるべきか。

ここにおいてナショナルなものとしての「国語」の限界に突き当ったのである。そこで時枝が示したのは、国語を越えた「日本語」であった。

国語は国家的見地よりする特殊な価値的言語であり、日本語はそれらの価値意識を離れて、朝鮮語その他凡ての言語と、同等に位する言語的対象に過ぎないものである。従って国語と日本語とは或る場合にはその内包を異にすることがあり得る。（中略）国語は実に日本国語の、又日本国民の言語を意味するのである。国家的見地よりする方言に対する国語の価値は、とりもなほさず朝鮮語に対する優位を意味するのである。方言や朝鮮語に対して国語の優位を認めなければならないのは、その根本に溯れば近代の国家形態に基くものといはなければならない。こゝから我々は又大東亜共栄圏に於ける日本語の優位といふものを考へる緒が開かれるのである。

（「朝鮮に於ける国語政策及び国語教育の将来」『日本語』第二巻八号、一九四二年八月）

日本語を日本人の民族語としてではなく、「日本語的性格を持った言語」としてとらえることで「大東亜共栄圏」において、日本語の普及と教育は可能となる。これはある意味では国民国家（ネーションステイト）といった近代の概念を超えることである。そもそも大東亜共栄圏という発想には、欧米列強の植民地政策に対抗して、西洋の呪縛から亜細亜を解放するという目標があったが、思想的レベルにおいては、それは近代の超克論として議論されたのである。

しかし、大東亜戦争とそこに至る亜細亜にたいする近代国家日本の姿勢は、西洋の帝国主義からの解放と自立をうたいながら、日本自体が文明開化（西洋化）に成功した近代国民国家としての「優位」に立って、東亜の諸国を支配するという二重構造（竹内好「近代の超克」一九五九年）を押し進めなければならないというジレンマにあった。

時枝誠記の「近代の国家形態に基くもの」として、「大東亜共栄圏に於ける日本語の優位」の主張にも、このジレンマが内包されているのはいうまでもない。しかし、ここには少くとも「国語」がナショナルなものと不可分であり、同時に「日本語」を亜細亜各地のインターリージョナル（地域主義的連合）なものを支える普遍性として模索する、言葉に賭ける強烈なエネルギーがあったことは疑いない。

戦後の占領政策（国語改革）は、日本人からこの言葉にたいするエネルギーを完全に奪い去った。それは「現代仮名遣い」や漢字制限といった政策以上に、占領下における徹底した検閲によって、ほとんど無意識のうちに日本人の言語感覚の奥深く影響を与えた。江藤淳の一連の占領研究は、文芸批評家の仕事としてきわめて重要なものであったと改めて思うが、それは自分たちが用いる言葉からナショナルなものの「精神的血液」を巧妙に抜き取られることが、いかなる文化的精神的な荒廃を招来させたかをあきらかにしてみせたからに他ならない。米軍占領下の検閲の実態については、江藤淳の仕事の他にも、勝岡寛次『抹殺された大東亜戦争』（二〇〇五年九月、明成社）の具体的かつ詳細な研究があるので、それを読んで頂きたいが、ここでは一人の作家の文章を引いておきたい。

短篇小説の名手として活躍した阿部昭が、一九七九（昭和五十四）年に書いた『言葉ありき』というエッセイである。敗戦の夏、満十歳であったとき、いかなる言葉のパラダイムの逆転があったのか、それが生々しく伝わってくるのである。

どっと押し寄せた米国ばかりでなく、聞き慣れぬ日本語も私の耳目に殺到した。言うまでもなく、体制の逆転と同時に、国語もまた、ものの見事に百八十度の転換をやってのけたからである。（中略）長い間、自分が呼吸してきたこの国の言葉が変えられようとしている、なにかおそろしく強引なことが行われようとしている、これから先どうなって行くのか見当もつかないけれども、自分にはこの空気はよそよそしく、気づまりで、楽しめない。実際、それらの新語は、私には一向に実感がなく、実感の湧かぬことにかかずらっていると、自分の生活までが架空のものに思えてくるようであった。

「新語」とは、「自由」とか「平和愛好・戦争放棄・文化国家の建設」とか、その他もろもろの占領下に発生した日常の言葉のことであるが、この「実感のなさ」を引きずりながら、文章を書くことを戦後のある時期（おそらく、一九七〇年代後半ぐらいであろう）までの作家は自覚していたはずである。敗戦時にやはり八歳であった古井由吉が代表作『仮往生伝試文』（一九八九年）を書いたときにインタビューする機会があったが、そこで「日本の口語散文はたかだか百年の歴史しかない」という発言に加えて、そこには文語文と旧仮名がおのずと蓄積されていると信じる、と語ったことが印象に残っている。時枝誠記は、「戦後の国語政策」は「かりそめの人体実験をやる以上の暴挙であった」と指摘したが、その「暴挙」の結果をただ嘆いていてもはじまらないだろう。むしろ、「たかだか百年の歴史」の内に含まれていたものの意味を再発見することが必要なのではないか。

国語の復権とは、ナショナルなものは人為的・制度的なもので幻想であるという戦後のナショナリズム批判にたいして、日本は単一民族、単一言語的であるということをことさら主張することではない。それは戦後思想の裏返しの発想でしかないからだ。近代国民国家とともに誕生した「国語」には、しかしそれ以前の日本の古典文学の多様な流れもあれば、明治期の夥しい西洋語の受容の現実もあり、それ自体のなかにハイブリッドな多言語の性質を持っている。それはネーションステイトの国語であるとともに、それを越えていこうとする日本語の「近代の超克力」を内包しているといってもいい。時枝などの「大東亜共栄圏」の日本語論を（京都学派の議論などとともに）今日から否定するのは、容易である。しかし、そこにあったナショナリズムと普遍性への（矛盾をかかえながらの）日本人の熾烈な探求力こそ、今日改めて見直されるべきものであろう。この六十年のあいだに失われたのは、この意味での日本人の「精神的血液」としての言葉の力（国語力）なのではないか。

ホリエモンとは誰か

二〇〇六年、五十億粉飾決算したライブドア事件で堀江貴文、懲役二年六カ月の有罪確定

一九五九（昭和三十四）年の暮れに一冊の小説本が刊行されるやいなや、普段は文学などにあまり縁のない兜町や北浜の、株や商品取引にかかわる人々が買いに走ったという。その小説は、しかし株でひともうけしようと考える人々にとっては少々難解すぎる文学作品であったせいか、やがて巷の記憶からはぷっつりと消えた。

その小説本とは、野間宏の長篇『さいころの空』である。一九五八年二月から翌年十月にかけて『文學界』に連載されたこの作品は、一九五七年八月中旬から十月初めまでの約二カ月間、証券市場の兜町と商品市場の蛎殻《かきがら》町を舞台にして、三十歳の若き相場師・大垣元男という主人公が投機によって大金を手に入れ経済界にのしあがっていくというストーリーである。人々はそこにマモン（財宝・金銭）にまつわる波瀾万丈の英雄伝説を求めたのであろう。

たしかに主人公の大垣は、投機の場として株から商品へと移り、人絹糸の売り買いによって大金を手にする。無名の青年はそこから大手証券会社やエスタブリッシュメントの世界へと入って行き、怪情報の渦巻く闇社会ともかかわりはじめる。また当時の四大証券（日興、山一、大和、野村）の独占的な投資信託経営が確立していくなかにあって、それと戦う中小の証券会社や、兜町の独立派といわれる老人の相場師

などが登場し、大垣はその対立の狭間に呑み込まれて行くのである。しかし、それは相場の世界を描いた「社会」小説や、「経済」小説にとどまらないのであり、戦後文学の代表者たる野間宏ならではの「全体小説」となっている。「全体小説」とは、人間存在の全体像をとらえるために、「生理、心理、社会の三つの要素を明らかにし、それを総合する」という重厚長大な文学的野心であり理想であった。

たとえば主人公の大垣は、絶えまなく変動をくりかえす相場の世界を、自身の体感によってとらえるのである。


自分のまわりのすべてのものが動顛《どうてん》しつづけているのを大垣は見ていた。ほんの五分前までは、如何なる力をもって押そうとしてもくずれることのない固さをもってつみ上げられていた商品世界が、いまはただその自分の重さでもってくずれ去ろうとしているのだ。

すさまじい音をたててくずれ去っているのは、彼の持っている力ではなく、いまのいままで彼と同じ力をもって彼の方におしつづけてきた力なのだ。大垣は自分の体のなかにあるものが上と下とまったくさかしまに逆転するように思ったが、上と下とがさかしまに逆転しているのは相手の方だった。

すさまじい響きをたててひびわれる宇宙。彼はマンモンの神がそのひびわれた裂け目から炎の付いた顔を出しているのを見た。


商品や金銭という人がつくり出した諸々の力が、人々を拘束し従属せしめ、人間をコントロールする。流転する商品価値や投機の衝動は、人間のこころだけではなく肉体の内奥とも相通じている。ここでは市場活動がその自由に任せれば調和のなかで漸進的に進歩する、といった発想は成り立たない。それは経済学的幻想であり、常に不均衡や不合理があらわれるのだ。

大垣は功利的な計算や情報ではなく、何かいいしれぬ不条理な衝動にあやつられて、最後には破滅的な買いの指令を出し続けていくのであるが、それは彼が大手の独占的な証券会社の前に敗れ去っていくというよりも、まさにマモンをあやつることによって、それに翻弄される市場の放縦と人間の欲望の混沌(カオス)をあきらかにしているのである。

死の忘却と人間の虚構化

『さいころの空』は、高度成長へと日本資本主義が拡大する時期に書かれた作品である。投機から管理へと、大証券と大企業中心の資本の管理が押しすすめられる時代である。兜町独立派といわれる個人の相場師は、この体制のなかで排除され、政官財のトライアングルのなかで護送船団方式といわれる安定成長のシステムが完成する。日本資本主義はその安定のなかでさらなる成長を続け、一九八〇年代に入ると日米間の貿易不均衡を招来させる。その結果、八五年のプラザ合意によって「日本の内需拡大」というアメリカの要求を呑むことになり、そこから不動産バブル(不動産の価格は下がらないという経済幻想)が生じ、やがて経済バブルとその崩壊という事態に至るのである。

一九八九年の日米構造協議、一九九三年の宮澤・クリントン会談で決定した「年次改革要望書」などによる米国主導の日本経済の〝改革〟は、「構造改革」と「規制緩和」を全て正しいとする潮流をつくり出し、市場原理主義が公然と肯定されることになった。グローバリズムという名のアメリカニズムによって日本型の経営法や護送船団方式は、ここに完全に破壊しつくされる。さらにＩＴ（情報技術）産業があらたな経済バブルの夢を生み出し、虚構がさらに虚構をつくることになった。

ホリエモン、ライブドアがこうしたＩＴバブルから発生したことはいうまでもないが、株価をつりあげていき「時価総額世界一」などという虚構の夢をもたらしたのは、ひとつは株式分割という手段であった。二〇〇三年の六月に、ＩＴバブルの虚構では株価の下落を止めきれなくなったライブドアは、時価四十五万円の株券を十分の一に分割し、さらにそれを百分割するというやり口を実行するのである。それはそれこそ小学生などもふくむ個人投資家の呼び戻しであり、時代はふたたび、管理から投機へと逆戻しになるような状況をもたらす。四十七年前に刊行された『さいころの空』の大垣元男は、ここによみがえったのである。もちろん、歴史はくりかえす、しかし二度目は茶番劇であるというように、それは小説というフィクションのなかの主人公よりも、はるかに自己そのものを虚構化した堀江貴文という生身の青年によって演じられたのである。

大垣は、「負の極点」を求めるかのように破滅的な買いの指令を出していくときに、青い空を飛びまわる無気味な鳶《とび》の幻影を見る。それは死のイメージの拡がりであった。

かつて死は真上の空にかかっていた。戦争中死は真上の空にあっていつも彼の上に垂れさがっていた。（中略）死は彼の手のとどかぬはるか高いところにあり、彼はそれをとらえることは出来なかった。（中略）死は日本の島をとりかこんでいたが、自分をとりかこんでいる死に彼はついに身体を触れることが出来なかった。しかしいま死は彼の身体の傍にある。（中略）かつて、戦争中空の上に横たわって少年の彼の身体の上を渡って行った死は、地の上に降りてきて、彼の身体の傍にある。

大垣の父親は戦争によって死んでおり、少年期に戦火の下を生きた彼にとっても「死」は決定的なものとしてある。大垣がウリとカイの果てに、人間という存在の深層に垣間見る混沌（カオス）は、この「死」のイメージに帰着するのだ。マモニズム（拝金主義）の極まったところに、彼は「死」の相と出遭う。ここには戦争と敗戦、廃墟からの復興と経済発展という現実の底に、それを享受しつつもどこかで死者にたいする負い目を抱きながら、生の欲望をとめどなく拡げようとするマモン（財産・金銭）にたいして、ある罪悪感を感じざるをえない日本人の姿があるといってもいいだろう。

しかし、ホリエモンこと堀江貴文が「時価総額世界一」になることでつかもうとしたものは、まさに不死、死なないということであった。お金で買えないものがないとすれば、その極まったところ「生命」もお金で買えるはずである。この虚構の人の見上げる空に舞っているのは、火星にまで飛んでいく宇宙船であり、お金さえあれば死なないという妄想の鳥である。

ここにあらわれているのは、いうまでもなく死の現実に一度も向かい合おうとしない、奇妙な生命至上主義の思想である。いのちあっての物種《ものだね》というこれも戦後の日本人のなかに広がった、ほとんど無意識の感情である。ホリエモン世代（一九七二年生まれ）にとって、この無意識の感情はもはや彼らの共有意識となっているのではないか。以前、「人を殺してなぜ悪いのか?」という少年の問いに、日本人の大人がきちんと答えられなくなっていることが議論になったが、それは人にとって、生命以上の価値もあるのだという思想をわれわれがついぞ持ちえなくなったからであろう。マモニズムの果てに「死」を見る大垣元男と、そこに「不死」を見る堀江貴文。一体どちらが虚構でどちらが現実の人であるのか。

ライブドアの犯罪は、風説の流布や偽計取引、粉飾決算などというむかしながらの経済犯罪の〝容疑〟であり、構造改革や市場主義の政策とは何の関係もない、むしろ市場主義のさらなる進化が必要であると主張する経済専門家がいる。しかし、この二十年に及ぶ構造改革がもたらしたのは、ただ経済の虚構化にとどまらない、「人間」という存在の虚構化であったのではないか。市場原理主義のマネーゲームの舞台で踊っているのは、「人間は死すべき存在である」（ハイデッガー）ということすら想起できなくなった人間の亡霊、すなわち現代のわれわれなのではないか。

日本の敗北と天皇制の現在

二〇〇六年五月、外務省調査で海外在住日本人の総数が戦後初めて百万人突破

昭和天皇の崩御の後に、昭和の御世について、そして天皇（制）について、日本人はかつてなかったほどマスコミ、ジャーナリズムのなかで様々な議論をした。

今、机上に一九八九（平成元）年三月十日発行の『文藝春秋』特別号「大いなる昭和」というぶ厚い一冊がある。その目次を眺めながら思うのは、この平成の十八年の歳月を経て、われわれは天皇をめぐる議論の道筋を失ってしまったのではないかということである。先般の「女系天皇」の是非についての皇室典範改正の折にも、議論はそもそも天皇（制）とは何か、といったところに深められることはなく（その意味では文字通り拙速な）、結論ありきに落ち着かせようという動きが目立った。それは皇位継承という史実的《ヒストリカル》な価値の側面だけを取り上げるものであった。そこに欠けていたのは、天皇（制）の意義と存在を歴史《ゲシヒテ》のなかで問い直すことである。つまり、日本の歴史と伝統と文化という立体的な出来事の地平のなかで、その連続性の価値を改めて確認する作業である。

ここでは日本人の天皇論のキーポイントになる議論にふれることで私見を述べることにしたい。

三島由紀夫の問い

昭和天皇の崩御の後に、私自身も雑誌等にいくつかの文章を綴ったが、そのときに取り上げたのは、三島由紀夫の『英霊の声』(一九六六年)における天皇の「人間宣言」(一九四五年一月一日の「年頭ノ詔書」)の問題であり、当時その「人間宣言」に触発されて書かれた(と思われる)折口信夫の一連の天皇論であった。

三島由紀夫は昭和の年号と自分の満年齢が重なる。終戦の年に二十歳であった三島にとって、この祖国の敗戦によって時代が完全に前期後期に分けられたのであれば、自分の生の連続性の根拠をどこに見出すかは不可避の、そして文学者としてよりも、人としての自然な欲求であった。そのとき、天皇の存在は、歴史の連続性として、当然にも問題とならねばならなかった。

そのとき、どうしても引っかかるのは、「象徴」としての天皇を規定した新憲法よりも、天皇御自身の、この「人間宣言」であり、この疑問はおのずから、二・二六事件まで、一すじの影を遡って『英霊の声』を書かずにはいられない地点へ、私自身を追い込んだ。

(「二・二六事件と私」『英霊の声』河出書房)

『英霊の声』は、天皇のために決起した二・二六事件の青年将校と、特攻隊の英霊たちの「などてすめらぎは人間《ひと》となりたまいし」という呪詛にみちた声につらぬかれた作品であった。二・二六事件の青年将校と特攻隊の霊が、霊媒の青年の口を通して、「人間宣言」をした天皇にたいして、それは神聖を信じ殉じた自分たちへの裏切りであると問いただす激烈な内容の作品である。もちろん、三島は、天皇イコール神といいたいのではなく、天皇は国のために殉じた英霊にたいして、人間《ひと》でありながらも神的な存在として(たとえそれが架空であり、いつわりであると思われつつも、そのようなことは「いつはりとはゆめ宣《のたま》はず」に)在っていただきたかった、というのである。

これは戦前・戦中そして戦後を生きた日本人のきわめて真摯な問いかけであり、昭和二十一年の「詔書」のなかに、「朕ハ人間ナリ」といった文言はないといったこととは何の関係もない。また、「現御神《あきつかみ》」としての天皇は、恋愛もすれば病気にもなる「生身の人間」であり、「神」から「人」へといった発想はそもそも〈神《ゴット》〉か〈人《マン》〉かを弁別する一神教的な神観念であり、日本人の天皇観はそのようなものとは本質的に異なるのだ、というもっともらしい議論で解消できるものでもない。

一神教的な風土であろうとなかろうと、三島が提示したのは、戦後の日本における「神の死」の問題であった。(このことを最も鋭く論じたのが、三島没後五年目に発表されたキリスト教神学者・大木英夫氏の論文「三島由紀夫における神の死の神学」であったことは興味深い)。逆にいえば、三島は『英霊の声』などの作品において、昭和天皇の戦争責任を問うた以上に、日本の歴史と文化をつらぬく天皇(制)そのものの意味とその存在形態をラディカルに問い直したといってもいいだろう。これは今日、全く等閑視されているのだ。

神々の敗北

もうひとつ三島とは別な文脈で、しかし相通じる天皇（制）への本質的な問いかけ（言挙げ）をなしたのが、敗戦後の折口信夫であった。

昭和二十年の夏のことでした。まさか、終戦のみじめな事実が、日々刻々に近寄つてゐようとは考へもつきませんでした。その或日《あるひ》、ふつと或啓示が胸に浮かんで来るやうな気持ちがして、愕然と致しました。それはこんな話を聞いたのです。あめりかの青年達がひよつとすると、あのえるされむを回復する為に出来るだけの努力を費した、十字軍における彼らの祖先の情熱をもつて、この戦争に努力してゐるのではなからうか、と。もしそうだつたら、われ〳〵は、この戦争に勝ち目があるだらうかといふ、静かな反省が起つても来ました。……それは、日本の国に果して、それだけの宗教的な情熱を持つた若者がゐるだらうかといふ考へでした。

（「神道の新しい方向」一九四九年六月『折口信夫全集』第二十巻、中央公論社）

折口信夫は、日本の敗北を、他と我との信仰心の深浅において、そして何よりも日本の「神々の敗北」として感受した。原子爆弾に象徴される科学兵器と物量作戦による国家間の近代戦争の現実を前にして、これはあまりに宗教的な受けとめ方だろうか。現に、折口のこのような発言は当時ほとんど顧みられることはなかった。しかし、折口は物理的な敗北と壊滅の背後に、日本人の敗戦の倫理的な意味を問いただそうとしたのである。いわば魂における敗戦の認識であり責任のことである。

神こゝに　敗れたまひぬ――。
すさのをも　おほくにぬしも
青垣の内つ御庭
宮出でゝ　さすらひたまふ――。

（「神やぶれたまふ」一九四五年『折口信夫全集』第二十六巻、同）

戦争中の我々の信仰を省みると神に対して悔ひずには居られない。我々は様々な祈願をしたけれど、我々の動機には、利己的なことが多かつた。さうして神々の敗北といふことを考へなかつた。我々は神々が何故敗けなければならなかつたか、と言ふ理論を考へなければ、これからの日本国民生活はめちやくになる。

（「神道宗教化の意義」一九四六年八月『折口信夫全集』第二十巻、同）

折口の議論は、天皇（制）と神道とを分離して考えることで、神道の「世界宗教化」を構想しようとしたものであったが、そこには天皇の「人間宣言」の衝撃が介在していたはずであり、敗戦という日本歴史上の未曾有の体験を通して、天皇（制）と神々の信仰ということを果敢に、きわめて大胆に問うたものであった。

昭和天皇は大日本帝国の元首として、陸海軍の最高司令官として、アメリカとの戦争に踏みきり、その軍事的物量の前に敗れ去り、国土を焦土と化し国民に塗炭の苦しみを与えた責任を強く考えられ思われていたのは、すでに様々な歴史の証言であきらかだが、それ以上に祭祀王としての、折口信夫いうところのまさに「神々の敗北」の問題にも直面されていたに違いない。

一九四八（昭和二十三）年十一月十二日、東京裁判における戦犯二十五名の被告の有罪が下った時期、退位について真剣に考えられていたといわれる。また、当時の宮内府長官の田島道治とのあいだで、昭和天皇自身が大戦についての謝罪の意を表した「詔書草稿」が用意されていたともいわれる。その「詔書草稿」には、終戦の詔書には記されることがなかった「敗戦」という言葉が用いられ、戦争の惨禍を被った国民への思いを、「静ニ之ヲ念フ時憂心灼クガ如シ。朕ノ不徳ナル、深ク天下ニ愧ヅ」との烈しい言葉で綴られている。さらに注目すべきは、昭和二十二年の第一回国会開会式より「朕」から「わたくし」に改められた天皇の一人称が、ここでは「朕」となっていることである。この「詔書草稿」には、大東亜戦争の最高責任者としての、そして政治のみならず日本人の信仰的次元における祭祀王としての天皇の明確な意志表示があったといってもいいと思われる。

しかし、この「詔書草稿」はついに公式に発表されることはなく、戦後民主主義のなかで「象徴」となった天皇に退位する機会は与えられなかった。戦後において、天皇（制）はこのようなかたちで継続された。

象徴天皇（制）の意味を、今日において国民の統合として評価することはできる。しかし、このような戦後体制下での天皇（制）のあり方は、皇位の継承という次元の連続性は保持したものの、日本人にとって天皇とはいかなる存在であったのか、あるいはあり続けているのかという根源的な天皇（制）への神学的問いを封殺してきた。その結果は、折口の予言の通り、「日本国民生活はめちゃ〳〵に」なっているといわざるをえないのである。

終末論としての核

二〇〇六年六月、小泉首相靖国参拝で戦没者遺族が憲法違反と国、首相、靖国神社を訴えた裁判で最高裁判所は原告の上告を棄却。七月、昭和天皇がA級戦犯の靖国合祀に不快感という元宮内庁長官メモ発覚。八月、小泉首相靖国参拝厚生労働省と農林水産省、アメリカからの牛肉輸入再開正式決定。

二〇〇五年のことになるが福田恆存の『解ってたまるか！』が劇団四季により三十七年ぶりに再演され、私はこの芝居をはじめて観る機会を得た。

この作品は昭和四十三年に起った「金嬉老事件」（静岡の寸又《すまた》峡で朝鮮人の男がライフルとダイナマイトを持って人質をとって立籠った事件）をモデルにして、戦後の日本社会とマスコミや進歩的文化人を諷刺したものであるが、この喜劇の結末はそれまでゲラゲラと笑っていた観客から笑いを奪う。それこそ「解ったた」つもりになっていた観客は奇妙な当惑に直面させられるのである。犯人の村木という男は「原爆」を持っていると脅し、自分の足に仕掛けたスウィッチを押して爆発させると豪語する。警察は半信半疑のまま、しかし半径二十キロ以内の住民をともかく避難させる。人間のいなくなった都会の中心部に、一人犯人だけがぽつんと残る。籠城していたホテルの屋上に立った男は、日の出前の空が白くなってくるなか、原爆と称する物を開け、中から焼芋を取り出して一口食らう。ラストは男の次のようなモノローグで終わる。

（立上って）誰もゐない、人間の匂ひが少しもしない、町は死んでいる、清潔な廃墟だ、そこへもう直き日が昇る、お日様はさぞ喜ぶだろうな、自分の放った光の箭《や》の中に生き物が一つも無いなんて、自然が長い間、待ち焦れていたのはそういう世界なのだ……。うむ、やっと解ったぞ、俺が待ち望んでゐたのもそれだったのだ、日の光と澄んだ空気と、そして俺だけ、そういう世界をこの大都会の中で所有する事、そうだ、それだったのだ、俺の求めていたものは……、鼠《ねずみ》！（叫んでライフルで撃ち殺す）鼠一匹だって許すものか！　この廃墟の中で最後まで生き残る者は、そして死ぬ前に太陽と空気を一人占めする者は、この俺なのだ、この俺なのだ！　俺一人だけが……、（ライフルを額に当て）この大都会の中で大自然を独り占めにして、人間共の造った人間臭い町や建物を廃墟にして、生き物の一人もいない人工品を爽《さわや》かな朝日に嘗《な》めさせてやるのだ、その為には……、その為には……。（引き金を引き、息絶える）

犯人の唐突な自殺はともかく、人の全くいなくなった大都会の廃墟を「自然が長い間、待ち焦れていたのはそういう世界なのだ……」といわしめ、この世界から自分もふくめた一切の「人間」という存在を消滅させてしまう、この絶対的なニヒリズムの感覚。戦後ニッポンの「民主主義」や「自由」や「憲法」や「平和」や「人権」等々が、ファルス（笑劇）のなかで相対化しつくされた果てに、観客は舞台の最後に、何か途方もない虚無の固まりに直面させられる。ギリシャ劇であればデウス・エクス・マキーナ（機械仕掛けの神）がそれこそ現われるところで、この芝居は「神」という絶対ではなく、「人間」の消えた後の

「清潔な廃墟」としての「自然」が、ふいに出現して来るのである。作者は、「喜劇の結末だからといって、必ずしも笑いで納めねばならぬということはない」とある所で説明しているが、この「自然が長い間、待ち焦れていた」世界の不気味さには、あらゆる相対主義（としての人間世界）が蒸発した後の、絶対の相貌がある。

犯人が所有しているといった「原爆」は「焼芋」であったが、もちろんこの「焼芋」は「原爆」であるといってもよい。福田恆存の真意はともかく、私は『解ってたまるか！』のこのラストを目の当りにして、核というものを手にしてしまった人類の終末論を感じざるをえなかった。正確にいえば、それは偽の終末論、あるいは妙な言葉だが「人造的終末論」ともいうべきものだ。

理性と狂気

「終末論」という言葉は日本ではしばしば誤解（キリスト教の正統思想への無智から）されてきたが、元来はイエス・キリストの再臨によって、人間と全ての被造物の救いが成就し完成する「時」のことである。その終末時には、死者もまた復活し救済の栄光に授かることができるとする（『新約聖書コリント書』十五章）。初代の使徒たちの教会は、この終末論的信仰を生きた。この終末《エンド》＝目標の信仰があったればこそ、中間時としての地上の人生とその活動は本質的な意義を持ちうる。しかし、十八世紀の啓蒙主義以降、キリスト教世界においてこの終末論は積極的に語られなくなった。

近代人の理性において、終末論は受け入れがたいものに思われたからである。カントの『永遠平和のために』（一七九五年）は、近代的な啓蒙思想と十七世紀以来の敬虔主義的キリスト教との、アマルガムであり、簡単にいえば終末論を「自然」という概念に置き換えたものであった。こうした近代主義的なキリスト教のなかで語られなくなった終末論は、二十世紀に入りヨーロッパではカール・バルトが、そして日本では無教会のキリスト者内村鑑三によって、パウロ書簡を通して再発見され語り直されることになるが、その決定的な要因は、近代の科学技術が、人類にバラ色の未来ではなく、第一次大戦による大量破壊と殺戮という凄惨な現実を突きつけたからに他ならなかった。チェスタトンは、「狂人とは理性を失った人ではない。狂人とは理性以外のあらゆる物を失った人である」といったが、ニーチェが「神の死」をいい、来たるべき時代を「ニヒリズムの世紀」と呼んだわずか二十年余り後に、近代的理性の「狂気」の現実としてヨーロッパ文明は血に染まったのである。

　そして二十世紀半ばに、人間は究極の戦争兵器としての核を所有するに至った。一九四五年七月十六日、アメリカのニューメキシコの「トリニティ・サイト」というコードネームで呼ばれる地図にない場所で、史上初の原爆実験がおこなわれた。核エネルギーを兵器として使用する（した）ということは、文字通り宇宙的なスケールでの被造物にたいする空無化《ニヒティヒカイト》の行為であり、その瞬間から、ニヒリズムは哲学の亡霊としてではなく、白日の現実として闊歩しはじめた。爾来、人間はこの自らのつくり出した終末《エンド》のなかに閉じこめられている。本来の意味での終末論が、この地上を生きる人間に生の価値を附与するものであり、絶対的な救済という希望に向かう目標《エンド》であったのにたいして、核時代の「人造的終末論」は、生の意味の喪失であり、未来という目標の消失をもたらしたといっていい。

　核という倒錯した「絶対」としての知恵の実を食べた、つまり第二の原罪のアダムとイブとしてわれわれは今を生きているのである。

依存主義からの脱却

核武装について議論することは、このようなニヒリズムをいかに受けとめるかという本質的問題を孕む。戦後の日本においては、戦争反対が叫ばれ、反核平和の運動がくりかえされてきたが、唯一の被爆国民として、たとえば福田恆存が示してみせたようなニヒリズムにどれほど正面切って向き合おうとしてきたのか。むしろ、戦後の反戦平和のイデオロギーに決定的に欠けていたのが、このニヒリズムではなかったか。なぜなら、左翼であれ右翼であれ、どこかの国が攻めてきても、アメリカの核の傘があり、アメリカが守ってくれるから、われわれは経済に専心して「平和を愛する諸国民を信頼して」いればよい、という依存主義が抜きがたく存在してきたからである。いかにラディカルに政治や思想を語っていても、その背後に見え隠れしていたのは、この依存の心理であり感情である。

ニーチェが表明したように、ニヒリズムはかならずしも受動的なものではない。価値の相対化と伝統の破壊のなかで、頽廃に陥り虚無に漂うのではなく、そのような現実をむしろ積極的に引き受けていくなかに、能動的なニヒリズムがあるという。たしかに「神の死」は、人間にその存在の意味と価値を与えてきたものを奪い取る。しかし、そのようなニヒリズムの確認、その恐怖への直視は、否定そのものをあえて肯定へと変えていく力を与える。この否定への新しい愛を、ニーチェは「運命愛」と呼んだ。それは決して相対主義のなかにとどまることではない。

戦後六十余年、日本人は戦勝国であり占領者であったアメリカにひたすら従属し依存することで、「一国平和主義」の虚構と欺瞞をむさぼり続けてきた。そのことによって、核の恐怖を体験したにもかかわらず、核というものの原罪に向き合うことを十分になしてこなかったのではないか。日本の核武装論は、ただ主権国家としての主体性を回復し、アメリカへの一方的な従属から脱却するということのために考えられるだけではなく、近代文明の繁栄を享受する国家として、この文明の逆説としての核エネルギーの課題に、逃げることなく向かい合うなかから選択されるべきだろう。

日本人が核武装をするための資格は、国際社会のなかでの信頼と軍事のシビリアンコントロールということばかりではない。この科学技術文明の「人造的終末論」のニヒリズムを超克していくヴィジョンを、世界に向かって示すことである。それは決して抽象論でも精神論でもなく、まさに現実の課題である。

国家理性を回復せよ

二〇〇六年九月、安倍晋三が第九十代内閣総理大臣に指名・就任

幕末維新に、幕臣でありながら徳川幕藩体制をぶっこわした勝海舟は、一八九八（明治三十一）年三月、徳川慶喜が三十年の歳月を経て、かつての彼の居城であった江戸城（宮城）において明治天皇と対面した翌年に七十七歳で没したが、その勝海舟は「国唯自亡」という言葉をのこしている。「国と云ふものは、決して人が取りはしない。内からつぶして、西洋人に遣《や》るのだ」ということである。また勝海舟はこうもいっている。

国と云ふものは、独立して、何か卓越したものがなければならぬ。いくら、西洋々々と云つても、善い事は採《と》り、その外《ほか》に何かなければならぬ。それが無いのだもの。つまり、亜細亜に人が無いのだよ。それで、一々西洋の真似をするのだ。西洋は規模が大きくて、遠大だ。チャーンとして立つて居るから、外が自然に倒れるのだ。まるで、日本などは、子供扱ひだ。

いうまでもなく勝海舟が徳川体制を破壊することに少なからぬ貢献をしたのは、封建体制を脱却して維新を成就する以外に日本の再生の道はなく、内乱を避けてすみやかに近代国家日本の礎をつくることが必

要であると信じていたからである。実際、明治国家は、薩長などの倒幕勢力に幕臣であった勝海舟が呼応したからこそ実現できた。それは徳川家よりも、日本「国家」の存亡が大切なものだったからである。勝のこのような価値判断は、徳川に忠誠を尽くすことを至上とする人々からは裏切りであり、士風の道徳からすればあきらかに不可解な行動であったろう。福沢諭吉のような「文明人」から見てもわかりにくいものがあった。攘夷と開国、この相矛盾する民族のエネルギーの激流のなかで、近代国民国家をアジアの民としてつくり上げることとは、しかし、このわかりにくさを全面的に引き受けることでもあった。だからこそ勝海舟は政治的ファナティシズムから一貫して距離をとり、「行蔵《こうぞう》は我に存す、毀誉《きよ》は他人の主張、我に与《あず》からず我に関せずと存候」と、福沢の勝を批判した『瘠我慢の説』に駁した。

「行蔵」とはただの出処進退ではなく、おのれの内にひめたる理念であるが、それは自己の信念ともまた別のものだ。自己をこえたものに、そういってよければ超越的な価値との関わりのなかで発見されるべきものであろう。勝海舟にとって、その「価値」とは、徳川家でもなければ天皇（朝廷）でもなく、また彼の前に形成されつつあった明治政体でもなかった。勝が見出そうとしていた近代国家「日本」は、ただ「西洋の真似をする」だけに汲々とするようなものでは決してなく、「独立して、何か卓越したもの」を持った、日本人のための在るべき理想の国家でなければならなかった。いいかえれば、それこそが「国家」目標であった。

今日、このような意味における「行蔵」を有した政治家がいるのだろうか。いると考えたいが、この五年半に及ぶ平成日本の政治は、小泉純一郎なる首相によって、むしろ日本国を「内からつぶして、西洋人に遣《や》る」ことに奔走したのがその偽らざる現実であったのではないか。小泉政治のポピュリズム、その

「わかりやすさ」は、為政者の「行蔵」に存するのではなく、まさに大衆社会の「毀誉褒貶」への条件反射としての漂流政治であった。内閣府がたえず独自の世論調査をおこない、首相自らがその結果を眺めながら政策を立案していたなどということが指摘されているが、これは国益のためではなく、ただ政権の延命のためであったとしかいいようがない。守旧的な自民党を「ぶっこわした」総理は、国を再建するどころか、「国唯自亡」を臆面もなく実践してみせたのである。

理性なき国家

ドイツを代表する歴史家フリードリッヒ・マイネッケは、『近代史における国家理性の理念』（一九二四年）において、国益（ナショナル・インタレスト）の概念の根本に国家理性（シュターツレーゾン）という言葉を置いた。そして、為政者は自国の利益を自己の個人的欲望のためではなく、人民の安寧を守ること、国益を追求するためにあらゆる努力を払うことを使命としているといった。

国家理性とは、国家行動の基本原則、国家の運動法則である。それは、政治家に、国家を健全に力強く維持するためにかれがなさねばならぬことを告げる。また、国家は一つの有機的組織体であり、しかもその有機体の充実した力は、なんらかの方法でさらに発展することができるばあいにのみ維持されるがゆえに、国家理性は、この発展の進路と目標をも指示する。（『世界の名著65』林健太郎訳、中央公論社）

興味深いのは、マイネッケはこの「国家理性」の発展の要素として、力と道徳とをあげていることである。つまり権力衝動による行動と道徳的責任による行動のあいだには、国益という価値によって、その高所に一つの橋がかけられているというのである。パワーとモラルの、この緊密な関係を理解しなければ、政治家は真の意味で「国家を健全に力強く維持する」ことはできない。

戦後の日本において決定的に欠けているのが、この力と道徳の架橋のもとに「国家」を運営していく道筋であろう。いや、日本国憲法なるものを占領下において受容した日本人は、その瞬間から、国家のレーゾンデートル（存在理由）が曖昧となり、その目標を喪失した状態に置かれたのである。

日本国民は、恒久の平和を念願し、人間相互の関係を支配する崇高な理想を深く自覚するのであって、平和を愛する諸国民の公正と信義に信頼して、われらの安全と生存を保持しようと決意した。
われらは、いずれの国家も、自国のことのみに専念して他国を無視してはならないのであって、政治道徳の法則は、普遍的なものであり、この法則に従うことは、自国の主権を維持し、他国と対等関係に立とうとする各国の責務であると信ずる。

（日本国憲法前文）

この「平和を愛する諸国民の公正と信義に信頼して、われらの安全と生存を保持しようと決意した」という一節はしばしば問題視されてきたが、何よりも問題なのは、自国の「安全と生存」を保つものが、自分自身の「力」によってではなく、「平和を愛する諸国民」への「信頼」によっているところだろう。皮肉にいえば、これは戦勝国であり占領軍であるアメリカに従属し、その軍事力によって守ってもらうということに他ならないわけだが、自分たちの「安全と生存」を他人まかせにするということは、たんに安全保障上の問題だけでなく、国家としての「自立と自尊」をあらかじめ放棄するという、モラリティの欠如ゆえに、より深刻な問題となるのである。そこには、国家理性をつかさどるべき、パワーとモラルの相互関係の瓦解がある。

つまり、自分の国を自分で守り、為政者は必要な力によって国民の安寧をはかるということをなさなければ、その政治家も国民もともに「道徳的責任による行動」の基準を持ちえないからである。そもそも国益がぶつかり合うのを常とする国際社会にあって、どこの国とも仲良くし、信じて頼むといったことをなせば、それは全くモラリティのない外交でしかない。「政治道徳の法則は、普遍的なもの」では断じてなく、各国の国益の調整のなかにあり、またその国々の伝統・文化・宗教に根ざしている。

しかし、実際に戦後の日本でおこなわれてきたのは、その多くはこのような道義なき外交であった。ここで冗々しくいうまでもないが、北朝鮮による日本人の拉致という国家侵害にたいして、日本の政治家は与党も野党もともに長い間その事実を不問に付してきた。拉致被害者の家族がその惨状を必死に訴えかけていたときに、日本人拉致の実行犯（辛光洙《シンガンス》容疑者）の釈放を求める韓国への嘆願書（朝鮮総連）に社民党や民主党の代表が名前をつらねたし、金丸信を団長とする与野党の訪朝団（一九九〇年九月）は金日成と会談しながら、日本人拉致問題には全くふれなかった。

小泉首相の訪朝によって拉致の事実はあきらかにされたが、その拉致の問題とアメリカが問題視する北朝鮮の核開発とを結果的に切り離してしまったために、その解決は先送りにされた。そもそも小泉訪朝が究極的に何を目ざしていたのか（拉致問題の断固たる解決と決着を至上のものとしたのか）、その外交パフォーマンスによって曖昧となってしまったのは、戦後日本の政治において、「国家理性」が存在していないからであろう。レーゾンデートルのなき国家は、国民を犠牲にしていることすら自覚しない。

先の大戦において、日本は米英との戦争に突入し、結果三百万ともいわれる国民の犠牲者を出した。その戦争責任と敗戦の責任は、指導者にあって当然のことながら問われなければならないし、現に問われた。しかし、いわゆるA級戦犯に戦争と敗戦の「責任」を転嫁し、戦後の日本人があの戦争を主体的に問い直すことを十分にしなかったことは、歴史に大きな禍根を残したのではないか。それは取りも直さず、国家としての「自立と自尊」のための理性を喪失させたのであり、それこそ今日の政治と社会のあらゆる局面におけるモラルハザードを惹起せしめているからである。この荒廃の地平から立ち直るためには、少なくとも「国唯自亡」をなすような指導者を拒否するぐらいの、国民の「理性」と「道徳」が求められているはずである。

二〇〇七年

中国プロブレムとは何か

二〇〇七年一月、安倍首相、フィリピンセブ島のホテルで日中韓首脳会談。北朝鮮の核兵器放棄を求める共同声明発表

中国については二〇二〇年問題ということがいわれている。中国の経済力がアメリカと対等ないしはそれよりも大きくなり、それにともなって軍事力もまた強大化するということである。つまり、アジアにおいて、中国が米国の覇権を駆逐する可能性である。

シカゴ大学のミアシャイマー教授は、「中国の経済規模が、アメリカより大きくなるのを待てばよいのだ。そうなれば中国は、巨大な軍事力を獲得して、近隣諸国に対して思いどおりの命令をすることができるようになる。将来の中国は、アメリカに対して数多くの屈辱を与える能力を持つ国になるだろう」と説明する。軍事政策専門シンクタンク「ウィスコンシン・アームズ・プロジェクト」のゲリー・ミルホリン所長も、「軍事力の基盤は、経済力だ。中国の経済力がアメリカを凌ぐようになるとき、中国の軍事力も世界一になるだろう」と予測する。（伊藤貫『中国の「核」が世界を制す』ＰＨＰ研究所）

もちろん、中国経済の成長の予測は、国内にさまざまな問題をかかえているのを考えれば、疑問を呈す

ることもできよう。しかし、二〇二〇年に中国がアメリカにかわってアジアを支配するという予測は決して荒唐無稽なものではない。いや、その前提としてもっと近いところで、二〇〇八年問題をまず具体的に指摘しておく必要があろう。二〇〇八年三月には台湾で政権交替がおこなわれ、現状からすれば国民党政権が誕生する。中国共産党は、台湾問題の解決、すなわち台湾を中国の領土とするために、台湾の国民党政権に「第三次国共合作」を呼びかけている。かつて抗日戦線の統一のために内戦をやめて、共産党と国民党が一致した故事にならうというわけである。二〇〇四年七月、江沢民前総書記は人民解放軍の幹部にたいして、「台湾を併合する時期は、二〇二〇年前後が望ましい」と語ったというが、台湾併合は軍事プランによらなくとも、二十一世紀版「国共合作」という政治・外交的手段によって可能となるのだ。一九二四年の国民党第一回大会で容共を決めた第一次、盧溝橋事件に端を発した抗日ナショナリズムの第二次、そしてアヘン戦争以来、大帝国のプライドを西洋列強と日本によってずたずたにされてきた「中華」の復活をめざす第三次の「国共合作」が今、目前に迫っているといってもよい。

余談だが本年（二〇〇六年）の二月、私は南京を訪れる機会があった。百聞は一見にしかずで、一九八五年八月十五日につくられた「侵華日軍南京大虐殺遭難同胞記念館」こと、「南京大虐殺記念館」に行ってみた。「歴史をかがみとし、未来に目をむける」ために建てられたというこの記念館の中味については紙幅もないのでここでは言及しないが、ひとつだけ、日帝が敗北した八月十五日、すなわち中国の戦勝記念を告げる展示のところに、毛沢東の雄々しい写真が掲げられているのを見て驚き苦笑している私に、案内をしてくれた南京師範大学の先生が、その隣に国民党の蔣介石のうすぼけた写真があることを教えてくれた。大陸中国において永らく「人民公敵」として抹殺されていた蔣介石が、今日では大々的に再評価されているとのことで、日帝打倒の功労者として「付け加え」られたという。この程度のことは中国人にとってたいしたことではないのである。靖国神社の遊就館の展示の一部が「反米的だ」などといわれ、すぐさま引っこめてしまう日本人は、つくづくうぶであると改めて思う。

さて、二〇〇八年問題だが、この年の十一月には米国の大統領選がある。中間選挙の結果からもわかるように、ブッシュ政権のイラク政策などへの不満から、民主党政権の可能性が予想されるが、クリントン政権時代の親中政策、というよりは中国の軍拡にむしろ協力的だったことを思えば、日本は同盟国といわれるアメリカと、「戦略的互恵関係」となったと称する中国、このふたつの覇権主義の狭間にあって、そのプレザンスをますます奪われていくのは目に見えている。安倍首相の中国訪問によって、反日運動はなくなったなどというのは全くの錯覚であり、経済的あるいは外交的破綻を生じさせずに二〇〇八年の北京オリンピックを乗りきれば、あとは思いきり反日ナショナリズムの風を吹かして、国内統一に邁進できるというシナリオもありうる。つまり、日本は二〇二〇年などと先のことをいわずとも、数年のうちに中国のしたたかな外交と戦略によって、大海に浮かぶ小舟のように翻弄されることになりかねないのである。いや、それはすでに始まっている。

とすれば、中国〝崩壊論〟の他力本願に頼ってばかりはいられないはずだ。少なくとも、日本人が自国の防衛を、アメリカの「核の傘」を信用するという、これまたあきれるばかりの〝他力〟に頼っているかぎり、先行きは全く暗い。

サミュエル・ハンチントンは『文明の衝突』で、世界の主要文明を「七つあるいは八つ」とした。つまり、西欧、東方正教、中華、日本、イスラム、ヒンドゥー、ラテンアメリカ、アフリカである。東北アジアにおいて、中華文明の影響を古くから受けながら、島国と単一民族という条件によって独自の歴史と文化を形成してきた日本という国。ハンチントンは、この「日本」を「中華」とは区別したが、日本が二十一世紀前半の多極化する世界情勢のなかで、アメリカと中国という巨大でかつ不安定な「帝国」に挟まれて自主的な価値判断を放棄してしまえば、世界の主要文明のなかから「日本」は消え去ってしまうだろう。

かつて中国の李鵬首相は、「日本などという国は二十年くらい後には消えてなくなってしまうのだから、まともに相手にする必要はない」とオーストラリア首相に語ったと伝えられているが、これは決して中国人の白髪三千丈のウソ話ではないのである。

南京に行く前に、北京の天安門広場の横にある国立博物館に入ってみると、中国の各省およびチベット、ウイグル、内蒙古、また周辺の山岳民族などの多様な民族文化やその土地の産物を紹介していた。中国が軍事的に蹂躙しその勢力圏に併合した「民族」にたいして、それぞれの文化を尊重し、つねに漢「民族」と友好的に関わり続けているという展示企画であった。仲よしの中華帝国文明である。日本の地方の物産展を巨大化したようなその博物館を半ば退屈しつつ歩き回りながら、案外そのうちにこの一角に日本「民族」の物産などが並べられるのかも知れない、と一瞬思ってしまった。アメリカの一極支配があきらかに崩れ、多極化しつつある国際状況のなかで、日本人が世界史のレースに参加することを止めるならば、それもまたおおいにありえるのではないか。

国としての「道徳」と「責任」

安倍内閣がスタートして、小泉内閣時代には冷えこんでいた中韓との関係の修正がなされたが、北朝鮮の核開発にたいして、政府のなかで核の議論をすることすらはばかられるという、戦後レジームは依然として存在している。非核三原則という、戦後体制（冷戦体制）そのものの所産である亡霊のような言葉がよみがえってさえきた。核武装を日本人が選択すべきか否か、その議論がなされるべきときに、政治レベルにおいては未だに「核」へのタブーが強いことを露呈したわけだが、これを被爆国としての核アレルギーということに帰してはいけないだろう。核の議論は、その抑止力による戦争の回避を何よりも見据えなければならない。しかし、それはたんに安全保障の問題にとどまらない。日本人が自らの国を守り、その歴史と伝統と文化を継承していくという、まさにトータルな意味での「文明」力が問われているからである。

フランスの歴史家エマニュエル・トッドが、核の偏在こそが戦争の危機と恐怖をもたらすのであり、「一定の条件の下で日本やイランが核を持てば世界はより安定する」（『朝日新聞』二〇〇七年十月三十日朝刊）と明言しているのは、客観的にみて全く正しい見解であろう。被爆した国民が、「非核」の世界を願うのは当然であるが、現在のNPT（核不拡散条約）体制のなかで、核を廃絶することは困難である。とすれば、トッド氏のように、「核攻撃を受けた国が核を保有すれば、核についての本格的論議が始まる。大きな転機となります」というのは、むしろ正論である。また、次のような同氏の発言も聞くべきものがあろう。

日本も戦争への贖罪意識が強く、技術・経済的にもリーダー国なのに世界に責任を果たせないでいる。過去を引き合いに出しての「道徳的立場」は、真に道徳的とはいいがたい。（同）

いうまでもなく、これは現在の日本が世界史のレースに十分に参加すべき力を持ち、かつその責任を有しながら、アメリカ一国に深く依存し従属することで、自国の安全にのみ腐心する「一国平和主義」から脱却できていないということである。もちろん、日本はその「技術・経済力」によってODAをはじめ、世界への貢献をなしてきた。しかし、国際関係の秩序と安全は、ただ経済によって保障されるのではないのであれば、日本は二十一世紀の世界で最も危険といわれる東アジア地域にあって、軍事力においても、当然そのパワーバランスに積極的に関与していかなければならない。この意味での、「真に道徳的」な姿勢を示すことこそ、再び世界の強国を目指す中国にたいしても、自主的な責任ある外交を展開できるのではないか。中国にもまた近代の侵略された歴史の被害者としての意識にとどまることなく、またその裏返しとしてのかつての「華夷秩序」に戻る道でもない、新しい歴史の展望を求めざるをえないと思われるからである。

進歩主義の超克としての教育論を

二〇〇六年十二月、第一次安倍内閣、教育基本法を改正し、愛国心や公共の精神の盛込

安倍政権によって教育基本法が六十年ぶりに改正された。また戦後体制からの脱却として、憲法改正が政治的プログラムにあげられている。しかし、こうした「改正」がほんとうの意味で「戦後」の超克となるのかといえば、大いに疑問である。その理由のひとつは、安倍首相の登場が、五年ものあいだ続いた小泉政治との決別を十分にしえていないからである。小泉政治とは何か。いうまでもなく、それは「改革」というマジックワードを振りまわすことで、日本のさまざまな既存のシステムを破壊し尽したことである。「自民党をぶっこわす」と叫んで、旧田中派の政治勢力を失墜させ、議会制民主主義のルールを逸脱し、郵政民営化を断行して、郵政族の力を削ぎ、構造改革と市場原理主義によって、日本「経済」をまるごとアメリカに売り渡した。

「改革」の中味について具体的に示すことはなく、国益とは何かを問うこともなく、「改革」イコール「進歩」であり「よい」こと、「保守」イコール「停滞」であるというイメージが、小泉ポピュリズムの大衆政治によってくりかえし国民に刷り込まれた。国政ばかりではなく地方自治においても、今や「改革」を標榜する他に選挙に勝てない状況になっている。

こうした「改革」のデマゴーグにたいして、保守本流を自認しているらしい安倍首相は、本来の改革と

は、時代のなかで保守すべき「伝統」を明らかにするために悪習を斥けることであり、守るべき価値もなく、ただ改革を叫び続けることが、社会の制度の破壊だけでなく、人間の精神を不安定きわまりない異常状態に陥れることを、まずあきらかにすべきであろう。

教育改革は、いうまでもなく制度的なものだけでなく人間の知育と徳育に関わる。教育基本法の改正は、GHQの占領下につくられた中味を抜本的に改めるべきであった。その〝根本〟にあるのは、伝統を保守するという精神ではなく、進歩をよしとするアメリカニズムの価値観である。日教組などの戦後の左翼的偏向教育よりも、アメリカという近代主義が内包する「進歩主義」が、日本人の精神と文化をえんえんと破壊してきた。そもそも「民主主義」という政治的手段が、戦後教育においてはひとつの「価値」としての教育原理となっていること自体がおかしいのである。改正基本法の第一条にも、「教育は、人格の完成を目指し、平和で民主的な国家及び社会の形成者として必要な資質を備えた心身ともに健康な国民の育成を期して行われなければならない」とあるが、「民主的」であるとか「平和」とかの政治の価値が、ほとんど無造作に投げ入れられている点を改めずして、何の「改正」というのか。

「教育勅語」とは何か

平成の日本において教育問題を真剣に考えるならば、伝統のなかに再発見すべきものがあろう。そのひとつが一八九〇（明治二十三）年に発布された「教育勅語」である。

我《わ》が臣民《しんみん》　克《よ》く忠に克《よ》く孝に　億兆《おくちょう》心を一にして　世世《よよ》厥《そ》の美を済《な》せるは　此れ我が国体の精華《せいか》にし

て　教育の淵源亦《また》実に此に存す　爾臣民《なんじ》、父母に孝《こう》に兄弟に友《ゆう》に　夫婦相和《あいわ》し朋友《ほうゆう》相信じ　恭倹《きょうけん》己《おの》れを持し博愛衆《はくあいしゅう》に及ぼし　学を修め業を習い　以《もっ》て知能を啓発し徳器を成就し　進んで公益を広め世務《せいむ》を開き　常に国憲を重じ国法に遵《したが》い　一旦緩急《いったんかんきゅう》あれば義勇公《ぎゆうこう》に奉じ以て天壌無窮《てんじょうむきゅう》の皇運《こううん》を扶翼《ふよく》すべし　是の如きは　独り朕《ちん》が忠良《ちゅうりょう》の臣民たるのみならず　又以《またもっ》て爾祖先の遺風《いふう》を顕彰するに足らん

「教育勅語」の成立過程については、神道の「宗教」化による国民教育に懐疑的であり、儒教的な道徳論に積極的な元田永孚《ながざね》や、井上毅のように道徳的なものを法律や政令にすることに批判的な立場があったりと、紆余曲折の議論があったが、そこには「教育」の根底に「道徳」と、それを大きく包含する形での天皇を基軸とした宗教的な市民共同体の構想があった。このことは、近代国民国家としての日本と天皇（制）の確立という次元で考えられがちだが、「教育勅語」をそうした戦前の日本の〝遺物〟としてかたづけるのは、一面的にすぎる。

ところで、「教育勅語」発布によって起こった有名な事件に、内村鑑三の不敬事件（明治二十四年一月に第一高等中学校で「教育勅語奉読式」が催された際、クリスチャンの教員であった内村が、宸署に礼拝的な低頭をしなかったとして「不敬漢」扱いをされた）と呼ばれるものがある。これはキリスト教の信仰を持つ内村が、「教育勅語」＝「天皇」に反発し、おのれが信仰に基づいて低頭を拒否したといわれているが、実際には「ヤソ教」にたいする反発が一高内部にあり、それに火がついてマスコミに広がってスキャンダルとなったのが事実であった。

しかし、興味深くかつ重要なのは、不敬事件の翌々年（明治二十六年）、一高を追われ野に下った内村と

東京帝国大学教授で哲学者の井上哲次郎とのあいだでなされた論争である。井上は『教育時論』という雑誌に「教育と宗教との衝突」という論文を著し、「教育勅語」と「キリスト教」の対立を際立たせ、内村をふたたび「不敬漢」として批難した。哲学界の大御所のこの論は、不敬事件の内村鑑三を告発することで、日本の近代化路線にそぐわないとしてキリスト教を攻撃する意図があった。キリスト教が国体的精神に反する、としたのである。これにたいして内村は、『教育時論』で「文学博士井上哲次郎君に呈する公開状」という激烈な駁論を発表した。内村は、「勅語に向かって低頭せざると、勅語を実行せざると、いずれの不敬が大なるか」と問いただし、キリスト教が国体を害するものであるという井上の論にたいして、「ここに基督教に勝る実害の我国に輸入せられしあり」といい、ハーバート・スペンサーのことを引き合いに出している。

ここに基督教に勝る大害物の我国に輸入せられしあり、即ち無神論不可思議論是れなり、足下の論文に依て見ればハーバート・スペンサーに対して多分の尊敬と信用を置くが如し、ミル、スペンサー、バツクル、ベジョウ等は我国洋学者の夙《はや》くより嗜読せしものにして、今日の日本を造り出すに所《つき》て是等英国碩学の著書与《あずかっ》て大勢力ありしは蓋《けだ》し疑なき事実なり、而して足下の公平なる哲学的の眼光は不可思議論と勅語とは并立し得るものと信ぜらるゝや……。

（『内村鑑三全集』第二巻、岩波書店）

スペンサーの『代議政体論』を例にあげて、主権にたいする服従は「道徳と智識の退歩である」というその論旨こそ、勅語の精神に反するものであり、キリスト教よりもはるかに「大害物」ではないか、と内村はいうのである。

宜《うべ》なるかな我文部省は一時官立諸学校に令して前述のスペンサー氏代議政体論を教科書として使用するを禁ぜられたる事や。（同）

内村の批判は、ハーバート・スペンサーの「社会進化論」の思想を〝輸入〟して「文明開化の論理」を押しすすめてきた、近代日本の進歩主義的な体制そのものにたいして向けられたものであった。キリスト者である内村は、もちろん天皇自体を「神」として礼拝しなかったが、東洋英和学校で教えていたとき、天長節に「菊花演説」といわれる講演をして、菊花と富士山を指しながら「天壌と共に窮りなき我皇室は実に日本人民が唯一の誇りとすべきものとなり」と語っている。当時学生であった山路愛山は、その講演の感動をのちに『基督教評論』（一九〇六（明治三十九）年）に記しているほどである。「教育勅語」にたいしても、内村はそれを日本人としてよく遵守すべきもの、として考えていた。明治近代国家の日本は、むしろ西洋近代主義としての社会進化論に毒されている、というのが内村の見方であり、人間の理性によって社会は進歩し、完成に向かうというその思想のなかに潜む人間中心主義こそ問題であるとしたのである。「教育勅語」が呈示している日本人の道徳観と進歩主義の近代思想のあいだに、決定的な矛盾と亀裂があることを看ていたのは、皮肉なことに「不敬漢」として教育者の地位を奪われたキリスト者内村であった。

このことは、しかしただ過去の時代の問題ではない。戦後六十年余りも、日本人はアメリカニズムという新たな進歩主義を金科玉条のものとしてきた。「民主主義」と「平和」と「自由」という配給品にありついて、それをあたかも教育原理として戦後「教育」をやってきた。「教育勅語」のような「徳目」よりも、そうしたアメリカ的な価値観が、新しい平和国家の教育の基本になるとしてやってきた。その結果が、いかなる教育の荒廃と精神の衰弱をもたらしたかは改めて指摘するまでもない。

「改革」というマジックワードが、革命のダンピングとしての永久革命論のように、進歩主義がその目標とした完全な状態も、理性の下での合理性も破綻したにもかかわらず、それがなお社会の発展をもたらすという盲目的確信（というよりは狂信）から生まれてきているのはあきらかである。こうした状況のなかで、「愛国心」や「郷土愛」を唱え、「伝統と文化の尊重」をいってみても、それが空語になるのは必然であろう。「教育勅語」は、西洋型の近代国家をいちはやく作りあげることと、東洋の民としての伝統のなかからいかにして道徳的共同体を形成するか、というコンフリクトのなかから誕生した。むろん、それをそのまま今日用いることは時代錯誤であるが、その作成の作業のうちには、日本人として保守すべき価値を教育の上で明確にし、斥けるべき悪習を絶つという「伝統」にたいする真剣な、それこそラディカル（根底的）な検証があった。少なくともそのことを、平成日本の教育を考えるときにも、アクチュアルに感得することが大切であろう。

アメリカの「敗北」と日本の「理念」

二〇〇七年二月、リチャード・アーミテージらによる「アーミテージ・リポート2」発表

日本人は戦後六十年余り、ひとつの巨大な幻想を視てきたのではないか。それは一九四一（昭和十六）年十二月から四五（昭和二十）年八月十五日までの三年八カ月、千三百五十日の大戦争をアメリカとやり、三百万余の同胞の犠牲者を出し、本土の都市の全市街地の四〇パーセントが灰燼《かいじん》に帰するという壊滅的な敗北を喫したことに、端を発する。さらに六年半にも及ぶ占領政策によって、それまでの自国の体制や、文化・思想に及ぶ精神的な領域まで徹底的に〝改造〟させられた事実に拠る。つまり、日本人にとって大東亜戦争の敗北をもたらし、戦後日本の体制をつくったアメリカという国は、王者のように絶対的な力を持つものとしてあり続けてきたのである。

ベトナム戦争での事実上の敗北にもかかわらず、東西冷戦に勝利したことによって世界唯一の大国（帝国）となったアメリカ――そのパクス・アメリカーナの現実は揺らぐことはないとの思い込みに、自国の「生存と安全」をゆだねてきたのが、戦後日本の偽らざる姿であった。

冷戦後（post cold war）のほんの一時期の状況から、「自由と民主主義」というアメリカ的価値がグローバリズムのなかで世界を支配して「歴史は終焉する」とまで語り、クリントン政権時代には「対イラク強硬策」を主張した論客にフランシス・フクヤマがいる。しかし、イラク侵攻の後にフクヤマ自身が、自

らのネオコンの論理を否定し、今度は臆面もなく『アメリカの終わり』（"America at the Crossroads" 講談社、二〇〇六年）で、アメリカの一極支配が、世界からの孤立を招いたと「帝国」批判に転じている。フクヤマの先生は政治学者のアラン・ブルームだというが、ブルームが『アメリカン・マインドの終焉』（菅野盾樹訳、みすず書房、一九八八年）で、アメリカの虚無主義と実存的絶望が、ニーチェやハイデガーの大陸の哲学を表面的に消費したポーズに過ぎないことを「アメリカン・ニヒリズム」と呼び、指摘しているのは興味深い。そして弟子のフクヤマが、ヘーゲル哲学を表面的に援用して、アメリカニズムによる世界の支配と歴史の終わりを喋々したことは、まさに皮肉であった。

つまり、アメリカの敗北は、たんにイラクの"内戦状態"を統治できずに泥沼化したということだけでなく、イラク戦争の大義（フセイン独裁体制を打倒し、イラクおよび中東全体に「自由と民主主義」をもたらす）が、思想的にも、理念的価値としても成り立たなかったことに根本的要因があると見るべきだろう。エマニュエル・トッドのようなフランス人の人口学者に、「米国の問題はその強さよりもむしろその弱さにある」といわれ、世界はポスト・アメリカになっていると一方的に論難されるのも（『「帝国以後」と日本の選択』藤原書店）、フクヤマのようなアメリカン・ニヒリストがふり回す、倒錯した理想主義の底の浅さを見抜かれているからだろう。

国益の選択のために

しかし情けないのは、むしろ、そんなアメリカ帝国を、今日もなお宗主国として崇めている日本人である。北朝鮮の核問題をめぐる六カ国協議は、事実上、米韓二国間の相互利益を追認するかたちとなっているが、もちろんその背景にはアメリカと中国の接近がある。ここでも日本の外交は、冷戦期の思考の枠組み、さらにはアメリカの一極支配という幻想を全く脱却していない。イラク敗北以降のアメリカの内外の現実を直視すれば、現在は post post cold war の多極化時代に突入しつつあり、そのなかで中国共産党は共産主義というイデオロギーを実質的には放棄して、国民主義《ナショナリズム》と市場経済によるあらたな中華「帝国」への路線を選択し、その大国化の戦略の最重要パートナーとして米国との関係を深めようとしているのはあきらかである。

二〇〇四年の三月には全国人民代表大会で、憲法に「公民の合法的な私有財産は侵犯されない」との規定をもりこみ、この三月の全人代でも「物権法」の法案が採択され、私有財産が国有・公有財産と同等に保護される方向が強く打ち出された。公有制を基本にした社会主義体制は大きく変わろうとしている。現在すでに公的財産一五〇兆円にたいして、私的財産は三〇〇兆円にも及ぶといわれている。つまり、中国はすでにキャピタリズム（但し権力者とその取り巻きを軸にしたクローニー・キャピタリズムではあるが）の現実を堂々と受け入れているといってよい。このような中国の経済発展の状況を考えれば、その崩壊説は一方ではつねにあるものの、米国の経済界が中国の市場経済に関心を持つのは当然であり、「経済」を基盤にした米中同盟が形成されても少しもおかしくはない。いや、経済はまた軍事とも密接に結びつくのが外交の常識であれば（昨年の六月と十一月には米中海軍の合同訓練が行われた）、安保条約に基づく日米同盟は永遠なり、と思うこと自体が非現実的であるといわざるをえないだろう。民主党のリベラル派などは、米中の共存のためには日本を捨てることなど躊躇しまい。

この二月に発表された「アーミテージ・リポート2」には、アジアの「歴史的な軌道の変化」のなかで、

「米国の立場を支える要石は米日同盟だ」とうたっているが、一方で、「変化」の根本は「中国の急激な成長」であるとして、中国をアメリカの「責任あるステークホルダー（利益共有者）にする」と明記している。Stakeholderとはビジネス的には「掛け金の保管人」の意味がある。深読みするつもりはないが、日本の「経済」を米国と中国でウマく使って「利益」をしっかり共有しましょう、といっているのも同じである。

こうした情勢下で親米保守という「保守」はもはや存在しようがあるまい。もちろん、核所有国フランスのトッドのように、「親米vs反米」から「ポスト・アメリカニズムへ」などと日本人はさわやかに宣言することができないのであれば、対米関係のなかで現実的に国益を考えて、自主的な外交を展開する他はない。親米保守派はアメリカのイラク侵攻に際して、日本は全面的に支持を表明し、自衛隊をイラク復興のために派兵すべきだと主張したが、その理由のひとつは、わが国の輸入原油が中東の石油に九割近くを依存しており、シーレーンを守ってくれるのはアメリカであるという論理であった。日本の国益のため、というのである。

しかし、資源外交をトータルに見れば、別の局面がある。たとえば、イランの核兵器開発疑惑に神経をとがらせて（イスラエルの関係からも）圧力をかける米国への配慮（というより命令によって）から、海外自主開発を手がけるイランのアザデガン油田の国際石油開発株式会社（INPEX）における日本の権益を、予定していた参加比率七五パーセントから一〇パーセントへと大幅に縮小せざるをえなくなった。イランと対決する姿勢を強める米国にしてみれば、アザデガン油田開発によって、日本の資金が「敵」に流れ込むことは許しがたいというわけである。日本政府は、このアメリカの命令に屈する以外にはなく、結果として政府系の金融機関の開発融資はストップして、わずかな民間の範囲でしか関われなくなった。昨年の五月に経済産業省がまとめた「新・国家エネルギー戦略」は、二〇三〇年までに輸入原油に占める自主開発の比率を現在の十五パーセントから四十パーセントにまで引きあげるという画期的な目標であったが、イランでの権益縮小で、はやくも頓挫しそうだという。

ロシア、中国などが露骨に資源ナショナリズムともいうべき攻撃をかけているなかで、石油のほぼ全てを輸入に頼っている日本の、それこそ国益を考えるならば、日米同盟なり日米協調というものに一元的に頼っていることが、いかに危険であるかはあきらかであろう。日本がイラク復興に参画するのはいいが、米国の中東戦略のなかでのみ動かなければならないとすれば、これまで官民の交流においても友好的であったイランとの関係は悪化の一途を辿る。安倍政権が「主張する外交」を掲げるのであれば、米国にたいしてこそ主張すべきことをいわなければならないだろう。

さらにいうならば、日米同盟の基軸が「自由と民主主義」の価値の共有にあるという発想自体を転換する必要がある。たしかに「自由と民主主義」は、今日の世界の自由主義国においては普遍的なものとなっている。しかし、「自由」はそれ自体が価値ではなく、まして「民主主義」は政治上のシステムに過ぎない。イラクと中東でアメリカが行おうとした「民主化」は、イスラム社会の伝統と宗教からすれば、自分たちの生活と文化にとって本来的には異質なものであり、政治や行政上の制度としてそれを活用するにせよ、それ自体が人々の価値となるわけではない。

このことは、日本においても本質的に問い直されるべきだろう。われわれは、一九四六（昭和二十一）年の元旦の「詔書」（いわゆる「人間宣言」）がＧＨＱの民間情報教育局によって英文で書かれながらも、その冒頭に、昭和天皇の意志によって「五箇条の御誓文」が掲げられたことの意味を、忘れることはできない。天皇は「民主主義」がアメリカその他の諸外国の勢力によって、日本国民に圧倒されるように押しつけられたのではなく、明治大帝によって「神に誓われたもの」として、日本の内にあったことを特に強調されたかったのである。アメリカニズムとして押しつけられた「自由と民主主義」ではなく、日本人が自らの伝統と歴史のなかで形成し育んだ国民（ネーション）の理念的価値としての捉え直しが大切である、ということだ。

アメリカが多極化しはじめた世界のなかで、その「帝国」としての敗北を喫した今、従属でも依存でもない米国との新たな協調関係を構築するためにも、日本人は自らの歴史に根ざした理念と、それに基づく自主的な外交戦略を明確にしていかなければならない。

人間の顔をした資本主義へ

二〇〇六年に日本企業が関係したM&Aは二七七五件
三年連続で史上最高。一九九六年から一〇年で約四・五倍

アメリカ型の金融資本主義が世界を覆いつくそうとしている。別のいい方をすれば、カジノ化したキャピタリズムであり、マモン(貨幣)のグローバリズムの拡大である。「外国株対価の合併」(三角合併)は、M&Aを盛んにして産業を発展させる。ホスタイルな(敵対的)買収ではない合併によって、業界の再編成がなされ、より効率的な産業システムがつくられる。外国企業にくらべて時価総額が低い日本の会社は、それを上げることで世界でさらに経済活動を展開できるようになる。つまり国際的な競争力を日本企業が持つことになる。国境と業界をこえたM&Aが起こっているなかで、旧態依然の「日本的経営」などに固執すれば、日本の企業はますます弱体化するだろう……。

構造改革の大合唱のなかで、三角合併の解禁によって「外資による日本企業の乗っ取り」が加速し、国内の優良不動産の所有権が海外に流出し、日本はアメリカの植民地になるなどと反発することは、ほとんどアナクロニズムのように受けとめられている。

もちろん、だからこそ一方で日本企業の防衛論がいわれ、米国による「日本改造」に警鐘を鳴らす論者もある。

M＆Aには様々な金融的、法律的、会計的手順が不可欠である。そこには莫大なフィー・ビジネス（手数料収益）の商機が転がっている。M＆Aこそまさに、投資銀行、仲介業者、法律事務所、会計事務所、コンサルタント会社など、ニューヨークのウォール・ストリート・コミュニティにとっては汲めども尽きぬ錬金術の源泉なのだ。優良企業がM＆A防衛策もないまま割安で放置されている今の日本は、まさに垂涎《すいぜん》の的として、おびただしい数の青い目に凝視されている。こうした客観的情勢を百も承知で、日本の関係者も専門家も、誰ひとり一般の国民に説き明かそうとしない。

（関岡英之『奪われる日本』講談社現代新書）

M＆Aが世界の経済の潮流であるかのように喧伝するばかりの「日本の関係者も専門家も」いわないことのひとつは、アメリカとヨーロッパに歴然たる相違があるということだろう。ヨーロッパでは三角合併は解禁していないし、「会社は株主のもの」といった発想のアメリカにたいして、「会社は従業員のもの」といった考え方が根強くある。フランスの大統領にグローバリズムを肯定するサルコジ氏が就任したが、欧州全体の発想がそのことでアメリカ型キャピタリズム礼賛に急転回するとは思われない。「人間の顔をした資本主義」の設計が、ヨーロッパの一層の課題となるのはあきらかであり、日本はその意味では「脱米入欧」のスタンスを一方でしっかりと保持すべきだろう。いや、当のアメリカにおいても、ITと金融というカジノ的な経済幻想のかげで、いわゆる物つくり、製造業の凋落が著しいので、カジノ・キャピタリズムの狂騒にたいする反省が生じているのが現状である。

日本は技術立国であるから大丈夫などとうそぶいているが、外資の流入によってマネーはあっても、ブランドや技術の面においては未だ劣っている中国やインドが、日本の「技術」を買いまくるのは当然の流れである。グローバリゼーションは、日本を「日本でない」国にする。「美しい国」どころか、金融自由化のうねりのなかでますます「品格」なき「国家」、いや国家ともいえないような市場経済の原理空間と化すことになりかねないのである。

「神」なき社会進化論の破綻

マモンとは、新約聖書の、「悪霊的な力」という意味を語源にしている。その悪霊の最たるものが、「際限なき財の所有」を指しているといわれている。マモンは、レヴィアタン（トマス・ホッブスが『リヴァイアサン』で、旧約聖書のヨブ記に出てくる「海の怪獣」になぞらえて「国家」の支配力をそう呼んだ）の最も近い親戚として生まれたのであるが、今日の金融グローバリズム状況があきらかにしているように、この怪物はレヴィアタンとしての「国家」を超えて移動し、一国の経済を容易に崩落させてしまう。まさに現代の「悪霊」といってよい。

社会主義が一方で存在していた時代には、資本主義そのものの側に経済倫理《エートス》としての自己確認（アイデンティティ）があった。資本主義の精神が、プロテスタンティズムの信仰に基づくものであり、富が徳（virtue）としてとらえられていたのはいうまでもない。しかし、社会主義の理想が崩壊し、文字通り資本のグローバリズムの時代に突入して、人間がつくり出したはずのマモンは、逆に人間も国家をも支配する力となった。

カール・マルクスの理念の失墜した後に、ここではもうひとりのカール、すなわち二十世紀の神学者カール・バルトの言葉に耳を傾けてみたい。

バルトは、大著『教会教義学』の最後の巻で、現代世界における「神なき諸権力」について語る。神を喪失した人間世界の内に生じる、人がつくり出した諸々の力が、人びとを拘束し従属せしめ、人間をコントロールしてしまう事態のことである。

レヴィアタンは、政治的な絶対主義のかたちをとるが、マモンはそれとはまた違った、多形態の絶対主義のかたちをとる。


（貨幣という）道具は、或る時は恐慌を食い止め、或る時はこれを惹き起こす。或る時は平和に奉仕し、だがしかし平和のただ中ですでに冷たい戦争を遂行し、流血戦争を準備し、遂には惹き起こす。この道具は、ここであらゆる種類の一時的な楽園《パラダイス》を創り出し、かしこではこれらの楽園にただあまりにも対応した一時的な地獄を創り出す。この道具が以上のすべてをなしうる、ということは決して必然ではないであろう。だがしかし、この道具は以上のすべてをなしうるのであり、また実際になしてもいるのだ。人間が自ら所有していると思い込んでいる貨幣が、人間を所有しているのだ。人間が、貨幣を神なしに所有することを欲し、その真空において貨幣は、絶対的な仕方で悪霊とならざるをえないのであり、人間自身はこの悪霊の奴隷となり、弄ばれる球《ボール》とならざるをえないのである。

（カール・バルト『キリスト教的生Ｉ』天野有訳　一部筆者略、新教出版社）

「神」でも「天」でもよいが、この地上の現実をこえた超越的な価値を考えることができなければ、貨幣はその倫理の「真空」地帯のなかで、人間をもてあそぶ悪魔的な力《ゲヴァルト》にならざるをえない。そこには、無限の相対主義があるばかりである。現代のグローバリズムは、まさに地球規模におけるこの「真空」地帯の出現なのである。この「真空」にたいして、人間の側は、新たな規制の方法や技術を考え出していくだろう。またグローバリズムにたいする反省として、歴史感覚の復権なり、共同体（EUのような）の再構築もなされるだろう。マモンは、しかし本来は人間社会にあって、経済活動として「有用な虚構」であるはずだ。天国に財（マモン）を積む、といったピューリタニズム的な経済倫理《エートス》は、すでに古びた発想にすぎないのだろうか。

　国家の管理や国際的なルールづくりによって、マモンを統制することには根本的な限界があり、かつまた矛盾もある。とすれば、経済学でも社会学でも、またたんなる文化論にもとどまらない思考が求められるだろう。そこでは人間のこの世界の現実に立脚しつつ、つねに超越的価値をさがし求めることが必要なのではないか。

　カール・マルクスは、無神論的なメシアニズムによって、国家の消滅、貨幣の廃止といったユートピア的コミュニズム（共同社会）を人類の理想型とした。メシアニズムとは、メシア（救い主）の到来によって歴史の終末（完成）を預言するユダヤ・キリスト教の信仰であるが、ユダヤ人であったマルクスには、無神論という倒錯したメシアニズムが色濃くあったように思われる。そこにマルクス主義の自己矛盾もあったのではないか。

　カール・バルトがいうのは、決してキリスト教世界（コルプス・クリスチアヌムと呼ばれる社会共同体）

の復権ではない。マモンが自己目的と化してしまうキャピタリズムの現実のなかで、人間を支配する諸権力《ゲヴァルテン》から解き放たれるためには、その相対主義をこえた、超越者（絶対者）を想定しなければならないということである。相対主義が現実的に意味を持ちうるのは、そこに垂直的に交差する絶対者の存在が、どうしても不可欠なのである。それを宗教感覚といってもよいが、人類における文明史の発展を見てくればあきらかなように、それは「絶対者の役割」として、きわめて理智的かつ合理的な精神の所産でもあった。

「人間の顔をした資本主義」は、逆説ではなくして、人間中心主義をこえた価値の再発見のなかでのみ成立するのではないか。それは経済倫理、企業倫理といった次元ばかりではなく、高度工業化社会の文明がこれまた地球規模で及ぼしている、深刻な環境破壊、生命の危機を乗りこえていくためにも、ぜひとも求められるべきことだろう。「神なき社会進化」の思想は、マルクス主義であれ、スペンサー流の弱肉強食・優勝劣敗の社会進化論であれ、すでに破綻している。

全く同じように、マモンのグローバリズムも遠からずして破綻するだろう、いやすでにしてその矛盾と混沌の様相のなかで崩落しつつあるのではないか。

日本に真の「保守」政治はない

二〇〇七年の参院選では、自民党大敗、民主党が六十議席を獲得し参議院で第一党

本誌が刊行される頃には、参議院選挙の結果によって、安倍政権の様相も決しているだろう。国家の行方を左右する憲法問題よりも、「年金選挙」となった今回の参院選は、改めて日本の政治が中長期的な国家ヴィジョンを持ちえていないことを露呈した。

二〇〇二年に急逝した政治思想学者の坂本多加雄は、二十一世紀に入ってすぐに、日本が新たな「国家論」を必要としていることを力説した。

二十一世紀は、古代の時代、それから明治維新に続く第三の、対外的な意味での国家の形成期を迎えているのではないかと考えている。(「「政策」の前に「国家」を再考すべき」『坂本多加雄選集I』藤原書店)

戦後六十余年に及ぶ「平和」。冷戦構造のなかで、アメリカへの従属と依存によって実際的には支えられてきた欺瞞的な「平和」を、憲法九条によるものだと国内的にはいくるめてきた日本が、「国家」の態を成していないのは、今更いうまでもない。日本国憲法の前文の「……平和を愛する諸国民の公正と信義に信頼して、われわれの安全と生存を保持しようと決意した」とは、日本人は、軍事力と経済力によっ

て世界を「平定《パクス》」したアメリカによって、自分たちの「安全と生存」を保持してもらう、としか読めない。情けない話である。

しかし、パクス・アメリカーナが崩れた二十一世紀において、こんな「平和」が夢まぼろし（というより「悪夢」）と化しているのであれば、政治は喫緊の課題として、自主防衛（日米安保もふくむ根本的な再構築）をはじめとした、国家の再形成に向かわねばならぬ時期である。

安倍政権のテーマであるはずの「戦後レジームからの脱却」とは、本来はこの意味で「国家学」のヴィジョンの提示とその構築を行うべきであった。しかし、現実はどうか。

坂本氏は、先の論稿で次のようにも指摘していた。

今日、日本政治学会という学会があって、政治学者が千何人か登録しているが、その中で国家論や国家学をやっている人は二、三十人しかいない。国家というものを正面から論じる傾向が非常に弱い。そこでは、国家という言葉を使わなくても政治現象を説明できる。政府と人民、その間の政府に対する要求あるいは政府からの政策といったことを分析する、あるいは選挙の研究をするというようなことが主流になっている。（同）

「年金問題」あるいは「政治とカネ」をめぐる問題といった、文字通り「政治現象」が大衆民主主義の選挙でクローズアップされる。各党のマニフェストには、自民党の憲法改正とともに、共産党と社民党が憲法九条改正反対をうったえているが、そこには対米外交をいかに見直すかといった外交課題もふくむ「国家論」は欠落している。憲法改正にしても、それがポピュリズム政治の具となれば、戦後体制の脱却どころか、戦後的なるものの完成でしかない。

本来の「保守」とは何か

保守思想は、熱狂主義や急進主義をしりぞける。時間のなかで、よりよい形で持続し受けつがれてきた価値の安定を尊ぶ。そのうえで、形骸化し因習と化してしまったものを改める、漸進的な「改革」をなす。このような保守思想の本質が、近代日本のなかで十分に育ってこなかったのは、日本の「近代」化が、きわめて急激な外発力によっておこなわれざるをえなかったからである。

夏目漱石は、明治近代化（文明開化）について次のようにいった。

……今の日本の開化は地道にのそり〳〵と歩くのではなくって、やッと気合をかけてはぴょい〳〵と飛んで行くのである。開化のあらゆる階段を順々に踏んで通る余裕を有《も》たないから、出来るだけ大きな針でぼつ〳〵縫って過ぎるのである。足の地面に触れる所は十尺を通過するうちに僅か一尺位なもので、他の九尺は通らないのと一般である。

（「現代日本の開化」一九一一（明治四十四）年）

これは欧米列強の到来とともに開国を余儀ないものとされた、明治の近代化のことであるが、大東亜戦争の敗北によって、アメリカ占領下における戦後「改革」が、それに輪をかけた外発力によるものであったことはいうまでもない。

しかし、「第二の開国」などと一部の知識人がいった「戦後の近代化」と、明治のそれとは、決定的に異なっているところがある。それは、明治の外発力による近代化を受け入れるとき、日本人はその根っこに強力な「攘夷」思想を持っていたことである。外敵（夷狄《いてき》）を追いはらうという幕末の排外主義は、しばしば盲目的なナショナリズムの熱狂、異国人に刃を向ける野蛮な行為と見られがちだが、そうではない。江戸時代の末期、日本は文化的水準においても高く、外国の情報についてもかなり通じていたのであり、日本と西洋諸国との力の比較も十分になしえていた。そのうえで、自国の文化と伝統をいかに守るか、という意識が「攘夷」思想を生んだのである。いわばそれは外発力にたいする、日本人の伝統意識にもとづく内発力の、ひとつの具体的な形であった。西洋型の近代国家の骨格はいまだなかったが、当時の日本人には（今日では失われてしまった）「国家論」や「国家学」が、りっぱに存在していたのである。

例えば、水戸藩の藤田東湖は、薩摩の海江田信義にこう語って聞かせたという。

……さきには僅々二隻の軍艦を怖れ、かえって醜虜の軽侮を受け、かつて一人の義士もなく、また一人の勇者もなく、恬《てん》として国辱を顧みず、これをわが神州の人士なお正気を存すというべきか、余は浩《こう》歎《たん》に耐えざるなり。いやしくも他の軽侮せられ、この国を開くがごときは、一国の正気、この時をもって断滅し去れるなり。なんぞ久しく国を保つを得んや。例えば、我始めて子に面するにあたりて、まず子の面に唾して、今より子と交わらんといわば、子もし白痴にあらずんば、かならず怒りて我を殺さん、それしかり。しかれば国と国との交通を開くも、またまさにこの情理なかるべからず。

（大佛次郎『天皇の世紀』朝日新聞社）

藤田東湖はペリー来船によって開国したときの幕府を、「正気」という言葉を用いて烈しく批難している。これは「せいき」と読むべきであり、黒船渡来という外発力に向かって、「一国の正気《せいき》」を示すべし、との国家学に他ならない。もちろん、攘夷を貫徹しようとすれば、支那のアヘン戦争と同じ結果となっただろうが、大切なことは「開国」と「近代化」は、このような日本人の内発的な熱情《パトス》を前提としてなされたことである。明治の精神は、あきらかにこの「正気《せいき》」を孕んでいたといっていい。それはあの大東亜戦争まで日本人の魂のひとつの底流となっていく。

しかし、敗戦と占領によって、この「正気《せいき》」はまさに「断滅し去」ったのである。戦後体制の克服をいうのであれば、保守政治家は、まず幕末維新期の日本人のような、「一国の正気《せいき》」を取り戻すべきである。そのような自主独立の気概は、決して熱狂主義や急進主義に結びつくものではない。

戦後のいわゆる「保守」本流といわれた政治家は、日米関係の安定と強化によって、日本を復興させ繁栄の道を切りひらこうとしたが、そのためにアメリカへの従属と依存を深めた。戦後の時間の経過とともに、それはさらに深まり、むしろ現実政治、リアルポリティックスの常道となった。反米的な姿勢は、正気《しょうき》の政治ではないことになった。しかし、それは日本の保守政治から決定的に「一国の正気《せいき》」を失わせた。

反日プロパガンダのなかで

アメリカの下院における「従軍慰安婦」の日本への謝罪決議や、今年の十二月にむけて十二本ともいわれる日本軍の「南京大虐殺」のプロパガンダ映画の製作など、戦後六十余年を経て、反日運動はアメリカ国内もふくむ世界の潮流となっている。これは日本の外交力、パブリック・ディプロマシーの脆弱さの結果であるが、安倍首相をはじめとした、保守といわれる政治家たちの責任は重大である。ブッシュ大統領との会見で、慰安婦問題を安易に謝罪（と受けとめられた）したり、いわゆる「河野談話」をそのまま踏襲したりすることで、反日・抗日プロパガンダを容認してしまったからである。

六月十四日にワシントン・ポストに、「従軍慰安婦」問題の不当性と歴史的真実を示した、日本の意見広告にたいして、日本の政治家が多くそこに賛同していたと、アメリカ国内のメディアが取りあげて批難したといわれているが、何といっても一国の首相は、自国の歴史にたいして、明確な所信を国際社会であきらかにすべきであろう。

国内に向かっては、正体不明の「改革」というスローガンを喧伝し、外国にたいしては、戦争の「謝罪」をくりかえす政治家が、どうして保守政治などといえるのか。「正気《せいき》」を失っているという意味で、これはほとんど狂気の沙汰である。このような政治屋にして、「なんぞ久しく国を保つを得んや」。

参議院選挙の結果がどのようなものであれ、本来は「国のかたち」を長期的視野で考え、議論すべき参議院の役割が、今回の「年金選挙」で地に堕ちたことはあきらかである。

本年の八月十五日は、戦後レジームの完成としての苦い夏となるであろう。

二〇〇八年

テレポリティックスの動物化

二〇〇八年一月、米大統領予備選開始

アメリカ大統領に向けて、各候補者がテレビ（TV）に出演して討論することは当り前の光景になっているが、最近では番組の視聴者がインターネットで各候補者の発言の支持、不支持を瞬間的に判断した結果が、画面上にグラフとなって刻々と表示されるというのをやっている。男女別になっている支持率の線が、ちょっと受ける発言をすると、スルリと上向き、受けないと下向するというわけである。

インターネットとTVが合体することで、大衆とメディアが直結する。アメリカン・デモクラシーの直接民主主義版であるが、これが衆愚政治のわかりやすい一例であることはいうまでもない。

しかし、ここでいわなければならないのは、政治がインターネットという「私語」としての世論に左右される危険とか、TVメディアがネットと合体して世論誘導をして、大衆（愚民）を煽動していることの危険では、さしずめない。むろん、そういうことも十分にあるが、それ以上に深刻なことがある。

それはTVに出演し、大統領候補（でも何でもよいが）として国民に自分の政策なりヴィジョンを語る政治家も、その発言を聞いて（見ていて）判断を求められる視聴者（有権者）も、物を考える、という時間をほとんど奪われていることだろう。神経パルスの反射のようにしか運動できず、冷静な思惟による価値判断など望むべくもない。いや、すでにして価値という規準すらないのだ。

簡単にいえば、ＴＶ画面の政治ショーとお笑い番組が、同じ次元になっているということである。大衆に語りかけるパフォーマンスに躍起となる政治家も、それをシニカルに受けとめる大衆も、そこでかわされている言葉を少しも信用していない、という現実である。言葉が、決定的に価値を喪失する。

この場合の「言葉」とは、文字言語というだけではなく、人類が百万年も前から所有してきた音声言語のことである。もちろん、文字の発明が、人類に情報と知識の媒介、すなわちメディアの時代をもたらした。マーシャル・マクルーハンは『グーテンベルクの銀河系』（森常治訳、みすず書房）で、活字メディアが大衆化され、人々の感覚や認識が決定的に変化したことを指摘し、テオドール・アドルノは『啓蒙の弁証法』（徳永洵訳、岩波書店）で、「ラジオと映画の総合」であるＴＶが、大衆を支配し、美的経験の貧困化をもたらすといったが、ＴＶとインターネットの結合は、文字言語（活字文化）の衰退だけではなく、人類がホモ・サピエンスたる条件としての言葉（音声言語）の貧困化を極限まで押し進めるのではないかということである。

そこでは、「言葉」よりも、動物としての「信号」が圧倒的に強くなる。思考よりも、反射が優先される。「携帯をもったサル」とか「動物化するポストモダン」などということが最近いわれているのもうなずける。人類の科学技術と進歩主義の英智の行きついた果てを、サルへの退化などというと、映画の『猿の惑星』のようでいささか漫画的だが、最近の情報化社会の現状を眺めていると、そんな気がしてくるのである。

時間喪失としてのＴＶ世界

政治家に要求される条件として、一寸先は闇の政局を、瞬時に見きわめ判断して、熟考する暇もなく決断し実行する、動物的感覚がたいせつであるとよくいわれる。小泉純一郎元首相などは、その政治〝感〟によって勝負してきた政治家の代表であろう。ＴＶメディアによって、あの「改革」なるマジックワードを、まるで手品師のように赤いカーテンを背景に絶叫し、郵政解散によって自民党大勝利をもたらしたパフォーマンスは、まさにポストモダン時代（ＴＶとインターネット時代）の「動物化」そのものであった。この動物政治家にくらべて、安倍晋三前首相がＴＶでの記者のインタビューに、「……でございまして」「……と思う次第でありまして」「努力して参る所存です」等々の音声言語で対応していたのは、いかにも不器用で旧態依然に映ってしまったとしても致し方ない。

小泉型の劇場政治とは、まさにＴＶポリティックス時代を象徴するものであった。

『地中海』（藤原書店）で著名なフランスの歴史家ブローデルは、歴史を重層的にとらえる発想を示した。つまり、不動に近い「構造」、緩慢な変化を示す「変動局面」、そして最も短いスパンでの「出来事」という歴史の三つの時間軸の組み合わせのなかに、歴史のディテールから全体を見わたそうとする方法である。

いや、ブローデルの名前を出したのは、他でもない平成の日本を席巻した小泉内閣の「聖域なき構造改革」というスローガンの、倒錯ぶりについて一言したかったからである。小泉政治が、そのＴＶポリティックスを駆使してやったことは、まさしく「出来事」という「一瞬の微光のように歴史を横断するちりのようなもの」（ブローデルの言葉）と、ほとんど動かない「構造」というものをごちゃまぜにしてカオス

（混沌）化し、あらゆるものを〝改革〟すればよいという、まさに動物的反射にも等しい破壊主義者の蛮行であった。

この歴史の破壊、価値の打ちこわしの暴挙に、ＴＶは最大限の道具となった。それは権力による情報操作や大衆煽動というよりも、「自民党をぶっこわす！」という連呼が、ほとんど「言葉」を媒介にすることなく、画像とイメージによって排気ガスやスギ花粉のように拡散し、「国」を考え志向すべき国民を、ＴＶ画面に条件反射する「大衆人《ダス・マン》」に貶めたからである。

「大衆人《ダス・マン》」とは、哲学者ハイデガーが、現代のテクノロジズムとニヒリズムのなかで、自己の生き方や共同体への想像力を失った、実存なき人間（あっさりいえば、類人猿化したヒト）のことである。

現代社会の頽落は、この「ひと」（das Man）が世論を形成することであり、そこではもっぱら「噂話」（Gerede）や、「好奇心」（Neugier）がダス・マンたちの関心事となる。ＴＶこそが、その格好の舞台であることはくりかえすまでもあるまい。あれこれの噂話を面白おかしく並べて、刺激的な見せ物として選挙を演出する。テレポリティックスの罪状は、たんにＴＶメディアの愚劣や情報操作とデマゴギーのみならず、これを支持し、その馬鹿らしいことを自身で感じながら、その陳腐さに同化することをやめない「大衆人《ダス・マン》」と化した「国民」によって増幅されているのである。

ドラスティックな変化の危険

エリック・ホッファーは、一九六七年に『現代という時代の気質』という本で、工業化とテクノロジズムの急速な展開のなかで、現代社会が「ドラスティックな変化」（移民、失業、階級的没落、後進国の強いられた近代化など）を遂げ、大衆がその存立基盤を奪われ、根こそぎにされて孤独化することを指摘した。

……ドラスティックな変化は人類がかつて経験した中で最も困難で危険な経験であるということもあきらかになりつつある。われわれは、習慣を断つことは骨折することよりも苦痛で損傷が大きいこと、そして価値を分裂させることは原子を分裂させるのと同じく致命的な死の灰を降らせるかもしれないことを発見しはじめている。

（柄谷行人・柄谷真佐子訳、晶文社）

ホッファーは、自らも波止場の労働者の経験を持っていたが、当時のアメリカ社会、いや文明社会のなかで起こっている、このドラスティックな変化の危機を見ていた。

それから四十年を経て、孤独化した大衆は、陳腐で一方的な受動性としてのTVと、無際限に噂話をまき散らす「私語」としてのインターネットの結合のなかで、完膚なきまでに「価値を分裂」させている。その分裂をもたらすニヒリズムの「死の灰」は、今や世界を覆いつくそうとしているのだ。グローバリズムとは、この「死の灰」に他ならない。

ニーチェは、十九世紀末に、来たるべき二世紀、つまり二百年間は、ニヒリズムの時代であると予言した。それからすでに一世紀が過ぎた。あわせて彼は、人類がこのニヒリズムに直面するなかで、人間自身がより高い存在の自覚に目覚めるべく「高人」あるいは「超人」へと向うべきである、というヴイジョンを『ツァラトゥストラ』において語った。

人類学者の分類によれば、信号という形態を持った前人（アウストラロピテクス類）以降から、道具による労働をはじめ、その労働の発展が、言語と意識の最初の進歩をひき出したという。ピテカントロプスからシナントロプスという原人、ネアンデルタールという旧人、ホモ・サピエンスという新人へ。さしずめ、ニーチェの予言以来百年目の今日、人類は哲学者のいう「高人」へと至る道筋をつけられるのか、はたまた「前人」への先祖返りを行うのか。どうやら見るところ、後半の方がリアリティを帯びてきているのではないか。いや、これは決して冗談話ではない。

新聞週間とやらで、「朝日新聞」が同社論説主幹の若宮啓文氏とＴＢＳのキャスター筑紫哲也氏の対談を載せて、新聞（活字文化）ではなく、ＴＶのワイドショーが今や世の中を動かすのだから、要旨はぜひとも「朝日」的活字世界を伝達したいといっていた。ジャーナリストの良心の発言ということなのだろうか。「朝日」＝「良識」という動物的な反射しかできなくなっているＴＶキャスターの顔は、私には旧人（ネアンデルタール）よりも、さらに先祖返りした「アサヒーる」信号受信の「前人」のように見えて仕方がなかった。

二十一世紀へ「世界史の哲学」を

二〇〇七年、低所得者向けサブプライム・ローンの不良債権化を発端に世界金融危機

二〇〇八（平成二十）年に入って、アメリカのサブプライム・ローンに端を発した株式の下落のなかで、日本株の下落もはじまったが、ジャパン・パッシングといわれる外国投資家の日本ばなれが加速して止まらない。事はもちろん経済・株式の問題だけではなく、日本の国家としてのパワーのあきらかな衰退が根本にある。米中の経済同盟といわれる相互関係のなかで、〝経済力〟を国力としてきた日本の凋落は著しい。通常国会の冒頭の経済演説で大田弘子経済財政政策担当相が「残念ながら日本は『経済は一流』と呼ばれる状況ではない」と正直に述べた通りであり、グローバルな世界市場の激流にたいして国家としての意思決定の迅速さを欠いた日本は、ただ翻弄され、二十一世紀の資源ナショナリズム世界戦争の渦の中に消えかけている。

福田首相の訪中の直前に、日中両国の経済閣僚のはじめての会談があったが、人民元の為替レートの上昇に期待するといった日本側の意見は、全く無視された。人民元のレート問題はアメリカとの経済同盟のなかで議論すべきものであり、日本のアピールなど関係なしというのが中国の本音であろう。

軍事力においても外交力においても、そのパワーを世界の潮流のなかで十分に発揮できない日本の経済力が低下していくのは当然のことだろう。平成二十年、二〇〇八年には世界の主要国の指導者の交替があ

る。韓国、台湾、ロシア、アメリカ等々である。日本の指導者の存在感のなさは、福田康夫内閣に象徴されるように、すでに死に体となった自民党と〝政局〟だけを考える民主党という対になった内向性にあきらかだ。福田首相が「自立と共生」なる文句をうたっても、冷戦時代の日米関係の幻想に浸り、アメリカへの従属（まさに戦後レジーム）を深めること以外にない日本の政治・外交の発想力のなさを見れば、所詮は空しい。「共生」という言葉も一国の主導者が使うのにはきわめて曖昧である。グローバル時代の地球環境ということを施政方針演説でもしきりにいっていたが、「共生」とはそもそも各国の国益のぶつかり合いのなかで、いかにそれぞれの国家が限られた地球資源を分け合うのかという、弱肉強食の生存の論理を前提としているのである。

東ユーラシア大陸が膨張するとき、日本は危機に陥るといわれている。九〇年代のエリツィン時代のオルガルヒ（新興財閥）の無政府状態を、新たな国家主義によって秩序化したプーチン皇帝がロシアを支配していくのはあきらかであり、中国の軍事的・経済的台頭も合わせてみれば、日本は今こそ国家形成をなさねばならない。ロシアの〝脱欧入亜〟は、朝鮮半島の情勢にも大きな変化を与えるのであり、拉致問題を納得のいくかたちで日本が解決しえないならば、北方領土問題へのアプローチにもパワーを持ちえなくなるだろう。韓国の大統領が金大中・盧武鉉政権と続いた革新政権から、実務型で保守系の李明博にかわることで、日韓関係は協調路線になるという見方も一部で出ており、李次期大統領が「自分としては成熟した両国関係のために（歴史問題についての日本の）謝罪や反省は求めない」と発言したことを日本の保守派は歓迎しているようであるが、済州島出身の拓殖大学教授の呉善花氏は「李明博は反日教育を受けてきたまさに第一世代であり、日本人が思っているほどあまくはない」とさる会合で発言されていた。さらに台湾総選挙（一月十二日）の国民党の圧勝を考えるならば、台湾での親日派勢力の激減はあきらかであり、膨張する大陸中国と国民党台湾の第三次〝国共合作〟によって、日本はアジア地域においても経済的プレゼンスを著しく低下させることになるだろう。

かくして二〇〇八年の世界情勢のなかで、日本は国家理性《シュターツレーゾン》、すなわち自国の利益を追求するという、国家の存在の条件を失いつつある。

世界史に関わる国家のエネルギー

明治以降の欧化と日本的・東洋的な思想との矛盾、葛藤のなかで、昭和思想はさまざまなかたちで形成されたが、それが世界史という視野と文脈にもとづいてなされたのは、昭和十年代であった。満州事変、支那事変から大東亜戦争に至る十五年間は、戦後史観のいうところの「十五年戦争」という現実に直面しつつ、日本人が自らの力で「世界史の哲学」を構築しようとしたのもまた事実であった。一九四二（昭和十七）年の『文学界』の座談会「近代の超克」、昭和十七年から十八年にかけての『中央公論』の座談会「世界史的立場と日本」（西谷啓治、高山岩男、高坂正顕、鈴木成高、昭和十八年刊）のふたつの座談会は、西洋近代文明を受容してきた日本人が、まさにその西洋列強と戦うための思想的根拠をさぐろうとしたものであった。「近代」の超克とは、しかし他者としての、敵としての西洋の超克ではなく、むしろ欧化によって近代国民国家を形成しえた自身を超克の対象とすることであった。日本浪曼派の一人である亀井勝一郎の次のような発言は、これを象徴している。

現在我々の戦ひつゝある戦争は、対外的には英米勢力の覆滅であるが、内的にいへば近代文明のもたらしたかゝる精神の疾病の根本治療である。これは聖戦の両面であって、いづれに怠慢であっても戦争は不具となるであらう。

（「現代精神に関する覚書」『近代の超克』冨山房）

結果的にいえば、大東亜戦争の敗北によって、戦後の日本は外的な敗北だけではなく、「内的」な「精神の疾病の根本治療」をも投げ捨てて、アメリカニズムという新たな「近代文明」を享受したのである。それはいいかえれば冷戦構造のなかで、唯一アメリカという「世界」に従属することで、「近代」の物質的繁栄をえることであった。「世界史の哲学」は、戦後という時代に、日本人にとっては等閑視したほうがいいものとなった。

しかし、冷戦体制の崩壊と世界の多元化のなかで、日本はあらためて世界史のレースのなかに、否応なく自力で立たされることになったのである。このことは、実は冷戦体制のなかでも、かつての「世界史の哲学」の持つ思想的試みの意義とその挫折とに通じた一人の哲学者によって、すでに看破されていた。京都学派の流れを若き研究者としてくみ、戦後において「近代の超克」論を自らの哲学のテーマとして出発した大島康正である。大橋良介氏は、大島のことを『「近代の超克」の第二周目ランナー』（大島康正『時代区分の成立根拠・実存倫理』解説、京都哲学撰書第十三巻、燈影舎）と呼んだが、理念なき戦後の不毛なグランドを走るこの孤独なランナーは、一九六五（昭和四十）年に、次のように書いていたのである。

……かつて海軍の一部に協力して戦争の性格を変えて早期終結に努力した京都哲学の理念が、空しく現実の前に敗れたと同じように、こんどもまたそんなことを試みても、理念は現実の前に敗れるにきまっているという人もあるかもしれない。そして或いはほんとうにそうかもしれない。国家というものがほんらい倫理とは無関係の力の論理によって動くもので、倫理的なものはいつも仮面にしか使われないものだという考え方もあろうし、その証拠に当初は平和愛好の立派な理念によってつくられたはずの国際連合が、現実には次第に性格を変えてしまった点も指摘されよう。

しかし、それにもかかわらず歴史を単なる宿命論として傍観することに満足しきれず、何とか理念によって導こうと試みるのが、そもそも人間というものであり、またことに知識人の役割ではなかろうか。私はその意味で、もう一度新しい「世界史の哲学」が必要であると思う》

（「大東亜戦争と京都学派」『世界史の理論』京都哲学撰書第十一巻、燈影舎）

大島は六五年当時、米ソの対極的な対立の時代から、すでに中国やベトナムの情勢を見ながら「多元化という世界の現実」を受けとめていた。そして、「『広範囲にわたる恒久的な安全機構』の確立に向かって……各国によびかけるような、新しい『世界史の哲学』の理念を構想し、打ち出すことが、今日必要なのである」と明言していた。

戦後において、このような「世界史の哲学」の新しい可能性とその必要性の議論は、ほとんど受けとめられなかった、というより空語と見なされたのだった。しかし、二十一世紀のグローバリズムと世界の多元化のなかで、「自立と共生」ということを国家のヴィジョンとして真剣に語ろうとするならば、「ＩＴ（情報技術）とＦＴ（金融技術）の結婚」によって、あらゆる物を金融化して世界をマモンが席巻するこの状況にたいして、それを「宿命論として傍観する」ことは許されないはずである。

二十一世紀に、われわれが求めるべき「世界史の哲学」とは、かつての京都学派のような西洋と日本といった対立図式ではもとよりないが、かの「近代の超克」論が、その根底にはらんでいた問題意識——「近代文明のもたらしたかゝる精神の疾病の根本治療」は、よりおおくの困難《アポリア》をかかえたものとして、まさにマネーゲームとグローバリズムの今日の世界に対峙するための喫緊のテーマである。その意味で保守思想は、自国の歴史と伝統を見直すだけではなく、国家存亡の危機の直中から紡ぎ出された、世界史に関わろうとする日本人の倫理的な力、まさに国家理性としてのモラーリッシュ・エネルギーを再発見しなければならないだろう。

構造改革という「現代の悪霊」

二〇〇八年一月、新テロ特措法施行。二月、アメリカで相次ぐ銃乱射事件

連合赤軍事件のなかで私が（まだ高校生になったばかりの頃だったが）最も鮮明に印象として残っているのは、あさま山荘で銃撃戦を展開した〝革命〟分子のひとりが、逮捕された直後のコメントとして、「ドストエフスキーの『悪霊』を読みたい」と口走ったという報道であった。もし彼ないしその〝同志〟たちの誰かが『悪霊』を読んでいれば、あのような事件が起こらなかったのか、と一瞬思いはしたが、それよりも百年前にロシア帝国で書かれた小説を、ほとんどそのままなぞったような連合赤軍事件に直面したことに驚いた。

ドストエフスキーは、政治犯としての四年に及ぶシベリア流刑とさらに四年の兵役義務をおえて、一八五九年に十年ぶりにペテルブルクに戻り本格的な作家活動を再開した。しかしまもなく彼は周囲の異変に気づく。ロシア社会のなかに尋常ならざる気配が漂いはじめていたからだ。そのきっかけは、一八六九年十一月二十一日（新暦十二月三日）に、モスクワの公園の奥にある池で、ピストルで頭部を貫通された屍体が発見されたことであった。屍体には煉瓦がくくりつけてあったが、それがはずれて水中から浮かびあがり、惨殺体は氷の下に見えていた。被害者は農業大学の学生イワノフ。偶然にも作家はこの青年が大変すぐれた人物であることを少し前に夫人の弟から聞いていた。青年は革命思想によってロシアの専制政治

を転覆させようと企てる組織の一員だった。首謀者の青年革命家セルゲイ・ネチャーエフは、ジュネーヴでアナーキスト（無政府主義者）の大物ミハイル・バクーニンとも接触し、モスクワの大学生を中心にした革命運動のグループをロシア全土に拡げようとしていた。ところが仲間割れによって、イワノフを謀殺し、国外に逃亡した。しかし彼をのぞくその一派は逮捕された。ドストエフスキーは、二十年前に自らも社会主義の文献をひそかに読んでいたサークルに関わったことで逮捕・流刑の身となっただけに、この事件に注目せざるをえなかった。

そして、ロシア内部でうごめきはじめた革命思想という名の怪物を主題にして、一編の長編小説すなわち『悪霊』を書きあげたのである。『悪霊』とはロシア語でベースイ、「悪鬼」とも訳せる。複数形で「悪鬼たち」となる。ドストエフスキーは、ロシア社会の底にあるニヒリズムが、革命思想と結びついたとき、社会を変革しようとする理想が、一転して人間の暗黒部分を膨らませ、怨念と憎悪をたぎらせることを、よく知り抜いていた。そのとき「政治の情熱」は「やつは敵だ、敵は殺せ」となる。

連合赤軍事件の核心部には、ドストエフスキーが『悪霊』で描いた、この「革命」という思想の倒錯性があきらかにある。

悪霊としての革命思想

『悪霊』というタイトルは、周知のように使徒ルカによる福音書よりとられている。イエス・キリストが、ガリラヤ湖の向こう岸にあるゲラサ人の町で、悪霊に取りつかれた男と出会う。男は裸体のまま長く墓場に住み、鎖でつながれ足枷をはめられていた。イエスが近づくと男に取りついていた悪霊たちが激しくわめきはじめ、イエスに向かって「底なしの淵へ行けという命令を自分たちに出さないでくれ」と必死に訴えた。悪霊たちは、イエスが「神の子」として、悪しき諸霊を完全に制圧する力のあることを知っていたからである。そこでイエスは、悪霊どもを「豚の群の中」に入らせた。

……悪霊ども、その豚に入ることを許せと願えり。イエス許したもう。悪霊ども、人より出でて豚に入りたれば、その群れ、崖より湖に駆けくだりて溺る。

（『ルカ福音書』八章三二〜三三節）

『悪霊』について、ドストエフスキーは友人宛の手紙で、このルカ福音書と同じことがロシアで起こったといっている。

「悪霊がロシア人のなかから出て、豚の群れ、つまりネチャーエフやセルノ・ソロヴィヨーヴィチらに入ったのです。その連中は溺れてしまったし、さもなくば、間違いなく溺れてしまうでしょう。ところで、悪霊が離れて癒った男は、イエスの足もとに坐っています。それは当然そうあるべきだったのです。ロシアは無理に食べさせられたいやらしいものを、嘔いてしまいました。もういうまでもなく、その嘔き出された悪党どもの中には、ロシア的なものなど何ひとつ残っていません。貴き友よ、見てください。おのれの国民と国民性を失ったものは、父祖の信仰も神も失ってしまいます」

（『ドストエフスキー全集』第十七巻、米川正夫訳、河出書房新社）

十九世紀に生をうけたドストエフスキーは、自らを「不信と懐疑の時代の子」といったが、ロシアの民衆（ナロード）にたいする信頼とキリストの神への信仰を貫いた。「ロシア的なもの」こそ、その文学の根幹にあった。しかし、二十世紀のロシア革命が、無神論的社会主義の思想によって、これを徹底的に破壊した。そして、その「悪霊ども」は、二十世紀後半の日本でも跳梁したのである。連合赤軍事件は、その陰惨な結末であったのか。六〇年代からの新左翼運動は、この事件によって頓挫し、終焉したのだろうか。

日本的スノビズム

一九八〇年代に入り、日本はポストモダニズムといわれる風潮に覆い尽くされる。ロックフェラー・センターやコロンビア映画を日本企業が買い占めるという経済力によって、アメリカ合衆国以上のスノッブな資本主義――ポスト歴史性のなかに浮遊し漂いはじめる。むろん、八五年のプラザ合意以降、日米経済戦争によってこの国はバブルとその崩壊の奈落へと転落したが、世界のアメリカ化の実験場としての「日本」は、構造改革という名の〝悪霊〟に取りつかれたのである。すなわち「改革」というマジックワードが、「日本的なもの」をことごとく破壊し自己解体に追い込んでいった。

フランシス・フクヤマの『歴史の終わりと最後の人間』（一九九二年）は、歴史の終わりとしてのマルクス主義の死を告げ、アメリカ的リベラルな民主主義の勝利を宣言した著作として話題になったが、フクヤマの発想がヘーゲル哲学の解釈者であるコジェーヴから来ていることには注意をうながしてもよい。コジェーヴは、「日本」はアメリカ合衆国よりも、さらに終極的なポスト歴史の状態に入っているといったのである。ポスト歴史とは、簡単にいってしまえば、人類の歴史はある目標に向かって進化していくという歴史主義（ここにはユダヤ・キリスト教神学を世俗化したヘーゲルの歴史哲学があり、それを転倒させたマルクス主義のユートピア思想がある）が消え失せてしまい、人間は歴史意識を持って生きる実存的な存在であることをやめ、文化的スノビズムのなかで動物化して生きるということだ。一九九〇年代以降のニッポンは、まさに〝動物化〟したポスト歴史の状態に突入していったのである。

しかし、改めて見なければならないのは、こうしたポスト歴史的な「ニッポン」が、アメリカ合衆国以上にアメリカ的なるものの実験場であったことだろう。つまり、そこにはマルクス主義的・共産主義的な「革命」思想が消え去ったのではなく、それが構造改革という「革命のダンピング」となって、この国の歴史と伝統とそして風土までをも席巻し、破壊し尽くしたという現実があるのだ。ルカ福音書のくだりでいうならば、左翼「革命」という悪霊どもは、「底なしの淵」へと落下して死滅したのではなく、「豚の群」の中に入ったわけだが、この二十年来の日本に起こったのは、その豚どもの（構造改革主義者・市場原理主義者・自由至上主義者等々）暴れ回るにまかせた世界に他ならなかったという事実である。

ジャック・デリダは『マルクスの亡霊たち』（藤原書店、一九九三年）で、フクヤマの『歴史の終わりと最後の人間』を、「歴史の終わりとしてのマルクス主義の死に関する、最も騒々しい、最もメディア化された、新たな福音書」と皮肉って批判しているが、この「新たな福音書」に記されている悪霊に憑かれた裸体の哀れな男は、他ならぬ「日本」なのではないか。

連合赤軍事件は、フランス革命、ロシア革命という歴史上の「革命」が示した、その左翼ラディカリズムのもたらす矛盾と倒錯を卑小化してなぞった、一コマのトラジコメディに過ぎない。しかし、その戯画化された「革命」思想は、ポスト歴史の九〇年代以降の今日に至る、日本的スノビズムのなかで、「改革」という名の悪霊（豚ども）として生き延びている。

新左翼運動という「革命ごっこ」は消えたが、構造改革という「現代の悪霊」によって、日本人はその国民性を失い、歴史を喪失してきたのである。その意味では保守思想は、今こそ新たな「反革命宣言」を形成していかなければならないだろう。

チベット問題と宗教の力

二〇〇八年三月、中国チベット自治区ラサで大規模暴動

三月十日のチベット自治区ラサで、デプン寺の僧侶三百人が拘束されていることにたいする抗議のデモ行進は、中国側によって阻まれ、「フリーチベット」の声は武装警官によって封殺された。中国側は「チベット人の暴動」といったプロパガンダ映像を流したが、青海省や四川省でも抗議の声は浩然として湧き上がった。それは決して「暴動」ではなく、半世紀以上にもわたって中華人民共和国の圧政と弾圧に苦しんできたチベット人の絶望的な叫びのあらわれであった。四十九年前、一九五九年にダライ・ラマ法王を謀殺しようとした中国政府にたいして、法王はインドへの亡命を決意し、民衆はチベットの歴史と宗教を体現し象徴する法王を拘束し、チベット文化自体をまっこうから否定する中国政府にたいして果敢に蜂起した。これにたいして中国軍は容赦ない虐殺をくりかえし、無数の僧侶が殺され、監禁され拷問・処刑された。

「自治区」とは中国政府の名づけたものである。現実には「侵略」であり「蹂躙《じゅうりん》」であり「占領」に他ならない。今回の《民衆蜂起》は、この「三月十日」の歴史から真っすぐにつながっており、そこで噴出したのは長い歴史と信仰に生きてきた民族の魂の表出であった。

北京オリンピックを前にした中国政府は、情報を統制することで、このチベット人の必死の行動を隠蔽

しようとした。しかし、圧倒的な暴力と弾圧にたいして「非暴力」を説くことで対峙する、ダライ・ラマ法王の高い宗教精神と倫理的姿勢は、西洋諸国の指導者や国民に深い共感を与えたのは周知の通りである。日本でもこうした「チベット問題」の全容がしだいにあきらかになり、長野の善光寺がオリンピックの聖火リレーの出発場を拒否するという決断を下した。しかし、仏教界をはじめとした日本の宗教界も、政治家・外交官も、対中国にたいして明確な物言いをすることができなかった。天台宗別格本山圓教寺の大樹《おおき》玄承《げんじょう》師が、関西テレビの情報番組『ぶったま！』の四月五日の生放送で、中国によるチベット弾圧について宗教者としての心情を語ったことは、現役の僧侶の声が一般人に届いたこととして注目されたが、その「声明」の最後の言葉は、日本の宗教界の現状を深く憂うる響きを帯びていた。

「オリンピックにあわせて中国の交流のある寺院に参拝予定の僧侶もいらっしゃるでしょう。この状勢のなか、中国でどんなお話をされるのでしょう。
もしも宗教者として毅然とした態度で臨めないならば、私達はこれから、信者さん、檀家さんに、どのようなことを説いてゆけるのでしょうか。
私達にとってこれが、宗教者、仏教者であるための最後の機会かもしれません」

（「TEMPLE」8号、白馬社）

宗教団体だけではない。日頃から宗教に関心を寄せる知人に、今回のチベット問題をめぐって、宗教・文化的な側面からとくに論じてもらいたいと寄稿を願ったところ、「チベット仏教には関心がないし、そもそもいかがわしい」とあっさり断られた。チベット仏教については私自身も無知である。「鳥葬」や「ラマ教」や「秘教」的イメージが先行し、それこそ「淫祠邪教」のような印象があるのかも知れない。仏教学の補助学としてチベット研究が長くあったのも事実である。しかし近年、多様な分野からの研究が進み、アジア地域におけるチベット文化の広範な影響力と、現代物質文明にたいするその信仰による根本的な問い直しのアクチュアリティ(今日性)への理解が深まっているのは、何冊かの図書にあたれば歴然としている。

今回のチベット問題は、「民族自決」の価値を忘却し、真の意味での「信教の自由」を蔑ろにしてきた戦後日本人に、精神的な深い衝撃を与えた。我々は「国際化」とか「共生」と口先で語るが、その実は文化的鎖国のなかでの「閉ざされた言語空間」から一歩も出ていないのではないか。宗教団体や宗教法人は数多あるが、真実の宗教者はきわめて少数なのではないか。戦後の日本人は、経済成長という利益のなかで、「無信仰」を「自由」と履き違えてきたのではないか。

チベットで中国が行なってきたのは、あきらかに「文化的虐殺」である。とすれば、その「虐殺」に声を挙げないのは、戦後の「文化国家ニッポン」の、その「文化」が偽物でしかなかったことの証拠ではないのか。

「非暴力」の思想

今回のチベット民衆の蜂起に際して、ダライ・ラマはあくまでも「非暴力」を主張した。そして、中国支配の現実にたいして、チベットは「独立」ではなく「高度な自治」を求めるといった。これはダラムサラでの亡命政権の立場としての発言でもあろうが、民族自決というものが国際政治の現実のなかでいかなる力を持ちうるか、という問題がある。

民族自決権は一九四五年の国連憲章によって明記され、四八年の世界人権宣言において認められた。第二次大戦後のアジア、アフリカ諸国の独立は、欧米列強の帝国主義・植民地支配からの解放であり、民族自決権はそこで最大限に効力を発揮したのである。しかしまた、国家の現実と民族自決の考え方は、国際政治の現実面にあってはしばしば衝突し、矛盾と亀裂をもたらす。二十世紀の歴史は、多民族国家からの少数民族の分離と独立の流れを加速したのはあきらかであるが、多民族「国家」からすれば、内部の少数民族の独立運動は内政問題となる。したがって、国連がこの「内政問題」に積極的に関与することは基本的にはむずかしいといわざるをえない。またイラクに見られるように、アメリカがフセイン独裁政権を武力で打倒したことによって、クルド人の独立をはじめ宗教・部族間の対立・抗戦が激化したのも事実である。史上はじめて「国家」をつくろうとする途上にある中国が、漢民族支配のもとで五十をこえる諸民族を「中華民族」という政治概念でおさえこもうとすること自体が大きな矛盾である。「チベット問題」は、まさにこの国家と民族という重なり合いつつ分離する、世界の現実をあきらかにしているのである。

チベットはそもそも漢民族とは全く違う独自の文化・宗教を持ち、二千年以上の歴史を持っている民族である。チベットの領土も一九五〇年の人民解放軍の侵略以前には、中国の「領土」では全くなかった。つまり、チベットには民族自決の方向を自ら否定する要素は何もないといってよい。しかし、ダライ・ラマ法王がなお「高度な自治」というのは、中国の圧倒的な軍事力を前にしての発言だけではないものがあるように思われる。それはチベットが「独立」に向かってあくまでも邁進すれば、法王の「非暴力」の思想との衝突が回避できないからである。これはパキスタンとインドの狭間で、ヒンドゥー教とイスラム教の宗教対立の流血のなかで苦悩したガンディーの問題でもあったが、ダライ・ラマが亡命政権であるということから、さらなる困難をかかえこんでいるのはあきらかであろう。

ダライ・ラマは、チベット仏教のなかで「空」の思想を強調する。「空」とはただ空白や虚無を意味するのではなく、「物事が固有の本体を欠いていること（無自性《むじしょう》）」を自覚することで、全ての存在が相互依存的であることを深く洞察する。すなわち「縁起」であり、物事はそれ自体において存在しているのではなく、他のものに依存している。「慈悲」の心はここから生じる。「無」と「空」の違いは大きい。「無」は「我」の否定としてあるが、「空」は「物事は全く存在しない」のではなく、他との関わりにおいて在ると考えるからである。法王の「非暴力」主義はたんなる絶対平和主義ではなく、この仏教的「空」の思想の次元における、究極の相対主義に由来していると思われる。

ノーベル平和賞受賞のときのオスロ大学での記念講演で、ダライ・ラマはこう語っている。

（前略）現象間にあるこうした相互の関係を理解し、その様々な側面を考慮した上で、バランスの取れたやり方で問題解決を図ることがとても重要なのです。もちろん、それは簡単なことではありませんが、一つの問題を解決することで、新たに同じくらい深刻な問題が生まれるのであれば、そうした試みは殆ど無益です。ですから、私たちにとって相互連関を理解することが本当に唯一の選択肢なのです。単に地理的な意味の世界に対する責任だけではなく、地球が直面する様々な問題への責任という感覚を私たちは育まなくてはなりません。

（ダライ・ラマ法王庁公式ウェブサイト）

相対主義はいうまでもなく「絶対」の価値があるがゆえに、その意味を持つ。チベットの人々の信仰でいえば「仏」といっても、「天」といってもいい。民族自決を貫くことによる「独立」は彼等の見果てぬ悲願であろう。しかし「高度な自治」は、徹底した「非暴力」の思想による相対主義的な「問題の解決」のプロセスでもあろう。中国共産党の強権主義は、この偉大な仏教者の智慧の前に崩れ落ちてゆく他はないのではないか。現在暴力的に行使されている中国の覇権主義は、まさに「無明」である。全ての物事が「空」であり、相互依存していることを理解しない。しかしダライ・ラマはいう。「空の見解をより強く確信すればするほど、無明の心はその力を失っていくことがわかる」と。四川大震災はこの「無明」の闇を覆すひとつの契機となるのか。中国政府は、この世界がまさに天・地・人の相互依存によって成り立っているという現実に直面している。だがチベットの悲劇は依然として続いているのである。

「国民」意識の覚醒へ

二〇〇八年六月、秋葉原無差別殺傷事件。八月、アフガニスタンで日本人誘拐殺害事件

本年も八月十五日がやってきて、わが国民は六十三年前の終戦の日を「平和の誓い」をもってむかえるであろう。戦後、ＧＨＱの指令によって「太平洋戦争」と呼ぶことを強いられてきた大東亜戦争は、三百万余の犠牲者と本土の都市の全市街地の四〇パーセントが灰燼に帰するという、壊滅的な敗北を喫した。中国やアジア地域の人々の犠牲もまた多大であり、「平和」の祈りを二十一世紀の今日においてあらためて捧げることには意味がある。

しかし、その「平和」の祈りは、あの戦争と敗戦後の日本、平成の御世の今日まで至る歴史を深く問い直すことのなかからしか真実には生まれない。

平成二十年の今、資源ナショナリズムとグローバル経済の危機的状況のなかで、新たな国家主義の時代をむかえているが、日本は国家としての理念もヴィジョンもなければ、国民が共有する「文化」も「歴史」も持ってはいない。戦後の東西の冷戦構造のなかで、アメリカに軍事的・政治的・外交的に従属し依存することで果した経済成長による「国富」は、一九八〇年代後半より他ならぬ米国との「経済」戦争によって蕩尽させられ、「経済」を活力あるものとする「国力」の源泉が枯渇させられてきたのはいうまでもない。いや、それは日本人自らが、国民国家《ネイション・ステイト》としての自覚と気概を失ったために生じたのであった。

国境をこえた共生だのボーダーレスだの、国民国家の共同幻想は終ったのだと呑気なポストモダン的な観念論をふりまわしているうちに、世界史は多極化しながら、post post cold war の時代に突入し、国民主義《ナショナリズム》と市場経済の覇権主義が台頭した。アメリカとともに「自由と民主主義」の価値観を共有していれば、日本の〝安全〟保障は安穏であるという戦後レジーム（体制）の夢はとうの昔に潰え去った。

この「国家」の逆襲の時代において、日本に求められているのは、小手先の政治力や外交技術ではなく、国民（ナショナル）意識の覚醒である。

戦後の日本は、戦前の国家主義としてのステイティズムを否定するあまり、健全な国民主義としてのナショナリズムを十分に涵養することができなくなったのである。

たとえば敗戦後に『超国家主義の論理と心理』を書いて日本型ファシズムを分析した進歩的知識人の代表たる丸山真男は、日本のナショナリズムが「村」や「家」制度の前近代的な社会意識のうちにとどまり、西洋のような（たとえば同じ敗戦国のドイツ）「国民」主義としてのそれが著しく脆弱であったと指摘した（「戦後日本のナショナリズムの一般的考察」一九五一年）。これはむろん左翼リベラルの側の論理であるが、デモクラシーをたんに政治制度ではなく国民の意思に根づいたものとするには、国民主義としてのナショナリズムは不可欠だということである。いうまでもなく、「日本軍国主義に終止符が打たれた八・一五の日はまた同時に、超国家主義の全体系たる国体がその絶対性を喪失し今や初めて自由なる主体となった日本国民にその運命を委ねた日であったのである」（『超国家主義の論理と心理』岩波書店）といい、「自由なる主体」の「日本国民」などという空虚な観念《イデオロギー》をふりまわす丸山が、現実として「国民」主義を称揚していたとは思えない。実際、敗戦後の占領下において起こったことは、「日本国民」が、それこそ日本人であることの民族的・国民的アイデンティティを、根こそぎに切断されるという事態であった。

「国民」意識を破壊したもの

具体的には、それはGHQによる一連の占領政策であり、その根底にあるのは日本人の主体としての「言葉」の徹底的な検閲による破壊工作である。米国は、中共政府がチベット民族からチベット語を奪うような露骨な〝文化虐殺〟をなさなかったが、ある意味ではそれ以上に巧妙で苛酷な言論統制を敢行したのである。それは日本語を廃止して英語にしてしまおうといった生易しいものではなく、国語改革（正字正仮名の廃止等）をして「日本語」は一応存続させるが、その日本人の「言葉」から国民的《ナショナル》な意思の土台《パラダイム》を徹底的に引き抜いて打ちこわしてしまうという、いわば民族の歴史的連続性の切断であり破壊であった。

この戦後の検閲の問題については、一九七〇年代後半から八〇年代にかけての江藤淳による一連の占領史研究によって、その実態がすでにあきらかにされているが、とりわけ『閉ざされた言語空間』（文藝春秋社、一九八九年）は、米国の対日政策が「言葉」に関わることによって決定的な影響力を持ったことを解明した衝撃的な著作であった。それは「言葉」のパラダイムの変換によって、米軍にとっては戦後も「潜在的な敵」である日本人の「主体」性を抹殺することであった。ＣＣＤ（民間検閲支隊）などによる検閲は、新聞や雑誌等の言論のみならず「私信」にまで及んだ。私は広島の原爆資料館で、作家原民喜の認めた封書の上部がこの検閲によって無残に切り取られているのを目の当りにして、原子爆弾による残虐非道なジェノサイド（大量虐殺）と、被爆者としてその現実を書き遺そうとした作家の「私信」の検閲の痕跡が重なり合う思いがして慄然としたのを今もよく覚えている。「言葉」を奪い去るのではなく、その歴史的な土台《パラダイム》を破壊すること――それは戦争の夥しい犠牲者は米軍の殺戮によるものだという、当時の日本人の当然の思いを、日本の悪い指導者と軍人による「侵略戦争」の結果であり、日本人の「邪悪」さの故であるという、歪んだ罪悪感へとチェンジさせることをなさしめた。

江藤淳が『閉ざされた言語空間』で指摘したのは、まさにこの日本の「戦後」のまぎれもない現実であった。

これはいうまでもなく、言葉のパラダイムの逆転であり、そのことをもってするアイデンティティの破壊である。以後四年間にわたるCCDの検閲が一貫して意図したのは、まさにこのことにほかならなかった。それは、換言すれば、「邪悪」な日本と日本人の、思考と言語を通じての改造であり、さらにいえば日本を日本でない国、ないしは一地域に変え、日本人を日本人以外の何者かにしようという企てであった。

そのためには、占領軍当局は、……日本人を眼に見えぬ「巨大な檻」に閉じ込めてしまわなければならなかった。……第二次大戦中、カリフォルニア州マンザナの日系人強制収容所には鉄条網が張りめぐらされ、監視塔が設置されていたが、眼に見えぬ戦争の戦場となった日本本土には、それに類する虜囚の象徴はどこにも見当らなかった。CIC（対敵諜報部隊）とCCDの活動は、いずれも細心に隠蔽されていたからである。

（江藤淳『閉ざされた言語空間――占領軍の検閲と戦後日本』文藝春秋社）

戦後レジーム（体制）といわれるものの原点が、ここにあるといってもよい。つまり、丸山真男がいうのとは全く正反対に、「日本国民」は「自由なる主体」となるどころか、米国の占領政策によって、そのナショナルな「国民」意識を完全に奪われたのである。

今日もし、日本人が健全かつ正当なナショナリズムを回復しようとするならば、まずこの「言語を通じての改造」がいかに恐るべきものであるかを、民族の魂の痛覚をもって想起しなければならないだろう。

『GHQ焚書図書開封』の衝撃

本年の六月、これもまた戦後の「日本と日本人」の現実を考えるとき衝撃的な本が刊行された。西尾幹二著『GHQ焚書図書開封』（徳間書店）である。

これは占領下にGHQによって没収され消し去られた、戦前・戦中に日本人によって著わされた本をめぐる驚くべき報告であり研究である。「焚書」とは秦の始皇帝が儒者の書物を焼き捨てたという蛮行（「坑儒」で儒者を穴に埋めて殺しもした）で有名であるが、ナチスがユダヤ人や反対派の知識人や文学者の書物を〝焚書〟にしたのと同様のことが、占領下のわが国においてもGHQによって組織的に行なわれたというのである。米軍はもちろん「焚書」などとはいわずConfiscation（没収・押収）といい、「宣伝用刊行物没収」といった。プロパガンダの本を押収して、日本国民の目に完全にふれないようにするということだ。七千数百のタイトルの単行本がこのようにして消され、それに抵抗する者にたいしては警察力が使われたという。もちろん、こんな厖大な本のチェックを占領軍が直接にやれるはずもなく、また日本語にも通じた検閲官が必要であったから、実行部隊はGHQの指令を受け各都道府県の知事によって指名された担当官、すなわち日本人自身によってなされたのである。著者がいうように、この「焚書」は戦後の「検閲」

とはあきらかに別なものである。

昭和三年（一九二八年）一月一日から昭和二十年九月二日までの間に約二十二万タイトルの刊行物が日本では公刊されていました。その中から九二八八点の単行本を選び出して、審査に掛け、うち七七六九点に絞って、「没収宣伝用刊行物」に指定したというのがここでいう焚書行為というわけであります。七七六九点の総リストを作ったのは占領軍です。リストに基づいて実際に本の没収を全国的に行ったのは日本政府です。

大東亜戦争の戦意形成に決定的に役立ったこの時期の、厖大量の知性の表現ですから、占領軍が狙いを定めたのも当然かもしれません。しかし日本からいえばこれを欠いてしまったら歴史の正体が見えなくなります。（中略）「焚書」は以上の通り「検閲」とは別件であるだけでなく、一国の歴史の連続性の問題としてこれより比較にならぬほど重大なテーマだといって過言ではないでしょう。

焚書リストを作ったのは占領軍であるが、GHQと日本政府の行政官だけでこれはできる作業ではなく、当時の日本の学者や言論人がこれに協力した（させられた）ことは容易に想像がつく。著者はこの日本人の協力者たちが、むしろ積極的に関与した可能性を示唆しているが、具体的な「関与の仕組」についてはこれからの調査、研究にゆだねたいといっている。しかし、これも想像できることだが、戦後日本において文化勲章や学士院会員となった学者たちが、思想的立場の是非はともかく米国の占領政策、すなわち「日本人を日本人以外の何者かにしようという企て」に加担することで、日本の歴史の連続性を否定したことは事実である。大学や学会などが、こうした自国の書物を焚書とし、魂を売り渡した〝学者〟たちによって牛耳られ、それが〝学閥〟なりマスコミの支配構造を形成してきたのは明白である。それは、今日においても厳として存在し続けているのである。閉ざされた言語空間は、米占領軍の目に見えぬ「巨大な檻」によってつくり出されたが、そのレジーム（体制）を講和独立以後も、自分たちの既得権益であるかのように維持し、日本人の「国民」意識を蔑ろにしてきたのが、知的階級といわれる日本人自身であったことはあらためて指摘されねばならない。

日本は戦争に敗れましたが、「焚書」される理由はまったくありません。一国の政治的・思想的・歴史的・文明的・道徳的・軍事的・外交的、そしてさいごには宗教的な生きる根拠を、他民族から裁かれる理由はないのです。

日本が戦前・戦中の自分の主張的立場を他人に言われて否定したのは間違いでした。失敗です。「焚書」されて本がなくなってしまったために、戦後を自分でなくて生きている事実すら気がつかなくなってしまったのです。

最近の日本及び日本人の情けない姿はみなここに原因があります。（同）

「宗教的な生きる根拠」とはいうまでもない、生者であるわれわれが自分自身を越えた何がしかの超越的な存在を信じ、祈り、尊重していく精神の在り方であり姿勢に他ならない。それをたとえば「死者」――あの日本人の未曾有の大戦争によって散華した同胞たちを思う心といってもよい。個人の信仰や宗教心を越えて、靖国神社に参拝することは、その意味では日本人の「国民」意識としてむしろ自然な感情の発露であろう。それを「戦争責任」とか「軍国主義」の復活だと騒ぎ立てる方がおかしい。まして中国や韓国の政治的勢力と内政干渉によって「靖国」問題などといって、議論することは倒錯的としかいいようがない。

GHQ焚書図書には、たしかに戦意昂揚の熱狂をかりたてようとした内容のものもあるだろう。しかし、昭和三年から終戦までの時期は、明治維新以来の西洋化＝近代化のなかで近代国民国家を形成してきた日本人が、自らのその欧化の歩みがほんとうに正しいものであったのかという、日本人の歴史意識と伝統文化にてらして今一度その「義」を問い直そうとした、思想的にも文化的にもきわめてクリティカルで重要な時期であった。そこにはまさしく「厖大量の知性の表現」があったのは疑いえない。これを〝開封〟してゆく地道な知的作業は、二十一世紀に新たな国家形成を強いられているわれわれにとって大切な営みとなるであろう。

「食」の問題は国防なり

二〇〇八年六月、食品偽装発覚相次ぐ。九月、汚染米転売問題。十月、食品の異物混入発覚

「食」のテーマを考えるとき、日本人はその根本において「農」の問題にぶつかる。現代の農業問題、食糧自給の必要性などについて考えるときに、具体的な農業政策とともに、日本人の生活と魂に深く結びつく国民のアイデンティティを改めて確認することが大切であろう。それはそのまま明治の文明開化と戦後の経済の高度成長という、日本の「近代」化のあり方を根源的に反省する契機と自覚をもたらさずにはおかない。

「身土不二《しんどふじ》」という言葉がある。いや、あったというべきか。身体と土は分けることができない、その土地と風土に根ざして人は食し身を養うという意味である。これは鎖国時代のわが国においては、「食」の基本であった。

鎖国下に来航した西洋人は、日本の風土や農業の実体を目にして、近世日本の「農業生産力」を高く評価している。ケンペル（一六九〇（元禄三）年〜一六九二（元禄五）年滞日）は、『廻国奇観』や『日本誌』で、日本人のつつましやかな生活と、それを営む国内の農業のあり方に注目している。

山岳地帯が多い日本の地勢のなかで、「この土地の欠点は、住民にその長所を生かし、勤勉と節度ある生活を営ましめる機会を与えたのである。険しい岩山であろうが、山の頂であろうが、放置されているよ

うな所はなく、勤勉な農民は、汗水流して貧地までをも耕している」。「(前略)人口の多いこの国が外国からは何も輸入せず、孤立した小世界として存立し、国内の田畑を耕して自給自足し、平穏に暮している」。またツンベルク(一七七五(安永四)年〜一七七六(安永五)年滞日)は、民俗学的な紀行記で家畜などの糞尿類の農耕への利用などの知恵に驚嘆している。

こうした「農本国」としての日本は、いうまでもなく明治の文明開化(開国)によって、おおきく揺らぎ変化する。しかし、西洋文明と近代資本主義の実現を急ぐなかで、「農」のアイデンティティを失うべきではないとの警告も強くあった。

内村鑑三は、日本は本来的には「農本国」であると主張した。『デンマルク国の話』は日露戦争後に発表されたが(一九一一(明治四十四)年)、そこには「農を以て強大なる平和的文明国たるべきである」との思いがこめられていた。また、農業の文明史的考察ともいうべき壮大な『農業本論』(一八九八(明治三十一)年)を著わした新渡戸稲造は、「農」をたんにひとつの産業ではなく、その共同体を支えるオイコス(エコノミーという言葉の起源)としてとらえた。それは今日いわれるエコロジーにもつながるものである。

内村鑑三も新渡戸稲造も札幌農学校において、キリスト教の感化を受け、一神教徒となったのであり、文明開化の近代主義に逆行する頑迷な農本主義者ではなかったが、むしろ自然史の営みや文明史の潮瀆のなかで、「農業の貴重なる所以」を語ったのである。日本人にとっての貴農論といってよい。『農業本論』の最終章で、新渡戸は「農本国を脱却し、商工を経済の国是となすの機運」のなかにある近代日本を考察しながら、農業と商工のバランスを説いている。

……内に農の力を籍らずして外に商工によりてのみ勇飛せんとするは、恰も鳥が樹木岩石等の間に一定の巣を構ふることなくして、渺茫たる海洋をば唯其両翼によりて飛翔するが如きのみ。時に其勢力を扶殖することは或はこれ有らん、然れども国として永続したることは、古来未だ其例を見ず。（中略）之に反し、農業のみによりて起れる国は、恰も地中に棲息せる動物の如く、内部は甚だ強堅にして、其生存も亦永続すべしと雖も、其能力たるは決して外に出づる能はざるものなり。

（『新渡戸稲造全集』第二巻、教文館）

近代日本は、この「内」としての「農の力」を削いで、西洋化を急ぎ、「外に商工によりてのみ勇飛せんとする」道を、不可避なものとして選び突き進んだ。大国ロシアを打ち破って、西洋列強を震撼させ、同胞アジアの注目するところとなった日本は、しかしまさに「渺茫たる海洋」を「飛翔するが如き」運命を背負うことになった。

そして、大東亜戦争の敗北は、今一度、日本人を「農」のアイデンティティの問題に立ち還らせる契機となった。

「国土の本質」への回帰

一九五〇（昭和二十五）年、公職追放中の身であった保田與重郎は、無署名稿で『絶対平和論』（新学社）という画期的な書物を刊行した。これは戦後の左翼的なイデオロギーによる「平和論」の横行のなかで、近代戦に敗れた日本が「平和生活の原理」を「東洋的生産生活」への回帰、すなわち「農」の再発見のうちに求めようとしたものであった。注目すべきは、そこで「近代」の物質文明から離脱し、民族の原郷としての農耕生活を自覚的によみがえらせる意識が、「平和論」すなわち国防の問題と直結している点である。

……絶対平和論の基礎となる生活、その倫理、精神、思想といふものは、くりかへし申しましたやうに、日本の古い伝へです。且《か》つ日本の国土の本質生活として残り、日本の生民を養ってきた、今も養ってゐる生活です。

「日本の国土の本質生活」とは、日本人の道徳の根幹となってきた、米作りの暮らしである。「食」と「農」の一致であり、それは古代の祭政一致と重なり合う。「身土不二《しんどふじ》」である。

もちろん、保田與重郎は日本人がことごとく古代社会へ回帰せよ、などと非現実的な提案をしたのではなく、敗戦によって日本人が、明治近代化以来の文明開化の恩想をもう一度考え直し、自らの民族的土壌での生活を改めて想起すべきであるというのである。いたずらに物質的・経済的な繁栄を求めるのではない。日本人の「倫理、精神、思想」を再発見せよとの主張である。

わが民族は水田耕作を原理としてゐるので、大規模な民族移動もなく、従って侵略という考へはなかったのです。故にたまく入手した武器も、武器から農具に変貌することを理念としてゐます。わが神

話では、剣は常に生産の象徴とされてゐます。天叢雲剣といふ名は、草薙剣とその名を改められて、鎌となったのです。（同）

アジア的生産生活と無抵抗精神によって絶対の「平和」をという保田のヴィジョンは、戦後日本の復興の道のりとはあきらかに相反するものであったし、東西の冷戦構造とアメリカの軍事的・政治的パワーに庇護されて経済成長を遂げた日本の現実から見れば、空想的なものに映るであろう。保田自身も後年、「近代の繁栄」だけを「平和国家」という偽善の代名詞のもとで享受した戦後日本の現実の姿を指摘していた。

しかし、保田の「絶対平和論」は、少なくとも日本人が「国土の本質生活」を自覚することで、あえていえば「伝統」の「発明」によって、自国を「守る」という思想であった。その点でおおいに今日的意味がある。その無抵抗主義は極度の精神主義というより、「身土不二《しんどふじ》」の「生活」の思想から生み出されたからである。そしてそこには、自給自足的な「食」の生産様式が結びついている。

今日の日本に必要なのは、食糧の安全保障を、食糧の輸入や国内の農政のことがらだけではなく、「日本の国土」の防衛（安全保障）問題として幅広くとらえる視点である。グローバリズムと資源ナショナリズムのなかで、世界は今や、新たな国家主義の時代をむかえている。食糧危機は必然的に先進諸国の争奪戦を生む。そのときわが国は、食糧政策の抜本的な転換とともに、総合的な国防のヴィジョンとしてこの危機に対処しなければならない。

ここで詳述する余裕はないが、私は保田的な「絶対平和論」を貫く無抵抗主義の思想は、わが国が核武装をすることによって、むしろ現実化するのではないかと逆説的に考える。それは西部邁氏が『核武装論』（講談社現代新書）で示した、「独立自衛核」のヴィジョンである。つまり、一切の予防的先制核を禁じ、厳密に「報復のためのセカンド・アタック」にのみ使用する（相手からのファースト・アタックにたいしては、ガンディー主義的に「瞬時の大量」の被害に耐える）という方針を戦略的前提とすることだ。いわば「受苦の情熱」を国家・国民として表明し実行することである。むろん、現在のような自立精神のパッションなき日本国民には空想的な〝防衛論〟に映るであろうが、新たな国家主義の「戦争の時代」にすでに突入しているのであれば、こうした究極的な国防論こそ、真剣に議論されるべきではないか。

「食」の危機は、文字通り「国家の安全保障」問題である。園内においていかに食糧政策を新たに展開しても、グローバルな食糧「戦争」のなかでは、どうしても限界すなわち臨界点《クリティカル・ポイント》がやって来るだろう。それは喫緊のことである。われわれはすでに近代文明を、その物質的繁栄の現実を放棄することはできない。農耕社会への回帰も非現実的である。しかしなお、保田與重郎のいうように、「日本の国土の本質生活」を想起し、「その倫理、精神、思想」を自覚的に取り戻すことはできるだろう。「侵略」という考えを拒否する「わが民族」の「農」＝「食」の伝統は、二十一世紀の新帝国主義戦争のなかで、強固な「平和論」をあるいは生み出せるのではないか、というのは私の希望的妄想にすぎぬか。しかし、希望なきところに、この国の将来もない。

二〇〇九年

「天職」の発見を

二〇〇八年十二月、日本企業で大量解雇相次ぐ

百年に一度といわれる不況のなかで、派遣切りやリストラが社会問題となっている。この三月までに職を失う非正規社員の数は八万五千人を上回ると厚労省は予想している。雇用の確保と失業対策は緊急の課題となっている。

平成の二十年あまり日本がやってきたのは、グローバル化による規制緩和と構造改革によって、日本型の経営法（終身雇用や年功賃金を支えていた組織力）をこわしていくということだった。もちろん、それは一九八〇年代初めからの日本とアメリカの貿易不均衡の拡大にともない、プラザ合意（一九八五年）による人為的な急激な円高ドル安、日米構造協議（一九八九年）による日本の国内産業と企業系列の開放と自由化（米国は二四〇項目に及ぶ対日要求を突きつけた）、そして「年次改革要望書」（一九九三年）による徹底的な日本改造へと、アメリカにとっての不利益は全て不公平という原則にのっとった、米国の「圧力」を受け入れてきた当然の結果であった。米国は、こうした対日要求が日本側に「内政干渉」との反発を呼び起こさせないために、政治家や経団連幹部からエコノミストやマスコミ人までありとあらゆる日本国内の勢力を誘導して「外圧」を「内圧」へとかえて強引にやってのけた。小泉・竹中内閣がこのアメリカ化の総仕上げであったのはいうまでもない。

昨年のアメリカの金融破綻に端を発した世界経済の危機（大恐慌）によって、市場原理主義が批判にさらされているが、モラルなきアメリカ型の拝金主義（マモニズム）は悪しきものといわれながらも、小泉政治に代表される「構造改革」はグローバリズムの潮流のなかで「正しい選択」であったと未だに断言してはばからないエコノミストたちがいる。「改革」というマジック・ワードは、ここに至ってもなお亡霊のように日本の政界や財界、マスコミを徘徊《はいかい》しているのである。

金融工学といわれる詐欺まがいの経済システムは、摩天楼のビルの部屋でパソコンを前にして濡れ手に粟の商売が永久に可能であるかのような幻影をもたらした。

マルクスが『資本論』で、資本主義の生産様式から逸脱した金融資本主義を、「私的所有の統制なしの私的生産」の「寄生虫」と呼び、マックス・ウェーバーが『プロテスタンティズムの倫理と資本主義の精神』で、「精神を失った専門人、心情のない享楽人」と断じた自惚れるだけの「末人たち」が刹那的に謳歌した世界が、文明の虚構であったことを、われわれは今、無残な崩壊の姿として眼前にしている。それは、いいかえれば人が「働くこと」とは一体何なのか、という根本的な問いを改めて喚起させずにはおかない。

少なくとも、われわれは文明のただ中にあって、もう一度「働くこと」という人間の営みの本質とその問題を考えなければならないであろう。病気を癒すためには、その病いの原因を知らなければならない。

二十一世紀、今生じつつある大恐慌にたいしては、景気対策や市場の監視体制強化や、金融中心の経済システムの転換などさまざまな手が打たれるだろう。経済はバブルの発生と崩壊をくりかえすのであり、そのつど実践的に対応していかなければならないとの議論もその通りであろう。しかし、現代の技術万能のテクノロジズムと、人々の欲望をどこまでも刺激し拡大するマモニズムのなかで、人間が「働くこと」の本当の意味とは何か、それを考え直すこともまた大切なのではないか。金融資本主義のおそろしさは、グローバルマネーの幻影のなかで、人間が貨幣欲や利潤追求のためにのみ労働し、「仕事」をすることの人生論的な意味を喪わせているからである。

召命《しょうめい》としての「仕事」

「職業」のことをドイツ語でベルーフ（Beruf）という。この言葉は、もともとキリスト教で、神によって信仰にみちびかれる「召命《しょうめい》」という意味である。ドイツの宗教改革者のマルティン・ルターは、修道院などに入って禁欲的な信仰生活を送るのではなく、一般の社会においても、神の召命《ベルーフ》を受けることができ、「職業」につくということは世俗において、神から各人にその使命を与えられることであるといった。そこから、「天職《ベルーフ》」という考え方が生まれた。現実社会にあって「働くこと」は、まさに「天」（神）から与えられた大事な使命であるというのである。

マックス・ウェーバーは、このルターの「天職」概念こそ、世俗内において行動的禁欲（ただ金を稼いで欲望のままに消費するのではなく、仕事でえた財を天に積むという経済倫理）を生み、このプロテスタント（ピューリタニズム）の「精神」が、近代の資本主義社会を形成する根本的な力になったと説いた。（『プロテスタンティズムの倫理と資本主義の精神』）

資本主義という営利活動が、ピューリタニズムのもっていた営利欲とは逆の、倫理的な職業意識によって発展したという、一見すれば矛盾する現実のなかにこそ、ウェーバーの着眼点があったのであるが、すでに述べたように彼自身、二十世紀初頭のアメリカに象徴される金融資本主義が、このような勤労と節約の共同的倫理の完全な崩壊であることを看破していた。

ウェーバーが説くような宗教的倫理を、信仰的な核心が薄れた、今日のグローバル経済の苛烈な現実のなかで復興させるのは、きわめてむずかしい。まさにテクノロジズムとマモニズムが、この経済的倫理《エートス》を粉々にしてしまったからだ。

しかし、それでも「天職《ベルーフ》」という言葉のもっているニュアンスは、今日改めて捉え直す価値はあるだろう。それは「働くこと」が、ただ金のためとか、生活のためという次元にとどまらない、人生の意味をもつと考えることができるからだ。

人は働くために生きるのではなく、生きるために働くのだが、それは衣食住を確保するということにとどまらない。「生きる」ということは日々の生活のうちに自分の存在理由を発見していくことだ。近代の機械化された「分業」形態の労働は、しばしばそのような「働くこと」の意味を見えにくいものにしてきた。現在の日本社会では、それこそ昭和初年のプロレタリア文学の『蟹工船』が描いたような強制された奴隷状態の「労働」はほとんどないといっていいだろうが、ワーキングプアーといわれる社会状態は深刻化している。そして、それは生活の困窮だけでなく、人々から「生きる」気力を奪い去る。いや、たとえ一時的には莫大な金銭的収入をえたとしても、マモンを操ることで、逆にマモンによって操作される金融資本主義に翻弄される人々は、「働くこと」の本質的な意味を喪失しているといっていいだろう。マモンに召された人間の悲惨は、今日あきらかである。

シェアできない仕事を求めよ

雇用状況の悪化とともに、一人当りの労働時間を短縮して仕事を分け合うことで、何とか雇用を確保するワークシェアリングが選択肢としてあがっている。わが国では平成十四年の不況時にこの議論がなされたが、その後の経済情勢もあって具体的な導入には至らなかった。しかし、現在の急激な景気後退によって、非正規社員のみならず正社員の削減も現実化してくるとき、ワークシェアは現実味を帯びる。春闘の労使交渉においてもこれは焦点となる。

しかし、「働くこと」の生きがいという点から考えれば、仕事をシェアできるのか、という根本的問題は当然出てくる。自分にとってやりがいのある仕事であるか否か、それが問われる。いわゆる機械的な単純労働は、誰にでもできるものとしてシェアしうるだろう。しかし、ただお金を稼げればそれでよいというのであれば、「働くこと」の真実のよろこびは見出せない。労働や賃金の制度やシステムの問題と、人が「生きるために働くこと」とのギャップが、まさに今日クローズアップされているのだ。

そのような現実を前にして、「天職《ベルーフ》」を自ら発見することこそ、「働くこと」本来の人生的な意味の回復につながるのではないか。もちろん、それは特別に宗教的な感性を養えということではない。

内村鑑三は一九一三（大正二）年に書いた「天職発見の途」と題する文章で、それは現実的生活のうちにむしろ容易に「発見」できるという。

汝の全力を注ぎて汝が今日従事しつゝある仕事に当るべし、然らば遠からずして汝は汝の天職に到達するを得べし、汝の天職は天よりの声ありて汝に示されず、汝は又思考を凝《こ》らして之れを発見する能はず、汝の天職は汝が今日従事しつゝある職業に由つて汝に示さるゝなり、汝は今は汝の天職に達せんとして其途中に在るなり、何ぞ勇気を鼓舞して進まざる、何ぞ惰想に耽《ふけ》りて天職発見の時期を遅滞《ちたい》せしむや……。

(『内村鑑三全集』第二十巻、岩波書店)

自分の「天職」は今「従事している仕事」に全力で当るなかで発見できる。内村は無教会主義のキリスト者として活躍した伝道者であったが、彼のなかには欧米のキリスト教がすでに失ってしまったピュウリタニズムの精神が息づいていた。内村は、近代日本が欧米の文明化や産業・技術力だけを模倣することにたいして厳しい批判をなした人でもあった。宗教や信仰の立場を別にしても、人が自らの「仕事」に使命感をもって当ることができるか否かは決定的に大切であろう。今、従事している(しようとしている)仕事に「全力を注ぐ」とは、決して狭い近視眼的な行為ではない。「現在」をよく生きるためには、「将来」への期待をもたなければならないからだ。そして、その「将来」とは自分の人生という限られた時間だけではなく、孫子の世代もふくむ未来、いやもっと後世の未来といってもよい。今ここで汗を流して働くことが、どこかで永遠の感覚ともいうべきものとつながる。「天職」とはただ自己満足の「仕事」という意味ではなく、地上の世俗の現実に囚われながら、「働くこと」の使命と充実を通して、自己の利益や幸福を越えた大いなるものに奉仕することなのである。

エコロジー運動の落し穴

二〇〇八年十二月、米自動車大手三社の救済案廃案、二〇〇九年六月、GM経営破綻

アメリカの自動車会社GM（ゼネラル・モーターズ）が二〇〇九年六月一日に経営破綻したが、米政府のGMへの税金投入額はすでに五〇〇億ドルにものぼっている。日本円で四兆七五〇〇億円。二十世紀アメリカの繁栄の象徴であったシボレーやキャデラックなどのアメ車は、これからはエコカーとしての再生をめざすという。オバマ政権の「グリーン・ニューディール」政策は、環境問題というお題目による、新たなイノベーションであり、ITバブルの次にはエコバブルの可能性に米国の未来の「夢」を託そうという算段である。アメリカ的な新ビジネスとして、エコロジー運動がマネーと連動するわけであるが、「グリーン・ニューディール」計画の是非はおくとして、こうした「環境」を問題化している発想の、その根本にあるものをここでは考えてみたい。

誰が「地球」号を管理するのか

ひとつの象徴的な映像が目に浮かぶ。一九六九年、アメリカの宇宙船アポロ十一号が月面から送ってきた、闇のなかにぽっかりと出現する半球状の青い地球の姿である。宇宙開発をソ連としのぎを削って、米国のテクノロジーが勝利した瞬間でもあったが、その瞬間に米国民は歓喜のなかで、同じ国の何十万と

いう若者が地球のなかのベトナムというアジアの地域で、血にまみれ泥沼をはいずり回っていることをすっかり忘れ果てていた。漆黒の宇宙の闇に浮かぶ青い美しい「地球」。水と光に溢れたそこには、生命が宿っており、まさにそれは生態論的《エコロジカル》世界に他ならない。エコロジーとは、もともとギリシャ語の「家」(oikos) に由来する。アポロ宇宙船からの映像は、この「地球という家」を見せてくれたが、それは米国民の歓喜の声のように奇妙なまでにリアルさを欠いていた。それは「われわれは地球とその生命にたいして責任を負っている」といった、錯覚と傲慢に結びついていく。「生命」というものにたいする「人間の責任」という観念のグロテスクな肥大化である。

一九七〇年代以降にしきりにいわれるようになったエコロジー運動は、環境保護や動物解放運動の過激化とともに、「地球解放戦線」なるエコ・テロリズムまで生み出している（浜野喬士『エコ・テロリズム』洋泉社）。そこにはアメリカという国の特異な歴史・思想がおおいに関係しているが、さらにいえばその「アメリカ」を生んだものに、西洋近代のヒューマニズム（人間中心主義）の思想がある。

人間が他の生物を支配し、この地球をも管理する。世界の中心に立つ人間という概念。このヒューマニズムの思想は、西洋のキリスト教、一神教が生み出したものであるとしばしばいわれる。近代の科学技術の文明を生んだのもキリスト教であるともいう。『サイレント・スプリング（沈黙の春）』（一九六二年）で、化学物質が不可逆的な自然および生物の破壊を進行させることをあきらかにした生物学者のレイチェル・カーソンなどは、西洋のキリスト教の人間中心主義、人間があたかも「神の代理」として自然を支配することに、その災厄の原因を指摘している。

しかし、事態はまったく逆なのである。

西洋の人間中心主義は、キリスト教的な生活の社会的影響力が失墜したことによって、近代の「空間」に生じたのである。つまり「神の死」の空虚さのなかで、人間が「生命にたいして責任を負っている」という、近代ヒューマニズムの概念が出てくる余地が生じたのである。ヨーロッパもアメリカも、キリスト教社会を保持していることは変らないが、その信仰は完全に空洞化し、近代科学の発想はむしろアンチ・キリスト教から出てきた。その端的なものが、ダーウィンの進化論に発する、ダーウィニズムであった。「進化は自然淘汰とランダムな突然変異によって生じるもので、生物自体の何らかの目的・方向性を包含してはいない」という思想である。科学史家の米本昌平氏は、この意味で近代科学は「反神学としての反目的論」だという。反神学とは、キリスト教の歴史観は終末・目的としての歴史のエンド（終り）を信ずるからである。この「反神学としての反目的論」は、ワトソンとクリックによるＤＮＡの二重らせん構造の発見（一九五三年）による、遺伝子の解明（分子生物学）の圧倒的な隆盛のなかで展開するが、近年においては英国国教会の神学者で素粒子研究者のジョン・ポーキングホーン（一九三〇年生まれ）や、分子生物学者で神学者のアリスター・マクグラス（一九五三年生まれ）に代表されるように、科学と神学の本格的対話がなされている。「人間の手に委ねられた宇宙」という科学主義は、すでにその限界を露呈している。それゆえに新たにキリスト教の「神学」が要請されはじめているのである。

環境運動もまた「人間が世界をつくる」という近代ヒューマニズムの延長上にあるかぎり、その「人間の責任」の肥大化が、エコ・テロリズムのような倒錯を生み出してしまうのである。

「生命」至上主義の倒錯

キリスト教信仰においては、本質的には「生命はそんなに大事なものではない」のである。少なくとも、「生命」を至上の価値としたり、人間がそれを自分で絶対的に責任を負うとする考え方はしない。

これをいちばんよく説明しているのが、キルケゴールの『死に至る病』（一八四九年）という本である。キルケゴールは十九世紀前半に出現した、実存主義の先駆的な哲学者として有名だが、むしろキリスト教信仰を、近代の世俗化した社会のなかで鋭く思索的によみがえらせた神学者として読まれるべき人である。『死に至る病』は、聖書で語られているイエス・キリストが、死んだラザロという青年を生き返らせる奇蹟の場面から、そのタイトルをとっている。つまり、キリストを信じる者は、「復活」すなわち死からのよみがえりの約束を信ずるということだ。各福音書では、イエス自身の復活が最後に証されているが、キルケゴールもまたこの「復活」こそ、キリスト教思想の核心であり、クリスチャンにとっては、したがって「死」自体は決して絶望すべきものではないという。死はひとつの現象に過ぎない。なぜなら、「復活」を信ずれば、それは人間にとってひとつの通過点に過ぎないからだ。では、キルケゴールのいう「絶望」とは何か。それは「復活」を信じえぬ者たちが、死を恐れ、自分の「生命」にどこまでもしがみつこうとするときに生ずるエゴイズムの謂なのである。いいかえれば、自己の生命を「守る」ことの絶望的な悪あがきである。この悪あがきの絶望こそ「死に至る病」なのである。

つまり、『死に至る病』は、近代ヒューマニズムやロマン主義に毒された当時のキリスト教社会や教会への正統神学からの痛烈な批判でもあった。「生命」に過剰な意味を見出し、自他ともに（他の生物にも）

それに絶対的な価値を見ようとすることとの、その生命主義の錯覚が、現代世界に水平に広がっているのを嘆いたのである。

キルケゴールがもしこの二十一世紀初頭に来て、昨今のもろもろのエコロジー運動を目にしたならば、「われわれは世界にたいして責任を負っている」「地球の生命を守らなければならない」というスローガンにたいして、「われらの生命なぞそんなに大切なのか」と嘲弄《ちょうろう》するだろう。あるいは、現代人の幼稚な無神論の頭脳からくり出される危機説をあわれむかもしれない。いや、十九世紀前半に、すでにそれは現実化していたのであり、当時からキルケゴールの正統性《オーソドキシー》は、共同体のなかではアウトサイダーたらざるをえなかったのである。

レイチェル・カーソンがその著作で引用している二十世紀のアルベルト・シュヴァイツァーも「神学」者であるが、彼に至っては「生命」が畏敬されるべき対象となっている。「生命を保持し、増進させるものは善であり、生を否定し、阻害するものは悪である」という倫理学であり文化哲学である。シュヴァイツァーのこの「倫理」学は、人間がまさに神の座にかわって自分の支配者となり、自然と生物の管理者としての責任を負うという発想を導くものであろう。この「生命への畏敬」の思想については、二十世紀のプロテスタントの神学者カール・バルトが、『教会教義学』の『創造論』において、「生命は決して第二の神」ではないと完膚《かんぷ》なきまでに批判した。バルトは、「人間の生は神に属しており、神がそれを人間に貸与されたものである」という（それ故に人間はその「生」を限界のなかで自由に活かすことが許され、そうすることができる）。シュヴァイツァー的なその「生命」への畏怖と肯定が、それをいささかでも否定したり阻害するものにたいする、過剰な憎悪と敵愾心を生みかねないことをバルトは神学的観点から指摘した。

二十世紀に起こったのは、人類の歴史がはじまって以来の事態――つまり生命と環境の力のバランスが急激に変化したことである。それまでは環境のほうが、生命の形態をつくってきたが、この百年間においては、人間という生物が地球の環境を驚異的なスピードで変化させてきたのである。それはこれまでにない人間生活の水準をつくることで、同時に自然破壊をもたらし「環境の危機」を出来《しゅったい》させた。人口爆発とテクノロジーが、「文明」による環境破壊を深刻化させているのはたしかであろう。しかし、物理的・技術的なものによる自然破壊以上に問われなければならないのは、人間自身が「生命」というものを「まがいものの神」(イバン・イリイチ)として物神化してしまったことにある。そのことによる、人間の魂の内なる破壊であり、荒廃である。地球という青く美しいはずの「生命」に、遮二無二すがりつくことがエコロジー運動であるとすれば、それはまさにキルケゴールのいう人間の「絶望」のひとつの形態であり、〝死に至る病〟としかいいようがない。エコロジー運動が、アメリカ的なベンチャービジネスと結びついて「空気」をバブル商品と化してゆくもの、その病膏肓《やまいこうこう》の症例に過ぎまい。

民主党政権の本質

二〇〇九年八月、衆院選で民主党が歴史的勝利。九月、民主党・鳩山代表第九三代内閣総理大臣

民主党の掲げる〝政権交代〟というスローガンによって、自民党の大敗、鳩山政権の誕生という政治ドラマが、この夏展開された。しかし、民主党を支持していた人々も、終わってみればこれが五年前の小泉純一郎による〝改革〟というマジックワードをふりまわして雪崩現象的に自民が圧勝した総選挙を引っくり返しただけの結果に過ぎないことを思い知らされた。中味のない、空洞をポピュリズムという風が通り抜けただけの空しさ。風によって「小泉チルドレン」が吹き飛ばされ、「小沢ガールズ」が議員バッジをつけて国会にやって来た。

今回の総選挙は、表面上は一応こういうしかない。しかし、民主党政治の内側にはあきらかに社会民主主義の政治勢力がある。今回の選挙では、「反体制の空気」を好む全共闘世代に代表される左翼リベラル層が、マスコミ主流も含めて、自民党以上の「お金のバラまき」政策にもかかわらず民主党を支持した背景にはそれがあった。官僚政治の打破という民主党の主張は、「官」＝「自民」＝「権力」＝「腐敗」というイメージをまき散らした。「官から民へ」というのが政治の改革であり、国民のための政治へつながるというアピールである。

しかし、社会民主主義とは、本来的には政治が積極的に市場や社会全般に介入し、自由競争ではなく、

規制をかけて「自由の制限」をなしていくことである。自由・民主主義ではなく、「民主主義」を用いての「社会」の統制である。そして、その「統制」を主導するのは、政府・権力であり官僚機構なのである。

民主党政権の誕生のプロセスで、選挙前に各省の「局長クラス以上に辞表を出させる」というプランがあった。二月九日に関西経済同友会（大阪での会合）で講演した鳩山幹事長（当時）は、民主党政権下では、「（各省庁の局長クラス以上に）辞表を出してもらい、民主党が考えている政策を遂行してくれるかどうか確かめたい。それくらい大胆なことをやらないと、官僚の手のひらに乗ってしまう」と述べた。つまり民主党の方針に従う官僚のみを採用するということだ。さすがに、このファシズム的な方針は選挙中には表立って主張されなくなったが、小沢一郎幹事長はこの十月一日に臨時国会で国会法を改正して、国会審議での官僚答弁原則禁止を図ると明言している。

こうした一連の〝脱官僚〟の政策は、長年の自民党支配による政治家の官僚への依存と政・官・財の癒着の体質を改めるという、一見すれば〝政治主導〟というもっともらしい大胆な〝改革〟に見えるが、裏を返せば民主党政権が、霞が関の人事を握り「民主党官僚群」をつくり、権力を維持しコントロールすること以外の何物でもない。民主党がもし二年間政権を維持すれば、各省庁の課長クラスの七割が代わり、民主党の権力は絶大なものになろう。

しかし、問題はそこでこの政権が何をやるのかである。もちろんこれまでも指摘されているように、国家主権を危うくする「永住外国人への地方参政権付与」、表現の自由の侵害にもなる「人権擁護法案」、「国会図書館に恒久平和調査局」を置きGHQ史観を定着させる目論見、靖国神社に代わる「国立追悼施設の建設」、地域主権のパイロットケースとしての「沖縄一国二制度」等々の〝日本解体〟のシナリオ

（これらは衆院選挙のマニフェストからは削られたが、民主党の「２００９政策ＩＮＤＥＸ」では公然と主張されていた）が、旧社会党系の政治勢力によって着々と実践される危険はある。そこでは、〃政治主導〃の名によって、国民国家としての存立の基盤を崩しかねない事態にも立ち至るだろう。そして〃民主主義〃という名の社会的統制が一種の全体主義の色彩を濃くしていきかねないのである。

だが、あえていうならばこうした反日的な政治勢力の問題よりも、もっと根本的・危機的な事柄がある。それは日本人が戦後六十年余、自分たちで自主的に考えようとしてこなかった「国の在り方」の問題を、永久に考えられないような状態に立ち至るということだ。

歴史と伝統に根差した「国体」をいかに考えるか

政権が交代した今回の選挙では、この「国の在り方」という政治の根源的な争点はついに浮上することがなかった。たとえば現行憲法を維持しようとする集団と、これを変えなければ日本は存続できないと考える集団とが、正面から議論するような場面は一度もなかった。自民党はそもそも憲法改正・自主憲法の制定を党の理念として出発したはずだったが、「歌を忘れたカナリヤ」となって久しい。平成十九年八月には憲法改正原案を審査する審査会が設置され、本格的な憲法論議が始まるはずであったが、民主党などの野党の反対で全く始動できなかった。〃政権交代〃の前に、国の大本である憲法論議の「争点」すら舞台にのぼらなかったのである。自民党の凋落はここにあきらかであった。冷戦終結後二十年余も経て、憲法九条を軸とした戦後憲法の問題を本格的に議論することもなく、国際社会の流れとアメリカへの従属のなかで漂流し続けてきた日本は、自分たちの言葉と思考で、自国の現状を認識し、未来への方向性を拓く努力を全くなさずにきた。

「国体」という言葉は、今日では（とくに若い世代には）耳になじみにくいものになってしまった。国家を統治するかたちで、君主制、共和制、立憲君主制などと区分することだけでなく、その国の歴史や伝統をふまえての「国柄」のことである。戦前の日本では、昭和十年頃に「国体明徴運動」が起こり、天皇中心の国体観念をはっきりと明示しようとの思想運動もあった。ポツダム宣言受諾の是非をめぐっての国家首脳部の最大の問題も、この「国体」の護持（天皇制の存続）であったのはいうまでもない。

しかし戦後、とくに高度経済成長以降の日本人は物質的豊かさに安住し、国の安全保障を冷戦体制のなかでアメリカに依存することで、「国体」などということを改めて考えることもなくなってしまった。「国体」はせいぜい〝国民体育大会〟になった。戦後六十年余、「国家」と「国民」をあたかも別物であるかのように分けて考えるという、奇妙なことをやってきたあげく、「国益」という概念自体が理解不能なものになってしまっている。

国益、ナショナル・インタレストは「国家理由」とも訳されるものである。ドイツの歴史家マイネッケによれば、近代の国民国家の成立とは、この存在理由をしっかりと政治家（指導者）が自覚することであるという。そしてそれに基づいて政治家がパワー（権力）とモラル（道徳）のバランスをとりつつ、その両者の間に橋を架けて、国の方向性を決定することである。それは決して指導者の個人的な権力欲ではなく、国益という公のための権力の本質に根差している。

ここでモラルという概念をもう少し突っ込んで説明する必要があろう。マイネッケによれば、このモラルにおいて、国家理性（国益）は個人的な欲望や権力衝動を越えるというのである。

……一つの絶対的なものが存在するという信仰をとりもどすことは、理論的要求でもあり実際的要求でもある。なぜなら、そのような信念がなければ、純粋な観照は、たんに事物をもてあそぶことになるであろうし、また実際の行動は、取り返しのつかないほどに、歴史的生をあらゆる自然的力の手にゆだねられるであろうからである。

（『近代史における国家理性の理念』『世界の名著65』林健太郎訳、中央公論社）

だからモラルとは、パワー（権力）とバランスを取るための「神」的な存在、すなわち宗教的な超越性のことである。「絶対的なるもの」への信仰と、相対主義的な現実（世俗世界）における利益との矛盾や葛藤や調和を志向していく、人間の知恵の力といってもいいだろう。

日本において「国家」を考えるとき、戦前（明治以降の近代日本）は、「天皇」に西洋のＧｏｄ（神）的な超越性を帯びさせ、かつ立憲君主制の政治体制をしくなかで、むしろ真の意味での「宗教」性が失われた。とくに昭和に入っての戦時体制下での国家主義は、天皇と神道とを結びつけるなかで「国体」として位置づけ、強調する結果となった。「国体の精華」だの、「国体の尊厳」といった戦時下のスローガンの空虚な横行によって、むしろ「国体」論の本質が見えなくなってしまったのである。

敗戦後に、仏教者である鈴木大拙はこうした戦中の「国体」論が「判然としない概念」であり、ステイティズム（国家主義）の行き過ぎが、「国体」を「一種の幽霊的概念」にしてしまったと批判した。

国体が正体のわからぬものであるところへ、神道と云うものが決められて、そうしてこれら両者の関係が戦前から戦中にかけて、不思議なものとなり、それからまた不思議の政治が組み上げられ、日本人だけでなく他の民族の間にも、「超宗教」的抑圧を以って、臨んで来たのである。

（「国家と宗教」昭和二十三年『鈴木大拙全集』第九巻、岩波書店）

戦後は全くこの反動で、「政教分離」が絶対化された。しかし、政教分離はあくまでも「信教の自由」を守るための手段である。戦後の日本人は、そこで「国家」意識とともに、深い意味での「宗教」意識をも喪ってしまい、それは高度成長の物質主義のなかで増幅されてきたのである。

自民党は国家の根本たる問題に正面きって向き合うことなく、この半世紀をやり過ごし、政治勢力としては瓦解して果てた。それに代わる民主党政権が、日本の国柄を一顧だにせず、国益の根本たる「国家理由」を追求することもなければ、日本解体は現実のものとなるだろう。靖国神社に代わる国立の戦没者の無宗教追悼施設（それはフランス革命で、国王を殺し神を殺した果てに人間の「理性」を祀った「最高存在の祭典」のようにグロテスクなものになるだろう）は、その象徴的な第一歩となるのではないか。

二〇一〇年

ベルリンの壁崩壊から二十年に

二〇〇九年十一月、オバマ大統領初来日。十二月、デンマーク・コペンハーゲンでCOP15

二〇〇九年はベルリンの壁の崩壊から二十年である。第二次大戦後の米ソの冷戦構造は一九八〇年代後半の東欧諸国の民主化運動の波と、ソ連の政治的・経済的破綻という現実と相俟って（ゴルバチョフ大統領という指導者の個性を加えてもよい）、〝不動〟のものと見られていたこの冷戦の〝構造〟を一挙に根底から崩していった。この歴史の一瞬に最も鋭敏にそして果敢に反応し国家的対処をしたのは、いうまでもなくドイツ連邦共和国（旧西ドイツ）であった。一九九〇年の東西ドイツ統一という快挙をなしとげたからである。

ちょうど翌年、九一年の四月から私は一年ほどドイツに滞在していたが、統一を実現した熱気の余韻は外国人にもありありと感じられた。統一への道は平坦ではなかったし、またそこに旧西ドイツの指導者たちの歴史の間隙を突いた英断があったのもたしかであるが、何よりも分断されていた東西のドイツ人の祖国統一への悲願があってこそ実現できたものであったろう。

東西ドイツの統一には、実はフランスもイギリスもきわめて消極的であった。というより、統一することでドイツが再びビスマルク時代、そしてヒトラーの第三帝国のような強力な大国となることを過去の経験から心底恐れていたからである。戦後も一貫してドイツの国家主義（ナショナリズム）を警戒していた。

ある意味では、ドイツ統一は冷戦構造の崩壊という世界史の流れのなかでの必然的な出来事（のように一見できるが）ではなく、ドイツ人（とくに旧東ドイツの一般市民）の「国民」としてのエネルギー、つまりドイツ人の国民主義《ナショナリズム》による奇跡的な出来事であったと思われる。

第二次大戦の同じ敗戦国である日本よりも、より苛酷な祖国分断という占領の現実から出発したドイツ人は、一九八〇年代後半の社会主義圏の揺らぎという一瞬を突いて、彼らにとっての戦後レジーム（体制）から、国民的なナショナリズムによって脱却したといってもいいだろう。もちろん、統一後のドイツのかかえる移民の増加や経済格差の問題などもあるが、首都もベルリンに移しEUのなかで存在感を増しているのはたしかである。

近代主義の再考としての「国民」論

日本でも安倍内閣において、占領下につくられた憲法の改正などのいわゆる戦後レジーム（体制）の超克がいわれた。しかし安倍内閣の倒壊の後の福田、麻生自民党内閣は、〝与党〟であるということだけを政権の目的とするような姿勢に甘んじて、有権者はむしろ戦後体制そのものとなった自民党政治に倦み、小泉・竹中の構造改革によって引き起こされた格差の拡大、社会的不公平への怒りをいたずらに増幅させた。民主党の総選挙での大勝は、小選挙区制による（また小泉政権での衆院圧勝の反動としての）雪崩れ現象ともいえるが、もっと広い視点からいえば、この二十年の平成日本の政治と社会は、為政者の側にもまた国民の側にも、この国の将来のヴィジョンをどうするかという根本的な理念が全く失われたままであった。政治家は政権維持の「数合わせ」だけに奔走し、政権交代を実現した民主党にしてもまた、小沢一郎幹事長の主導にあきらかなように田中角栄流の「数の政治」を徹底するというものである。左翼リベラルの側が、今回の民主党政権の誕生を「民主主義の勝利」などと受け取っているのであれば、その「民主主義」が「衆愚政治」以外の何物でもなかったことを、鳩山政権が僅か数ヶ月で白日に晒している。

ベルリンの壁の崩壊、そして東西ドイツ統一によって冷戦構造が崩壊したとき、日本もまたアメリカに従属することで、内にたいしても外にたいしても継続してきた戦後レジーム（体制）を根本的に改める千載一遇のチャンスだったはずである。冷戦に〝勝利〟したアメリカの世界一極支配などということが一瞬の幻想に過ぎぬことを看破すべきであった。しかし、現実にやったことといえば、平成のニッポンは構造改革に代表されるようにアメリカニズムをむしろ積極的に受け入れてしまったのである。

冷戦終結のときに日本人は目覚めるべきだった。そして真に目覚めるとは、国家としての自立を制限せられた戦後憲法を改めるという、戦後レジーム（体制）からの脱却にとどまらないことを自覚することであった。憲法九条を改めて自衛隊を国軍として、パワーにおいても真に自立した国家となすということは、むろん十分に議論されるべきであったろう。

が、それ以上に真剣に議論されるべきことがあった。それは冷戦の終結という現実が、自由主義のアメリカと社会主義体制のソ連という二極対立の終りというより、西欧近代をその根底にあって支配してきたハーバート・スペンサー流の社会進化論、すなわちチャールズ・ダーウィンの生物学上の進化論を、人類の社会の発達に応用した「未開から文明へ」という進歩史観が、ほぼ完全に袋小路に入ったという世界史の認識に立つことである。アメリカ的な「自由」と「民主主義」によるフロンティア精神としての社会観・人間観にしても、資本主義を階級闘争によって乗りこえて、国家もない平等なユートピア的「自由」

を目標とした共産主義イデオロギーも、共にこの進歩史観としての近代主義の産物であった。

もちろん、明治維新以後、西洋型の近代国民国家を性急につくらなければならなかった日本も、この社会進化論によって自らの国を「改革」したのである。「国民」という意識もこの近代化のなかで形成されたのはいうまでもない。明治政府は西洋と同じ法体制の成文憲法によって、この「文明開化」路線をひいたのであるが、同時に皇室典範によって「天皇」という日本人の伝統文化の連続性をも保持せんとした。ここに明治の英知があったのはたしかだが、しかし明治以降の日本はあきらかに西洋列強と伍して近代主義をひた走り、戦後はアメリカの従属国として軍事力を放棄し、エコノミック・アニマルといわれるほどの経済成長を金科玉条の〝進歩〟として突き進んできた。くりかえすまでもなく、それを可能にしたのが冷戦構造であった。

この百年、いや西洋の近代文明のスパンからすれば二百年以上の近代主義的文明が、今、袋小路に入っている。〝文明の衝突〟という言葉が出てくるのは偶然ではないのであり、冷戦終結時に日本人が問うべきであったのは、六十余年以上も続く戦後体制の呪縛だけでなく、自らの内なる近代主義とその文明の限界ではなかったか。

それはいいかえれば、わが国の「近代」という現実を危機的・批評的に議論することである。明治の日本人は偉かった、日露戦争までの日本人は素晴しかったが、昭和になると軍閥支配になり国民全体が狂気と化したなどという司馬遼太郎の〝史観〟などは、その意味では論外であろう。

敗戦後、占領軍による公職追放で筆を奪われていた日本浪漫派の文学者である保田與重郎は、昭和三十六年頃『述史新論』(この原稿は保田の没後に発見され、昭和五十九年に『日本史新論』として刊行されてはじめて日の目をみた）という文章で、日本の文明開化以来の矛盾と悲劇を不可避的な現実として見すえながらも、それを決然として乗りこえるべく方向性を示した。その核心は、次のような簡明な一言において究まっている。

今日の時務情勢を裁断し、当面の危機の打開のためには、国民的自覚の回復と、その権威の樹立が緊急である。日本の本質論的闡明《せんめい》が、今日に於ける究極唯一の方法と信じられるのである。我々は人間である以前に日本人である。日本人であることの自覚によって、人道に寄与し得る事実を知ったのである。我々が日本人であることは運命であるが、それはそのままに使命である。

（『述史新論』『保田與重郎文庫32』新学社）

「日本人である前に我々は人間である」というのが、戦後憲法の理念であり、そこから生まれる人権の思想であり、それが戦後日本の政治・社会・文化のレジーム（体制）の基本的な考え方ではなかったか。しかし、「人間である以前に日本人である」とは、一体どういうことか。保田によればそれは日本人の道徳、すなわち米作りの暮しとその手仕事としての世界の、生活それ自体を取り戻すことであるという。保田の「皇大神宮の祭祀」（昭和三十二年）という文章を引くならば、「年々くりかえしつねに一つで、永遠で、しかも新しいものである」。日本の「国体の本質」を、あらためて見出すことである。もちろん、このような農耕生活を現代の日本社会のうちに完全に取り戻すことなどは不可能であろう。

しかし、こうした日本の歴史と伝統文化への視点から「国民的自覚の回復」を考え、議論すべき意味は大きい。それは西洋型の近代「国民」国家の枠組におさまらない、日本人の本質に根ざした、ナショナリズム（国民主義）の発見への足がかりになるだろう。とりわけ構造改革以降アメリカニズム一色に染めあげられた平成の世にあって、また世界的には資源や食糧をめぐる新たな帝国主義の時代に突入しつつあるとき、戦後六十余年の体制のみを問題にするだけでなく、明治以降の近代主義の流れを根本的に再考させる「国民」論に、何よりも保守の思想は取り組むべきときにきている。

「一国平和主義」を脱却せよ

二〇一〇年一月、沖縄・名護市長選挙で基地移設反対派稲嶺進当選。五月、鳩山首相、普天間基地移設問題で辺野古移設と会見

鳩山政権が昨年十月に発足して以来、沖縄の米軍普天間基地の移設問題は、この国の政治の混迷を象徴するかのようである。鳩山首相自らが明言した五月末という期日が近づくなかで、ようやく沖縄の海兵隊の抑止力の意味がわかったなどと本人が臆面もなくいってのけて、結局は県外・国外の基地移転を断念して、沖縄に頭を下げに行く指導者の哀れな姿は、しかしひとり鳩山由紀夫という首相の無能と無責任に帰せられるべきではない。むしろ、この政権を先の衆議院選挙で誕生させた国民・世論、そしてジャーナリズムの全てが負うべきものだろう。

本来、内政に外交を持ち込むことには慎重であるべきところを（外交には当然のことながら密約を含む様々な裏取引がある）、そうした政治のイロハもわきまえない人気取りを前面に出したのが、民主党ポピュリズム政治の命取りであった。

この迷走の八ヶ月間に何が起こったたか。

中国海軍は東シナ海から沖縄南方の太平洋上で、艦載ヘリの飛行訓練やら補給艦による補給訓練など好き放題のことをやり続け、四月十日には艦隊十隻が沖縄本島と宮古島の間を南下（潜水艦二隻は浮上した

まま航行）し、わが国の海自や海保の船にたいしても挑発行動をくりかえした。また、三月二十六日には韓国海軍の哨戒艦「天安」が沈没したが、これは北朝鮮の小型潜水艇から発射された魚雷によることが断定（五月二十日）された。この韓国側の発表にたいして、北朝鮮は制裁が実施されれば「全面戦争」で応えるとの声明を発表。まさに北東アジア地域は、一挙に緊張状況に陥っているのである。

鳩山首相のいう「友愛の海」は、中国海軍の遊泳地域となり果て、領土・領海という国にとっての最も重要な生命線が脅かされているにもかかわらず、日本政府は中国にたいして正式な抗議すらしていない。マスコミもこうした中国の軍事的な傍若無人ぶりをほとんど報道せず、上海万博ばかり宣伝している始末である。つまり、鳩山内閣は内政問題として沖縄の基地問題に右往左往したあげくに、アジア地域での日本の外交力を消滅させてしまったのである。

喜劇的（実際には笑えないのであるが）なのは、国際交流会議「アジアの未来」（五月二十日）で、鳩山首相がまたぞろ「東アジア共同体」をぶちあげて、漢字の伝来などにふれて「日本の文化はアジア各国にルーツを見出すことができる」とか「東アジアは文化的融合体だ」などといい、「東アジア芸術創造都市」構想なるものを提案したが、アジア各国の代表者からは（普天間基地の問題で日米関係などがぎくしゃくしているのを懸念してか）、日米同盟こそがアジアの安定と繁栄にとっての「公共財」であるといった意見が相次いだことだ。シンガポールのリー・クアンユー顧問相は、米軍普天間基地の移設に言及し、「沖縄の米軍基地が閉鎖されれば、米軍の展開力が損なわれ、アジアに有益でない」（「日経新聞」五月二十一日朝刊）と述べ、米軍移設問題の早期解決を求めたという。

漢字文化で「東アジア」と「日本」を結合させようというわが首相の歴史・文化認識の誤謬はおくとし

て、東アジアの国々にとっての危機意識は、何よりも中国の経済進出であり、その背後にある軍事的プレゼンスの脅威であるのはあきらかであろう。東アジア共同体が、人民元によるアジア統一通貨の実現であり、中華帝国の覇権による新・冊封体制に陥る危険があることを、東アジアの指導者は身にしみて知っているからだ。

日本外交が現在、機能不全に陥っているのは、米国との関係だけではない。むしろ中国の軍事的脅威と米国のプレゼンスをアジア地域のなかで、どう均衡させるのかという東アジアの地域・国際関係への配慮と視野が決定的に欠落したままになっているからである。

日米安保から集団安保体制へ

日米安保条約の改訂から五十年が過ぎたが、沖縄の基地問題がこれほど騒がれているなかで、日米安保体制の見直しといった本質的な議論はほとんど出てこない。保守派もこぞって「日米同盟」の危機に警鐘を鳴らしているが、アメリカのいいなりに従っていれば日本の「安全」と「平和」は守れるという考え方は、憲法九条を変えてはならないというリベラル左翼の「一国平和主義」と根本のところでは同じ発想である。

問題は、やはり日本が冷戦後の国際情勢に全くといっていいほど対応ができなかったことからきている。ソ連の崩壊によって冷戦が終焉したとき、西側の諸国では安全保障の体制への大幅な見直しがなされた。日本と同じ第二次大戦の敗戦国であり、冷戦下で東西に分裂を余儀なくされていたドイツは、統一後にはその安全保障体制を大きく変換させた。統一ドイツは、旧西ドイツの兵力四九万四千人、旧東一七万三千人を合わせれば六五万以上になるはずだったが、ソ連及び周辺諸国の脅威となるのを避けて、旧西ドイツの兵力を下回る大幅削減（三七万人規模）とした。ソ連及びワルシャワ条約機構軍の崩壊という現実にはそれで対応できるからであり、その分一九五四年に英・仏・西ドイツなどの七カ国で結成したＷＥＵ（西欧同盟）という軍事面での同盟を、米軍主体のＮＡＴＯにかわる（東欧諸国も組みこんだ）広域的な安全保障体制として活用した。

もちろん、こうしたドイツの集団安全保障体制は、ＥＣそしてＥＵというヨーロッパの経済共同体の連合成立の流れのなかでなされたものであるが、何といってもドイツの憲法（「基本法」）を改正して、徴兵制度を実施し（徴兵を回避して福祉などに従事する選択もできる）、陸海空軍を持ち、集団安全保障体制に加盟できる道をひらいていたからである。ドイツ国防軍のＮＡＴＯ域外への派遣も可能になっており、国際社会における役割もそこで明確になった。

しかし、日本は冷戦が終っても、依然として占領下につくられた憲法の改正もできず、したがって日米安保条約を抜本的に見直すこともできない自縄自縛の状態に置かれ続けている。沖縄の米軍基地を削減するのであれば、その部隊を、日本のどこか他の土地ないしは外国に持っていく（移ってもらう）のではなく、日本の自衛隊が可能なかぎりそれを補うというのが防衛上の理屈である。しかし、憲法九条による制約によって（交戦権の放棄・陸海空軍の戦力を保持せず）、日米安保条約では、日本が攻撃されたときは米国が守る義務があるが、米国が攻撃されたときは自衛隊を差し向けなくていい、という片務的なものになっているのであれば、米国の軍隊が日本国内において基地を使用する権利と日米地位協定（新日米安保条約第六条）によって、日本国内（とくに地政学的・戦略的な意味を持つ沖縄）の米軍基地の削減は、容易なことではない、というより原則的には不可能であるということになる。また現行憲法の制約により、自衛隊は海外に出ての武力行使ができないのであれば、ドイツのような集団安全保障への加盟も結果的に閉ざされている。

厄介なことには、冷戦終結以降、アジアはさらに不安定な要因を増している。一九九三年の北朝鮮のNPT（核拡散防止条約）脱退以降のミサイル、核兵器製造、九六年の台湾の初の総統直接選挙にたいする中国のミサイル発射による恫喝、中国とベトナムの対立等々にはじまる、さまざまな地域紛争の可能性が散在している状況が続いていることはいうまでもない。これに加えて航空母艦建造にともなう中国の海軍力の著しい増強は、先に述べたように日本の領海を犯すことすら物ともしない勢いである。

こうしたなかで日本が取るべき進路はどうあるべきなのか。

たしかに経済においては、台湾と中国、中国と日本そして韓国と東南アジアを含む各国は緊密さを増している。東アジアの全体が大きな経済ネットワークを形成しつつある。しかし、中国の経済力の背後には軍事力があり、安全保障にたいする東アジアにおける地域的枠組は必要不可欠なものである。ヨーロッパを見るまでもなく経済の共同体は、安全保障の共同体と重なっている。ひとつの国の軍事的プレゼンスが突出してしまえば、その地域の安全そのものが根底から瓦解するおそれがある。

くりかえすが東アジアの各国首相が、日米同盟を重視するのは、中国の圧倒的な軍事力の台頭があるからだ。そこには「日米同盟」よりも、経済において相互依存の関係にある「米中同盟」によるアジア支配（分割）というシナリオすらある。

日本は、今回の北朝鮮の暴発的（金正日体制としては戦略的といってもよい）な韓国攻撃にたいして、米国とも連携しつつ、韓国との間で（中国をも牽制しつつ）緊密な安全保障の協力体制をつくるべきだろう。日韓併合百年目の年にあたるとき、両国の歴史認識の次元ではなお大きな隔たりがあるにせよ、広域的なアジアの安全保障体制をつくるためには、その外交力を発揮できるチャンスにもなりうるはずだ。それはまた、東アジア諸国との集団安保体制へと広げる可能性にもなろう。もちろん、そのためには憲法の制約を改めることが急務であり、〝解釈改憲〟ではない、それこそ東アジア共同体へと向かうべく、集団安保体制のための憲法改正をなさねばならない。日米安保条約のみに頼ってきた（沖縄を犠牲にすることで）日本の「一国平和主義」からの脱却が、まず政治の日程にあげられねばならない。

全共闘世代「内閣」の愚かしさ

二〇一〇年六月、鳩山首相、民主・小沢幹事長辞任。菅内閣発足。七月、参院選、民主党大敗

参議院選挙での敗北、内閣支持率の急落などによって民主党の勢いにストップがかかったように見える。昨年夏の衆院選での圧勝のときにマスコミがあげた「民主党革命」なる標語も、沖縄の普天間基地移設問題や相つぐ財政・経済政策の失態によってにわかに色褪せている。衆参のいわゆる「ねじれ」によって菅首相は困難な国会運営を強いられることになろう。

しかし、民主党の敗北と自民党の勝利などといわれる今回の参院選においても、得票数において民主党が上回っている。国民が自民党を積極的に支持したわけでは決してない（みんなの党の躍進にもそれはあきらかだ）。民主党から自民党へ再び「政権交代」を望んだ結果ではない。

民主党の主たる支持層は、マニフェストに記載されている具体的な政策よりも、衆院選のときに騒がれた「市民革命」とか「民主主義の勝利」という、「革命」というコトバにまとわりつく漠たる雰囲気を好む、この国のある世代層なのである。端的にいえば、それは団塊の世代、とくに一九六〇年代後半から七〇年代前半にかけて日本の大学で猖獗をきわめた新左翼運動、いわゆる全共闘世代のシンパシーである。この生来のといいたくなるような「左翼」大好き世代は、四十年前にはヘルメットをかぶりゲバ棒を振り回して、反体制運動をやっていたが、今日では主にテレビや新聞のマスコミの幹部になって、社会的地位

をしっかり保ちつつ、国民の「反」体制のルサンチマンを煽っている。マスコミ各界だけでなく大学教授などにもなり、リベラルな知識人（らしい）の役回りを演じ、その昔「産学協同路線粉砕！」と叫んでいたが、今は「産学」のみならず「政治」も協同して、「民主主義」の真の実現とやらの「革命ごっこ」を、崩れかけた象牙の塔のなかでやっている。

もちろん、民主党の中枢部にいるのは、市民運動家あがりの菅直人首相をはじめ、この「革命ごっこ」が身にしみついた連中である。

仙谷由人官房長官などはその典型である。昨年十一月に行政刷新担当相として、自らが担当した「事業仕分け」について、「政治の文化大革命が始まった」と自賛した人物である。民主党がマニフェストに載せずに隠して実現しようとしている、外国人地方参政権、夫婦別姓、人権侵害救済機関（人権擁護法案）といったはなはだ問題の多い（日本の国柄を破壊しかねない）法案に積極的な姿勢を示すだけでなく、最近ではフィリピンや韓国の元慰安婦に、国が謝罪と金銭の支給を行う「戦時性的強制被害者問題の解決促進法案」（民主党はこの法案を平成二十年まで毎年国会に提出している）の実現をねらっているという。日韓両国の個人補償請求問題は一九六五年の両国の基本条約の協定で解決済みであり、村山内閣で「元従軍慰安婦問題」に関しては民間募金による「見舞金」を決めている。戦後個人補償の検討は、ただ「補償」の問題にとどまらないのはいうまでもない。そこには日本人の、自国の歴史認識の問題がおおきく横たわっている。日韓あるいは日中間の近現代の歴史にたいする認識に決定的な隔たりがあるのは、その共同研究の経緯にもあきらかではないか。内閣官房長官のイデオロギーは、そのまま日本の首相のそれをも代弁しているといっていい。

民主党は国会運営においては、野党と政策ごとに連携する「パーシャル（部分）連合」をするだろう。朝日新聞などが実現すべきと主張する外国人地方参政権法案などに関して、それに賛同する政党（公明党など）との政策連携は十分に考えられる。今回の参院選の〝大敗〟は、むしろ民主党内部のリベラル左派の「革命ごっこ」に火を付けかねないのである。

「絶望」へ転落する政治

共産主義者は、これまでの一切の社会的秩序を強力的に転覆することによってのみ自己の目的が達成されることを公然と宣言する。

（『共産党宣言』）

民主党・全共闘「内閣」は、日本の歴史や伝統、その「社会的秩序」を転覆させるような、強力な革命思想を持っているわけでもないし、その実践力もない。しかし、民主党とそれを支持する層の本質（無意識的といってもいい本質）には、「反」権力、「反」体制、「反」国家などの政治イデオロギーがきわめて根深くある。厄介なことは、政権与党となり権力を掌握した民主党自体が、国家の概念も国益という自覚も曖昧なままに、現実的な内政・外交を展開していることだろう。いや、展開できない醜態を晒し続けていることだ。

民主党政権になってのこの半年間、防衛・外交上でどのようなことが起こったかは改めて指摘するまでもあるまい。ひとついえば、ロシアが九月二日を「対日戦勝記念日」に制定したことはあまり報道されてはいないが、ソ連の対日参戦や北方領土の不法占拠の歴史的な正当化になるこうした事態を、ただ静観していていいのか。経済・資源・食料・環境をめぐる新たな帝国主義時代に突入している二十一世紀において、歴史認識の問題は過去の歴史上の事柄なのではなく、グローバル時代の現在の〈戦争〉に勝ち抜く最も基本的な戦略に他ならない。民主党政権の国家戦略局の縮小というのも冗談の次元にしかならないが、「戦略」よりも前に「国家」意識を持ちえていないのが、現在の日本政治の実態なのである。

ところで、日本において真の意味で「革命」と呼べる事変があったか。中国の易姓革命（天の命による革命）やロシア革命のなかに流入していたメシアニズム（救世主を待望するキリスト教的終末論）のような革命はなかった。明治維新にしても、リストレーションすなわち復古によって世の中を新しくするという出来事であった。

冷戦終結によって、マルクス主義的歴史主義が現実的にも理念的にも崩壊した後に、あきらかになっているのは、ユダヤ・キリスト教的な、あるいはその転倒としてのヘーゲル・マルクス主義的な目的論的な歴史観が消えたということである。これは実は冷戦終結の前より、理念的にはわかっていたことである。しかし、ソ連が消滅しようが中国が資本主義社会と化そうが、革命思想は決して死にはしない。亡霊としてよみがえる。

田中美知太郎は「世界の流動化」、グローバル化によって、「革命」の理想主義がニヒリズムへと転落していくプロセスをこういっている。

……その時間は、もはや始めも終末もないことになるから、革命もまた無限の過程となり、その究極性を失ってしまう。いわゆる永久革命の考えは、革命のダンピングのようなものであって、その決定的な意味は失われてしまうのである。どんな革命も終局的なものではないとすると、そのためにわれわれの全部を賭けてしまうことはできないだろう。われわれは半信半疑のままいつまでも安心できない状態をつづけるか、あるいはもはや多くを期待しない覚悟で、ついには絶望に徹するほかはないだろう。すべてを流動化するというのは、いわゆるヘラクレイトス主義の立場に立ちかえることであって、どこか安住の地を求めるなどということは、まさに迷妄として、その不徹底さを否定されなければならないだろう。強いて何か拠りどころなるものを求めるとすれば、絶望の極致としてのニヒリズムというようなものを考えるほかはないだろう。

（『時代と私』文藝春秋、一九七一年）

もちろん、ニヒリズム、虚無という感情を持続的に意志することなどできないのであれば、「革命のダンピング」すなわち「革命ごっこ」は退廃していく他はない。もともと日本人は「究極性」を孕む革命哲学（そのなかで日本の陽明学はきわめて異質な例外的な思想潮流であるが）を持ちえなかったのであり、理念的にも実践的にも「不徹底」であったことを思えば、全共闘世代のそれなどは、せいぜいのところ「革命」というコトバに憧れる中途半端な情熱と場当り的なルサンチマン（世の中への不満）の所業にすぎなかったといっていい。

しかし、問題はそんな奇妙なものに憑かれた世代が、日本国の舵取りを曲りなりにもなさなければならない現状なのだ。

かつての六〇年代後半の大学闘争は、ごっこであり火遊びであった。連合赤軍事件をもふくめて私はそう断言する。連合赤軍事件に、今日から見て何らかの思想的意味づけを与えようとする愚かしい人々（それもまたこの世代の小児病的ルサンチマンの噴出であるが）を私は認めない。だが、それとほとんど同じ理念的愚行を、日本の現内閣はやろうとしている、いや、やっているのである。それは日本の慣習や文化を破壊する構造改革（革命）路線と軌を一にしている。

ポピュリズム、衆愚政治、大衆社会、テレポリティックス……現在の政治をめぐる馬鹿騒ぎは止む気配もない。世論と民意という浮動するものによって、この三十年余、日本は国柄を喪い活力を削がれ、歴史と伝統の蒸発のなかで凋落してきた。民主党による「革命ごっこ」はその最後に現れた死の舞踏《ダンス・マカブル》であろう。この舞踏が、日本を事実上はすでに亡国の淵に引き入れているのである。

百年兵を養うこと

二〇一〇年九月、沖縄・尖閣諸島沖で中国漁船と海上保安庁の巡視船が衝突

沖縄・尖閣諸島周辺の日本の海域で、中国漁船が海保の巡視船に衝突し、公務執行妨害の容疑で逮捕されていた中国人船長が、那覇地検の判断で釈放されたニュース（九月二十四日）は、日本外交の「腰抜けぶり」を世界に示すとともに、この国の為政者がいかに自国の領土・領海という国家にとって最も重大な自覚を欠落させているかを天下に知らしめた。

船長の逮捕にたいして、中国政府は、閣僚級の交流停止、日本へのレアアース輸出禁止、そして日本人の社員の拘束などあの手この手を用いて外交圧力（恫喝）を加えてきた。民主党政府がこれに屈したのはあきらかであり、地検の判断であるなどと記者会見で述べた仙谷官房長官の発言は、全く信用できない。ニューヨークの国連総会で温家宝首相は船長逮捕を不当であるとアピールしたが、菅直人首相は報道によって釈放の事実を知ったとコメントした。首相も外相も今回の釈放を事前に知らなかったはずもないが、いずれにせよ国家の指導者としてきわめて無責任であり、日本の領土保全をないがしろにした点で前代未聞の愚行というほかはない。

石平氏は、九月二十五日の産経新聞で、「二〇一〇年九月二十四日という日は、日本にとって戦後最悪の『国家屈辱記念日』になるだろう」といっていたが、その通りであろう。今回の日本政府の判断は、独

立国家としての体をこの国がなしていない事実を国際社会に露呈したのである。

もちろん、中国首脳へのパイプを持った有力な政治家がいないとか、アメリカとの関係の配慮とか言い訳はできようが、今回の一連の日本政府の判断は、たんに政権の命取りにとどまらず、この国の没落を象徴するものであろう。

冷戦以降も自主独立の気概を内外に示すこともなく、日米安保によってアメリカの「属国」として国際社会の激変をやり過ごしてきた日本は、日米関係にくさびを打ち込む中国の戦略に翻弄され続けるだろう。尖閣事件は、戦後六十五年もの間、自国の「防衛」を他者にゆだねてきたこの国と国民のモラルハザードの当然の帰結なのだ。

徴兵制度の現在

二十一世紀に入って、各国は資源・食料・環境・経済等をめぐって新たな「帝国」主義の時代に立ち至っている。十九世紀後半からの西洋列強による植民地主義は、領土の拡張と支配の対立を生んだ。冷戦という名の第三次世界大戦の後、グローバルな第四次世界大戦の最大の〝戦場〟は東アジアの区域であり、この地域のパワーの不均衡は中国の軍事的、経済的な大国化によって、ほとんど新たな地政学的な変容に直面している。そのクリティカルなポイントは、いうまでもなく台湾であり沖縄である。台湾は南シナ海の東沙諸島の実効支配を示しているが、同地域での中国との衝突は不可避であろう。そして、尖閣諸島の海域を「領海」として主張する中国は、当然のことながら次に沖縄の支配（侵略）をねらうだろう。

東南アジアの諸国は、このような中国の覇権に直面して危機感を強めている。尖閣事件は、日本にとって逆にいえば大きなチャンスである。つまり、東アジア諸国とアメリカとの緊密な相互の安全保障体制を構築し、中国の脅威を克服するために、日本は自衛隊の海外進出、集団的自衛権の行使はむろんのこと、米国の核兵器の「持ち込み」の実行化（非核三原則の根本的見直し）、さらには核兵器所有の議論をすみやかに行うべきであり、その契機が、今おとずれたということである。

そして、もうひとつ議論すべきは、国民の義務たる兵役（徴兵制度）を考えることである。たしかに近代兵器の機械化、精密化によって少人数で高性能の兵器の運用が可能になり、ヨーロッパ地域では冷戦終結もあって、徴兵制度の存在意義は低下した。冷戦終了後から、イギリス・フランス・イタリア・スペイン・ポルトガル・オランダ・ベルギーなどは志願制に移行している。ＥＵやＮＡＴＯに加盟したチェコ・スロバキア・ハンガリー・ルーマニアなどの旧社会主義国も徴兵制を廃止した。しかし、軍隊を保有する百七十カ国のうち約六十五カ国が徴兵制度をなお採用し、志願制に移行した国も、戦争が起ったときには、迅速に徴兵制度を復活できるようにしている。中国はいうまでもなく人民解放軍であるが、これは国家の軍隊ではなく、中国共産党の軍隊である。志願制ですでに満たされているが、非常時には多数の兵士を動員できるようになっており、高校・大学では軍事訓練を義務として課している。その意味では文字通り国民皆兵である。このように各国において徴兵の仕方はさまざまであるが、問題なのは「兵役」ということを国民が自覚的に意識し、そのことを通じて国家意識を養うことが求められているのはあきらかだ。

戦後の日本においては、この国家の意識、国民の自覚がすっぽり抜け落ちているのである。

「武」の精神の回復

では、日本国憲法下において徴兵制度は可能なのか。ただちに返ってくるのは憲法九条の違憲解釈であり、また第十八条に禁じられている「意に反する苦役」に当る、すなわち「違憲」であるとの内閣法制局の見解がある。ここで解釈改憲の議論には踏みこまないが、自民党が二〇一〇年三月に徴兵制度の復活を憲法改正草案に盛りこむことを示唆した事実は評価できる。しかし、昨今の若者の無気力やニート、フリーター状況から軍隊経験をさせるべきとの見解は本末転倒であるように思える。軍隊は教育機関ではないのであり、教育の本質から考えてもこれはおかしな議論である（但し、自衛隊の体験入隊や予備自衛官などの制度は活用されるべきだろう）。

考えるべきは、グローバルといわれる現代において、国民国家の枠組は決して弱まってはいない、逆に今まさに各「国家」の覇権争いが激化していることである。

戦後日本は、占領下から冷戦構造にそのまま移行したために、「国家百年の計」を自分で考え定めていく力を持ってこなかった。兵役の義務とは、ただ軍事力の増強のためのものではない。むしろ、百年にわたって「兵を養う」ことこそが、国家の存続と未来のために不可欠であるという認識を持つことである。

旧約聖書には、ユダヤの民がモーセに率いられて奴隷状態にあったエジプトから脱出する歴史が記されている（出エジプト記）。その民は、神が約束したカナンの土地へ向うのであるが、民は四十年の間砂漠の地にとどまるのである。荒野の四十年といわれる時代を経て、彼等はカナンの地へと侵入していき、神が与えてくれたその土地を自分たちの軍事力によって獲得するのである。

彼等はなぜ四十年もの歳月を荒野で生活しなければならなかったのか。これは神の力に導かれモーセによって脱出したユダヤの民が、自らの身にしみついた奴隷根性から脱却するための時間であったとも、また小さな民族である彼等が、約束の地に突入し、そこに定住していた他国の民との戦争をなし勝利するための軍事訓練の期間であったともいわれている。ユダヤの民は、苦難のなか希望を捨てることなしに、「兵を養う」ことに全力を尽くし、徹底した民族意識と神への信仰を持つに至ったのであった。「出エジプト記」「民数記」「申命記」などの聖書を読むと、ひとつの小さな民族が歴史の大海原を矜持を持って渡っていく姿がありありと目に浮かぶ。数千年の歴史を貫く神の民は、また同時に神の兵としての強い熱烈なアイデンティティに支えられていた。日本人もまた小さな列島にありながら、千年を優に超える歴史の民である。明治近代化以降は、西洋列強の鉄環にしめつけられながら富国強兵の道を歩み、東亜百年戦争を闘い続けた。その戦争と軍国主義への反省は（敗北したこともふくめて）必要であろう。しかし、今日求められているのは、改めて「国家百年」の将来のために、「兵を養う」ことではないだろうか。その形態については議論すべきであるが、まずやるべきは「武」の精神の回復であり、国民としてのその自覚であろう。

二〇一一年

世界平和という幻想

二〇一〇年十一月、尖閣沖の中国漁船衝突事件、衝突映像ネット流出

尖閣という日本の領土にたいする中国の侵略的行為、そしてソ連が第二次大戦終結時に不法に占拠した北方四島の支配を正当化する、メドベージェフ大統領の国後島訪問にたいして、民主党政権は国家として何らの対抗措置もなすことができなかった。

ＡＰＥＣにおけるＴＰＰ協議というアメリカへの無軌道な擦り寄りと、外交の態をなしていない胡錦濤とメドベージェフとの首脳会談（実際は立ち話し程度の内容だった）をこれに加えてもよい。日本政府の外交はほとんど不全状態に陥っている。

しかし、こうした一連の外交の敗北と国益の損失は、現内閣の弱腰ぶりや、昨今の外務省の情報収集能力の欠如といったことだけが原因ではない。問題は、日本人が敗戦後六十五年もの長きにわたって、「平和」という幻想にどっぷり浸ってきたことだ。

超大国といわれたアメリカ。その軍事力の庇護のもとに、日本は自主防衛の体制を十分に構築してこなかった。自衛隊の戦力は決して低くはないといわれるが、今回の尖閣問題でもあきらかなように、日本国憲法やシヴィリアン・コントロールという〝政治〟に縛られている限り、その力を積極的に展開するのは事実上困難なものがある。

三島由紀夫が自衛隊市ヶ谷駐屯地にて割腹自決してから四十年の歳月が流れたが、あのときの「檄文」に記されたメッセージは、今日も何ひとつ実現されていない。

シヴィリアン・コントロールは民主的軍隊の本姿である、という。しかし英米のシヴィリアン・コントロールは、軍政に関する財政上のコントロールである。日本のように人事権まで奪われて去勢され、変節なき政治家に操られ、党利党略に利用されることではない。（中略）アメリカは真の日本の自主的軍隊が日本の国土を守ることを喜ばないのは自明である。あと二年のうちに自主性を回復せねば、左派のいう如く、自衛隊は永遠にアメリカの傭兵として終るであらう。

（昭和四十五年十一月二十五日。『三島由紀夫全集』第三十四巻、一九七六年、新潮社）

二年のうちというのは、米中の接近であり沖縄の返還があったわけだが、三島の予言通り、以後日本は米国への従属を深めていったのはあきらかだろう。冷戦終結は、まさに「真の日本の自主的軍隊が日本の国土を守る」道すじをつけるチャンスだったが、ソ連崩壊（社会主義諸国の弱体化）によって、むしろアメリカの一極支配が実現したとの錯覚に日本人は支配されたのである。

アメリカのグローバルな一極支配などは、理念的にも現実的にもありえないものであった。なぜなら、ローマ帝国やオスマン・トルコのような「帝国」支配は、現代においては不可能であり、早晩あらわれるのは先進諸国と新興途上国が、資源・食料・環境・経済などをめぐって国益と覇権を競う、新しい「帝国主義」の時代であると容易に考えられた。そして、冷戦後、ここ二十年の間に現実化したのは、旧ソ連のロシアもふくむ、このヘゲモニーをめぐる「帝国主義」の苛烈な〈戦争〉である。

この〈戦争〉はすでに五年、いや十年以上も前から激化してきたのだが、一国だけの「平和主義」が骨身にしみついた日本人は、一向に気づかない（あるいはそのフリ）できた。

そこで起ったのが、尖閣諸島にたいする中国の露骨な侵略であり、ロシアの領土領海にたいする強硬な確定作業なのだ。さらにいえば北朝鮮は、その世襲王朝の保持のために核兵器の開発と周辺諸国へのアグレッシヴな姿勢を強めて、アメリカを巻き込んでの外交戦略の展開をねらっている。

日本人だけが夢想する「世界平和」

最近、話題になっている柄谷行人の『世界史の構造』（二〇一〇年六月）を読んだ。柄谷氏は周知のように文芸評論家として出発したが、その後マルクスやカントなど哲学思想の分野での著作を相次いで刊行している。今回の大著は岩波新書で以前刊行した『世界共和国へ――資本＝ネーション＝国家を超えて』（二〇〇六年）をベースにしているが、本書の意味は、柄谷行人という評論家個人の仕事をこえて、ここに戦後の日本人の典型的な「平和」主義のイデオロギー（幻想）が出ている点にある。

柄谷氏はカントが『永遠平和のために』（一七九五年）で、ヨーロッパの戦争状態にたいして「諸国家連邦の設立を提唱した」ことに改めて注目し、戦争の不在としての平和ではなく、国家と資本がぶつかり合う現実をこえていく永久的な「平和」論を、現代の地平で再考しようとする。この国家と資本の揚棄《ようき》の次元でマルクスの思想の今日的読み直しを同時に行なっているのだが、古代世界・世界帝国・近代世界と世界史の流れを辿ってきて、第四部の「現在と未来」の最終章に至ると途端に夢想的（理念的というにはあまりに根拠に乏しいのであえてそういう）な「平和」論に陥っているのである。

もちろん柄谷氏は、一九九〇年以後の「新自由主義」といわれる時代が、各国の覇権を競う新たな「帝国主義」の時代に突入したことを認めている。しかし、その〈戦争〉を乗りこえていくものとして、「贈与の互酬性」なる理念を掲げる。この言葉は少しわかりにくいが、要するに国家以前の部族連合体のなかで行なわれていたような「力」による略奪ではなく、互いに必要なものを交換し配分するシステムである。それは近代世界のように一国単位では実現できない。カントが構想したような諸国家の連邦（それを「世界共和国」と呼んでいる）が不可欠となるというのである。


諸国家連邦を新たな世界システムとして形成する原理は、贈与の互酬性である。これはこれまでの「海外援助」と似て非なるものだ。たとえば、このとき贈与されるのは、生産物よりもむしろ、生産のための技術知識（知的所有）である。さらに、相手を威嚇してきた兵器の自発的放棄も、贈与に数えられる。このような贈与は、先進国における資本と国家の基盤を放棄するものである。

だが、それによって無秩序が生じることはない。贈与は軍事力や経済力より強い「力」として働くからだ。普遍的な「法の支配」は、暴力ではなく、贈与の力によって支えられる。「世界共和国」はこのようにして形成される。この考えを非現実な夢想として嘲笑する人たちこそ笑止である。

（『世界史の構造』岩波書店）


「嘲笑」こそしないが、これが「夢想」であることには変わりがない。

第一に、柄谷氏のいう「世界共和国」なるものが、理念的なものであり、その限りで現在ただ今ではなく、現在を止揚した「未来」において仮に実現しうる可能性があるにせよ、日本のようにポストモダン時代に入っている国家と、富国強兵・高度成長的なモダンの価値の渦中にある中国と、世襲王朝体制によってプレモダンに退行している北朝鮮のような「東アジア異時代国家群」（古田博司『東アジア「反日」トライアングル』文藝春秋）の世界史の現実を見れば、その遠い「未来」に至るはるか手前で、現に緊張の高まる東アジアにおいて軍備放棄という「贈与」をやれば結果はどうなるのか。亡国は火を見るよりあきらかではないのか。中国の政治家のいうように、日本という国は地図上からなくなるであろう。

日本のような規模の国が軍備を放棄すれば、大変な影響があるでしょう。だから、日本がやるのがいいと思う。他の国と違って、日本ではそのために法を根本的に改正する必要がない。現に憲法九条があるのだから、たんにそれを実行するだけです。

（『文学界』二〇一〇年十月号の座談会「ありうべき世界同時革命」での柄谷氏の発言）

こうなると「憲法九条」による〝特攻精神〟とでもいいたくなるが、冗談は許されまい。

第二に、より本質的な事柄であるが、柄谷氏がその「平和」理念の基盤としているカントの思想が、はたして今日のポストモダニズムの世界でどれだけ理念的な有効性および実践性を持ちうるかの問題である。カントに代表される啓蒙主義的な「近代的人間」という価値。人間理性をその価値の中心としてきた西洋近代主義の世界観こそ、今日大きく揺らいでいるのではないか。そして、そうした「近代（モダン）」の

「大きな物語」の失墜が、啓蒙主義からマルクス主義へと至る「思想」への根本的な疑義と反省をもたらしているのではないか（拙著『非戦論』NTT出版、二〇〇四年）。柄谷行人の『世界史の構造』は、広くいってポスト・マルクス主義（マルクスの亡霊）であるが、現在の日本のリベラル左派の言説が事実上、崩壊していることを雄弁に語っている。

しかし、繰り返せばこうした「平和」幻想は、岩波文化人（それ自体がもはや死語であるが）に代表される（柄谷行人もそのなかに入ってしまったが）日本の知識人の〝机上の空論〟だけではなく、また〝曲学阿世〟の輩をもてはやし支持してきた戦後の朝日新聞的ジャーナリズムだけの問題ではない。

敗戦後六十五年、国防の意識を忘れ果ててきたこの民族の歴史的な欺瞞の結果なのである。この自己欺瞞によってつくられてきた幻想が、ついに消滅するときが、今日きたのである。

TPPは経済問題ではない

二〇一〇年十一月、アジア太平洋経済協力会議（APEC）横浜で開催

TPP（環太平洋戦略的経済連携協定）への交渉参加は、二〇一〇年十一月の横浜でのAPECでアメリカの強いイニシアチブによって、にわかに日本の喫緊の課題であるかのように浮上した。しかし、その中味に関しては、貿易自由化によって国内の農業が打撃を受けるといった反対論はあっても、十分な検討も中長期的な経済・産業・貿易の戦略もなく、ただグローバル化の波に「乗り遅れるな」というスローガン（あるいは「平成の開国」なる意味不明の連呼）ばかりが先走っている。

まず、TPPへの積極的参加をうながす論者（朝日新聞から産経新聞までの新聞論調のほとんどがそうであるが）は、バブル崩壊後の日本経済の閉塞感を打ち破るには、国内の経済構造を大きく変化させ、グローバル化を全面的に受け入れよ、というのである。TPPがその突破口になるという（しかし、なぜそうなるのかの具体的指摘はない）。

この種の議論の前提となっているのは、自由貿易こそはグローバル時代の「善」であり、関税を設けて国内の産業を守ろうとする保護主義は、閉鎖的で時代遅れであり、「悪」であるという思い込みである。いや、それは自由貿易は正しくて絶対に必要であるというイデオロギーといってもよい。

しかしフランスの学者エマニュエル・トッドは、今日の「経済的自由」を唱える主張が、ウルトラ・リ

ベラリズム、つまり個人が一番で、国家は存在しない、そして市場が全てであるといった教条主義に陥っているると指摘する。

「自由貿易」という言葉は、一見、美しく、「自由」にはよい響きがある。しかし、自由貿易の現実というのは、そうではありません。万人が万人に対して経済戦争を仕掛けている。自由貿易の現実とは、そのようなものです、ですから、あちらこちらで経済対立が起こり、万人の賃金に圧縮がかかる。そして、あらゆる先進国において、格差拡大と生活水準の低下が起こる。

（E・トッド『自由貿易は、民主主義を滅ぼす』石崎晴己編、藤原書店、二〇一〇年）

E・トッドは「自由貿易を絶対視」する傾向を批判しているのであり、ヨーロッパが保護主義に向かい、内需を活性化させることで世界経済を再生させることもあり、保護主義のメリットと必要性を見逃すべきではないといっているのである。経済のパイを拡大し、各国が得意分野を特化して発展していった、第二次大戦後から一九七〇年代までの経済的繁栄の時代においては、自由貿易のシステムはうまく機能していたが、グローバルな自由貿易への移行のなかで、企業は国内ではなく国外市場に向けて生産するようになる。本来は経済が発展すれば、賃金も上がり国内の需要もつくられる。しかし、国家や国民よりも市場が万能であり、国境を越えて自分の企業さえ儲かればよいとなれば、中国のような新興国の低い賃金で働く労働者を使えばコストダウンになるといって、企業の海外移転が加速する。その結果、世界規模で需要不足が生じる。世界通貨たるドルの幻想によって莫大な貿易赤字まで出しても、サブプライムローンのような複雑なウソのメカニズムで無理矢理に需要をつくり出していた米国の金融システムも崩壊する。つまり、E・トッドにいわせれば、自由貿易こそが世界の経済危機の原因であるのに、各国の指導者や経済人は「保護主義に走ることは避けねばならない」と未だに反対のことを主張するのは倒錯以外の何物でもないということだ。

TPPに戻っていえば、これは日本経済の活性化どころか、虚構の金融市場が破綻したアメリカが、輸出によって赤字を減少させるためのターゲットとして日本を選択したということである。日米間の貿易不均衡を人為的で急激な円高ドル安の操作によって解消しようとした一九八五年のプラザ合意、日本市場開放の二四〇項目に及ぶ対日要求の原案である一九八九年の日米構造協議、そして小泉・竹中内閣において実現させせられた、三四〇兆円といわれる日本の郵貯・簡保の資金を流出させる要求もふくむ一九九三年からの「年次改革要望書」と、八〇年代からの日米経済戦争に次々と敗北し続けてきた日本は、今回のTPPによって、ついに食（農業等）の分野もアメリカに明け渡すことと相なったのである。戦後六十五年もの間、米国の「保護領」だったわが国は、TPPが実現されるに至れば、米国の「植民地」と化すといってもいい。

こうした亡国寸前の事態に立ち至っても、なお「自由貿易」を礼賛し、「保護主義」を悪とみなしているマスコミの論調は、一体何なのか。そこには、おそらく戦後日本人が「自由」というものを、ひたすら「美しく貴重な価値」として盲信し、自国の文化と歴史のなかでその言葉の意義と出自を本質的に問うこともなくきたからではないか。

文芸批評家の河上徹太郎は、一九四五（昭和二十）年十月に発表した文章で、「八月十六日以来、わが国民は、思いがけず、見馴れぬ配給品にありついて戸惑っている。――飢えた我々に「自由」という糧《かて》が配給されたのだ」と記して、占領軍からの食糧配給があったように、「自由」という価値も「与えられたもの」だと痛烈に皮肉って批判した。そもそも「自由」とは、「我々の到達すべき結果の状態をいう」とも河上はいっているが、講和独立後も日米安保条約によって米軍が本土に駐留し続け、冷戦体制の崩壊後もその体制を見直すことなく、アメリカに「国防」をゆだねてきた日本人にとって、「自由」とは未だに「配給品」の域を出ないのではないか。つまり、ＴＰＰ問題とは経済問題である以上に、戦後六十五年余りも自国の事を自分で決定する、国家の自律性を喪失してきたこの国の帰結であり、その断末魔なのだ。

「自由」の価値の問い直し

とすれば、「自由」とは何か、という近代の人間と歴史にとっての根本的な問いが、今日改めて考え直されなければならない。それは冷戦の終結によって語られた、次のような「自由」概念の問題にも直結している。『歴史の終わり』（一九九二年）を書いたフランシス・フクヤマはこういう。

> 自由主義的な経済原理――「自由市場」――が普及し、先進工業国はもとより第二次大戦終結時には貧しかった第三世界諸国でも、前代未聞の物質的繁栄を生み出すことに成功してきた。経済思想における自由主義革命は、世界の政治的解放と相前後しながらも、確実に進行している。
>
> （『歴史の終わり』渡辺昇一訳、三笠書房）

「経済思想における自由主義革命」という言い方が象徴するように、資本主義のグローバル化という事態がもたらすのは、ひとつの「革命」なのである。階級闘争による〝革命〟をめざした社会主義国家が崩壊し、それに勝利した西側の資本主義が「自由主義」の「革命」をなすというのは歴史のイロニーであるが、グローバル・キャピタリズムは「自由」という名による革命を今日の世界に強要し、それはあらゆる領域で猖獗《しょうけつ》をきわめている。

保護主義にたいする偏見と自由貿易を絶対視する姿勢は、まさにこの「革命」の産物である。それは経済的自由と政治的自由を混合し、E・トッドが指摘するように自由貿易がもたらす「格差拡大と生活水準の低下」という現実を到来せしめ、なおかつそれを「自由」の名によって隠蔽してしまう。

日本でも、この二十年余り、政治においても経済においても「改革」というマジック・ワードが、マスコミに踊らぬ日々はなかったように、「自由主義革命」がこの国のあらゆる組織や慣習や文化、そして精神や風土までも破壊しつくしてきた。TPPへの参加、平成の開国なる空しい叫びもこの狂乱の一場面に過ぎない。

この「経済思想による自由主義革命」の源をさぐるならば、しかしそれは冷戦構造の解体よりもはるかに以前の、近代ヒューマニズムを基盤とする自由概念の問題にまで遡行しなければならないだろう。近代市民社会のなかから出てきた、「……からの自由」（……は、神、君主、封建的体制、農奴制など）といった思考は、近代的人間を生み、個人主義の確立をうながした。そして今日の「資本」の運動と流動も、この近代主義の生み出した「自由」の無限的な回転のなかで生起している。

しかし、「……からの自由」という、何かものからの解放をもたらすことにだけ意味を見出してきた

「自由」、その「自由の永久革命」ともいうべき妄想は、人間を一体何処へと導こうとしているのか。人間という存在は、桎梏《しっこく》からの解放の果てにどうなるのか。少なくとも経済優先の「資本」の過剰な流動の「自由」が、マネタリズムと化して、今日の世界的危機を深めているのはあきらかだろう。

もし、諸君の自由が真実で強力なものであることを願うのであれば、それは、一つの根底を持っていなければならない。ヨーロッパの過去の時代に自由と呼ばれたものは、非常に深いところで、すでに久しい以前から、無神性と非人間性に向けての自由であった。そして、それは崩壊したし、崩壊せざるをえなかったのである。諸君に対して、そのような自由を、何らかの名を付して新たに推薦しようとする人があれば、そのような人を、諸君は、冷静に、「反動主義者」と呼び、そのように扱うがよい。

（「今日の青年」一九四八年、『カール・バルト戦後神学論集一九四六―一九五七』井上良雄訳、新教出版）

第二次大戦後の荒廃が残るとき、神学者のカール・バルトは、啓蒙主義以来のヨーロッパのヒューマニズムと自由主義の破綻について率直に認め、若い世代にこう語ったのだった。

しかし、この「無神性と非人間性」の「自由」は、二十一世紀の現代において、経済至上主義と癒着し、さらなる荒廃と混沌をもたらしている。E・トッドは、自由貿易主義は早晩、民主主義を滅ぼすと予言するが、さて、その前にわが日本はどうなるのか。

「自由」という難問

二〇一一年一月、民主党・小沢元代表を強制起訴

人類にとって「自由」というテーマは永遠のアポリア（困難な道なき道）である。そして、この「自由」という重い課題をかつてないスケールで展開した文学作品が、ドストエフスキーの『カラマーゾフの兄弟』である。

『カラマーゾフの兄弟』の第五編で、修道僧であるアリョーシャは、無神論者である兄イワンとさる料理屋で落ち合い昔話にふけったあと、ひとつの長大な物語をめぐって語り合う。それはイワンが創作した「大審問官」という話である。

語り続けるのはもっぱら三人の兄弟のなかで最も知性的であるイワンであるが、修道院に入り敬虔な信仰に生きようとするアリョーシャが聞き手となっているところが重要である。というのもアリョーシャは情熱的で淫蕩な血を引くカラマーゾフの兄弟のまぎれもない一人であり、その人間性は殺害された無頼漢の父フョードルや、冷徹な理性と悪魔的な狂気が踵を接するイワンとの血肉を分けた者だからである。

イワンが展開するのは、「神が存在するのか否か」の神学論というよりも、むしろイエス・キリストがこの地上に出現したことによって、人間に贈り物として与えた「自由」をめぐる、人間の側からの議論である。つまり「自由」論である。

物語の舞台は十六世紀のスペインのセヴィリア。神の栄光を守るためとの理由から、国内では異端審問の火刑がいたるところで燃えさかっていた時代。そこに聖書で預言された通り、イエス・キリストが再臨し、民衆はその「人間の姿」を再びとったイエスをその人だと気づき熱狂する。その奇跡を目撃した異端を裁く教会の枢機卿である九十歳になる大審問官は「彼」（イワンは「彼」と呼び、キリストの名前は一度も口にしない）を護衛たちに捕縛させ地下牢に閉じ込める。そして深夜、老審問官はただ一人、手に燭台をたずさえて「彼」の牢獄を訪れ、イエス・キリストが千五百年前に現われ、人間たちに示した「自由」というものの正体についてえんえんと語る。

大審問官が語るのは、まず聖書に記されているイエスが悪魔による「荒野の誘惑」を斥ける場面である。「ルカによる福音書」の四章によれば、イエスは悪魔から三つの誘惑を受ける。一つは、荒野で四十日間断食したイエスにたいして、「神の子ならこの石をパンに変えるよう命じたらどうだ」という問いである。これにたいしては「人はパンだけで生きるものではない」と答える。（正確には「『人はパンだけでは生きるものではない』と書いてある」であり、旧約聖書の神の言葉にすでに記されているということだ）。二つ目は、高い所にイエスを引き上げ世界の全ての国々を見せ、「国々の一切の権力と繁栄を与えよう」「もしわたし（悪魔）を拝むなら」というが、イエスは「あなたの神である主を拝み、ただ主に仕えよ」と答える。三つ目は、神の子なら神殿の屋根から飛び降りてみよとの問いに、「あなたの神である主を試してはならない」と答える。

この三つの悪魔の誘惑の場面は、いずれも神の奇跡、神秘、権威によって、人間を支配することを斥けるイエス・キリストの、人間に向けての決定的なメッセージである。「人はパンだけで生きるものではない」とは、パン（物理的・身体的な欲求を充たすもの）よりも、魂や心が重要であるということではなく、どんなにパンを得ることができても、そのことによって人間が「自由」への意志を奪われてはならないということだ。「自由」を差し出すことで、「支配」を受けることを甘んじる奴隷状態になってはならない。逆にいえば、イエス・キリストは「悪魔」の支配する偽の「自由」のもとで、ただ生きるのではなく、何のために生きるのかというその生の目的を意志するところに人間は良心を持って立たなければならないとするのである。

大審問官は、しかしこの地上をうごめく人間たちの現実にとって、この「自由という贈り物」ほど重く苦しいものはないのだと反駁する。再臨し黙したままのイエスに向かって、大審問官は詰問するように語り続ける。

「自由」という責任

何のために生きるのかというしっかりした考えがもてなければ、たとえまわりがパンの山であっても、人間は生きることをよしとせず、この地上に生き残るより、われ先に自滅の道を選ぶだろう。たしかにそのとおり。が、結果はどうなったか。人々の自由を支配するかわりに、おまえは彼らの自由を増大させてしまった！　それともおまえは忘れたというのか。人間にとっては、善悪を自由に認識できることより、安らぎや、むしろ死のほうが、大事だということを。

人間にとって、良心の自由にまさる魅惑的なものはないが、しかしこれほど苦しいものもまたない。ところがおまえは、人間の良心に永遠に安らぎをもたらす確固とした基盤を与えるどころか、人間の手にはとうてい負えない異常なもの、怪しげなもの、あいまいなものばかりを選んで分けあたえた。（中略）人間の自由を支配するかわりに、おまえはそれを増大させ、人間の魂の王国に、永久に自由という苦しみを背負わせてしまった。おまえが人間の自由な愛を望んだのは、おまえに魅せられ、虜《とりこ》になった彼らが、あとから自由についてこられるようにするためだった。確固とした古代の掟にしたがうかわりに、人間はその後、おまえの姿をたんなる自分たちの指針とするだけで、何が善で何が悪かは、自分の自由な心によって自分なりに判断していかなくてはならなくなった。

（『カラマーゾフの兄弟』亀山郁夫訳、光文社）

大審問官がいう「おまえ」とは、もちろん眼前に立っているキリストである。ドストエフスキーはイワンという登場人物の語るこの物語を通して、読者に向かって人間にとって「自由」とは何かという究極的課題を問う。キリストの理想とした「自由」と、この地上の歴史と人間の現実とのあいだに横たわる大きな溝と矛盾。イワンは「自分は神を信じないのではなく、神が創ったこの世界を認めることができないのだ」という。この「世界」の不条理や人間の弱さ、そして残虐さを彼は次々に挙げつらっては、自分で自分を大審問官と悪魔の立場へと追い込んでゆく。

引用を続ける。

おまえは知っているのか。何百年の時が流れ、人類はいずれ自分の英知と科学の口を借りてこう宣言するようになる。犯罪はない、だから罪もない、あるのは飢えた人間たちだけだ、と。『食べさせろ、善行を求めるのはそのあとだ！』。おまえに逆らって押し立てられる旗にはそう書かれ、その旗によっておまえの神殿は破壊される。おまえの神殿の跡地には新しい建物が建てられ、新しいバベルの塔が新たにそびえ立つのだ。といっても、これもまた前の塔と同じく、完成を見ることはないがな。（同）

『カラマーゾフの兄弟』は一八七九年から連載が始まり、八一年に作家の逝去によって未完に終わるが、右のくだりが二十世紀に祖国に誕生した社会主義国家という「新しいバベルの塔」（まさに完成を見ることなく崩壊した！）を予言しているといってもよい。スターリニズムやナチズムという全体主義国家の恐怖は、大審問官の語る次のような言葉の恐怖のまさに延長にある。

こうして、ついに自分から悟るのだ。自由と、地上に十分にゆきわたるパンは、両立しがたいものだということを。なぜなら、彼らは何があろうと、お互い同士、分け合うということを知らないからだ！そしてそこで、自分たちがけっして自由たりえないということも納得するのだ。おまえは彼らに天上のパンを約束したが、もういちど言う。非力でどこまでも罪深く、どこまでも卑しい人間という種族の目から見て、天上のパンは、はたして地上のパンに匹敵しうるものなのだろうか？（中略）われわれには弱者も大事なのだ。彼らは罪にまみれた反逆者ではあっても、最後にはそういう彼らも従順になる。彼らはわれわれを見て目をみはり、われわれを神々と崇《あが》めるだろう。それは、われわれが先頭に立ち、自由を耐えしのび、彼らのうえに君臨することに同意したからだ。彼らにとって自由であるということが、最後にはそれぐらい恐ろしいものになるということだ！（同）

『カラマーゾフの兄弟』は、人間にとっての「自由」という課題を徹底的に問いつめる。それは人間の歴史と現実への問いと一瞬足りとも切り離すことができない。「自由」を差し出すことでパンを得る「支配」に身をゆだねるのは全体主義の現実（恐怖）だけではない。冷戦終結後の新自由主義経済は、「自由」の勝利といいながら、グローバルなカジノ的キャピタリズムを生み、まさに悪魔的なマモニズム（拝金主義）支配を生み、経済危機や格差など現実の惨状をいたるところで起こしている。

大審問官の繰り出す「問い」にたいして、作中のキリストはどう答えるのか。イワンはその物語の結末を、キリストが無言のままふいに老審問官へと近づき、血の気の失せたその唇に静かに接吻した、と語り終える。その答えは『カラマーゾフの兄弟』の作品全体へと、とりわけ主人公アリョーシャの魂のなかへと持ちこされていく。

今日「自由」と「民主」という価値がまさにグローバルで普遍的なものとして拡がっているといわれる。しかし、十九世紀後半期にドストエフスキーのような作家が問うた、この「自由」というアポリアへの本質的議論を忘却すれば、「神がいなければ全ては許される」と作家がいったように「自由」はひたすら「放縦」をもたらし、また倒錯的な「支配」を人間世界に何度でも招来させるだろう。

「復興」を考える

二〇一一年三月、東日本大震災により福島第一原発が爆発、放射性物質が広く拡散。米軍による支援「トモダチ作戦」。後にトモダチ作戦の兵隊被曝が問題化

予想はしていたが、ここまでとは思わなかった。

東京電力福島第一原発の事故を受けて、米軍が放射性物質の拡散などの非常事態にたいして、技術・物資の全面にわたる最大限の支援体制を示していたことだ。つまり、アメリカは原発事故で起こりうる最悪の事態にさいして、その軍事及び技術力によって、日本を管理するというシナリオである。「トモダチ」作戦は、東北地方を中心に地震と津波による被害を受けた人々への支援であったが、その真の目的は、原発の危機的状況に最終的な対応ができなくなった日本政府にかわって、日本を事実上米国の戒厳令下に置くことである。

最悪の事態とはいうまでもない。

原発の爆発によって三〇〇キロ圏内からの緊急避難が必要となることだ。福島原発から二四〇キロにある東京はもちろん、東日本の広範囲から四千万の避難民が発生すれば当然パニックに陥る。無政府状態である。

日本国憲法には非常事態に関する条項がない。〝恒久平和〟を信条として武力を永遠に放棄すると誓っ

た、世界にふたつとない「憲法」。平和と安全は、公平と正義を実現してくれる米軍にまかせる。戦後の日本の「憲法」に、非常事態についての規定がなく、もちろん「軍隊」が認められていないのであるから、戒厳令がないのは不思議ではない。この戦後「憲法」をつくったのはアメリカ合衆国だからである。

とすれば、戦争などの非常事態が出来すれば、米軍が日本を防衛し管理し統治する。今回は戦争ではないが、原発の災厄はある意味では戦争以上の非常事態である。

震災と原発事故から二ヶ月以上が経っているのに、三百億円をこえる義援金は肝心の被災地の人々に、未だ三割程しか届いていないという。仮設住宅の建設も遅々として進まない。国会では野党自民党の総裁が、原発事故の直後に注水を中断させたのは誰の責任か、と政府を攻撃し、首相は責任を東電になすりつける……。どうでもいい議論を繰り返す。

しかし、原発の災厄はまさに現在進行形なのである。チェルノブイリ事故に匹敵する「レベル7」の最悪の事態に立ち至っているともいわれる。一号機から四号機の使用済み核燃料プールでの水素爆発、水蒸気爆発などが起きる可能性はある。注水による冷却をする他はないのだが、そこで発生する超高濃度の汚染水の処理の十分な見通しすらない。チェルノブイリの事故は原子炉の爆発炎上という一回的な事態であったが、われわれが前にしているのは、高濃度放射能汚染の「長期化の危機」という、まさに前代未聞の惨状なのだ。

「トモダチ」の戦略

政府は今回の震災をめぐる状況下で、ＴＰＰの交渉に関しては、復興課題が山積しているので当面延期する方針である。しかし、大新聞はこのような国難の時期だからこそTPP交渉に積極的に参加し、構造改革を押し進めて国内産業を建て直せ、といった主張は愚かしくもやむことがない。TPPがこの国の農業だけでなく、国力そのものを大きく毀損するおそれがあることは、『表現者』誌35号の特集「TPPは亡国への道」を再読いただければよいが、産経新聞（五月十九日「主張」）などは、TPPを推進すべき理由として、最後には「日米同盟」の強化というお題目を毎度のように持ち出す。要するに、アメリカが強く日本に参加を求めているTPPには、とにもかくにも賛成しておくことが日本のためにもよいという、倒錯した植民地的な奴隷根性である。

ところで、アメリカは原発事故にたいする全面支援を表明しただけでなく、大震災の復興に関する特別調査委員会を設置する方針を固めた。シンクタンク戦略国際問題研究所（CSIS）による「復興と未来のための日米パートナーシップ」という名称だという。

「年次改革要望書」を通して、アメリカの「日本改造」計画の実態をあきらかにしてみせた『拒否できない日本』（文春新書）で衝撃を与えた関岡英之氏は、今回のこのような「復興支援」の名の下で、「年次改革要望書」に代わる新たな米国の「日本改造」による支配が進行していることを指摘している。

米国は、当初は多国間の装いを凝らしたTPPという高等戦術を以てそれに対応しようとしていたが、東日本大震災を見てただちに戦術を修正し、「復興支援」の美名の下に新たな二国間の交渉（事実上は内政干渉）の枠組みを構築しようと目論んでいるのだ。（中略）CSISが「復興と未来のための日米パートナーシップ」の設置を発表した六日後の四月十七日、ヒラリー・クリントン国務長官がいきなり東京に乗り込んできた。日本滞在がわずか五時間という異例の強行スケジュールである。しかも全米商工会議所トム・ドナヒュー会頭を休暇先のフロリダ州から呼びつけて急遽同行させている。

（『月刊日本』二〇一一年六月号）

米国の企業も日本の復興に協力するようであり、クリントン国務長官は、日本の「復興特需」の甘い蜜をたっぷりとアメリカの企業に吸い上げさせるための露払いをしたというわけだ。四月二十日にはワシントンでの初会合が開かれ、六月にはこの「復興」プログラム実現のために米国代表団が日本に乗り込んで来るという。

肝心の日本政府は、復興のための第二次補正予算の審議も先送りし、阪神・淡路大震災（村山内閣当時）のときには、震災後四十日目には国会に提出された「復興基本法」すら出てきていないありさまである。アメリカ政府は、今回の震災・原発の日本の対応を見て、この国はもはや米国の〝属国〟から、事実上は〝州〟になっていることを思い知らされたに違いない。それは講和独立の後も自主憲法を設定せず、自国を自分の国の軍隊で守ることをしてこなかった戦後日本人の責任であり、その欺瞞と堕落の当然の帰結なのである。

国家理性を欠いた「復興」は亡国なり

五月二十二日、中国の温家宝首相と韓国の李明博大統領が、東京で菅首相との首脳会談を行ない、両国の日本への「支援」（風評被害を取りのぞくなど）を約束したと報道された。両首脳が福島市の避難所の人々を見舞い、一緒にキュウリなどの農産品をかじって放射能汚染の風評被害を払拭するかのようなパフォーマンスをやったが、菅首相にとってはこれは政権延命の悪あがき以外の何物でもない。

むしろ問題なのは、尖閣諸島沖での中国漁船衝突事件にたいして首相は何らの抗議をすることもなく、逆に中国側から先手を打たれて、「海上の危機管理メカニズムを構築したい」と提案されてしまったことだ。昨年七月以来中断したままの東シナ海のガス田開発の交渉の再開には、中国側は応じず、あくまでも資源獲得という国家目標を貫徹するために、自国に都合のよい「メカニズム」を構想してくるのはいうまでもない。

韓国もまた日本の領土である竹島を、自国の領土とする立法措置を求める野党議員が、ロシアと呼応するように北方領土を訪れており、これも日本政府としては看過できぬ問題である。

つまり、震災の「復興支援」という〝善意〟の外交の背後には、弱りきっている日本にたいしては領土問題、資源問題をはじめ何でもかんでも強硬に出れば成果が挙げられるという中国・韓国の思惑があるのはあきらかだ。

近隣諸国が支援の手を差し伸べてくれることをむろん拒む道理はない。しかし、二十一世紀の現在、先進各国はそれぞれ資源エネルギー確保のために烈しい外交的戦争の状況に突入している。来年には各国の指導者層が変わるが、この新たな帝国主義の時代の趨勢はいっそう加速されるだろう。その苛酷な現実に目をつぶって、この国の真の「復興」などありえない。

国家理性とは、国家行動の基本原則、国家の運動法則である。それは、政治家に、国家を健全に力強く維持するためにかれらがなさねばならぬことを告げる。また、国家は一つの有機的組織体であり、しかもその有機体の充実した力は、なんらかの方法でさらに発展することができるばあいのみ維持されるがゆえに、国家理性は、この発展の進路と目標をも指示する。

（F・マイネッケ『近代史における国家理性の理念』『世界の名著65』林健太郎訳、中央公論社）

第一次大戦という帝国主義戦争の体験を反映して、ドイツの歴史家マイネッケは「国家理性《シュターツレーゾン》」の本質を改めて問うた。今日いわれるナショナル・インタレストすなわち国益という概念であるが、「理性」とは国が成り立つことの「存在の根本理由」といってもよい。

二〇一一年の三月十一日以来、日本はまさにこの国家理性を問われているのだ。しかし、現政権によって押し進められている「復興」とは、実は国家の存在理由すらもあやうくしかねない亡国への道である。菅直人という政治家は、少なくともこの「理性」を決定的に欠いているからである。

「脱原発」というイデオロギー

二〇一一年三月の福島第一原発の爆発、放射性物質の拡散で脱原発運動

東日本大震災と福島第一原発の事故。三月十一日を境にして、戦後六十六年間のこの国のあり方、日本人の生き方が根本から問い直されているといわれている。さらに近代文明の技術知の限界として原発事故をとらえることで、明治維新以来百五十年というスパンで、大きな転換がなされるべきだとの主張もあれこれと見受けられる。

戦後何年という時代の区切りをやめて、来年からは大震災後一年というべきだという意見すらある。西洋近代の科学技術の発展と社会進化論の思想（社会主義もその極端な政治的実験であったことはいうまでもない）に端を発する、三百年にも及ぶ近代文明が袋小路に陥っているのはたしかであろう。その意味で、欧米の物質文明を模倣することで、近代《モダン》の過剰な「豊かさ」を経済成長の名のもとに享受してきた日本人は、今、その「近代化」への異常適応の来歴を見直すことが求められているといってもよい。

しかし、三・一一以降のマスコミ・ジャーナリズムの言論は、奇妙なまでに空虚な言葉が、新聞・雑誌・テレビのなかで宙に舞っているように見える。

「脱原発をして自然エネルギーの開発をすべし」という核アレルギーの短絡的反応が、専門家から市民（素人）レベルまであっという間に広がり、政府や東電そして原子力村などと呼ばれる原発を推進してき

た学者らへのバッシングがくりかえされている。もちろん、今回の震災という自然現象のもたらした原発の災厄にたいして、迅速かつ的確な判断と対応が十分でなかった政府や東電の責任は問われるべきだが、そうした〝人災〟追求が具体性を欠いて、マスコミの扇動による「脱原発」あるいは「反核」ムードとなって国民世論に蔓延してしまうことの方がむしろ問題なのだ。

原発は地震大国の日本では、取りかえしのつかないカタストロフィーをもたらす。そもそも被爆国である日本が原発に手をそめたのは、自民党の政治家や原発推進によって利得のある学者・役人たちが、七〇年代の原発反対運動を経済至上主義と地方の過疎地への金のバラマキによって押さえこみ、「効率」と「安全」の神話によって国民を騙したからである。ヨーロッパではフクシマの事故の現実からドイツやイタリアがいち早く脱原発を表明したのだから、日本も再生可能エネルギーに転換して、原発を廃止にすべきである……。

このような「脱原発」議論は、現在のところそれに反対しようものならとんでもないといった風潮で、圧倒的な言論の勢力となりつつある。

東北学という言葉を定着させた民俗学者（政府の復興構想会議のメンバーでもある）赤坂憲雄氏は、三・一一までは原発について「推進でも反対でもなかった」自分への違和感をこう語る。

わたしはインタビューのなかで、「脱原発」という言葉を使っていない。ところが、見出しにはきまって「脱原発」と書かれる。なんとも落ち着きがわるい。すくなくとも、わたしにとって、「脱原発」はイデオロギー的な選択ではない。福島＝フクシマの悲惨な現実がもたらす、避けがたい、それ以外にはありえないリアルな選択である。

（「恥じ入る気持ちなしには語れない」『新潮45』二〇一一年八月号）

正直な態度表明ではあるが、今のこの国のマスコミにおいては「福島＝フクシマの悲惨な現実」をこえて、「脱原発」はあきらかにひとつの抗し難い言論の潮流、すなわち「イデオロギー」と化している。

菅直人首相の七月十三日夕刻の唐突な「脱原発」表明の記者会見は、民主党内からも批判が相次いだが、何のことはない同日の「朝日新聞」朝刊は、「いまこそ現実の大転換を」との大見出しで「原発ゼロ社会」の提言を異例の「社説」スケールでうたっていた。もちろん「社説」は今すぐ全原発停止ではなく、「過度に無理をせず着実に減らしていく方が現実的であり、結局は近道にもなるはずだ」と付言しているが、原発と自然エネルギーその他の資源エネルギー政策は、たんに電力供給の問題にとどまらず、国家の自立と安全保障に関わる総合的課題であるという根本的な視点を全く欠いている。とりわけ経済力と軍事力（海軍の西太平洋の侵攻）を増大させ、東アジア及び太平洋での覇権をねらっている中国の存在を考えれば、資源エネルギー問題は軍事上の安全保障と直結する国家的戦略の中枢の課題であろう。

前号でも「国家理性《シュターツレーゾン》」という言葉を用いたが、それは国家をひとつの有機的組織体にして、その「発展の進路と目標」を指示するものである。すなわち「国家行動の基本原則、国家の運動法則」である。一部の保守派を称する人たちのなかで、最近、脱原発と日本の核武装は矛盾しない、それどころか現行の日本の原子力発電はＩＡＥＡ（国際原子力機関）の監視下におかれＮＰＴ（核拡散防止条約）体制に隷従しているがために、むしろ脱原発こそが核武装の道をひらくとの議論がある。しかし、これは資源エネルギーと軍事力がともに有機体としての国家においては不可分のものであることをあえて無視しており、「脱原発こそが核武装を可能にする」という話は、為にする議論でしかない。

朝日新聞的な「原発ゼロ社会」のプロパガンダも、核武装のために「原発をやめる」という倒錯した主張も、ともにこの敗戦後六十六年ものあいだ、戦後体制が維持され、その内側においてしか思考できない（国家主権をめぐる思考停止）ことの証左にほかならないのである。

「戦後」は未だ終わってはいない

このことは今回の大震災によって、「『戦後』を終わらせた」などという主張が、全く見当はずれだということを物語っている。

朝日新聞的な「脱原発」運動は、自然エネルギーによる「クリーンで安全な社会」を将来実現するという理想論の下に、あきらかに戦後左翼の「反核」運動のイデオロギーが隠されており、それは平和憲法（九条）の護持という政治的立場と結びついている。

また「脱原発こそが核武装を可能にする」という主張の裏には、第二次大戦戦勝国（とくにアメリカ）の監視と圧力を過大視するのが現実論であるという戦後・親米保守の脱力感がはりついているからだ。

今度の天災が炙り出したのは、国家のエマージェンシー（緊急事態）にたいして、日本の中央政府が国家としての非常事態を宣言し、超法規的な対応をすることができない、すなわち日本国憲法に非常事態条項がないということである。災害対策基本法、大規模地震対策特別措置法、原子力災害特別措置法はあるが、「特別措置」という言葉に象徴されるように、これは戦後憲法の根本的欠陥（非常事態法なし）のまわりに絆創膏をはりつけたようなものでしかない。

被災地への災害支援として、今回は自衛隊が大きな力を発揮したことが喧伝され、その存在の意義が評価されてはいるが、自衛隊の主なる任務とはそもそも「国防」であり「災害派遣」ではない。民主党の幹部が自衛隊を「暴力装置」呼ばわりしたのは記憶に新しいが、それもこれも自衛隊が憲法において「軍隊」として明白に位置づけられてはいないからである。

菅首相は、自分が陸海空の自衛隊の最高指揮官であることを知らなかったという冗談話のようなこともあったが、もともと国家の最高指導者としての自覚を欠いているのであれば、何をかいわんやである。自衛隊を正式に「国軍」としなければ、国家の危機に際して戒厳令を布告することすらできないのだ。

つまり、三・一一以降にあきらかになっているのは、戦後六十六年という長きにわたって、日本が国家理性を持たざる擬似「国家」であったということである。

資源エネルギーの争奪戦が激化する国際情勢のなかで、来年は主要国の指導者の交代をむかえる。ギリシアの破綻を救済すべくヨーロッパ連合（EU）ではドイツ・フランスを中心に経済支援をしているが、同時にユーロの信用不安も高まり、アメリカは「債務上限問題」で混迷を深め、国家デフォルトの危機に直面している。その一方で、北朝鮮は七月二十二日にバリ島で、リ・ヨンホ外務次官が韓国との交渉へとこぎつけ、核をめぐる六ヵ国協議の再開そしてアメリカとの二国間での直接交渉への道すじを切り拓き、金《キム》王朝の存続をめざしている。また北朝鮮はウラン濃縮と核兵器の小型化を進めている。

戦後六十六年目に、三・一一を体験した日本人は文字通り瀬戸際に立たされている。民主党は菅直人の退陣とともに自壊の道を辿るだろうが、自民党あるいは真正保守の政治家は、自らの力で戦後体制の大転換を計らねばならない。解散総選挙のイシューは、日本が「国家」として再生するための憲法改正、自主憲法制定というヴィジョン以外にはありえない。原発問題もエネルギー問題も、国家というまさに有機的組織体の課題として呈示すればよいのである。天災という「他力」による転換は日本を亡国へと沈めるであろう。戦後体制を克服するための、「自力」による大転換こそが、今突きつけられている政治の、そして日本国民のミッションなのではないか。

戦争と物語

二〇一一年六月、菅首相、浜岡原発全面停止を中部電力に要請

あの戦争の終結から六十六年目の夏が来た。

「あの戦争」と曖昧にいうのは、日本人が一九四一（昭和十六）年十二月から四五（昭和二十）年八月十五日まで三年八カ月にわたって、北はアリューシャンから南は南太平洋に至る広大な地域で主に米英国と戦い、また中国大陸で蔣介石の抗日部隊との戦闘もふくめての大戦争であるが、それは今日でも、「太平洋戦争」「大東亜戦争」はたまた「アジア太平洋戦争」などとその名称が歴史的に定まっていないがためである。

もちろん、戦時中は「大東亜戦争」と国民はいっていたのであり、「太平洋戦争」という名称は、敗戦後、昭和二十年十二月十五日以降に占領軍によって定められたものである。太平洋戦争《パシフィック・ウォー》とは、アメリカ人があの戦争をそう呼んだからだが、日本があの戦争において戦いの大義とした「大東亜共栄圏」、すなわち欧米の帝国主義、植民地支配からアジアを解放し共に栄えるということを連想させないがためである。

最近では、「アジア太平洋戦争」という名称も用いられている。これは主にリベラル派が使っている。「太平洋戦争」はたしかにＧＨＱ指令で問題ありだが、さりとて「大東亜戦争」と正しく呼ぶのは戦前・戦中の軍事主義を肯定することになりかねないので、またアジアの広範な地域において日本軍が侵略戦争を行

なったということを想起させるためにも「アジア太平洋戦争」がよろしい、ということらしい。

戦争の名称にこだわるのは他でもない。自分たちの戦った戦争の名称は、勝ったにせよ敗れたにせよ、戦った主体は自分たちであり、その戦いの意味は何であったのかという歴史の本質的意味を孕むからである。

ロシア人はナポレオンとの戦いを「祖国戦争」と呼び、ナチス・ドイツとの戦いを「大祖国戦争」と呼んでいる。祖国の防衛のための戦いという意味合いである。

戦後六十六年を経ても、日本人は「あの戦争」の来歴を主体的に語ることができないでいる。私自身、戦後教育のなかで一貫して、「太平洋戦争」という呼称で知らされてきたが、今の若い世代が「大東亜戦争」を知らないのも当然のことだろう。祖国の戦いが、時の経過とともに他人事めいたものになってくるのは、戦争体験のない私などの世代、さらに若い世代になればなおさらのことである。しかし、時の経過は逆の作用を及ぼすこともある。過去の出来事を時の遠近法のなかで捉え直すとき、それは事実の集積としての史実だけではない、むしろその出来事の意味が浮かびあがってくる。

ドイツ語には、ゲシヒテとヒストーリエというふうに「歴史」を表わすふたつの単語がある。前者には「出来事」「事柄」という意味もあり、後者はヒストリーだから「史実」「物語」の意味がある。

ヘーゲルはこの言葉を用いて、歴史をたんに事件の羅列、反復として捉えるヒストリーと、歴史が全体として意味と目標をもって進行するものとして捉えるゲシヒテを区別した。ヒストリーの代表者としてはギリシアやローマの歴史家があげられる。ヘロドトスの『ペルシャ戦後史』、ツキジデスの『ペロポネソス戦争』、シーザーの『ガリア戦記』などとともにマキャベリの『フィレンツェ史』、フリードリッヒ二世の『余の時代史』なども入る。しかしヘーゲルは哲学者としてそのような「報告と記述」としての歴史（ヒストリー）ではなく、歴史を「意味と目標」をもったゲシヒテとして捉える。歴史哲学の誕生である。そこにはキリスト教の歴史神学や摂理信仰が色濃くあることはたしかであり、その哲学的世界史は、アウグスティヌスの『神の国』の近代的世俗化である。

話が少し厄介になったが、私がいいたいのは、日本人は「あの戦争」にたいして様々な歴史的（史実的）検証を重ねることはやってきたが、トータルな意味でのヒストリーあるいはさらにゲシヒテの歴史言説はあるのだろうか、ということだ。

トルストイの『戦争と平和』は、一八六三年から六九年にかけて、作者三十六歳から四十二歳までの時期に書かれている。この大歴史小説はいうまでもなく一八〇五年から十二年のナポレオンのロシア侵入と敗北に至る歴史を素材としている。一八二八年生れのトルストイは「祖国戦争」を体験していない。彼は戦後五十年余、半世紀以上を経て『戦争と平和』を著わしたのであった。

それでは「あの戦争」を全体像としてヒストリーを描いた、日本人の『戦争と平和』はあるのか。

「歴史」を描く言葉

それは日本では戦後文学の作家たちの主要な仕事の評価と関わる。

吉田満『戦艦大和ノ最期』、大岡昇平『野火』『レイテ戦記』、野間宏『真空地帯』、堀田善衛『歴史』『時間』『方丈記私記』、武田泰淳『蝮のすゑ』『審判』、島尾敏雄『出発は遂に訪れず』……。「あの戦争」に直接に一兵士として、また戦地にいた者として、参加し体験した世代の文学者たちが多くの作品を遺している。小説だけではなく鮎川信夫らの「荒地」派の戦後詩人も入れれば、その文学世界は厖大であるともに、きわめて重要な歴史の証言であろう。

作家加賀乙彦氏には、『帰らざる夏』や『錨のない船』などの戦争にまつわる作品があるが、『炎都』には、空襲で廃墟と化した東京の風景が鮮烈に描き出されている。

駅前に出た。薄暗い、無色の空間が視野の底を占めていた。薄暗いと感じるのは奇妙な感覚だとわれながら思う。午後の太陽はかなり傾いてはいたがなお焼きつく光線を送っていたし、青空は眩しく入道雲は明るさの極点にあったからだ。しかし、そういった光を受け付けぬ、執拗な暗さが廃墟には備わっていた。それは幼い時から見慣れて親しんできた街が目の前から掻き消えた悪夢の世界であり、東海道線の車窓から、省線の窓から、いやというほど見せつけられて来た焦土とは違った、喪失感のこびりついた薄暗い廃墟であった。(中略)伊勢丹百貨店の角を左に曲がる前に振り返ってみた。駅が信じられないほど近くにあった。新宿の繁華街は何と哀れに縮小してしまったことか。果物屋、本屋、洋服屋、酒屋、食堂、ミルクホール、麻雀屋、映画館……雑踏のなかで目を奪われてきた店々が消滅すると、あとには無差別で単調な空間が残っているだけであった。

こんな大破壊をやらかしたのはアメリカ軍だ。何とひどい蛮行だ。しかも今度は本土上陸で日本人の大殺戮を画策している。許せないと悠太は力んだ。しかし力んだあと、胸にぽっかりと穴があいて、心も体も萎んで行く思いがした。いくら力んでみても失われた街は二度と戻ってこないのだ。(中略)不毛の、死滅した空間……いや、あの防空壕には人が住んでいる。立ち働く男女の姿があり、洗濯物がひるがえり、炊事の煙があがっている。焼け木立はよく見ると緑の葉をつけ、焦土には草が生えている。悠太はすこし勇気づけられ、大通りの中央に出てみた。

（『炎都』下巻、新潮社）

名古屋の陸軍幼年学校から一九四五（昭和二十）年八月四日に、一時帰宅として帰郷した主人公（悠太）の眼前に広がっている新宿の廃墟。彼はその「死滅した空間」に「虚しい光の風が吹いている」情景を目の当たりにして、ダンテの『神曲』の「地獄篇」の一部の情景を思い出そうとするが、思い出すことができない。それはまぎれもない現実の光景だからだ。

『炎都』は『岐路』『小暗い森』に続く三部作であり、昭和十年代前半から戦争に突入していく時代を背景とした自伝的大河小説であるが、ここにはトルストイの『戦争と平和』に決定的な影響を受けたという作家の、ヒストリーを如何に描くかという文学的創造力がみなぎっている。

しかし、歴史を描くということはそもそもどういうことなのか。人は自らの体験を通して歴史の一角に関わることはあり、現にそこから戦後文学も書かれてきたわけだが、その「関わる」とはどういうことなのか。

戦後文学の代表作といってよい『野火』の作家・大岡昇平はこういっている。

……私は歴史の重さとか、時は過ぎ行くとかいう風に、歴史を受け止めるのは嫌いである。私が『戦争と平和』のその豊かな形象に楽しい記憶を止めながら、結局読み返せないのは、あの宇宙的で退屈な歴史論議のためである。もっとも人間は歴史に関与する時、大抵は欺かれる。史料に欺かれるだけでなく、その関与の仕方においても欺かれる。人間は自分がどういう風に、歴史と交渉しているのか、自ら意識することが出来ないのではないか、と疑う時がある。

（「現代史としての歴史小説」『大岡昇平全集』第十四巻、中央公論社）

大岡昇平がここで問うているのは、小説の問題にとどまらず、人間が「歴史と交渉」するとはどういうことなのか、それは果して可能なのか、といった根本的な事柄である。『俘虜記』『野火』そして『レイテ戦記』という大岡文学の歩みは、史実は小説的虚構かといった単純な対立にあるのではなく、人が「歴史に関与する時」つねに生じる困難の感覚と切り離しえない。

「歴史」を捉え直す哲学

大東亜戦争のさなか一九四二（昭和十七）年の夏に、雑誌「文學界」で「近代の超克」という座談会が催されたのは有名である。出席者は、小林秀雄、林房雄、河上徹太郎、三好達治、中村光夫、亀井勝一郎といった文学者、鈴木成高、西谷啓治、下村寅太郎という歴史・哲学者、映画評論家の津村秀夫、音楽評論家の諸井三郎、物理学者の菊池正士、カトリック神学者の吉満義彦ら十三名であった。専門分野を異にするこれらの知識人が語り合った「近代の超克」とは何か。

この座談会は、戦後は「西欧近代に対するアジアの解放」という大東亜戦争の理念を打ち出そうとしたものであり、戦争を銃後から支援するものであったと批判されたが、そこで議論されたテーマは、「西欧知性の克服」「歴史主義の克服」「文明開化の論理の否定」「近代ルネサンス精神の批判超克」「進化論の否定」等々であり、それはまさに世界史的テーマであった。そして同時にこれは明治維新以降の日本人の、今日にまで及ぶ問題でもあった。

> 現代の我々に於てヨーロッパは既に単なる他者ではない。我々の先人や我々も事実上近代の西洋を身に着《つ》けることに努力し、それに於て成長して来た。それに対して、何を、如何に、如何なる程度に、受容したかを、反省し批判しているかが今日の我々である。……近代とは我々自身であり、近代の超克とは我々自身の超克である。
> （下村寅太郎「近代の超克の方向」『近代の超克』冨山房）

戦後の日本は、アメリカという「西洋」に完敗したことで、自分たちが「身に着け」た西洋を「反省し批判」するどころか、逆に〝勝者〟の文明をひたすら受け容れてきた。アメリカ化の洗礼は、生活スタイルから原発にまでに及んだわけである。

ここで、当時の「近代の超克」論について詳しく云々するつもりはないが、戦時下にあって（その議論は多様かつ混乱を極めはしたが）、西洋と日本の「近代」を過去数世紀間にわたる長期的視野に立って問題化したことは大切なことであった。

鈴木成高は、「今日の時局は、時局的であるだけではなく歴史的であるというところに、その重大性をもつ」といい、「それは現代の変革が単に時局の成り行きから来るものではなく、時局そのものよりも遥かに深きところから、すなわち歴史から由来するものであることにもとづいている」（『歴史的国家の理念』）として、大東亜戦争が西洋列強の植民地支配の崩壊という歴史の流れのなかにあることを指摘している。もちろん、満州事変、支那事変から大東亜戦争へと至る「時局」を、世界史的な「歴史」の趨勢に位置づけることによって、「あの戦争」の意義を確定するのは、戦後に竹内好がいったように、アジア解放を唱えた日本が、他ならぬアジアにたいしては西洋式の「帝国主義」的な態度を示したことと矛盾する。そこに背理を指摘することはできる。

しかし、「近代の超克」論、そしてそれを主導したいわゆる「京都学派」の議論は、「あの戦争」を世界史と歴史哲学的視野のなかで、つまりゲシヒテとして捉えようとする契機を孕んでいたのは疑いえない。敗戦後の日本では、丸山眞男の論文「超国家主義の論理と心理」(昭和二十一年)が、戦前・戦中の皇国史観・軍国主義・ナショナリズムの批判としてもてはやされたことからもわかるように、「近代の超克」の議論は〝戦争協力〟の名のもとに葬り去られたのであるが、戦時下におけるこの議論は今日、歴史的な再検討に値するものだと思われる。

敗戦の直後に、米内光政海軍大臣が、昭和天皇に「日本民族は優秀な民族ですから五十年後には必ず甦ると思います」と奉上したとき、天皇は「私はそうは思わない。三百年はかかると思う」と語られたという。戦後の経済的復興は、日本人の「甦り」であったのか。二〇一一年三月十一日以降、このこともまた深い次元で問い直されているが、その原点には、やはり「あの戦争」にたいして、日本人自身が未だに何ひとつ、主体的に捉え直すことができていないという根本的問題があるのではないだろうか。

「地域」の再生のために

二〇一一年八月、菅首相辞任、野田首相就任

竹下内閣の頃だったか「ふるさと創生一億円」という名目で地方の市や村に国からお金がばらまかれたが、ある村落ではその使い道がないので金塊を買ってそれを神社の祠に安置して、村人たちがそれを拝んでいる姿がニュースで放映されていた。外国からの帰途、飛行機の中でその映像を見た私は唖然とするとともに、周囲の客席に散見される外国人がどんな表情でそのニュースを見ているのか覗き込んだものだ。マモニズム（拝金主義）というよりも、中央政府が地方の活性化のためには金を配布すればよいという発想の貧困さと、地域のコミュニティの自発力の欠如が合体したポンチ絵のごときものであったからだ。

その後、小泉内閣時代の構造改革と市場自由主義の嵐によって地方はますます活力を失い、地域共同体の破壊は進み、結果として著しい衰退をまねいた。小泉内閣の後に安倍晋三首相は『美しい国へ』で地域コミュニティの再生として郷土愛をうたったが、グローバル経済のなかで構造改革の流れは加速され、地域格差は広がりこそすれ、パトリオティズム（愛郷心）が涵養《かんよう》されるはずもなかった。

さらに民主党内閣となり、今度は中央政府そのものが混迷に陥り、国家とか国益という概念を持たざる市民運動家的発想に染まった指導者によって、大震災後のこの国は文字通り国家崩壊の様相を呈している。被災地の復興は遅れ、中国・ロシア・韓国・北朝鮮などの周辺国からの軍事的外交的挑発にたいしても国

家としての外交力を全く展開できずにいる。資源エネルギーをめぐって各国が帝国主義的覇権を争っているなかで、日本は没落の一途を辿っているといっても過言ではない。

震災復興の議論で、また地方分権論や地方主権、あるいは道州制の導入などがいわれている。しかし地域の自律性を高めることは、中央政府の権限から解き放たれることではない。逆に国家への帰属性があるからこそ「地方」の存立は可能となり、中央政府のガヴァン（舵取り）がなければ「地域」の再生もありえないのである。

被災地の復興が遅れているのも、被害の大きさもさることながら、政府が大規模な財政出動を速やかにおこなわず、赤字財政を拡大して子孫に借金を先送りしてはいけないという財務省主導の増税のための屁理屈に、政治家が唯々諾々と従っているからだ。

地方主権の流れで、東北の復興は東北のヴィジョンでなどといっているのは、事実上の被災地切り捨て以外の何物でもない。財政も含めた総合的な国力による被災地の支援と復興が不可欠なのであり、それは東北だけではなく、疲弊した地方の再生も中央政府（国家理性）の力強い介入が必要なのである。中央政府と地方政府を対立するものとするのは、アンチ・ナショナリズムや反国家・反権力の思想《イデオロギー》から脱却できない戦後左翼世代の発想であり、グローバル化による資本や企業のボーダレスな移動は、国家という枠組みをこえたものであるという市場原理主義がそこに加わる。

しかし、今回の震災のような甚大な危機に現に直面すれば、国家が舵取りをし、リーダーシップを発揮しなければ全く立ちゆかないのであり、EU・アメリカの財政危機は新興国を巻き込みグローバル経済の破綻を起こしているのであれば、結局は国家の役割が見直される他はないのだ。

フランスの元外相ユベール・ヴェドリーヌは、「国際的な取り組みを実行する主体は国家しかない」と指摘する。

わたしたちは現代国家としてなすべき仕事を、国際社会や国連その他の「救いの神」に押しつけて逃げていてはいけないということである。国家が主権を放棄しても、ヨーロッパや世界、あるいはなんらかの民主的な場がそれを引き継いでくれるわけではない。そして引き継ぎ手がないとなると、これを拾い上げるのは市場、あるいは自己制御できると自称するなんらかの機構ということになるが、その自己制御はまやかしである。つまり国家には国家固有の役割があり、その役割に関しては、国家は相変わらずなくてはならない存在なのである。

(『「国家」の復権』二〇〇七年、橘明美訳、草思社、二〇〇九年)

国に代わる新しい主体はまだ存在しない。グローバリズムは国を超えており一国では何もできないといった発想や、世界共和国的な「国家以後」の考え方は、むしろ国際社会の混乱を招き多国間システムを麻痺状態に陥れるのである。

トポスの再生への言葉

この国の「地方」の疲弊と衰退は、構造改革による地域格差や市場原理主義の競争の弊害などに起因しているのはたしかであるが、その根本にあるのは、効率性や利便性に価値をおく近代主義や技術主義が、それぞれの地方の特色を失わせて、どこに行っても均質で同一な空間をつくってしまっている点にある。

地方都市を歩いてみれば一目瞭然であるが、大都市のコピーのような街並みばかりになり、人口減少によって駅前などは昼夜を問わず閑散としている。

その土地に生まれ育ち、またそこに住み生活する人々が「故郷」を意識し自覚することができなくなっているのは、愛郷心云々の問題よりも、この土地柄の喪失つまり、その地域の歴史的時間の堆積をほとんど身体的に感じ取れなくなっているからだろう。

しかし、こうした故郷喪失感は、今にはじまったことではない。あえていえば明治近代化以降、その近代・西洋文明の受容と模倣によって、日本人は山河もふるさとも失い続けてきたのである。敗戦と戦後の経済成長は「復興」の名のもとに、生活感覚をも含む日本人の「故郷」の場所《トポス》を破壊し続けてきたのであり、平成以降の構造改革とグローバリズムの津波はそれを最終的に葬り去ったといっていい。

今回の災害とりわけ福島第一原発事故の放射能汚染は、福島の人々からまさに「故郷」を奪い去ってしまう事態を引き起こしている。脱原発の声は直接の被災者からよりも「世論の空気」として現在形成されているが、しかし完全な脱原発をいうのであれば、脱近代という中長期的な方向性をこの国が模索していく他はないであろう。自然と人間の生活との共生。伝来の宗教的慣習や村落の習俗の復活。近代的工業社会から農耕文化への再転換。しかしそうした脱近代の方向を実現（回復）していくのには、われわれはすでに自然の領分にあまりに奥深く踏み込んでいるのではないか。民俗学的な視点からすれば、「地方」の活性化とは「近代」化されすぎた生活空間を「自然」の方へと取り戻すということになろうが、東北の被災地の復興計画では、それと似て非なるエコタウンの創設や自然エネルギー関連企業の誘致が提唱されている。

「地方」の再生あるいは「故郷」の回復というとき、抽象論のように見えるが、私は「言葉」というものの大切さをあらためて想起する。昭和十年に完結した島崎藤村のライフワーク『夜明け前』は、周知のように藤村自身の故郷である木曾の馬籠を舞台にして、その土地の旧家の十七代として生きた父親（島崎正樹）を主人公・青山半蔵として造型した歴史小説である。半蔵が御一新（明治維新）に期待し夢見たもの――それは日本の歴史のなかにある「古きもの」の再発見による革新であった。「復古による維新」という日本の夜明けをもたらしてくれるはずの希望は、山々に囲まれ深い森林におおわれた木曾路の宿場町、その小さな場所《トポス》から生れる。それは、自分の血につながる「故郷」と歴史のなかにある「祖国」とを言葉によって結びつけようとする作家の壮大な試みであった。明治以降の「近代」化のなかで西洋列強との戦争へと不可避的に突入し、やがて大東亜戦争をむかえる危機と緊張がこの大作を書かしめたといってもいい。

「言葉につながるふるさと」。それは一九三六（昭和十一）年から一九四四（昭和十九）年にかけて、当時の代表的作家たちの手による「新風土記叢書」シリーズにもあきらかである。宇野浩二『大阪』（昭和十一年）、佐藤春夫『熊野路』（十一年）、青野季吉『佐渡』（十七年）、田畑修一郎『出雲・石見《いわみ》』（十八年）、中村地平『日向《ひうが》』（十九年）、稲垣足穂『明石』（二十三年）、伊藤永之介『秋田』（十九年）、太宰治『津軽』（十九年）である。『津軽』が刊行された頃、日本海軍はレイテ沖海戦で敗北し、神風特攻隊が必死の攻撃をくりかえしていた。同年十一月二十四日には東京大空襲がはじまり、日本の都市は灰燼《かいじん》に帰していった。祖国の滅亡の予感のなかで、国土と故郷を再び発見しようとした作家たち。危機のなかで「祖国」と「故郷」がひとつながりの時間感覚のうちに浮かびあがる。

今回の震災と原発事故の直後、福島出身の新鋭作家である古川日出男が『馬たちよ、それでも光は無垢で』（『新潮』二〇一一年七月号）を発表した。被災地に入った体験に基づいて書かれた物語《フィクション》であるが、私はこの二百枚程の作品に多数のルポやノンフィクションとは異なる、地域《リージョン》の復活への祈りにも似た言葉の力を覚えた。それは、失われた故郷へのノスタルジーでも脱近代の夢想でもなく、破壊された「日本」への果敢なアクチュアルな創造行為《アクション》である。

二〇一二年

資本主義とニヒリズム

二〇一一年九月、アメリカ・ニューヨークのウォール街で経済界、政界に抗議する大規模な「ウォール街デモ」発生

ギリシア発のEU（ヨーロッパ連合）の財政危機は、二〇〇八年のリーマンショック以来の世界経済の危機の最終段階の様相を呈しており、グローバルな金融資本主義がもたらしたマモニズム（拝金主義）は、今日の「世界」と「人間」を底知れぬニヒリズム（虚無主義）の淵へと立ち至らしめている。

十九世紀の末に、ニーチェは来たるべき二世紀、二百年の人類を覆い尽くすものをニヒリズムの亡霊であると予言したが、この哲学者の語った「ニヒリズム」の意味を、二十一世紀の初頭を生きるわれわれは今、朧気であるが、その真の正体にはじめて直面しつつあるのではないだろうか。

それは心理的な不安や思想的な混沌というよりも、何かもっと具体的で、身体をも慄然とさせるような、われわれ人間の存在の根底を脅かさずにはおかないものだ。

ハイデッガーはその著『ニーチェ』のなかでこう語っている。少し長いが引用しよう。

ニーチェにとってニヒリズムとは、決して彼の身近な現代とか、また単に一九世紀とかの事実につきるものではない。ニヒリズムはすでにキリスト教以前の諸世紀に始まっており、また二〇世紀で終わる

というものではない。この歴史的進行は、なんらかの対抗運動が開始されても、むしろそのときにこそ、次の幾世紀かを充たすであろう。しかしまたニーチェにとってニヒリズムとは、決して単なる崩壊、価値の喪失、破滅ではなく、歴史的運動の或る根本的な様態なのであって、それは相当長期間にわたって或る種の創造的高揚が起ることを排除するものではなく、むしろそれを必要とし助勢するものなのである。「頽廃」、「生理的退化」などというものは、ニヒリズムの原因ではなく、すでにそれの帰結である。したがって、これらの状態を追放しても、それでニヒリズムが克服されるわけではない。ニヒリズムに対する対抗運動がこれらの害悪やその追放のみに着目しているかぎり、せいぜいニヒリズムの克服が延期されるだけである。ニーチェがニヒリズムという名前で指している事柄を把握するためには、非常に深い知と、それにもまして深い真剣さが必要である。

（『ニーチェ』細谷貞雄監訳、平凡社ライブラリー）

これは講義の形でハイデッガーが一九三六年から四〇年までおこなったものだが、ここでいうニヒリズムの「対抗運動」とは、時代的にはナチズムやスターリニズムという全体主義であるのはいうまでもない。また第一次大戦と一九二九年の世界恐慌以降の、ブロック経済とその延長としての世界戦争の歴史状況を指しているといってよい。

ナチズムが古代ギリシア的価値とゲルマン民族の優越性を結びつけ「二〇世紀の神話」を喧伝して国家社会主義体制を標榜し、スターリニズムがメシアニズムを孕んだ社会主義革命のユートピアと唯物弁証法を合流させた全体主義国家を目ざしたのは、西洋近代の価値の崩落によるニヒリズムへの「対抗」であり、その「克服」の運動であったといえよう。

また第一次そして第二次大戦に参戦し、全体主義にたいして「自由」と「民主主義」を価値とすることで二十世紀の帝国となったアメリカは、資本主義と自由・民主主義を結びつけることで、キリスト教国の新世界として、ニヒリズムの「対抗運動」をなした。しかし冷戦以後にあきらかになり、リーマンショックで顕在化したのは、「自由」と「民主」という価値によって開放的で豊かな国際社会を実現すべきだというアメリカが誇ってきたブランド力」（フランシス・フクヤマ）こそが、カジノ・キャピタリズムを生み世界金融危機の要因となったということである。

つまり、二十一世紀に入ってあきらかになったのは、ナチズムやスターリニズムなどの「全体」主義も、アメリカに代表される「自由」・「民主」主義も、ニヒリズムにたいする一種の「対抗運動」に他ならなかったのだが、それはハイデッガーがいうように、ニヒリズムの「歴史的進行」を止めるどころか、むしろ虚無の亡霊が「次の幾世紀かを充たす」ような役割しか果たさなかったということである。

そして今日、われわれはファシズムもメシアニズムもさらにはナショナリズムもほとんど消失した段階で、グローバルな資本主義と自由・民主主義の末期状況のただなかにいるのだ。資本と情報が国家をこえて自在に移動し、国民精神といった「束ね」すらも失われていったとき、世界恐慌後の一九三〇年代のような戦争を招来させることすらできなくなっている。

「最後の人々」としての大衆

ニューヨークで行なわれた「ウォール街を占拠せよ」というデモは、リーマンショック以後のアメリカ社会の経済不安が「格差反対」という主張として噴出したものであるが、そこには政治的メッセージや業界団体の訴えといったこれまでの示威運動とはあきらかに異なるものがあるように思える。国家財政の破綻への不安や強欲な金融資本家への反発という要因はあるにしろ、そこに渦巻いているのは無秩序に彩られた「虚無」の空気である。それは資本主義が、人間の経済活動として何ごとかは生きることの意味と倫理に基盤を置いていた現実が崩壊してしまい、M・ウェーバーのいうマモニズムと化した資本主義を操る「最後の人々」letzte menschen（「末人たち」とも訳せる）の表情である。

精神のない専門人、心情のない享楽人。これらの無《ニヒツ》に等しいものは、人間性のかつて達したことのない段階にまですべて登りつめた、と自惚れるだろう。

（『プロテスタンティズムの倫理と資本主義の精神』大塚久雄訳、岩波文庫）

これは一部の強欲な資本家だけではなく、むしろ大衆そのものであり、キルケゴールは、ニーチェやウェーバーやオルテガに先がけて、近代文明の「水平化」すなわち「大衆は一切であって無である」といい、それは「あらゆる勢力のうちで最も危険な、そして最も無意味なものである」と指摘してみせたのである。ウォール街のデモばかりではない。ロンドンで発生した移民や雇用問題をめぐるデモはこれまで見られなかった若年層の暴力をともない、オスロで起きた銃乱射による大量殺人は移民反対の主義主張を掲げる右翼白人青年によるものといわれているが、その動機には一種捉えがたいものがある。さらにいえば、中東諸国での「民主化」デモといわれるものも、独裁者の長期の政治体制への民衆の不満の爆発として指摘されているが、実際は「アラブの春」どころか社会の無秩序と政治の混沌をもたらしている。

このような世界的な「大衆の反乱」は、「抑圧」からの解放、「自由」と「民主」の価値を信じての蜂起といったわかりやすい説明ではとてもその真実をいい当てることはできないと思われる。

一九三〇年代の世界的な経済恐慌が、十九世紀以来の帝国主義戦争の「最終戦争」としての第二次大戦へと脱出口を見出した、そのようなプロセスは今日において事実上不可能となっているのであれば、人々は行き場のない焦燥と絶望感のなかにたゆたいながら、一切の価値の崩壊感覚のうちに立ち尽くすしかないのだ。

> 私の物語るのは、次の二世紀の歴史である。私は、来たるべきものを、もはや別様には来たりえないものを、すなわちニヒリズムの到来を書き記す。この歴史はすでに物語られうる。なぜなら、必然性自身がここではたらきだしているからである。この未来はすでに百の徴候のうちにあらわれており、この運命はいたるところでおのれを啓示している。未来のこの音楽にすべての耳が耳をそばたてているのである。私たちの全ヨーロッパ文化は長いことすでに、十年また十年とかわりゆく緊張の拷問でもって、一つの破局をめざすがごとく、動いている、不安に、荒々しく、あわてふためいて。あたかもそれは終末を意欲し、もはやおのれをかえりみず、おのれをかえりみることを怖れている奔流に似ている。
>
> （ニーチェ『権力への意志』『ニーチェ全集』第十一巻、原佑訳、理想社）

ニーチェが十九世紀の終りに語ったこの謎めいた言葉は、今日あきらかに現実と化しているのではないか。「宗教」や「道徳」、「理性」や「精神」そして「自由」や「理想」といった価値がことごとく「無」意味なものと化したところに出現する――ニーチェの言葉でいうならば「すべての訪問客のうちで最も気味のわるいもの」であるニヒリズム。二十世紀の全体主義と社会主義革命は、この不気味な訪問者にたいする「対抗運動」であり、戦争と革命の混乱たる血みどろの世紀たる二十世紀は、ある意味ではその雄々しき闘いの百年であったといってもよい。そして今日、「全ヨーロッパ」のみならずこの世界を文字通り覆っているのは、情報化社会のなかで異様なまでに肥大化した「大衆《マス》」の支配であり、国境や文化や宗教をこえて暴走し続けるマモンのデーモンとしての金融資本主義である。この末期的な資本主義の黙示録的状況をガヴァン（舵取り）することはできるのか、その主体はどこにあるのか。世界政府のような夢想を語るよりは、ハイデッガーのいうように、まずはこのニヒリズムという訪問者を、「非常に深い知と、それにもまして深い真剣さ」を持って把握することが肝要なのではないのか。

「大阪都構想」の陥弄

二〇一〇年、橋下大阪府知事・大阪維新の会、大阪都構想発表
二〇一一年、大阪府知事を辞職して大阪市長に当選

「維新」という言葉ほどトンチンカンな使われ方をしているものはない。「平成維新」しかり、橋下徹の率いる「大阪維新の会」しかりである。この語は、本来は「復古」つまり古きものを再発見することで、維新《これまたあら》たなりとの歴史への覚醒をうながす意味である。

幕末維新の動乱を描いた、島崎藤村の大作『夜明け前』は、この「維新」という語にたいする日本人の解釈の深浅を問うた思想小説である。以前にも書いたのでここで詳しく述べはしないが、主人公の青山半蔵は「御一新（明治維新）」に期待し、新たな時代の夜明けを木曾の山奥でひとり燃えるような思いを持って待望するのであるが、明治国家の近代化がもたらす現実に裏切られ、絶望する。作中の半蔵の気持ちを表現した次の一行は印象的である。

明日《あす》――最も古くて、しかも新しい太陽は、その明日にどんな新しい古《いにしえ》を用意して、この国のものを待ってくれるだろうとは、到底彼などが想像も及ばないことであった。
（『夜明け前』岩波文庫）

明治維新は「王政復古」を出発点としながらも、それを「維新たなもの」にするとき、西洋化とその近代主義の改革の波にひたすら乗ることだけに傾く結果となった。半蔵はその歴史の皮肉に冷徹な狂人と化して反抗し悶死するのだが、平成の世になって以来のこの四半世紀にも及ぶ「維新」なる言葉の歪曲と乱用に絶望している日本人は、案外に少ないのである。いや、絶望どころか多くの国民はその歪曲と乱用に無自覚な賛辞をおくってきた。

その結果どうなったのか。「維新」の悪酔い気分が増長させたのは構造改革という破壊主義であった。それは日本的経営法や官と民との相互関係、中央政府と地域行政の連関、規制による企業や店舗の保護、競争や格差を生まないようにする制度や慣行や信頼など、一言でいえば日本社会の共同体のルールとモラルを徹底して破壊・解体したのである。それは経済格差の拡大をもたらし、雇用を極度に不安定化し、地域社会の疲弊や企業人や官僚のモラル低下、政治的ポピュリズム、若者のニート化、教育の崩壊、自殺の増加、国富の流出、マネーゲームや拝金主義その他、挙げればきりがないほどの日本社会と日本人の荒廃をもたらしてきた。それは国内の問題だけではむろんない。当然、外交力、軍事力、経済力などの国力の著しい弱体化をもたらし、先進各国が資源エネルギーの争奪戦を展開する新たな「帝国」主義の時代に突入しているにもかかわらず、この国は政治の混迷もあって没落の一途を辿ってきた。

奇妙というか奇怪としかいいようがないが、構造改革、規制緩和、新自由主義といわれるこうした「改革」の弊害がこれほど無残に露呈しているのに、大阪では橋下徹という破壊主義者の登場が喝采を持ってむかえいれられていることだ。大阪府知事、大阪市長のダブル選挙で「大阪維新の会」は圧勝し、橋下氏は「大阪都」構想なるもの（中味は不明瞭な部分があるが）をブチあげている。大阪という地方のこの動きにたいして、政権与党である民主党から自民党その他の政党に至るまで、国会議員たちは、この大衆政治家の人気にあやかろうと途端に秋波を送りだす始末である。

いわゆる「保守」派の一部も、橋下氏が日の丸、君が代の義務化や教育委員会や日教組などと対決姿勢を見せ、教育基本条例などで校長などの公募制や職員の人事評価を行なう政策に賛同したり、それ以上にこの人物の独裁者ぶるパフォーマンスに拍手したりしている。靖国神社に参拝したから小泉純一郎はえらいと叫んで、その構造改革路線をもよしとして「日本的なるもの」の破壊を容認した「保守」派（実際にはそれは保守でも何でもない連中だが）がいたことを思えば、橋下氏の底の浅いパフォーマンスにだまくらかされる輩が出てきても不思議ではないのだが。ネット右翼の間でも支持されているらしい橋下流の「独裁」ぶりは、戦後デモクラシーの腐敗と表裏一体のものである。

橋下を支持するインテリの倒錯

二〇〇八年一月に大阪府知事に当選した橋下氏は、財政再建を徹底するといい、府職員の給料を一一％削減し、福祉・教育・文化・施設の切り捨てを行なった。財政が非常事態であることを強調し、労働組合などを抵抗勢力としてその実行力を見せつける戦略をとった。国際児童文学館などの二十八を超えるハコモノを潰し、その実績を示そうとしたが、実際には橋下知事になって大阪府債残高は増えている（二〇〇八年度五兆八四一三億円だったのが二〇一〇年度では六兆一〇〇〇億円を超えた）。府職員の給与を都道府県の最低水準にまで減らし、三五〇億円の人件費削減を断行したということだけがマスコミなどで報道されたが、実際に財政再建を行なうには、職員の切り捨て的な政策が逆効果を生むのは子供にでもわかる理屈である。

大阪市長となった橋下氏は、一二〇億の人件費削減を打ち出し、六五〇人の職員が早期退職を選択するという顚末をもたらしているというが、こうした職員の勤労意欲や持続的な生活の保障を奪い去るやり方が、人間と組織の有機的な力を破壊するのはいうまでもない。平成の「改革」が官僚バッシングに明け暮れた結果どうなったかは、今日の民主党政権の悲惨な現状に明らかだ。看板だけの「政治主導」というスローガンをかかげ、次官会議を廃止したが、その結果官僚の能力を全く活用できなくなり、菅直人政権で起こった東日本大震災と福島第一原発の事故への緊急の組織的な対応が遅れたことは、記憶に生々しい。福島の事故に際して、ＳＰＥＥＤＩ（System for Prediction of Environmental Emergency Dose Information＝緊急時迅速放射能影響予測ネットワークシステム）という放射能汚染の濃度や拡散を予測する緊急データが官邸にあがってこず、むしろアメリカ軍が先にその情報を入手していた、という事態が起こったが、これなどは官僚や専門機関を統括できない内閣・官房のもたらした人災であるといってよい。橋下氏による大阪府や大阪市での職員やその組織に対する一方的な切り捨てや縮小策が、早晩どのような結果をもたらすかは明らかである。

こうした地方行政の人間と組織をバラバラにするような施策は、大阪都構想によってさらに国・中央政府との関係を破壊する方向に進むであろう。こうした破壊主義者の振る舞いを驚くべきことに、高く評価する輩がいる。

たとえば評論家の屋山太郎氏は、「大阪都構想は明治来の体制を変える」といっている。

橋下氏は府知事当選後、国の直轄事業負担金について、「ボッタクリバーだ」と支払を否定し、負担金制度を廃止寸前に追い込んだ。

これは、国・地方が直結した明治以来の国家システムを切り替えることを意味する。これまで地方分権は何十年も叫ばれながら、全く進まなかった。中央の官僚組織が現状墨守を決め込んだからだ。しかし、大阪都構想を推し進め、地方自治法改正にまで持ち込めば、国の出先機関の廃止にもつながる可能性がある。

（『産経新聞』二〇一一年十二月十三日）

明治来の体制の変革などという言い方は、いかにも「平成維新」のスローガンを彷彿とさせるが、地方分権論や主権論を唱えることがこの国の再生の道であるという考え方が、トータルな意味で国益を損ねることは改めて指摘しなければならない。震災の後にも地方主権や道州制の導入などがいわれたが、地域の自律性を高めるには中央政府のガヴァン（舵取り）が不可欠であり、国家への帰属性があるからこそ「地方」の存立が可能となる。中央集権型のシステムへの批判は、何でもかんでも国家による抑圧であるといった紋切型の反権力・反国家のイデオロギーにすぎない。

ほんまかいな！　大阪都構想

大阪都構想に関しては、上山信一『大阪維新』（角川書店新書）が大阪維新の会の基本的な構想を記しているというが、その内容たるや「中央政治をぶっ壊す」とか「直接民主主義の方向へ」といった国家解体論のデマゴーグである。大阪府と市の二重行政の解消ということがマスコミでも喧伝されており、その

「Ｏｎｅ　大阪」の戦略として、（一）国際空港の充実などによるグローバル化対応、（二）知的ワーカーの業務環境作り、（三）医療・教育・福祉などのサービス産業の充実、などが挙げられているが、これは都にしなければ実現できない事業でもあるまい。

また、「大阪は交易に生きる都市国家」であることを謳い、国の方針よりも最近のソウルやシンガポール、上海などの政策を倣うべきだというが、「大阪」が「日本国」から独立してしまうわけにもいかないのであれば、こうした発想が安易なイメージ的なものの域を出ないのはいうまでもない。更に、「Ｏｎｅ大阪」は広域行政の一本化による集権のシステムの方向を出しているというが、具体的な方針がはっきりせず、ＥＵ（ヨーロッパ連合）の市場の拡大や自由化と重ねているあたりは、国内の一地域の現実と、国家とその連合体の問題とを混同した議論で話にもならない。「関西ＥＵ構想」などをブチあげて「関西州」はＥＵにとても似ているといい、経済の中心の大阪はドイツ、文化の街京都はフランス、海洋都市神戸を持つ兵庫はイギリス、和歌山は半島のあるスペイン、南北に細長い三重はイタリアなどと、漫画にもならない駄弁を弄している。こうなると、空論というよりは橋下氏という破壊主義のチンドン屋を持ち上げるための鉦《かね》太鼓といったほうがいいだろう。そもそも、著者の上山氏は旧運輸省の出身者で、マッキンゼー・アンド・カンパニーにもいたらしいが、なるほど、「平成維新」踊りを繰り返している大前研一氏もマッキンゼーの日本支社出身であった。こういう人が橋下市長のブレーンだというから、お里が知れる。同書の最後には、「地域の自立や一国多制度」を実現して、「ＵＳＪ＝ユナイテッド・ステーツ・オブ・ジャパン」をつくろうと叫んでいる（「軍事や通貨は、日本国のままでいいでしょう。天皇制も残したらいいと思います」と御丁寧にも付け加えている）。あいた口がふさがらないので、もうやめる。

いずれにしても、こうした橋下氏の大衆政治家、いや、政治家ならぬ政治屋としての立ち振る舞いに、マスコミや世論や国会議員までが翻弄されている図は、この国の民主主義そのものの断末魔に他ならない。

多極化する世界の「暴力」

二〇一二年一月、野田第一次改造内閣発足。二月、東京スカイツリー竣工。三月、福島復興再生特別措置法成立

一九九〇年代初頭、東西冷戦の終結の直後に、アメリカは「世界の一極化」としての覇権を実現しようとした。それは世界史における極めて異例な事態であったが、当時のアメリカは自らの国力によってそのような一極体制が作れるものと過信していた。しかし、その後の歴史が示すように、二十一世紀に入るとイスラム過激派によるテロという非対称的な「戦争」のなかで、アメリカの覇権戦略は崩壊の一途を辿った。現在あきらかになっているのは、資源・食糧・経済を巡る新たな帝国主義の状況であり、中国・インド・ロシアの台頭は、まさに世界の多極化をもたらしている。

日本は冷戦の終結によって、パクス・アメリカーナがもたらされると錯覚し、現在のグローバルな多極化状況に対応する戦略構想を全く持たなかった。結果、「日米同盟」（実質的にはアメリカは既に日本のために軍事的なオペレーションを為すことはなく、空洞化しているが）という自己欺瞞のなかで外交力の著しい無力化に陥った。

昨年末にアメリカは大西洋から太平洋地域に軍事的プレゼンスを移す方針を発表したが、それは、中国の海軍力の膨張に対抗する措置といわれている。南シナ海、東シナ海、さらには西太平洋地域への中国海軍の覇権は広がっていくが、アメリカはだからといって台湾や日本を守ることはしない。アメリカにとっ

ては石油・天然ガスの確保や特別な同盟国であるイスラエルとの関係からも、中東地域および大西洋からの軍事的撤退はありえない。イランの核開発に対して、経済封鎖という事実上の「戦争」行為によって対峙し、ホルムズ海峡をイランが封鎖すれば、ただちに軍事介入を表明しているアメリカの行動からもあきらかである。経済力の衰退とともに、軍事力の削減をせざるをえないのであれば、アメリカは東アジアからむしろ撤退していくであろう。今後、二、三十年の間に東アジア地域は中国・インド・ロシアの経済・軍事の台頭によって、極めて不安定なパワーの戦いが激化する。

加えて、金正恩体制に移行した北朝鮮は、四月に長距離弾道ミサイルの発射実験を行うと発表した。米朝合意で核施設へのIAEAの査察などを認める見返りに、食糧援助を米国に約束させた北朝鮮は、早速その合意を無視するような強硬外交を示している。食糧は中国国内からの援助でかなりまかなえているともいわれ、正恩体制が金日成生誕百年（四月十五日）に合わせて「核・ミサイル」の政治・外交的力を見せつけようとするのは当然の成り行きであろう。国際社会の反発などは織り込み済みである。

いうまでもなく、核を所有した国家はそれを軍事的に用いるのではなく、政治的目的のために活用する。アメリカという核大国による軍事的恫喝は、ひとたび小なりといえども核武装を成した国にとっては、脅威ではなくなるのである。北朝鮮は今後五年以内に北米大陸を攻撃できるICBM（大陸間弾道弾）を所有するともいわれているが、このような核兵器の拡散はこれまで予想もしなかった、外交という名の「戦争状態」をもたらすだろう。二十一世紀の前半は国家間の軍事力の衝突といった、これまでの戦争の形とは違った新たな帝国主義のぶつかり合いとしてのパワーゲームが展開される。

日本は東日本大震災による福島第一原発の事故以来、原発の稼働をほとんど停止しているが、原発問題を単に電力供給として考えている限り、このような世界の「戦争状態」のなかで、ただ翻弄されるほかはない。つまり、原子力の問題は単に原発の是非ではなく、核武装の潜在的な可能性と直結しているからである。

外交とは「戦争」である

沖縄の普天間基地移設問題は、民主党政権によって混迷したままになっているが、これを国内の政治問題として論じている限り、グローバルな「戦争状態」の現実に、日本は目をつぶるだけである。アメリカは海兵隊をオーストラリアに既に一部移転したが、太平洋における防衛ラインは沖縄・フィリピンを結ぶラインから、グアムさらにはその後方に下げることになるだろう。中国が尖閣諸島に対して挑発行為を繰り返しているのは、その海域の支配を目指しているだけではなく、沖縄を自国の領土領海へと取り込む中期的な戦略によるものである。三月十六日に尖閣諸島沖の日本の領海内に、中国の海洋調査・監視船が侵入したが、外務省が中国の大使を呼び、「尖閣諸島は我国の明確な固有な領土であり、容認できない」と抗議したのに対して、中国側は「中国固有の領土だ」と反論した。この対応からもあきらかなように、東シナ海での中国の覇権戦略は一貫しており、こうしたやりとり自体が既に外交というよりは「戦争」であることを日本側は十分に認識しなければならない。

また、ロシア大統領に復帰したプーチンは、早速日本に対して北方四島の返還交渉のアタックをかけてきた。停滞していた交渉がどのように展開されるかはいまだ明確ではないが、プーチンが同時に軍事力の強化を表明していることを忘れてはならない。ロシア側は領土問題のカードとして、アイヌ民族の先住権のことなどをちらつかせているが、先住民族の権利という問題は国際世論を動かす上でも、極めて重要な要素になっているといわれている。沖縄の基地問題でも先住民の権利ということがにわかに問題化されているが、このような側面に対しての危機感は、日本では至って弱い。グローバルな領土領海をめぐる「戦争」は、このように軍事力の直接的圧力や衝突だけでなく、それ以上に歴史的・民族的な権利とか人権といった要素も絡めることで、多様な様相を呈しているのである。

一九九四年に刊行された「UNDP・国連開発計画の提言」には国際社会が過去五十年にわたって支柱としていた「領土の安全保障」から、今後五十年間に「人間の安全保障」へと力点を移すとうたっているが、これは近代の国民国家の対立と争いの解決から、より広範な「人間をめぐる危機と紛争」（経済・食糧・健康・環境・地域社会等々）が二十一世紀の課題となるとの見方である。それは、しかし言い換えればここに列挙されているような「人間をめぐる危機と紛争」の全てが、グローバルな「戦争状態」に直接あるいは間接に深く関わるということでもある。二十一世紀の「戦争」は、核所有国による覇権とパワーゲームの戦いであり、また国家的な軍事力に対する非対称的なテロや暴動といった戦いであり、経済支配や貿易協定による「侵略」であり、国際世論や関係機関へのプロパガンダによる「戦闘」であり、情報操作やサイバー攻撃による「暴力」の行使であり、この多相な次元でのかつてない闘いが繰り返されることである。

戦後の日本は対米依存（アメリカの保護領）という倒錯によって自国の防衛という国家としての根本的な課題を回避してきた。それは、「暴力」というものへの自覚を喪失させ、「平和」という名の欺瞞を増長させてきた。国民の生命と財産を守ると政治家はいうが、守るという行為には必ず危険がつきまとい、平和を守るためには常に暴力の用意が必要であるという自明のことが忘れられてきた。それは一方では戦後日本の社会におけるモラルハザードをもたらしてきたといってもよい。自分の領土領海を守り、自立した国家や社会としてその成員が防衛の義務を負うということから目をそらすことは、日本人の精神性や道徳性を著しく毀損してきたのではないか。

過渡期の時代の「無秩序」

九〇年代の冷戦崩壊後のヨーロッパでイマヌエル・カントの『永遠平和のために』がにわかに注目された。冷戦後の新たな地域紛争の勃発に対して、民族の共存と恒久的な平和をはかるための拠り所が求められたためである。カントの平和論は、常備軍の段階的な廃止や、共和制国家による連合体などの具体的な提案を示しているが、その理念の背景には、「摂理」という考え方があった。つまり、「偉大な技巧家」である自然が、人間と世界を深い知恵によって導き、永遠の平和の実現を目指すという十八世紀のヒューマニズムに根差すものであった。しかし、そのような啓蒙主義以降の近代ヒューマニズムの思想は、第一次大戦による巨大な物理的破壊によって、理念的にも崩壊した。

今日世界が直面しているのは、そのような三百年におよぶ西洋「近代」の理想主義やヒューマニズムがさらに決定的に崩壊している事態である。第一次大戦後にドイツに現れたグスタフ・ランダウアーは『レボルツィオーン』（大窪一志訳、同時代社）で「近代」とは、中世社会に続く新しい社会を実現したのではなく、むしろ新しい安定した秩序と社会を作ることができないでいる、人類史における大きな逸脱の過渡期の時代であると定義している。一九〇七年に書かれたこの本の言葉は、その後百年の歴史を経て、極めて予言的な響きを帯びている。つまり、二十一世紀の現在、人類史は今まさに、「近代」という「大きな逸脱の過渡期」の最終段階にきているのではないか。この過渡期の時代において世界は人間を取り囲む外的な状況における「暴力」と、人間の内面において抑圧された「暴力」によって軋み合い、せめぎ合っている。内面的な「暴力」は今日の日本社会における無差別殺人や自殺の増加といった形で露呈している。それを人間の内面的な無秩序状態と呼んでもよいが、そこに投映されているのは、ほかならぬグローバル化したこの世界の無秩序と動乱の現実なのである。

自民党の改憲草案の問題点

二〇一二年四月、自民党の憲法改正草案発表

一九五五（昭和三十）年の保守合同によって誕生した自由民主党は、二〇〇九年の鳩山民主党政権の誕生によって、その歴史的な役割を終わった。すでに一九九三年の細川政権の成立と翌九四年の「自社さ」連立政権以来、日本の政治は漂流を始め、自民党は保守政党としての理念を失ってきた。結党時においては、自主憲法制定という方針が前面に出されていたが、鳩山一郎、石橋湛山、岸信介の時代を経て、池田内閣の高度経済成長政策によって憲法改正という火中の栗を拾わずとも、政権を維持できるという現実に寄り掛かったまま、冷戦崩壊後もアメリカに全面的に依拠する姿勢を変えることなく、その結果自民党はその理念と主体性を自ら壊すことになったのである。

結党当初は様々な派閥勢力が拮抗し、党としては決して盤石であるとはいえなかったので、三木武吉は自民党は十年持てばよい、といったという。しかしその後、党内の抗争は繰り返されたが、政官財の構造によって支えられることで与党としての地位は保持され続けた。

もう一つ指摘しなければならないのは、日本の自主防衛や核武装を押さえつけてきたアメリカが、自民党の現状維持の姿勢をサポートし続けてきたという現実である。昭和の後半期までは、自民党には戦前戦中のナショナリズム（国民主義）の自覚が残っていたが、平成の時代に入り、構造改革という名のアメリ

カニズムに完全に同化することによって、その国民主義としての理念は崩壊した。冷戦終結時において、日米関係（日米安保条約）を国民主義と保守思想の理念から主体的に組み替えるべきであったにもかかわらず、ソ連の崩壊と民主化の流れを、アメリカ的「自由」と「民主」の勝利と取り違えた結果、自民党は冷戦期と同じくアメリカへの従属体制をそのまま保持することとなった。

冷戦終結を見据えて、ドイツは東西の統一を果たしたが、それは歴史の一瞬の間隙を見過ごすことなく、そこに果敢に政治的パフォーマンスを成すことができたからである。ソ連という巨大な社会主義陣営の崩壊が起こったヨーロッパと、中国・北朝鮮が存在し続ける北東アジアでは状況が異なっていたのは確かであるが、社会主義の思想的・現実的崩壊によってアメリカの一極支配が始まるという日本の見立ては、全く誤っていたのは改めていうまでもない。「自由」と「民主」が普遍的なものであるかのように信じ、「歴史の終わり」（フランシス・フクヤマ）を表明したことがアメリカニズムの錯覚であることはその後の世界史の現実がすでに明らかにしているが、日本はそうしたここ二十年余の歴史を全くみようとはしてこなかった。政権与党としてこの国の舵取りを担った自民党は、「保守」を「親米」と取り違え、「自由」と「民主」を普遍的価値とし、日本の国民性と歴史性の深い部分に根差す国柄の再建を放棄してきた。

ナショナリズム（国民主義）なき政治は、国際政治のパワー・ポリティックスが激化するなかで、その機能をほとんど停止してしまったといってよい。民主党政権はまさにその具体的な姿に他ならないが、自民党もまた、政治を司る歴史の知恵と伝統の思想を失って久しいのである。

自民党の改憲草案の問題点

サンフランシスコ講和条約が発効されて六十年目の四月二十八日に、自民党は「憲法改正草案」を発表した。

前文は「日本国は、長い歴史と固有の文化を持ち、国民統合の象徴である天皇を戴く国家」と始まり、さらに次のような一文がある。

わが国は、先の大戦による荒廃や幾多の大災害を乗り越えて発展し、今や国際社会において重要な位置を占めており、平和主義の下、諸外国との友好関係を増進し、世界の平和と繁栄に貢献する。

ここからも明らかなように、改憲草案は「平和主義」という戦後憲法の色彩を脱してはおらず、アメリカ製の平和民主憲法を全面的に改定しているとはとてもいえない。日本の「長い歴史と固有の文化」という国柄をいうのであれば、天皇条項をその歴史性から書き起こすべきであるが、草案は天皇を元首と位置付けてはいるものの、「象徴」の解釈が十分に示されてはいない。「象徴」という言葉を積極的に用いるのであれば、そこに皇室の伝統的祭祀の意味を付帯させるべきであり、「国民統合の象徴」といった言い方ではなく、日本文化と国民の歴史的体現者という側面を強調しなければならない。

今上天皇は皇太子であった昭和六十一年の五月に、自らこう語られた。

天皇と国民との関係は、天皇が国民の象徴であるというあり方が、理想的だと思います。天皇は政治を動かす立場にはなく、伝統的に国民と苦楽を共にするという精神的立場に立っています。このことは、疫病の流行や飢饉にあたって、民生の安定を祈念する嵯峨天皇以来の写経の精神や、また「朕、民の父母となりて徳覆うこと能わず。甚だ自ら痛む」という後奈良天皇の写経の奥書などによっても表われていると思います。

この天皇自身の言葉には、「象徴」としての「天皇」の歴史的由来と宗教的といってもよい精神が深く刻まれている。憲法がそれを条文として詳細に記すことはもちろんできないが、日本の元首という存在が現在、いまここに在る者としてだけではなく、連綿と続く歴史的存在であることをいささかなりとも言葉で表明しなければならない。

また自民党の改憲案では、安全保障の条文で自衛隊を「国防軍」と改めているが、戦後憲法の九条の焼き直し的な側面が強い。国防軍の最高指揮官を「内閣総理大臣」と定めているが、これは天皇条項とも絡めなければならない。戦後憲法の第七条は、「天皇は、内閣の助言と承認により、国民のために、左の国事に関する行為を行ふ。」とあり、その七項に「栄典を授与すること。」とある。栄典の授与とは、文化勲章などの勲章を与えるということであるが、ここには天皇の存在の文化的な意義がある。そしてそれは、事あらば自らの命を国家と国民のために捧げる軍隊、すなわち国防軍に対して最大級になされるべき事柄であろう。つまり、国防軍は天皇から栄誉を与えられなければならず、天皇にはその栄誉大権があるとしなければならない。当然のことながら、天皇は軍の儀仗を受けられることになる。これは、天皇と軍隊とを政治的に結びつけるものではなく、この国の歴史と文化と伝統を守り、その上に築かれた現在の国土とその民を守る使命を帯びた国防軍にとっての欠くべからざる栄誉なのである。また、この栄誉は、公のために尽くし貢献した人々に与えられるという広い解釈も可能であり、戦後の日本で失われたパブリックマインドの回復にとっては必要なことであろう。

自民党の改憲草案は、総じて戦後憲法の枠組みを脱しきれていない。五月三日の憲法記念日に、日本経済新聞がその社説で、日本国憲法の改正は「増改築でよい」などという戯言を書いていたが、戦後体制のリフォームであれば、改憲はむしろこの国の歴史の新たな汚点となるだろう。

講和条約は、そもそも何であるか

自民党の改憲草案が発表された四月二十八日は、サンフランシスコ講和条約が発効され、占領が終わり、日本が主権国家としての地位を回復した祝いの日と語る人々もいる。この日を祝日として制定し、日本の自主独立の精神を改めて涵養《かんよう》することを奨励したいとしている。

確かに、講和条約は占領の終結を意味しているが、周知のようにその日のうちに日米安全保障条約が締結され、米軍がその後も今日に至るまでわが国に駐留しているのは、まぎれもない現実である。占領期におけるアメリカの様々な政策は、戦後レジームといわれるものを形成したが、この体制を自ら受け入れ、それを深めていってしまったのは、むしろ日本人自身であり、講和条約発効の日は、半人前の国家でしかない現在の日本のあり方への鋭い反省の意味を帯びているのではないか。

戦前に長くヨーロッパに留学し、戦後も作家として活躍した芹沢光治良に『人間の運命』という大河小説がある。全十四巻に及ぶこの大作は、作家の幼年時代から天理教に入信した父母との別れに始まり、苦学して帝国大学を卒業、役人となりさらにパリへと留学し、文学者となっていくその自らの波乱の生涯を辿りながら、明治後半から戦前・戦中戦後の近代日本史を描き出している。日本では珍しい教養小説であるが、これは単なる自伝小説ではなく、「日本および日本人」を根本的に考え直す思想小説である。

この作品の最終巻は、敗戦後の日本を舞台とし、占領下の現実を描き出しているが、講和条約が結ばれるところで閉じられている。最近そのところを読んで、私は愕然とした。作者と思しき主人公は、講和条約が結ばれて日本が独立しなければこの国の夜明けはないと考えていたが、その締結のニュースをパリで知ったときの様子がこう書かれている。

パリの新聞は、「フィガロ」のような穏健な新聞でも、日本の代表団が全部おそろいのモーニングに、灰色のネクタイをしているのを、平和条約によって独立をかちとり得ないで、アメリカの属国となったことを悲しみ、喪服をつけたと、書いていた。

そして、毎日のように夕食にいくモンパルナスのレストランの老給仕長は、その晩主人公を涙ぐんで迎えて、「今日はムッシュと日本の悲しみに共感を表すためにおごらせてください」と赤葡萄酒を一ビン食卓に乗せた。驚いて「日本と私との悲しみって?」と問うと、平和条約の全文を読んだが、「お国はアメリカの属国です、独立国ではありません。あれはひどすぎる。日本は五十数ヵ国を相手に最後まで戦った強国です。完全独立を与えなければ、必ず実力で紲を切って、自由と独立をかちとることを、アメリカは

(『人間の運命』新潮社)

知らないのだろうか。勝利におごったアメリカも、必ず思い知る日がありましょう」と語った。

これは、誇張でもなんでもなく、普通のフランス人の正直な感想ではないか。戦後六十五年にもわたり、占領下で与えられたアメリカ式憲法を押し戴いてきた日本人。憲法改正、自主憲法の制定を結党の綱領にしながら、米国に依存することで現状肯定の轍から抜け出すことなくきた自由民主党。日本再生のためには、真の独立国家としての自主憲法を早急に作成し、国家としての名誉と矜持を回復しなければならない。

日米安保は破綻していないか

二〇一二年八月、香港活動家、尖閣諸島上陸
九月、日本は尖閣諸島を国有化し以降、中国による反日デモ激化

尖閣諸島の国有化にたいして、中国では反日暴動の嵐が吹き荒れ、官制デモとして始まったものが、経済格差などの不満が中国政府に向けられるに及んで、沈静化させられた。しかし、中国が尖閣諸島を自国の核心的利益として奪取しようとしていることに、いささかの変更もない。

九月二十日現在、尖閣諸島の北方海域には中国海軍のフリゲート艦が展開し、自衛隊も空中警戒管制機（ＡＷＡＣＳ）を投入、尖閣周辺での警戒態勢を強化している。またこの機に乗じ、ロシア軍の偵察機も日本の領空に接近した。

民主党政権は、野田首相が領土問題にたいして毅然とした態度を取るといいながら、具体的な戦略を立てるに至っていない。中国・ロシア・北朝鮮という核武装国家の圧力のなかで、日本は核抑止力を含む自主防衛を早急に確立しなければならないはずだが、日本の保守派の一部は、中国と尖閣で軍事衝突があれば、日米安保条約によってアメリカが出てきてくれるという幻想にいまだに浸っている。

九月二十日の産経新聞では、ワシントン駐在の古森義久氏が米国連邦議会の下院外交委員会での公聴会で、中国の南シナ海から西太平洋での行動を無法だと非難し、その軍事攻撃や威嚇にたいしては米国海軍

を使っても、日本やフィリピンを守るとの報告があったと記していた。オバマ政権の高官たちの「尖閣には日米安保条約が適用される」との公式的発言よりも、米国議会での日米同盟を重視する空気に「ほっとさせられる」とも古森氏はいっていた。しかし、アメリカは尖閣問題に立ち入る必要はないと考えており、仮に中国が軍事的行動をかけてきたとしても、「公式」発言のように日米安保によって米軍が前線に出てくるとは限らない。

九月十九日には、北京の人民大会堂で習近平次期国家主席がパネッタ米国防長官と会談した。習近平は「米国は平和と安定の大局から言動を慎み、釣魚島の主権問題に介入しないよう希望する」と牽制したが、さらに満州事変に言及し、日本の軍国主義が中華民族だけでなく、米国を含むアジア太平洋国家に巨大な傷跡を残した、と先の第二次大戦の歴史認識を披瀝した。また、「国際社会は、反ファシスト戦争勝利の成果を否定しようという日本の企みや、戦後の国際秩序にたいする挑戦を絶対に認めない」との見解を示した。この発言には看過できないものがある。というのも、第二次大戦で勝利した連合国として、中国と米国の歴史的協調を浮き彫りにすることで日米安保条約が尖閣紛争に適応されることを事前に防ごうとしているからである。もちろん、「反ファシスト戦争勝利」は現在の中華人民共和国ではなく、蔣介石を中心とした国民党とそれを支援したアメリカによってもたらされたものであるが、歴史の歪曲と捏造は、中国共産党にとっては朝飯前である。

アメリカとしても、中国との衝突は避けたいのが本音であろう。また、オバマ政権誕生直後にガイトナー財務長官が真っ先に北京に飛んで行って、中国がアメリカの国債を売り払うことなど決してないように、世界の基軸通貨といわれているドルは必ず復活すると平身低頭して語ったことを思えば、経済的衰退の一途を辿り、軍事費の削減をなしている米国が中国と事を構えるなどは考えられない。

オバマ政権は、二〇一二年一月に十年後の軍事予算をGDPの二・七％まで減らすと決定した（現在はGDPの約四％）。それにたいして中国の軍事予算はその経済成長とともに巨大化しており、二〇二〇年代の東アジア地域では中国の軍事的プレゼンスが米国を圧倒することになる。アメリカの軍事力のスーパーパワー神話は、世界の一極支配という幻想とともに完全に消え去っている。

日本は、これまでのようにアメリカに従属することで日米安保条約によって守られていると考えるのであれば、それは国家としての自殺行為にも等しい。日本が、資源をめぐる新たな帝国主義戦争にすでに突入し、ユーラシア大陸の膨張という現在の危機を直視できないのは、アメリカ依存という戦後的体質から脱却できないからである。

「反ファシスト戦争の勝利」というプロパガンダ

習近平のパネッタ米国防長官にたいしての歴史認識発言は、中国の次期指導部が「尖閣奪取」への本格的攻勢を明確にしたとともに、米国との対立を巧みに回避するだけではなく、「米中同盟」を構築しようとする意図があると思われる。

東京裁判において、南京大虐殺の三十万人説が突如として浮上したことは周知の通りである。これは、アメリカの広島・長崎また東京大空襲などの戦時国際法に違反する殺戮を正当化するために、日本が侵略国家であり、日本軍が中国において野蛮な殺戮行為を行なったという〝証拠〟を作り上げるためであった。

一九八〇年代前半に日本との貿易収支において膨大な赤字を出し、日本企業がアメリカのロックフェラーセンターやコロンビア映画などを次々に買収したことに対して、米国は八五年にプラザ合意で急激な円高ドル安をなし、日米間の経済戦争の狼煙をあげた。日本は内需拡大を迫られ、経済バブルの発生とその破綻という道を辿ることになるが、日米構造協議（八九年）、年次改革要望書（九三年）などの米国の経済攻撃の前にほとんど敗北を余儀なくされていった。日本の九〇年代は、アメリカ化の実験場と化したといってよい。

ところで、一九八五年のプラザ合意の年に、中国がこれも突如として南京大虐殺記念館をでっち上げたことをここで指摘しておきたい。また同年から、中国は日本の首相の靖国神社参拝にたいしてこれまた突然抗議を始めた。いわゆるA級戦犯の合祀は七八年であり、その後、大平、鈴木、中曾根の三人の首相が二十回にわたり靖国神社を参拝しているが、中国はそのときには全く靖国問題を言及していない。これは、改革開放政策を始めた中国が、反日という歴史カードを使うことで、共産主義からナショナリズム（国民・愛国主義）への転換をなすためでもあったが、「反ファシズム戦争勝利」という歴史認識によって、アメリカとの新たな関係構築を目指したとも受け取れるのである。つまり、アメリカの対日関係での「国益」と中国の「反日」運動は結びついているといえるのだ。

二〇〇七年に南京大虐殺記念館がリニューアルされたが、その二階のフロアの展示は、明治以降の近代国家日本が、一貫して侵略的軍国主義国家であり、朝鮮半島・ロシア・中国・東南アジア・太平洋地域等において虐殺を繰り返してきたというとんでもないプロパガンダを展開している。そして最後のところでは、日本帝国の敗戦によってファシズム国家が瓦解し、米国と中国の協調によってこの世界的勝利がもたらされたと謳っている。

このような経緯を考えれば、習近平がパネッタ米国防長官との会談で「反ファシスト戦争勝利の成果を否定しようという日本」という言葉を敢えて用いたことを見逃すことはできない。

国際社会の多極化とアメリカの衰退、中国の膨張という現実は米中同盟という可能性をも孕んでいることも視野に入れるべきではないだろうか。

ポスト・アメリカニズムへ

十一月のアメリカ大統領選挙に向けて、オバマ大統領とロムニー共和党候補の戦いが行なわれているが、その論戦から見えてくるのは、米国が極めて「内向き」になっている点であろう。

中東では「アラブの春」（この言葉は民主化運動という錯覚を与えるが、その実態はイスラム教国の内部分裂と宗派対立である）によって混乱が続き、中国・ロシアの戦略によって国連安全保障理事会も機能不全に陥っている。アメリカが指導する「自由」と「民主主義」という価値の普遍化は、完全に崩れ去っている。日本が米国とこの価値観を共有するなどという「外交」は、もはや成り立たない。中東はますます混乱を深め、ＥＵ諸国は経済危機のなかで文明的な地盤沈下を起こし、グローバル経済はその危機をさらに深めていくだろう。アメリカもまた、今後、東アジアからの撤退を余儀なくされるだろう。イスラエル問題、石油資源などの効率を考えれば、中東地域から引き下がることはできないからである。

民主党政府は、「原発ゼロ」政策を選挙の人気取りのためにぶち上げたが、原発問題はいうまでもなく核の国家戦略と深く結びついている。日本が対米従属の体制を転換していくには、核抑止力が不可欠である。脱原発・反核運動は、今後の東アジアと世界の国際情勢を考えればあり得ない机上のイデオロギーに過ぎない。

習近平体制は、中国の新たな東アジア・太平洋戦略を展開する。尖閣諸島、台湾そして沖縄というラインを支配下に置き、さらに西太平洋への海軍力の拡張も現実化してくるだろう。二〇二〇年という年が、そのエポックになると思われる。オバマ大統領が再選するにせよ、共和党が政権を取るにせよ、アメリカは自らの国益を最大の「価値」とする外交政策を徹底して展開することになる。

フランスの思想家エマニュエル・トッドは、アジア共同体もなく国連の安保理の常任理事国にもなっていない日本には、国際外交における切り札がない。したがって、アメリカ・システムの解体を日本はなかなか受け止めることができない、と指摘していた。しかし、今回の中国の尖閣攻撃によって、日本人は戦後の「親米」か「反米」か、といった不毛な対立を超えて、ポスト・アメリカニズムへと舵を切らなければならない。日米安保条約がすでに空無化していることを日本人はこの半年、一年以内に目の当たりにすることになるはずである。

二〇一三年

ポピュリズム政治の終焉

二〇一二年十二月、衆議院解散・総選挙。石原新党と日本維新の会合流

衆議院が解散し、十二月十六日投票となったが、石原慎太郎率いる新党が橋下徹の「日本維新の会」と合流した。現時点（十一月十八日）において「維新の会」がどのような選挙戦を戦い、いかなる結果を出すかはわからないが、橋下徹と石原慎太郎の連帯は、政策を無視したポピュリズム政治の最も悪しきものであることはいうまでもない。そもそも「維新の会」は政党としての体を成していない。

今回の選挙によって三年余に及ぶ民主党政治は終わりを告げるだろうが、安倍自民党も公明党との連携抜きには政権を維持することは出来ず、石原・橋下コンビがそれなりの勢力を有することになれば、日本の政治はますます混迷を深めることになる。いや、混迷どころか政党政治の崩壊が現実となるだろう。

石原・橋下の合意文書は、具体的な政策の擦り合わせなどは二の次であり論ずるに値しないが、外交において「尖閣は、中国に国際司法裁判所への提訴を促す。提訴されれば応訴する」としている。これは橋下徹の持論らしいが、日本の領土である尖閣諸島をみすみす中国に奪われる危険がある。尖閣を東京都が購入するとした石原慎太郎の言動を支持するいわゆる保守派の人々がいたが、尖閣を領土問題化させ、中国につけ入る隙を与えた石原氏の責任は決して小さくない。橋下徹と合流するために領土と国益すらも犠牲とするような石原慎太郎はもはや政治家としての存在理由を完全に失っている。田中眞紀子が「暴走老

人」と称したが、「亡国老人」といったほうがよい。

中国では習近平をトップとした新体制が発足したが、尖閣諸島周辺での中国船の領海侵入は継続的に繰り返されている。中国当局幹部は尖閣への展開に「期限はない」と表明し、軍艦による本格的な侵攻も計画済みである。習近平政権は当然のことながら強硬路線を現実化していくだろう。日本外交の機能停止をもたらしたのは民主党政権であったが、石原・橋下コンビが「政策」として提唱する中央集権体制の打破は、国力をますます毀損し、中国の〝侵略〟を助長するのはあきらかである。日本はいまこそ新たな「中央集権」体制を構築しなければならない。

戦後の敗北主義を脱却せよ

プノンペンで開かれた東アジアサミットで、中国は日中韓の自由貿易協定（ＦＴＡ）の交渉を進めると表明したが、これは尖閣問題を切り離して東アジア地域における経済連携を目指したものだとは、決していえない。むしろ、中国が経済的膨張と領土的進出をリンクさせるかたちで、この地域における覇権を最終的に狙っていると考えるべきである。中国に関しては、経済バブルの崩壊や国内問題の亀裂からの内部崩壊論が後を絶たないが、そのような他力本願は通用しない。また、対中国の外交と戦略としてアメリカの「核の傘」を信用するという、これまたどうしようもない他力本願もすでに成り立たないのはいうまでもない。

かつて中国の李鵬首相は、「日本という国は二十年くらい後には消えてなくなってしまうのだから、まともに相手にする必要はない」とオーストラリア首相に語ったというが、それと同じセリフを習近平国家主席が語ったとしてもおかしくはない。オバマ大統領は二期目の政権で内向きの政策を余儀なくされるであろうし、米国の経済衰退はそのまま東アジアにおける軍事的撤退に結びつくだろう。

中東情勢においても、イスラエルはアメリカの内向き政策を十分見越したうえで、独自の戦略を展開し始めている。イスラム組織ハマスの首相府への爆撃などの強硬姿勢がそのひとつの表れである。イラクの核開発にたいする米国を中心とした経済封鎖による圧力には限界があり、イスラエルのイラク攻撃も十分にあり得る。アメリカはすでに頼むに足らず、との認識があきらかに見え隠れしている。ホロコーストを体験した民族は、自らの領土と国民を自力で守り、そのためにはいかなる手段も辞さない、との強い戦略意識を持っている。日本はまさにその正反対であり、戦後六十七年間アメリカへの依存を続け、自力で国を守るという当たり前のことを完全に忘れ去ってきた。

このような自尊自立の姿勢の欠如が何をもたらすのか。戦後日本の政治体制が、アメリカの圧力によっていかに作られてきたかということを述べた『戦後史の正体』の著者・元外務省国際情報局長の孫崎享氏は、尖閣問題は「棚上げ」路線が正しいと指摘し、少々話題となっている。その理由は日本の領土問題がポツダム宣言を受諾し、その条約からすれば、尖閣諸島は日本の固有の領土とはいえないからであるという。したがって、尖閣諸島は現在、日中間で領有権を争っている係争地であると認識すべきであり、棚上げ論に逃避したほうがよい、と指摘する。しかし、孫崎氏の議論は、ポツダム宣言及びカイロ宣言の条項の解釈云々よりも、その根本にあるのは単純な〝敗北主義〟のもたらすものなのだ。

日本が自己の領有権を更に強固なものにするために粛々と国内法を適用すれば、中国も同様な手段をとる。中国はしばしば「座視しない」と発言している。双方が「国内法を粛々と適用する」という立場を貫けば、軍事衝突にまで発展しかねない。長期的に見れば、軍事的に日本が勝利するシナリオはない。
軍事衝突を起こし、日中両国がプラスになることはほとんどない。日中関係は今歴史の岐路にある。今こそ棚上げ論の持つ意識を真剣に再考する必要がある。

（『一冊の本』二〇一二年十一月号）

条約すなわち国際的なルールは、いうまでもなく国際関係におけるパワーすなわち軍事力を背景としている。孫崎氏の主張はいかにも外務省の条約至上主義的なように見えるが、「長期的に見れば、軍事的に日本の勝利するシナリオはない」という点にこそ、肝心な主張がある。つまり、日本が軍事的に自立し、自国の防衛に責任を持つということを全く「ありえないシナリオ」とする敗北主義にほかならない。

たしかに、米国は尖閣有事に際しては、日米安保条約が適用されると公式的には言っているが、その領有権問題については日中いずれの立場にもつかないとしているのであり、アメリカの力に依存して尖閣諸島を自国の領土と主張し続けるのは、困難である。しかし、だからこそ防衛力の強化と対米依存からの脱却を喫緊の課題として探らねばならないのである。

自民党の再生以外に道はない

自民党が選挙で勝利し、民主党に代わって政権に返り咲く可能性は高い。安倍新内閣が進めるべき国内外の課題は山積している。日中関係に関していえば、小泉内閣時代に冷え切っていた両国の間を「相互的互恵関係」として立て直したように、いま一度習近平新体制との外交交渉を積極的になすことはできるだろう。

前回の安倍政権は、アメリカとの関係においてあきらかな失敗を重ねた。ひとつは、日中関係の打開のために首相として最初に中国を訪問したことである。さらに、従軍慰安婦問題への米国での対応を誤り、アメリカの世論や政府当局者の意識を考慮しなかった点である。

また、小泉内閣時代の構造改革路線を十分に転換できず、「美しい日本」といった空虚な言葉によって保守主義を標榜しようとした、その捻じれと矛盾が、前回の安倍政権の致命的な欠陥であったことを思えば、安倍新政権は明確に平成の二十有余年間の構造改革路線からの脱却を方針とするべきであろう。それは、TPPに関して米国と交渉しながら、国益をあくまでも主張することであり、自国の防衛に関しても日米安保条約の抜本的な見直しを、米国側と丁寧に議論し、日本の防衛力強化を納得させ、それを速やかに実現することである。日本の自主防衛に関しては、いわゆるビンの蓋論すなわちアメリカは日本の軍事力を強化することを許さないという議論がこれまであったが、米国の経済的衰退と多極化する世界情勢においては、むしろ安全保障に関する日本の責任と負担を増大することを堂々と主張したほうが現実的ではないだろうか。

米国と中国という二大大国に挟撃されるという認識よりも、逆にふたつの「帝国」の内実を慎重に見極めながら、日本は中長期的な国家の基本戦略を構築するべきであろう。石原・橋下コンビの「日本維新の会」などに翻弄される必要はない。ポピュリズム政治そのものに国民は倦み疲れている。総選挙の結果がいかなるものであれ自民党が真の保守政党として再生する以外にこの国の未来はない。

教育と文化の政策を

二〇一二年十二月、第二次安倍内閣発足。二〇一三年一月、アベノミクス始動

安倍晋三新政権が誕生して、脱デフレに向けたアベノミクス（財政出動、金融緩和、成長戦略）といわれる経済政策が打ち出され、株価は急騰し円安が進行している。日本経済の長きにわたる低迷から脱却するにはそれなりの時間がかかるが、七月の参院選挙にむけて即効性のある政策をまず実現しなければならないとの首相の覚悟がにじむ。たしかに経済の再建は待ったなしであるが、政府と日本銀行との「物価上昇率二％」の政策連携も決定（一月二十二日）し、金融緩和を押し進めるなかで、物価は上昇し賃金があがらなければ早晩不満の声が起こるであろう。安倍晋三を批判することを〝社是〟としているらしい朝日新聞などは、アベノミクス批判をすでに昨年末から執拗にくりかえしている。日銀との政策連携に関しても、安倍政権が日銀を「打ち出の小づち」のように使おうとしていると早速批判を加え、いささか頓珍漢な歴史の故事まで引っぱり出している。

今から八〇年前、当時の高橋是清蔵相は世界恐慌から抜け出す非常手段として日銀に国債を直接引き受けさせた。はじめはうまくいったが、二・二六事件で蔵相が暗殺されて制御を失い、戦費調達のため際限ない紙幣発行へと突き進み、戦後の超インフレを招いた。

（『朝日新聞』二〇一三年一月二十三日）

戦時下の経済状況を持ち出してスーパーインフレの恐怖を煽っているわけだが、これなどはまさに悪質な批判以外の何物でもない。物価上昇、インレフの危機をあらかじめ煽って、消費者にとって物価は低いに越したことはないという倒錯した感覚を刷り込んでおこうというわけだろう。規制緩和と市場自由主義の構造改革路線がもたらしたのが価格破壊であったことを思えば、百円ショップで全て買物をしようなどということが、社会と経済においてむしろ異常なのだということにすぐに気づくはずである。

しかし、量的緩和の金融政策だけでは当然のことながら日本経済の建て直しはおぼつかないのであり、最も重要なのは中長期的な公共活動のプランである。藤井聡氏の「列島強靭化」論が安倍首相のヴィジョンにあるとすれば、早い段階で日本国の再建のための具体的政策を発表すべきである。もちろん大震災からの復興、老朽化した道路やトンネルなどの交通インフラの整備などがすでに指摘されてはいるが、それだけでは十分でない。

自衛隊を国防軍と改めるというのであれば、防衛予算を増額し、防衛力の強化のための投資を大胆に行うべきである。日米同盟の強化というが、アメリカが軍事費を削減して北東アジアの地域からも米軍が後退するのはあきらかであり、日本は自前の軍事技術の開発に転換すべきときにきている。中長期的には核武装の可能性もふくめた国防の強靭化を目指すべきであろう。

それは資源エネルギーの問題とも関わる。福島原発の事故によって脱原発は総選挙の政治的イシューとして使われたが、結果はどうであったか。マスコミは脱原発デモや反核思想をまきちらす知識人や専門家の発言ばかりを取りあげてきたが、国民はもっと冷静に原発問題を考えているといってよい。原発の再稼動そして安全対策と新たな展開は、資源のない日本にとって死活問題であり、まさに国家百年の計である。もちろんエネルギー政策は多様であるべきで、自然エネルギーや環境問題にたいする積極的な公共活動がなされるべきである。

また構造改革路線によってもたらされた地方の著しい衰退に歯止めをかけ、地域の再生のためのプロジェクトを地方行政と中央政府の緊密な連携によって構築する必要がある。よくいわれることだが地方都市のシャッター街の惨状は、とても「美しい国」とはいえない。自民党のなかには地方分権論や道州制導入の意見もあるが、ユナイテッド・ステーツ・オブ・ジャパン（橋下徹のブレーンの上山信一氏の言葉）などは冗談にもならない。そして公共活動のもうひとつの要として、教育の再生と文化の復興を挙げたい。

教育の再生、文化の復興

第一次安倍内閣の大切な仕事として教育基本法の改正があった。また『美しい国へ』では義務教育の年限の検討がいわれており、「学力の向上」を目標とすると記されていた。

ゆとり教育の弊害で落ちてしまった学力は、授業時間の増加でとりもどさなければならない。内容の乏しいマンガのような教科書も改めたい。そのためには、学習指導要領を見直して、とくに国語・算数・理科の基礎学力を徹底させる必要がある。

（『美しい国へ』文春新書）

こうした取り組みとともに、安倍首相は「学力の回復」より時間のかかる「モラルの回復」を強調していた。その具体策として地域社会におけるボランティア活動を挙げていた。

たとえば、大学入学の条件として、一定のボランティア活動を義務づける方法が考えられる。大学の入学時期を原則九月にあらため、高校卒業後、大学の合格決定があったら、それから三カ月間をその活動にあてるのである。（同）

これは安倍新政権においてぜひ実践してもらいたいプランである。このボランティア活動のひとつとして国防軍への体験入隊などを加えてもよい。徴兵制度は現在の段階ではすぐに実現できないであろうし（将来的には十分に検討されるべきだと考える）、自衛隊の現状では支障も生ずるであろうから、体験入隊という選択がベストではないか。「モラルの回復」の最も基底にあるのは、自分の家族や自分の国を、自分たちの力で守るということにつきるからだ。戦後日本は講和独立以降も、この当り前の祖国を守るということを蔑ろにしてきた。吉田ドクトリン（軍事力は日米安保条約でアメリカに荷なってもらい、日本は経済復興に邁進する）の転換こそ喫緊の課題である。アベノミクスによって日本経済が立ち直ったとしても、吉田ドクトリンの転換をなさなければこの国の真の再生などありえないのはいうまでもない。一九八〇年代の経済バブルが日本人をいかに駄目にしたか、文字通りモラルの破壊が行なわれたことを忘れるべきではない。

「日の丸」や「君が代」を教育現場で当然のこととして大事にするのはよいが、戦後日本人のモラルハザードの根は深いのである。戦後ニッポンがひたすら〝商人国家〟の道を突き進んだ果てに何が待っていたのか。われわれはすでにその結果をよく知らされているのだ。
もうひとつ教育で不可欠なことは、国語の復権である。これはたんに日本語の読み書きをしっかり勉強するといった次元ではない。具体的には書道を十分にやらせること、そして変体仮名と草書体漢字に触れさせることである。
江戸文学の研究家である中野三敏氏は『江戸文化再考』で、「和文リテラシーの回復」ということを主張されている。江戸期の歴史的・文化的評価については、さすがに封建制であり閉ざされた社会であったという批判は今日では少なくなっているが、泰平の時に三百年をかけて成熟させた文化の、その伝承において日本人は大変な欠落を体験してきた。明治以降の近代化が西洋化であったのはあきらかだが、日本人は西洋語の修得に多大の努力を払いながらも、自国の言葉を忘却してきたのである。中野氏はこう指摘する。

……日本語の、わずか百二十年前までは、変体仮名と草書体漢字とそれしかなかった、それに関しては誰もほとんど読めないという状態になってしまった。明治以前に繋がるチャンネルを自分から断ち切ってしまっているわけです。その文字で書かれたものしかなかったわけですので、それが読めなくなると言うことは、これはもう完全に自分で自分の過去を断ち切ってしまっているという、それが実情なんです。

(『江戸文化再考』笠間書院、二〇一二年)

この伝統的な日本語が読める(いわゆる研究者・専門家)は、一億三千万人のなかの四、五千人。○・○

○四パーセントにまで追い詰められている。中野氏から直接に話をうかがう機会があったが、氏は先般天皇陛下への御進講でとくにこの点に触れられたという。

歴史と伝統そして文化を護る。日本人の誇りと自信を取り戻す。それが今、われわれに課せられた課題であり、安倍晋三政権も政治の場面においてこの「日本」を取り戻すことを最終的な課題にしている。

本年はゆくりなくも出雲大社の六十年の遷宮、そして伊勢大神宮の二十年ごとの式年遷宮の年に当る。そのような年に新しい政権が誕生したことは幸運であったといってよいが、経済復興は当然のことながら、何のための成長なのかという日本人の歴史観と世界観が問われている。その意味では成長というよりは、むしろ文化の成熟こそ、この国に必要な道程なのではないだろうか。公共活動がやるべき分野は多い。構造改革というこの三十年の改革主義の狂躁から覚めて、「断ち切ってしまった」日本の文化の故郷に遥かとはいえ、立ち戻る努力をしていくときにきている。

「半国家」の経済至上主義

二〇一三年三月、第二次安倍内閣は第二次大戦後、停止状態だった日本の主権が回復した日として四月二十八日を「主権回復の日」と閣議決定

歴史が動くときには一人の偉大な指導者や政治家の登場が関与するといってもいいが、個々の人間の力ではどうすることもできない、歴史の宿命とでもいうべき巨大な潮流に左右されるのは今昔東西の常である。

第二次大戦後において、冷戦構造の崩壊はいうまでもなく大きな転換期であった。この歴史の間隙を突いて東西に分裂していたドイツは悲願の統一を成し遂げた。一九九一年四月から一年程ドイツのデュッセルドルフ市に滞在していた私は、統一して一年目のドイツの熱気と興奮を異国人ではあるが身近に感じることができた。折しもドイツ連邦議会（当時は西ドイツの首都であったボンにあった）では、首都を現状通りボンに据え置くかそれともベルリンに遷すかの議論に沸いていた。結果は僅差でベルリンに決定、十年後にベルリンを首都とするドイツは名実ともに二十一世紀のヨーロッパの覇者となった。TVなどを通して私が強烈な印象を受けたのは、一九四二年生まれの内務大臣（Bundesminister）のヴォルフガング・ショイブレ（Wolfgang Schäuble）であった。前年に精神障害者の銃弾を受けたショイブレは車椅子に乗りながら鋭い舌鋒を展開し、ドイツ統一の陰の立役者としての存在感を示して余りあった。あれから二十三年の

歳月を経て、現在もショイブレはEUの経済危機のなか財務大臣として指揮をとっている。

コール首相、ゲンシャー外相そしてショイブレ内務相らによって困難をきわめた東西統一が実現したことは、ナチス時代とホロコーストの罪責に呪縛され、民族分断の苦難を荷なったドイツの「戦後レジーム」からの決定的な脱却を意味した。それはソ連の従属下にあった東欧諸国の民主化の波の襲来を捉えての、大胆な政治決断と国民（特に東独の民衆）の力によるものだったが、歴史の転換点を見逃さない指導者の英知が不可欠だったのはいうまでもない。

ドイツ統一の話題を記したのはほかでもない、日本は戦後六十八年を経て、ようやく祖国の真の意味での独立の機会に対面しているように思われるからである。安倍首相のいう「戦後レジーム」の乗り越えのチャンスは、私見ではこの六十有余年のあいだに二度程あったように思われる。ひとつは一九五一（昭和二十六）年九月八日にサンフランシスコで調印された講和条約の発効の時、すなわち一九五二年四月二十八日の主権回復の後であった。

「主権」は回復されていない

本年の四月二十八日に政府主催の「主権回復記念の日」の祝典が行なわれたのは記憶に新しい。朝日新聞などは沖縄の「屈辱」の日であるとの政治プロパガンダをなし、日本の世論の分裂を突いて、中国はすかさず「沖縄（琉球）は中国の領土」なる情報戦（心理戦）をやったが、一九五二年の四月二十八日を境に日本が真の独立国家となったと考える国民は（本土においても）どれほどいるだろうか。講和条約とともに日米安保条約が締結され、以後今日に至るまで米軍は日本本土（とくに沖縄）に駐留し続けているからである。歴史上、独立国に外国の軍隊が駐留していることはきわめて異例である。朝鮮戦争の勃発と冷戦構造のなかでの米軍駐留は、ある意味では不可避であったともいえるが、吉田ドクトリンと呼ばれる軽武装で経済成長を目ざす政治判断の背後に忘れられたひとつの歴史的事実がある。

それは一九五二年五月三日の講和条約発効と憲法施行五周年の記念式典での、昭和天皇の「おことば」問題である。昭和天皇は、一九五三年十一月十二日に東京裁判における戦犯二十五被告の死刑判決が下った時期に、自らの退位について真剣に考えられたというが、周囲の情勢と日本の再建のためにその意志を斥けられた。そして当時の宮内府長官の田島道治《みちじ》とのあいだで大戦についての深い思いを表わした「詔書草稿」を用意された。天皇は退位という形ではなく、戦争と敗戦にたいする自分の責務を明確に文章化し、これを正式に発表する時期を待っており、田島は一九五二年五月三日の記念式典の「おことば」に盛り込もうとした。しかし、当時の吉田茂首相をはじめ為政者や天皇側近は、悔恨と謝罪を強く打ち出したこの文章は式典にふさわしくないとしてこれを拒んだという。(加藤恭子「封印された詔書草稿を読み解く」『文藝春秋』二〇〇三年七月号)

この「詔書」の封印は、昭和天皇の大東亜戦争とその敗北への痛哭《つうこく》の思いが、国民に直接に伝わらなかったことで、日本人自身が、自分たちの「戦争」を捉え直す自覚的な契機を逸することになったのではなかったか。それは今日いわれる「歴史認識」の問題にもつながる。講和独立といいながら、以後日本はすすんでアメリカに従属することで経済大国への道を走ることになったが、それは国家の自立自尊の姿勢の喪失であった。いいかえれば日本人が国家の独立よりも、「戦後レジーム」を選んだ瞬間であった。

経済至上主義の轍をこえて

もうひとつ日本が対米従属から、自立した国家へと生まれ変わる機会は、いうまでもなく冷戦構造の終焉のときであった。しかし、日米安保体制の見直しを主体的に展開することができなかった。その理由は、EUなどの連合体を形成し安定した秩序を形成しつつあった欧州の状況とは異なり、中国の膨張と北朝鮮の軍事化など北東アジアの緊張は続き、不安定なパワーバランスが依然としてあったこと、さらに八五年のプラザ合意以降、日米構造協議、「年次改革要望書」などの米国の経済戦争の圧力に次々に屈し、経済バブルとその破綻によって以降、国家的衰退と政治的混迷を極めていたからである。

日米同盟というい方が浮上してきたように、平成の二十五年間は冷戦構造の終焉という歴史的現実から目をそらして、米国への依存をむしろ深めていった。中国、北朝鮮そして台湾や東南アジアをめぐるパワーゲームのなかに、米軍のプレゼンスを確保するために米軍基地は日本になくてはならぬものとして固定化し、一九九五年の「村山談話」に代表されるように歴史認識の問題はまさに制度化した。

小泉純一郎政権は靖国神社への参拝などによって一部いわゆる保守層の支持を受けたが、構造改革路線と新自由主義経済を国内にも拡大することで、アメリカニズムを積極的に受け入れたのは周知の通りである。端的にいえば、グローバル化とは世界のアメリカ化であり、米国政府はアメリカ企業にとって利益をあげやすいニッポンという市場を最大限につくり出すことを目標としてきたのである。

「自由」と「民主主義」を共通の価値観として日米は強固な〝同盟〟を構築し、それを維持すると日本政府はいい続けているが、「価値観外交」という言葉とは裏腹に、米中の経済関係を軸にした接近は明白なものとなっている。

アベノミクスによって経済の回復への期待が高まり、円安・株高の結果を出しているが、すでに指摘されているように、TPPへの参加などによって、また市場競争を加熱させる政策は、日本の国柄をさらに損なっていく危惧がある。

冷戦の終結期にバブル崩壊によって、経済の大混迷に煽られて国家目標の本筋を見失い、対米従属を深めたように、アベノミクスによって再びバブルを招来させ、グローバリズムを自らの内にさらに深く拡大させるようになれば、日本は安倍首相がいう「美しい国」とは正反対の「ユナイテッド・ステーツ・オブ・ジャパン」という醜悪なる格差社会を呈するほかはないだろう。

戦後史を改めて見てみれば、講和条約発効の一九五二（昭和二十七）年の主権国家としての独立の機会を、吉田ドクトリンという名の経済優先政策によって自ら放棄してしまい、また冷戦構造の終結時に、日米関係を根本的に見直すべきときに、経済的低迷に陥っており身動きができなかったのと同じように、アベノミクスはまたまた経済という現実を優先することで、日本という国家の真の再生を疎外することにもなりかねない。この国の再生とは、いうまでもなく「経済大国」を再構築するということではない。経済の回復はもちろん政治の大切な課題であるが、それ以上に国民が活力を得るためには、自尊自立の覚悟を持つことであろう。そのためには戦後六十八年間も続いてきた米国への一方的な従属を改めること以外にはない。

憲法改正とは占領下にGHQのスタッフによって作られた米国製の憲法を、自分たちの手で改めることであり、それは「半国家」としての自己からの脱却の第一歩にすぎない。対米従属の現状のままで改憲をしたところで、「戦後レジーム」からの脱却とはいえない。安倍晋三という政治家に過剰な期待をかけるわけにはいかないだろう。昭和天皇が敗戦直後に、米内光政海軍大臣の「日本民族は優秀な民族ですから五十年後には必ず甦えると思います」との奉上に答えて、「私はそうは思わない。三百年はかかると思う」と仰《おおせ》られたとの衝撃的な話を、私はアベノミクスの喧騒のなかで想い起こさずにはいられない。

大東亜戦争を肯定できるか

二〇一三年、第二次安倍政権によるアベノミクス。七月、自民党、参院選圧勝

二〇〇六年の八月に『新大東亜戦争肯定論』(飛鳥新社)という本を刊行した。これまで文芸評論集や内村鑑三の評論などを出したときとはくらべものにならない程の反響があった。反響とは当惑をふくむ拒否的、批判的な意味である。

文芸関係の人にも献本したが、こちらはほとんど無視された。新聞の広告でタイトルを見た旧知の文学研究者は、本人からではなく知人を通して「やってくれましたね」と伝えてくれといってきた。意味は不明だがとんでもない(タイトルの)本を書いたネ、ということだろう。

興味深かったのはキリスト教関係の人々の反応であった。内村鑑三やカール・バルトの神学についての本を出し、私自身も三十三歳でプロテスタントの教会の洗礼を受け、さまざまな教会で講演などをしてきたので、その世界では少々名前も知られていた。私の教会では年長の戦争体験のある世代の教会員の何人かから、読んでみてよくわかったとの共感を寄せてもらったが、所属していた日本カール・バルト協会の神学者たちは、驚きをふくんだ批判的反応が圧倒的だった。ほとんどスキャンダラスな本と受け止められた。彼らはもちろん誠実な学者であり、私も日頃から尊敬していた。したがって誤解のないようにきちんと言葉のやりとりをしたいと思い、直接に会って勉強会のかたちで徹底して討論した。戦時中に日本の教

会がどのような苦難に直面し信仰の戦いをしたかは私も知っている。イエス・キリストの神と戦前の天皇制の衝突は、それこそ内村鑑三の不敬事件（明治二十四年）以来の問題であり、神学的にも十分に議論されなければならない事柄である。バルト協会の学者たちとの討論は、その意味では私にとって幸運な機会であった。冗談めかしていえば、いささか異端審問めいた緊張感も快かった。戦争体験（年少の時でも）のある方と、戦後世代の神学者（とくに団塊の世代）のあいだには、微妙だが決定的に違う（感情的）反応があったが、結論的にいえば、大東亜戦争に「肯定論」がつく本は唾棄すべき代物と受けとられる他はなかった。

付け加えれば、八月に刊行してすぐにテレビ朝日から「朝まで生テレビ！」への出演依頼があった。八月十五日を記念してあの戦争について徹底討論したいとのことで、私は了承した。放送日の直前に送られてきたテーマは、しかし当初の戦争論ではなく、小泉首相の靖国神社参拝の問題に変更されていた。大東亜戦争を正面から語ることはできなかった。以上はつまらない私事にすぎない。が、小さな体験であったが、私はこの国では六十余年前の戦争について「語る」ことに、幾重ものタブーがあることを身にしみて知った。何を今さら、といわれそうだが、このまぎれもない事実は文字通り身にこたえた。この感覚は貴重であった。評論家の秋山駿氏から献本の礼状のはがきをいただいた。一晩かけて読破されたという。「おもしろい、というより、ひとり黙り込んで真剣に考えるものがあった」とあり、最後に「よくやったよ」と記されていた。秋山さんは敗戦時の少年である。うれしかったが、私自身もまた「黙り込んで真剣に考える」ことが、あの戦争の歴史に真剣に対峙することなくきたこの国の現在にたいして深くあった。

林房雄の『大東亜戦争肯定論』

拙著はもちろん林房雄の『大東亜戦争肯定論』に多くを依拠している。というより、『大東亜戦争肯定論』を読んで触発されて書いた。一言でいえば『大東亜戦争肯定論』は名著である。初版は一九六四（昭和三十九）年（続刊、昭和四十年）に刊行されているが、当時この書物が〝危険〟な右翼的なものとして遇されたのは周知の通りである。しかし今日改めて読めばあきらかなように、林房雄は「あの戦争はわれわれにとって何であったか」という課題に、きわめて真摯に向き合っていることがわかる。それは林が、明治の日本の近代化以降、つねにくりかえされてきた戦争（東亜百年戦争）の世代であるからだ。

私は日露戦争の直前に生まれた。生まれてこのかた、戦争の連続であったことは、五味川氏（『人間の条件』の五味川純平）の四十年も私の六十年も全く同じである。「だれが平和を知っているであらうか？」だれもしらない。私たちが体験として知っているのは戦争だけだ。……私は自分にたずねる。明治大正生まれの私たちは「長い一つの戦争」の途中で生まれ、その戦争の中を生きてきたのではなかったか。

私たちが「平和」と思ったのは、次の戦闘のための「小休止」ではなかったか。徳川二百年の平和が破られた時に、「長い一つの戦争」が始まり、それは昭和二十年八月十五日にやっと終止符を打たれた――のではなかったか。

（林房雄『大東亜戦争肯定論』夏目書房、二〇〇一年）

林房雄は、一九〇三（明治三十六）年に生まれている。東京帝国大学時代に吉野作造のデモクラシー理論を支持する学生たちの組織「新人会」に入り、マルクス主義運動に関わり投獄され、やがて転向して『西郷隆盛』、『勤皇の心』、『青年』などを発表する。敗戦を四十二歳でむかえる。『大東亜戦争肯定論』は、ペリーの黒船渡来より七年以上さかのぼり、オランダ、ポルトガル以外の外国艦船が出没しだした頃から、日本は西洋列強諸国との事実上の戦争状態に入ったとする。幕末の攘夷論はその「抗戦イデオロギー」であり、薩英戦争、馬関戦争、さらに日清・日露戦争、日韓合邦、満州事変、日支事変から英米との全面戦争へと、百年に及ぶ日本の戦争が継続されたという。西洋列強の、この強力な鉄環にたいして日本は戦い続けるより他にはなかった。そうしなければ、日本は中国やアジアの諸国と同じく欧米の植民地と化していたであろう、と。

林は、この東亜百年戦争は敗戦後に「歴史家」の目から見れば、「初めから勝ち目のなかった抵抗」であったが、この「無謀な戦争」をわれわれは戦ってこなければならなかったという。「日本は戦闘に勝っても、戦争に勝ったことは一度もなかった」

……「東亜百年戦争」の中のどの戦争においても、申しあわせたように、「勝負を度外においた、やむにやまれぬ戦争」という言葉がつかわれていることに注意していただきたい。これはただの戦争修辞でも、偶然でもない。それを戦った日本人の実感であり、本音であったのだ。　（同）

『大東亜戦争肯定論』はこの「戦った日本人の実感」と「本音」によって貫かれている。それは歴史的な実証主義と矛盾しないだけでなく、史実を捉える真の歴史家の目を形成している。満州事変にはじまる十五年戦争説や、司馬遼太郎などの昭和になって軍閥が権力を握ってから、日本は無謀な破滅的な戦争の道を転がっていたという史観にたいして、林房雄はより長期的な視野に立っているが、関東軍による謀略ともいわれる柳条湖事件や、当時の幣原喜重郎外相のこの軍への批判の問題点なども詳細に見ている。幣原の親米英路線による西洋列強とともに歩く「平和」主義が、所詮は非現実的な夢想であったことも指摘する。『大東亜戦争肯定論』は歴史の書であるとともにひとつの文明論、日本が極東アジアに位置し西洋近代化する、その宿命を「一つの長い戦争」のなかで捉えている。『大東亜戦争肯定論』は繰り返していうが名著である。私の本などはどうでもいいが、しかし未だに『大東亜戦争肯定論』を日本人は十分に受けとめていないように思われる。いいかえれば、これを「肯定」できないでいるのだ。

もちろんどんな戦争にも義と不義があり、正しい戦争などというものはありえない。大東亜戦争も然りである。現に私も拙著で、「八紘一宇」や「大東亜共栄圏」のスローガンが、アジア諸国のナショナリズムを承認した上での理念とはならなかったと書いた。近代日本のアジア戦略が西洋的な帝国主義や植民地主義に傾き、統治と戦火によって多大の苦難と被害を与えたことを、アジアの諸国民にむしろはっきり謝罪すべきだとも書いた。今も基本的にこの考え方は同じである。

しかし、今もっとも必要なことは、日本人があの戦争を戦ったこと自体にたいして、いささかの留保もつけずに肯定することではないだろうか。加藤陽子氏の『それでも、日本人は「戦争」を選んだ』(新潮文庫)というような本を眺めていると腹が立つよりも何か無性に気が滅入ってくる。その他多くの歴史家や研究者を称する人々が大東亜戦争の隠された真実とか、歴史の秘話なるものを八月になると書き、出版する。しかし私はもうそのような本を読む気持ちになれない。新聞もテレビも未だに「太平洋戦争」とＧＨＱ指令のままの言葉を使い続けている。あの戦争について、私はむろん体験してはいないが、「黙り込んで真剣に考える」とき、これを腹の底から日本人にとって必要な、大切な、不可欠の、宿命的な「戦争」であったと肯定しなければならないと思っている。史実も理屈もいらない。考え方などどうでもよい。「真剣に考え」れば、大東亜戦争はまず肯定しなければならない。そこから議論をはじめたいと思っている。一九七四（昭和四十九）年の十一月二十五日、三島由紀夫の追悼会（憂国忌）が催された九段会館の控え室にいた林房雄の姿を、当時高校生であった私は見ている。そのとき作家がかけてくれた言葉は、もう記憶にない。ただ薄暗い広い部屋に座していた老作家の孤独な感触は、四十年余の歳月を経て今も私の脳裡によみがえってくる。

国民経済を護るべきである

自民党の安倍晋三、二〇一二年十二月から第二次安倍内閣で経済政策「アベノミクス」を実施

アベノミクスの第三の矢である成長戦略は、新自由主義、構造改革路線へと突っ走る方向に行こうとしているが、これが安倍総理の「瑞穂の国の市場経済」と矛盾するのは明らかである。「新しい国へ」（『文藝春秋』二〇一三年一月号）で安倍総理は次のように語っていた。

日本という国は古来、朝早く起きて、汗を流して田畑を耕し、水を分かちあいながら、秋になれば天皇家を中心に五穀豊穣を祈ってきた、「瑞穂の国」であります。自立自助を基本とし、不幸にして誰かが病で倒れれば、村の人たちみんなでこれを助ける。これが日本古来の社会保障であり、日本人のDNAに組み込まれているものです。

私は瑞穂の国には、瑞穂の国にふさわしい資本主義があるのだろうと思っています。自由な競争と開かれた経済を重視しつつ、しかし、ウォール街から世間を席巻した、強欲を原動力とするような資本主義ではなく、道義を重んじ、真の豊かさを知る、瑞穂の国には瑞穂の国にふさわしい市場主義の形があります。

しかし、安倍政権が現にやろうとしていることは、この「瑞穂の国」の「真の豊かさ」としての共同体の破壊である。脱デフレと景気の回復を謳いながら、新自由主義的な改革を加速することは明らかな矛盾である。この二十年以上に及ぶ構造改革路線こそが、デフレの原因であり、規制緩和や自由化が、安定した市場を破壊し、経済の格差を生み、雇用の流動化をもたらしたのは改めていうまでもない。TPPへの参加がさらなる日本の市場の混乱と、アメリカの強欲な資本主義に席巻される事態を招くのは容易に想像される。さらに、消費税の増税が景気回復の腰折れをもたらすのは火を見るよりも明らかなのに、財務省に押し切られる形で増税に踏み切ったことは、アベノミクスの矛盾をさらに拡大し、日本経済そのものの致命傷となるだろう。財政の健全化の名のもとに大型消費税を導入すれば、経済そのものが失速し、税収の減少を招くおそれがある。

こうした事態を目の当たりにすれば、安倍晋三という政治家は、すでに保守の政治家とは言い難いのではないか。小泉政権以上に、安倍政権は、この国の歴史と伝統に根差した産業や生活をなし崩しにしていくからである。民主党による三年余に及ぶ政治がもたらした混迷と停滞以上の、惨憺たる状況をもたらさないとも限らない。「日本を取り戻す」どころか「日本」は、現在、国家としてより深い危機のなかにある。

国民経済を護るとは何か

このようなときにこそ、「国を護る」とは何かという、その根本的な問いの前に立たされている。

「自由」という言葉は戦後の日本においては「民主主義」という言葉と同じマジックワードとして作用し

てきた。つまり、絶対的な善であるというまやかしの力である。自由貿易に反対する議論は経済学者にとっては一種のタブーとなり、「鎖国」というレッテルを貼れば議論は一切封じられる状況が今日も続いている。インターナショナリズム、コスモポリタニズムという言葉が何かしら国家を超えた「世界」を空想させる意味で、戦後日本でも散々用いられたが、グローバリズムがそれに取って代わり、今この新たなマジックワードがこの国のいたるところに浸透し、猖獗を極めている。「グローバルな人材」などというよく考えればわけのわからない言葉が巷で語られている。

このようなときに、経済における保護主義を唱えることは、それこそ保守反動の振る舞いのように見られるかもしれない。しかし、世界経済は今その底流において自由貿易という表層の流れにたいして、それぞれの国や地域（ヨーロッパなど）において保護主義の方向へと静かに移りつつある。

J・M・ケインズは、一九三三年に「国家的自給」という論文で、それまで「理性的で教養のある人間ならば疑ってはならない経済上の教義」である自由貿易からの転換を大胆に説いた。それは当時のグローバルな経済状況がもたらす混乱のなかで、「経済的国際主義」への長期的なビジョンに立った批判であった。ケインズは短期的な国際間の資本の移動（資本の逃避）が不均衡と対立を生み、貿易と資本移動の適切な規制によってのみ国内経済の安定化が可能になることを説いた。

経済のグローバル化、すなわち国際主義は決して世界平和の実現と維持をもたらすものではなく、むしろその不均衡と混乱が性急な国家主義の対立をもたらすことも視野に入れた議論であった。

ケインズは理想主義者としての「十九世紀の自由貿易論者」が、自由貿易が何を成し遂げたかをしっかりと考えていたのか、と鋭くそこで問い返した。

おそらくそう言うのが公平だと思うが、第一に彼らは、自分たちは賢明で、かつ自分たちだけが明晰であり、労働の理想的な国際分業に干渉する政策は、常に自己的な無知による結果であると信じていた。第二に彼らは、世界全体で資源と能力を最大限生かすように配分することによって貧困の問題を解決してきたし、解決しつつあると信じていた。

さらに彼らは、自由貿易は経済的な最適性を実現するだけでなく、個人の創意の追求や才能開花の自由、発明、そして特権や独占の力に抗する束縛されない精神の多様さなどを生み出してきたと信じていた。

最後に彼らは、自らが平和と国際協調と経済的正義の友であり保証人であり、進歩がもたらす利益を広げた人々でもあったと信じていた。

（ケインズ「国家的自給」『デフレ不況をいかに克服するか』松川周二編訳、文春学藝ライブラリー）

歴史は繰り返すというが、今日の自由貿易至上主義者も、このように自分たちの「理想」がどんな歪んだ現実をもたらしているかに目をつぶっているといってよい。

二十世紀前半のこの国際経済の混迷は、周知のようにソビエト・ロシアの全体主義イタリアのファシズム、ドイツのナチズムといった国家主義の強烈な台頭を生み、それが第二次大戦へと至ったのはいうまでもない。

しかし、二十一世紀の現在の世界経済と国際情勢を見れば、そのような国家間の大戦争へと至ることは考えにくいのであり、むしろデフレ状況下での賃金の抑制や世界的需要の崩壊をもたらしている自由貿易にたいして、柔軟な保護主義的政策への転換が喫緊の課題となっているといえる。保護主義によって需要の再活性化、給与の再上昇をもたらすことは各国の経済の復活を生むのであり、日本もまた、まさに「瑞穂の国の資本主義」をそのような政策の転換によって実現できるのではないか。

アベノミクスの三本の矢は、既にバラバラに勝手な方向に飛び出しているが、改めて経済すなわち経国済民の原点に戻って、保護主義の意味と有効性を実践すべきときにきているのである。

国を護ることの意義

国民経済を護るということは、しかしいうまでもなく、経済・貿易政策だけの課題ではない。

戦後日本がアメリカに依存することで、自らの責任と義務をほとんど放棄してきた国防体制がいま問われている。日米安保条約は明らかに冷戦体制下における、アメリカの国益と覇権のためのものであり、すでにその歴史的意味は消滅している。

尖閣列島への中国の繰り返される攻撃にたいして、日本はほとんど国防としての主体的行動を起こすことなく、海上保安庁による場当たり的な対応しかなす術がない。中国は「超限戦」と称して軍事的圧力のみならず、サイバー戦、テロ活動、コンピューターウイルス、さらに法律や情報戦、思想的プロパガンダなど、あらゆる非軍事的な要素も含んだ「戦闘」を駆使している。

このような〝戦争〟の脅威にたいして、日本は国防力の強化を早急になさなければならない。政体を護るのは警察であり、国体を護るのは国軍である。自衛隊は戦後、警察予備隊から軍隊の形をとった一種の国防軍となったが、その国軍が護るべきものである「国体」とは何かといった根本的な問題がうやむやにされてきた。日本の国柄をいうのであれば、その「瑞穂の国」としての国体は、いうまでもなく天皇であり、その歴史的存在の意義である。

戦後憲法を改正して自衛隊を国防軍にするのであれば、当然のことながら天皇の存在を国体として改めて位置づけなければならない。それは大日本帝国憲法に記された天皇制度に戻すということでは必ずしもなく、戦後憲法で用いられた「象徴」としての天皇の意味を、日本人の歴史感覚と伝統意識から新たに深く意味づける理念的な営みが必要になると思われる。

国民経済にしろ、国の歴史や伝統にせよ、護るという行為には常に危険がつきまとい、平和を護るためには暴力の用意が必要となる。そこには国民の自覚と覚悟が求められる。関税がゼロになって外国から次々に入ってくる廉価な（遺伝子組み換えや化学物質で汚染された危険性のある）食品を経済的理由で買い求めるか、それとも国内で作られた少々高くても安全で身近な食品を選ぶか、それも国民の大切な自覚である。国の防衛を自衛隊の人々に任せっきりにし、また日米安保条約という幻想にすがることでよしとするか、それとも国防の義務をひとりひとりが負う覚悟をするか。日本人は何のために経済の再生を果たし、何のために豊かな国となり、何のために長寿国として存在するのか。そのことの本質的な意味を問うことなしに、何事かを護ることはできない。保護主義の正しさを自覚し遂行するためには、国民としての覚悟が求められている。

二〇一四年

日本外交の可能性

二〇一三年十一月、キャロライン・ケネディ新駐日大使着任。二〇一四年二月、ソチオリンピック

日本外交は民主党政権の三年余の期間に、様々な領域において国益を大きく損なうこととなった。尖閣諸島への中国の侵略的圧力にたいして外交上の十分な措置をなし得ず、海上保安庁の船に体当たりを試みた漁船の船長を釈放したことは記憶に新しい。また、鳩山元首相の沖縄の基地問題に関する軽率な発言が、日米関係の信頼を根本から揺るがすような事態を招いた。北朝鮮による日本人の拉致問題に関しても全く進展せず、北方領土の問題でもメドベージェフ元大統領の強硬な姿勢に押しまくられる一方であった。

第二次安倍政権は、首相の積極的な外遊とアジア各国との戦略的な連携など、新たな展開を示している。しかし、その基本方針は、「価値観外交」といわれるものだ。いうまでもなく、この「価値」とは自由、民主主義、人権などを共通の基本とするということであるが、このような価値を「普遍性」と唱えることには、大きな問題があるといわざるをえない。その「普遍性」とはアメリカの理念に他ならないからである。

さらにいえば、これは第二次世界大戦後の戦後体制によって作り出された「価値」だからである。大戦後にナチス・ドイツのユダヤ人虐殺、ホロコーストにたいして、戦勝国（連合国）は「人道に対する罪」というこれまでなかった新たな国際法の概念によって裁いた。ニュルンベルク裁判で導入されたこの事後

法は、その後の国際社会の価値観を形成することになったが、それは枢軸国としてナチス・ドイツと同盟を結んで戦った日本をも同然のことながら巻き込むことになった。

ヒトラーのユダヤ人虐殺は人類史上例のない出来事であり、東京裁判では「人道に対する罪」といった特殊な法的概念が用いられる必要もなかったが、連合国側と戦ったという一点において、戦後の日本は第二次大戦後のこの国際法の概念を大きな「価値」として背負わなければならなくなった。

戦後のドイツは、ナチス時代は自国の歴史のなかで極めて特殊な一時期であり、その「過去」を徹底的に批判することで、現在（戦後）を正当化する道を選んだ。敗戦の状況も条件もドイツとは異なっていた日本は、自国の過去の歴史にたいして、そのような極端な史観を行使せずに済んだが、六年半におよぶアメリカの長期占領と日米安保体制によって、アメリカ的「自由と民主主義」をあたかも普遍的なものであるかのように受け止めることになった。

近代的理念としての自由と民主主義は、「近代」という枠組みのなかで、もちろんある種の普遍性をもってはいるが、それ自体時代的な産物である。とりわけアメリカニズムとしての「自由と民主主義」は、ヨーロッパから新大陸に移り、キリスト教の信仰を全世界に普遍的なものとして広げることと、合衆国を領土的に拡張していくことを国家的理念とした人々によって作り出されたものである。そのピューリタニズムは、神と個人を結ぶ信仰義認としてのプロテスタンティズムからも逸脱した、むしろ異端的なメシアニズムである。

冷戦の終結時に、アメリカの「自由と民主主義」が全世界を支配する時代が到来した、すなわち「歴史の終わり」（フランシス・フクヤマ）といった議論さえなされたが、それが幻想であったことはその後の現実が明らかにしている。

しかし、日本は冷戦終結後も、安全保障をはじめとしたあらゆる場面においてアメリカに従属することで、この倒錯的といってもよい「自由と民主主義」の絶対理念を一度として疑うことをしてこなかった。

経済的にも軍事的にも膨張する中国にたいして、アメリカと共通の「価値」をもち、それを軸に中国に対抗するためのいわゆる価値観外交ということが言われているのであれば、それは外交というよりは日本の国家理性の喪失といわざるをえないだろう。

TPP交渉でアメリカの経済戦略のなかに巻き込まれているのも同じ要因であった。アメリカ主導の世界のなかに自国を位置付けておけば、国益を保たれるというのはまさに錯覚であり、日本市場が米国の企業の草刈り場となり、経済のみならず教育や文化の隅々にいたるまでアメリカ化されることは、すでに繰り返し指摘している通りである。

自由、民主主義、人権等々の価値が決して普遍的なものでないのは、たとえば韓国の日本にたいする従軍慰安婦問題攻撃によく表れている。戦時中に日本軍が従軍慰安婦を強制連行したことの罪を、韓国は言い立てているが、それは米国社会のなかの「人道」という価値を最大限に利用することによってなされている。米国の街に慰安婦の銅像を次々に建てるといった政治的プロパガンダが可能になるのは、「人道」という価値が政治的、社会的、民族的なコンテクストでいかようにも変換され、利用できることを雄弁に物語っている。

「人道」によって他民族を侮蔑することもできれば、フランス革命のように人殺しもすることができるのである。「自由」という概念などは、それこそいくらでも放縦に拡大解釈もできれば、人間と歴史の暗黒的側面を見せつけることにもなるのである。「民主主義」という政治制度もまた、状況のなかで衆愚政治に陥る最も腐敗しやすいものであることは、それこそプラトンの昔からつとに指摘される。こうした概念を普遍的な価値とすること自体が、まず間違っているのである。

外交の「根」はどこにあるか

『表現者』五十二号の特集の座談会に、外務省に長く勤められ、駐オランダ大使を歴任された京都産業大学教授の東郷和彦氏においでいただき、様々な話をしてもらった。東郷氏の著作『歴史認識を問い直す――靖国、慰安婦、領土問題』（角川ｏｎｅテーマ21）のなかに、次のような一説がある。

これからの日本の再興を本当に実現しうるとしたら、それはまず思想・哲学・宗教・徳の次元で、日本人だけでなく全世界に深く通ずるものを造りあげなくてはいけないと思う。

その日本人にとっての「根」にあたる、哲学と宗教の最も本質的な部分に、「美」があるのだろうか。日本再興の思想は、哲学と宗教によって構成される「根」のうえに、国家目標としての「幹」がくる。（中略）確とした「根」をとりかえし、確とした「幹」をとりかえすことができれば、そのうえに、確とした「枝」が伸びる。

その枝が、外交である。

これは極めて大事な指摘であると思われる。

戦後の日本は、まさに「根」を失い、土台となるべき思想や哲学そして宗教を再構築することをしてこなかったからである。

戦時中に文学者や哲学者、科学者、芸術家らによって「近代の超克」の議論がなされたことは周知の通りである。戦後に批判されることの多かったものであるが、そこで問われたことは、明治維新以来の西洋化・近代化のなかで、日本人はどのように民族としての「根」を再興するかという本質的議論であった。

また、敗戦直後に国学者・神道学者の折口信夫は、大東亜戦争の敗北のなかに、「日本の神々の敗北」を見て、神道の歴史と未来への根本的な提言を行なった。

あるいは、仏教学者の鈴木大拙は国家神道のあり方への批判から、日本人の信仰の回復として『霊性的日本の建設』を著し、鎌倉期の仏教（浄土教と禅宗）のなかに、日本人の深い魂のありようを語った。

これらは、いずれも明治以降の西洋化・近代化によって失われた日本人の精神と哲学の「根」をどう再発見するかという根本的な問いかけであった。しかし、こうした深い議論と提言は、経済的復興を優先し、物質的豊かさを回復するなかで、われわれによって真剣に顧みられることはなかった。高度成長の熱狂は、所得倍増、オリンピック、大阪万博を実現したが、一九八〇年代の経済バブルとその破綻の後、日本は果てしのない混迷と漂流を続けることになった。

日本外交もまた、文字通り根無し草となり、国家としての中長期的ビジョンを形成することもなく、場当たり的な外交ともいえるものを繰り返してきた。

ナチス時代とホロコーストという十字架を負ったドイツは、冷戦終結時に悲願の東西統一を実現したが、それは一言でいえば外交の勝利である。そこには、過去の歴史を踏まえながら未来へ向かって飛躍する踏み切り板として、「ヨーロッパ連合のなかのドイツ」という国家的役割を戦略として巧みに使い得たからである。

それに比べて冷戦終結後の日本は、日米安保体制の抜本的な見直しをなすこともなく、アメリカを「世界の中心」として、自国の方向を他者に委ねてきた。しかし、アメリカはすでに経済的にも軍事的にも自らの価値の普遍性によって、世界を支配しようということが不可能であり、むしろ世界の警察であることをやめている。多極化のなかで、日本は自主的な外交路線を否応なく選択せざるをえない。

日韓・日中の外交は、現在停滞しているが、多様な側面から外交の窓口を開き、対話をしていかなければならない。また、日露関係も北方領土問題において新たなステージに立つことが求められている。そしていうまでもなく、日米関係は日本外交の最大のテーマとなる。つまり、そこでは普遍的な価値観による外交ではなく、個別の国や地域との柔軟にしてしたたかな戦略的対話が求められている。それを実現するために最も肝心なのは、日本人が世界に通じる国家・民族としての「哲学」を示さなければならない。アベノミクスはあくまでも経済の再生であり、それだけでは内政においても外交においてもこの国益を守っていくことはできないのである。

グローバル時代の「全体主義」

二〇一三年十月、安倍内閣、特定秘密保護法閣議決定、十二月、成立・公布。二〇一四年十二月施行

安倍内閣の特定秘密保護法案にたいして、朝日新聞をはじめとしたマスコミ・ジャーナリズムは、「知る権利」や「言論の自由」を封殺する「全体主義」の危険があると報道し、戦前の言論統制への回帰をいう知識人まで現れた。この種の報道は、空気のように伝播し、特定秘密保護法案の内容（条文）を、おそらくは一行も読みもしない一般市民の多くを気分的反対へと誘導した。

今回のこのようなマスコミの扇動による「全体主義」の恐怖という言葉に接するとき、大きくいってふたつの問題が浮かび上がってくる。

ひとつは、特定秘密保護法案にたいする反対運動の根っこにある「ソフト・スターリン主義」の問題である。この言葉は、一九八〇年初頭に世界的な広がりをみせた反核運動と、それに呼応するように日本の文学者などを中心に拡がった反核をめぐる署名運動にたいして、吉本隆明が全面的な批判の意味を込めて使った用語である。このとき、いうまでもなく冷戦構造はまだ続いていた。

一九八二年の『文藝』の三月号に作家の中野孝次らが、アメリカのレーガン政権の軍事増強政策と限定核戦略によって核戦争の脅威が増しており、それにたいしての「幅広い反核、平和の運動」を為すべきであり、その決議文に「署名」をしてもらいたいとの文章を載せた。これにたいして、吉本は『海燕』の翌

四月号で次のような反論を加えている。

中野孝次らの情勢認識はひと口に要約すれば、アメリカがレーガン政権になってソ連にたいし軍拡の無限競争に踏み切り、ソ連の対ヨーロッパ核配置に対抗して、ヨーロッパに対ソ連の戦略核配置を決定した。そのために、ヨーロッパには危機感が横溢し、反核、平和の「歴史に例を見ないほどの幅広い」運動が拡がっているということになる。もっとニュアンスをつきつめればアメリカがソ連の対ヨーロッパ核戦略にたいし、ヨーロッパ大陸に乗出してまで対ソ連核戦略配置に踏み込んだのが、核戦争の危機感を抱いた原因だといっている。いったい悪いのはソ連なのかアメリカなのか？ 中野孝次らの文意は明瞭に答えを出そうとしていない。しかしわたしの感受性が正常ならば、アメリカが悪いというニュアンスにうけとることができる。そして事実、ヨーロッパの昨年来の反核平和運動は、ソ連は平和勢力だが、アメリカは軍拡狂奔勢力だ、というソフト・スターリン主義の同伴者から起った運動のようにおもえる。

私も当時この「文学者の反核運動」の空気の蔓延に強い違和感を感じたものだが、戦後日本の左翼運動のなかにありながら、その政治イデオローグにたいして、一貫して批判してきた吉本隆明の状況言論への深い洞察があると思われた。

冷戦崩壊は、こうした「ソフト・スターリン主義」的なイデオローグの消滅をもたらしたかに見えた。しかし、福島第一原発の事故以来のいわゆる「反・脱原発」運動、そして今回の秘密保護法案にたいする反対運動を仔細に眺めてみると、そこには吉本のいう「ソフト・スターリニズム」が今なお亡霊のように立ち現われているように思われる。それは言い換えれば、「民主主義」や「自由主義」の旗のもとに、戦後レジームを保持しつつ左翼的言説を延命させようとする運動である。「安倍政権は全体主義的である」との批判は、このような戦後日本のマルクス主義の亡霊が、市民運動という名の大衆扇動をなしているところから生まれている。

そもそも、全体主義は「民主主義」の反対概念ではなく、民主主義社会が生み出すものである。全体主義とは、独裁者や少数の指導者によって国民を圧迫し、社会的統制を加えることであるが、それは二十世紀のナチズムがそうであったように、大衆社会状況と民主主義の只中から生まれたものであり、伝統的な共同体社会からの解放がそれに拍車をかけた。

エーリッヒ・フロムは、社会心理学的な観点から、中世社会の絆から自由になった「個人」が孤独と不安の感情を抱き、新しい服従と強制的な非合理的な活動に駆り立てられたと『自由からの逃走』（日高六郎訳、東京創元社）で述べた。近代の個人は、その「自由」の重荷に耐えられずにそれを放棄して全体主義的な支配に身を委ねることになる、というのである。

また、ハンナ・アーレントは『全体主義の起源』のなかで、全体主義運動は大衆運動であり、西洋の階級社会の瓦解に起因すると述べている。

いずれにしても明らかなのは、「自由」や「民主」の大衆化のなかで二十世紀前半の「全体主義」はもたらされたのであり、「民主主義」と「全体主義」をあたかも対立的な政治概念と捉えること自体が間違っている。

現代の「全体主義」の恐怖

しかし、政治イデオロギーとは別のかたちで、今日全体主義的状況が到来していることは指摘しなければならないだろう。それは、グローバリズムのなかにあって、「構造改革」や「規制緩和」あるいは「市場自由主義」という空気によってめくるめく勢いで今日の社会を覆いつくそうとしている。

日本の企業や大学などは、しきりに「グローバル人材」とか「イノベーティブ人材」などという意味のよくわからぬ用語を振りまいている。グローバル人材を育成するために、小学校から英語教育をさせて日本人の国際力を増すといったことが真顔で語られている。日本の大学生の海外留学の数が減っていることを大きな問題であるかのように語り、国際人の養成を強調する。だが、それをもってグローバル人材というのであれば、錯覚というほかはない。「グローバル企業が求める人材」という意味ならまだしも、人間にとって仕事とは、自分を取り巻いている家族・地域・国家などの共同体のなかで育まれ、その延長上に国際的な舞台でのやり取りが生ずるということが本来的な姿であろう。いわゆる華僑や国際的ユダヤ資本などを別にすれば、「グローバル人材」という用語は人間を「資本の移動」のなかで疎外することを意味する。「イノベーティブ人材」に至っては、人間が技術改良をするのではなく、グローバリズムの狂騒に合わせて人間を改良するという恐るべき倒錯でしかない。

ハンナ・アーレントは、労働（レーバー）と仕事（ワーク）の違いを、前者は肉体を酷使して仕事をするという意味であり、後者はその人間にとって価値のある仕事をするという意味で分ける。近代の産業革命と工場のオートメーション化によって、労働者はレーバー（まさにイノベーティブ人材）として機械の部品のように労働に従事しなければならなくなり、そこに人間の疎外が生じる。マルクスは、このような本来の仕事としての労働が疎外された状態からの解放を、共産主義という理想社会の到来によって克服しようとしたが、そのマルクス主義がソビエトという全体主義的実験国家において明らかだったように、徹底した設計主義による数量化・合理化・統制化であったことは改めて言うまでもない。これこそ、人間や社会の価値観を根底から破壊する恐怖であり、テロルである。

ナチズムもまた近代社会における共同体の崩壊（第一次大戦後のドイツのスーパーインフレーションによる混乱と無秩序がそれに拍車をかけた）がもたらしたものである。漂流する孤独な大衆は、「根無し草」的なものとなり、自己と世界をつなぐ公的な領域を見失ったとき、ヒトラーという〝大審問官〟を自らのなかに招来させたのであるが、これは二十一世紀の現在、グローバリズムの名のもとに起こっている人間の「根なし草」的状況と実は同じである。もちろん、今日の世界において、ヒトラーやスターリンのように独裁者が誕生するということは想像しにくいが、シュペングラーのいう「文明の冬」すなわち近代西洋文明が完全に袋小路に陥っている状況のなかで、人間はより過酷で陰惨な「グローバリズム」という名の「全体主義」によって疎外され、その生は頽落させられているのである。

保守思想は、このような現代の全体主義にたいして、最善の批判とそれを乗り越えていく処方箋を示すことができる。なぜなら、保守思想とは急進的なあらゆる改革主義がもつ危険性を誰よりも深く洞察し、その問題点を明らかにしてみせるからであり、歴史のなかに守るべきものの伝統的価値を再発見することができるからである。その伝統的価値とは、ナチズムが大衆社会のなかで蜃気楼のように最新のテクノロジーによってプロパガンダした〝ゲルマン神話〟でもなければ、共産主義が幻想したプロレタリアメシアニズムとしての〝ユートピア社会〟とも全く異なる。保守思想にとって「伝統」とは、常に現在を歴史の時間の流れのなかの一点として捉え、そのなかで過去と現在そして未来を眺めるパースペクティブに立とうとするからである。「改革」は、そのときただ「保守するための改革」としてのみ意味を持つ。あらゆるかたちの全体主義の圧政と恐怖に対抗しうるのは、この保守の立場にほかならない。

「スマホを持ったサル」でいいのか

二〇一三年五月、iPhone 5S 発売。ドコモも iPhone 参入、以降、スマートフォンが全国化

二十世紀後半からのIT（インフォメーション・テクノロジー）革命は、十九世紀後半からの大衆社会を、高度な情報化によって肥大させる結果をもたらした。われわれは、いまや日常生活のあらゆる面において「情報」に操られ、支配されている。

マーシャル・マクルーハンは『グーテンベルクの銀河系』（みすず書房）で、活字メディアが大衆化され、人々の感覚や認識が決定的に変化したことを指摘し、マックス・ホルクハイマー／テオドール・アドルノは『啓蒙の弁証法』（岩波書店）で、「ラジオと映画の総合」であるテレビが、大衆を支配し、美的経験の貧困化をもたらすといった。テレビとインターネットの結合は、文字言語（活字言語）の衰退だけではなく、人類がホモ・サピエンスたる条件としての言葉（音声言語）の貧困化を極限まで推し進めるのではないかということである。

今日起こっていることは、「言葉」よりも動物的な「信号」が情報の名のもとに圧倒的に社会を覆いつくしている事態である。そこでは、物事を「考える」よりも反射が優先される。「携帯を持ったサル」「動物化するポストモダン」ということがいわれてすでに久しいが、人間から猿への退化などというと映画の『猿の惑星』のようでいささか漫画的だが、スマホを持って街を行き交う若者を眺めていると、そんな気

がしてくるのである。

妄想世界から脱却できるのか

最近読んだ小説で大変興味深かったのは、松波太郎の『ＬＩＦＥ』（講談社）という作品集である。芥川賞の候補にもなった、一九八二年生まれの作家であるが、現代の高度情報化社会が人間の言葉とコミュニケーションに、いかなる歪みと断層を与えているかを考えるうえで参考になる。

表題作の「ＬＩＦＥ」は、猫木豊という三十一歳になる男と同棲している女性の宝田との間に生まれた赤ん坊がダウン症と診断されるというストーリーであるが、ニートの延長のような男と、助産院での自然分娩を望む几帳面なところのある女との奇妙なカップルの物語は、いくつもの断層を覗かせている。

そもそも猫木は、自分の脳のなかで「だらだら且ぶらぶら」できる国の「国王」として君臨し、その「理想の国」の妄想を紡ぐことで毎日の暮らしをやり過ごしている。この脳内の王国での〝演説〟を彼は、自分の言葉のなかだけでつくり出している。

以前の国は、一言で言うと、筋肉質なマッチョな国でした。その国の学校の授業にあった体育という科目が苦手だったわたくしとしては、マッチョであることが一番の問題で、それさえなければ以前くらしていた国も案外住み心地のよい国だったと思います。大手を振ってだらだら且ぶらぶらのできない国だったのです。そしてわたくしは、毎日だらだら且ぶらぶらできる国を夢みて、この国を建国したのです。

（『ＬＩＦＥ』講談社）

もちろんこの〝言葉〟は、他者に通じるものではなく、そもそも他者の存在しないところでしか語られない。そんな猫木のもとに、彼女の突然の妊娠の知らせがもたらされる。この事実は、「仮想世界」に浸っている猫木を、「現実世界」に否応なく引き戻し、先天的な障害を持つ子供を育てていかなければならないという決意を促すのであるが、それは現実逃避していた男が、生活感覚に目覚めるといった単純なストーリーではない。妊娠・出産の「現実」に直面した彼らは、むしろその現実界での言葉のやりとり、コミュニケーションの巻き起こす不可思議な妄想的世界のなかに吸い込まれるように入っていく。そこでは、深刻な事実を受け入れるために語られるはずの言葉が、徹頭徹尾ズレを起こしはじめる。

子供を「育てる」ことをめぐって猫木と宝田は言葉を交わすが、その言葉の間には亀裂が拡大し、堂々巡りの果てしないやりとりが続くばかりである。

「としお（注・子供の名前）はオレが一人で手塩にかけて育てる」

「いいって、いいって」

「いいから、いいから」

「そっちこそ、いいから、いいから」

最後は笑い声によく似た吐息をはさむ。

「いいからいいから、ほんと今までどうもありがとう」

「いいって、いいって、こちらこそ今までありがとう」

結局二人は譲り合わず、しばらく三くだり半をつきつけ合った。

「としおはオレ一人で育てるから」

「ううん、あたし一人でちゃんと育てるから、安心して」

二人分の会計は猫木があっさり譲り受け、自宅に着くまでの道中はふたたびイヤホンを耳につけることにした。

「オレ一人で育てる」

あたしが一人で育てるという宝田の声は、サスペンダーフロムヒダマウンテンズの曲ですでにきこえない。

（同）


最近、うまくコミュニケーションを取れない人たちのことを「コミュ障（コミュニケーション障害）」というらしいが、この小説が表しているのは、単なるディスコミュニケーションの問題だけではない。むしろ、主題化されているのは「言葉」の浮遊であり、危機なのである。つまり、話される言葉は、時間的・空間的な線状の性質を持つコンテクストのなかでは、ひとつの意味を確定されるが、ここでは会話は同一のコンテクストのなかで、相互に意味を排除し合い奇妙な対立関係を生じさせる。子供を「一人で育てる」という意味は、彼らの人生にとって最も重要なライフの課題でありながら、二人の間には平行線が決して交わらないユークリッド幾何学の公理のように、言葉が交わることで生まれる「意味」は生起しない。

猫木は、リア充（現実の生活が充実している人物にたいして使う2ちゃんねる発祥のネットスラング）にたいして、妄想王国に立て籠もっていたが、障害を持つ子供を引き受けるというリアルなライフに立ち向かおうとしながら、そこで更なる妄想世界に突入し、意味の蒸発に直面せざるをえない。
この事態をもたらすのは、宝田と猫木という作中人物の性向や人間性の問題ではなく、この「現実世界」を構成しているはずの言葉自体が、そのコンテクストを崩落させてしまっているという状況なのである。

これこそ、現代の高度情報化社会といわれるものの病理に他ならない。われわれは、「情報」という名のウイルスに、連辞関係が生み出す言葉のコンテクストを侵され、そこでは他者に出会うことも、世界の真実を求めることもできなくなっている。

インターネットやスマートフォンという道具は情報を得るための〝高度〟な手段であり、その情報に振り回されることなく上手に利用すれば、よいという主張もあるが、そうではあるまい。高度情報化社会といわれているものの〝高度〟は、われわれをまさにスマホを持ったサル（猿に申し訳ないが）にしているのだ。

人類学者の分類によれば、信号という形態を持った前人（アウストラロピテクス類）以降から、道具による労働をはじめ、その労働の発展が、言語と意識の最初の進歩をひき出したという。ピテカントロプスからシナントロプスという原人、ネアンデルタールという旧人、ホモ・サピエンスという新人へ……。

ニーチェは、十九世紀末に人類が様々な価値の瓦解のなかで、ニヒリズムに直面するといい、それを乗り越えるためには、人間自身がより高い存在の自覚に目覚めるべきだといった。そのビジョンを『ツァラトゥストラ』で「高人」あるいは「超人」へと向かうべきであると謳った。

しかし、二十一世紀に入って明らかになっているのは、どうやら「超人」どころか「旧人」（ネアンデルタール）よりもさらに先祖帰りしているという、愚かしくも笑うべき事態なのではないだろうか。

「死の灰」としての「変化」と、持続し守るべきもの

もちろん、今日の高度情報化社会の現実だけが、これまでの歴史のなかで何か決定的な影響を人間と社会に与えていると断定することはできないだろう。問題なのは、あまりにも急激な「変化」がもたらすとの危機であり、病理であり、頽落なのである。

エリック・ホッファーは、一九六一年に『現代という時代の気質』で、アメリカ社会の工業化とテクノロジズムの急速な展開が、大衆社会をさらに混乱させ、人々を孤独化させると指摘していた。

……ドラスティックな変化は人類がかつて経験した中で最も困難で危険な景観であることをあきらかにしつつある。われわれは、習慣を断つことは骨折することよりも苦痛で損傷が大きいこと、そして価値を分裂させることは原子を分裂させるのと同じく致命的な死の灰を降らせるかもしれないことを発見しはじめている。

（『現代という時代の気質』柄谷行人・柄谷真佐子訳、晶文社）

ホッファー自身は、波止場の労働者の経験を持ち、人間の身体性を自覚するところから思想を構築したが、アメリカ社会、文明社会のなかで起こっている生活感覚を急変させるようなドラスティックな変化の危機を見ていた。この「変化」そのものをアメリカニズムの病理といってもよいが、この「死の灰」は、グローバリズムとしていまや世界を覆いつくしている。

平成の時代に入ってからの、四半世紀に及ぶこの国の現実は、情報化社会がもたらす「変化」の急激さに目を奪われ、政治・経済・教育・文化のあらゆる領域で、構造的な「改革」をしなければならないという強迫観念に取り憑かれてきたのである。フランスの歴史家ブローデルの言葉を借りるまでもなく、「構造」とは長いスパンでほとんど不動に近いものとして考えられるべきであるが、これを破壊してきたのが、われわれなのである。この歴史の破壊、伝統的価値の打ちこわしの暴挙をとめる以外に、この国の再生はありえないのであり、また日本人の魂の再生も果たしえないのである。

「生命」を賭すということ

二〇一四年一月、少額投資非課税制度「NISA」開始。理化学研究所小保方氏ら「STAP細胞」開発を発表。四月、消費税率十七年ぶり「五％から八％へ」増税

私のなかによみがえってくる光景がある。紀元七〇年、ローマ帝国の支配にたいして反乱を起こしたユダヤ人が、エルサレムの陥落後、死海のほとりにある岩山に最後まで戦おうと残った九六七人が立てこもったマサダの砦である。エリエゼル・ベン・ヤイールに率いられた熱心党員の苛烈な抵抗は二年以上も続くが、要塞を取り囲んだローマ軍の兵士の数は一万人ともいわれ、最後には七人の女子を除き全員が自決する。ヨセフスの『ユダヤ戦記』に記されるこのユダヤ人の戦いこそは、「滅びを覚悟」の戦いであり、以後二千年にわたる離散《ディアスポラ》の民としてのユダヤ人の困難の歴史がはじまる。

二十年以上前になるが、イスラエルに旅しこのマサダの砦に暑熱のなか、太陽の光にじりじりと照りつけられながら立ち、ローマ軍が十重二十重《とえはたえ》と取り囲んでいたであろう眼下の荒涼たる大地を眺めたものだ。このマサダが発掘され、第二次大戦後に近代イスラエル国家を再建したユダヤ人は、爾来「ノーモアマサダ」を語り継いできた。イスラエル軍の入隊式は今日もここで行なわれ、式の最後には「マサダは二度と陥落させない」という言葉で締めくくられる。

日本人が「滅びを覚悟」で戦った場面はあるのかと問うと、一八七七（明治十）年の西南戦争がただち

に想起されよう。この国内における最大級の「戦争」を、西郷隆盛という巨大な個性と切り離して考えることはできないが、この戦いと西郷軍の敗北によって、何かが滅びたのはたしかであった。それはたんに士族階級といったものではなく、鎌倉の東国武士団から形成された、「弓矢の家に生れたるものは名こそ惜しめ、命は惜しまぬぞ」(『太平記』)という独立自尊の精神である。それは外来思想によって育まれたものではなく、日本人の血のなかから生れた思想である。武士たちは、流血の戦いをくりひろげるだけでなく、その生命を賭けた戦いのなかから、それまでの日本にはなかった、新しい思想を生み出した。近代的なヒューマニズムの価値観からすれば、この「命は惜しまぬぞ」との思想は不条理なものであり、非合理なものとして映る。

したがって、「滅びを覚悟で戦う」とは、敗け戦さを承知の上で戦争するということとは根本的に違う。結果として必敗が予想されたとしても、全滅を余儀なくされたとしても、マサダの砦のユダヤ人のように抵抗を続け、その敗北の記憶を民族の矜持につなげていかねばならないということである。

日露戦争、大東亜戦争は近代日本人の戦争として、もちろんはじめから敗戦を予感した戦争ではなく、大国を相手にした、困難ではあるが勝利の可能性を軍事的に計算しての「近代」戦争であった。結果として前者は勝利、後者は敗北となったが、例外的であったのは大東亜戦争における特攻隊の攻撃である。これは文字通り「死」を覚悟に入れた戦闘行為であり、自らの生命を「滅ぼす」ことによって戦果をもたらす究極の戦法であった。戦果とは、このときただ敵に対して物理的・心理的ダメージを与えるということだけでなく、勝敗を越えた「戦う」ことの道義的意味を示すことである。

特攻攻撃の提唱者となった大西瀧治郎中将は、「戦争は負けるかも知れない。しかしながら後世において、われわれの子孫が、祖先はいかに戦ったか、その歴史を記憶するかぎり、大和民族は断じて滅亡することはないであろう」と語ったという。近代戦争としての大東亜戦争のなかで、特攻攻撃はやはり特筆すべきであろう。特攻は大西自身がいったように作戦としては「外道《げどう》」であったが、フランスのジャーナリスト、ベルナール・ミローはその著『神風』のなかで、次のような評価を加えている。

彼らの採った手段があまりにも過剰でかつ恐ろしいものだったとしても、これら日本の英雄たちは、この世界に純粋性の偉大さというものについて教訓を与えてくれた。彼らは一〇〇〇年の遠い過去から今日に、人間の偉大さというすでに忘れられてしまったことの使命を、とり出して見せつけてくれたのである。

(『神風』内藤一郎訳、早川書房)

戦後の日本人は、今日に至るまで、特攻隊の「その歴史を記憶する」ことをよくなしえているのか。異国人のジャーナリスト程にも、特攻というまさに個のレベルでの「滅び」を覚悟して、祖国の歴史と誇りを護ろうとした行為を、よく理解してきたのか。おおいに疑問である。むしろわれわれは、敗戦をアメリカの物量にたいする敗北に転嫁することで、「祖先はいかに戦ったか」を忘却し、ひたすら経済的繁栄を享受してきたのである。集団的自衛権の行使をめぐる議論は、アメリカ軍への後方支援をいかに行なうか、その際に自衛隊員の生命がおびやかされる危険はないのか、といったことばかりであり、根本において欠落しているのは、自衛隊員であれ民間人であれ、祖国が危機に瀕したときに、場合によっては自らの生命を賭して戦うという常識《コモンセンス》である。この共通の意思と感覚がないところで、いくら国防論や安全保障の議論を机上で繰り返しても虚しいばかりである。

二〇一五年という岐路

日米安保条約によって、アメリカは日本を守ってくれるというのは幻想にすぎない。中国が尖閣諸島に軍事的侵行（中国魚船団や領海での活動などの展開によって段階的に実効支配を強めるだろう）した場合に、米軍が動くことはまずありえない。来年（二〇一五年）は、第二次世界大戦の終結七十年の記念の年であり、戦勝国（連合国）による世界支配の体制が揺らいでいるとはいえ（米欧と中露のあいだの分裂）、中国は改めてUnited Nationsとしての自国の位置づけを戦略的に行なうであろう。安倍首相がアメリカとともに、中国にたいして国際法の遵守を求めたとしても、法《ルール》は力《パワー》によっていかようにも変更されるのが、現在の多極化した世界の現実であるのはいうまでもない。

安倍内閣が「積極的平和主義」を掲げるのであれば、日米安保に依存することで「消極的」に戦後の「平和」を享受してきた、日本人の考え方をまず根本から変えなければならない。憲法の解釈改憲よりも、われわれの歪んだ他者依存の戦後的常識の変更が必要なのだ。

「滅びを覚悟で戦う」というと、どうしても民族や国家間の対立や戦争という次元でとらえられがちであるが、そこには文化の課題も重要な事柄としてある。

三島由紀夫は一九六八（昭和四十三）年、『中央公論』七月号に発表した『文化防衛論』で、「文化を守る」とは何かと問い、次のようにいっていた。

守るという行為には、かくて必ず危険がつきまとい、自己を守るのにすら自己放棄が必須となる。平和を守るにはつねに暴力の用意が必要であり、守る対象と守る行為との間には、永遠のパラドックスが存在するのである。文化主義はこのパラドックスを回避して、自らの目をおおう者だといえよう。

すなわち、文化主義は、守られる対象に重点を置いて、守られる対象の特性に従って、守る行為を規定しようとし、そこに合法性の根拠を求める。

（『文化防衛論』新潮社）

つまり、戦後日本人は、平和を守るにはこれを「平和」的に守り（戦争放棄の憲法九条があれば、日本は永遠に平和である！）、文化を守るにはこれを「文化」的に守り（自由で平等な社会であれば、文化は栄える！）、言論を守るには「言論」的に守り（憲法で保証された「言論の自由」があればよい！）、というように、暴力的なものを一切しりぞければ「平和」であり、「文化」的な生活が営まれるという錯覚（というよりは倒錯）に陥ってきたのである。

そこに通底しているのは、つねに「自分」だけを守ればよいという利己主義、エゴイズムであり、「自己放棄」の思想の決定的な欠如に他ならない。まさに「守る対象と守る行為」とを分別して考える現実的思考が、完全に抜け落ちてしまっている。

どうしてこうなったかは歴然としている。

日本国憲法の「前文」の有名な（！）個所を改めて引いてみればあきらかであろう。

日本国民は、恒久の平和を念願し、人間相互の関係を支配する崇高な理想を深く自覚するのであって、平和を愛する諸国民の公正と信義に信頼し、われらの安全と生存を保持しようと決意した。

もちろん、これは日本人自身が「決意」したものではなく、戦勝国（連合軍）の占領下においてＧＨＱによって作成されたものであったが、「守る行為」を一切放棄して、「平和を愛する諸国民の公正と信義に信頼」するという依存によって、いつしか無自覚的に「決意」させられてしまったのである。

冷厳な事実は、文化を守るには、他のあらゆるものを守るのと同様に力が要り、その力は文化の創造者保持者自身にこそ属さなければならぬ、ということである。（同）

日本人が「ノーモアヒロシマ」をもしいうのであれば、核兵器による抑止力とバランス・オブ・パワーの「冷厳な事実」に対峙し、核武装の可能性を考えていく他はない。「滅びを覚悟で戦う」とは、ただ軍事的な問題にとどまらず、日本人が自らの歴史、文化、伝統の創造者であり、保持者であるというコモンセンスを取り戻すことである。第二次大戦終結七十年の来たるべき年は、この決断と実行をなしえるか、それとも戦勝国体制になお従属し続けるかの岐路となるであろう。

クリミア戦争とパワーゲーム

二〇一四年二月のウクライナ騒乱により、親ロシア派武装勢力・反政府組織・ロシア連邦軍とウクライナ政府軍の軍事衝突、いわゆる「ウクライナ内戦」勃発

二十一世紀に入り、二〇〇一年のアメリカの同時多発テロ、二〇〇八年のリーマンショックによる世界的不況、そして二〇一四年に勃発したウクライナ問題をめぐっての欧米とロシアの対立と、世界は激動のなかにある。世界大戦の足音が迫っている。

二〇一四年三月十八日、クリミア自治共和国での住民投票によってクリミアのウクライナからの独立と、ロシアへの編入が決定されたが、これに対しアメリカは、クリミア併合は国際法に違反する武力を背景にしたロシアの暴挙であるとして非難した。前年の十一月、ウクライナのヤヌコビッチ大統領がEU連合への加盟の調印手続きを白紙化したことに端を発し、それに抗議する親欧派が二〇一四年二月、ヤヌコビッチ大統領を追放し、親欧派による暫定政権が成立したことにたいして、プーチン大統領がクリミア半島にロシア軍を派遣した。

オバマ政権は、イラクやアフガニスタンからの撤兵によって「世界の警察」たるアメリカの理想主義路線からの転換をなしたかにみえるが、ウクライナ問題は米ソの冷戦終結以降において、新たなアメリカとロシアの対立の構図を明確にした。

ロシアに対するヨーロッパとアメリカの経済制裁の活動に西側の一員として日本も参加することになったが、今回のウクライナ問題はロシアの側から見れば、歴史的にも領土的にも正当な側面があると言わざるをえない。ウクライナは、何世紀にもわたってロシアの一部であり、ロシアの艦隊はクリミア半島のセバストポリ港を拠点としてきた。一九九一年のソ連邦の崩壊で独立を果たすが、NATOの東方への拡大によってグルジアとウクライナの加盟を促し、ロシアがそれによって大きな危機感を抱いていたことは明らかである。

今回のロシアのクリミア併合にかんして日本の国際政治学者は欧米の「自由世界の論理」とロシアの「国民国家の論理」との対立であるといい、ロシアの強権的な国家主義にたいしてリベラルな自由民主主義という単純な（短絡的といってもよい）構図を示しているが、そのような見方では到底ウクライナ問題の現状を把握することはできない。

アメリカが支援した反ヤヌコビッチ政権のなかには、スヴォボーダという極右政党が中核にあり、第二次大戦中のナチスによる反共産主義、反ユダヤ主義的な勢力がそのルーツであるといわれている。彼らが自由民主主義の価値観を標榜するはずもなく、あくまでも対ロシアとの関係で対立を鮮明化させているのであり、アメリカはその勢力を支持したことになる。

プーチン大統領が主張するように、他国の主権を武力によって侵害し、また国際法違反を繰り返してきたのはイラク戦争を強行したアメリカである。

日本は北方領土問題や資源外交においてロシアとの関係を新たに構築すべきときに入っているが、今回のアメリカを基軸とするロシアへの経済制裁と強行外交に乗っかって、ロシア外交の回路を遮断するべきではない。日本の新聞・マスコミなどは、米欧との協調を維持することが大事であり、力を背景とした領土の侵害を許すべきではないと主張しているが、これは極めて一面的な見方であり、世界はすでにパワー（軍事力・経済力）とルール（国際法・国連）がしのぎを削る「戦争」の時代に突入しているのである。

中東情勢のカオス

中東情勢に目を転ずれば、イスラエルとパレスチナの戦争（ガザ戦争）、シリアの内戦、「イスラム国」と称するイスラム法に基づく「国家」を樹立しようとする組織の台頭など、複雑かつ混沌とした、これまでの世界史でも類のない内戦状況が勃発している。「イスラム国」とは政教一致の教団国家としての信仰共同体を固持する勢力であるが、彼らの論理は、近代の国民国家や民族ナショナリズムの枠組みを超えようとするものである。その意味では、第一次大戦後の西洋列強諸国による中東支配、ヨーロッパによる「国境」の否定であり、近代西洋の価値観そのものにたいする異議申し立てに他ならない。

国際法という名のルールが、西洋近代を価値基準とする国家と国民の在り方に根差しているとすれば、イスラム法に基づく「イスラム国」は、そのような近代にたいする根本的な否定であると言ってもよい。オバマ政権は、この新たな近代ならざる国家の膨張にたいして空爆をはじめとした軍事的関与を為さざるをえなくなっているが、これは更なる混乱を招くことになるだろう。

アメリカは中東地域からアジア地域へ外交戦略の軸足を移行させると表明してきたが、このような中東情勢の激変はアメリカの衰退をさらに加速させることは明らかである。一方、アジアにおいてはいうまでもなく、中国の台頭が周辺諸国への大きな危機となっている。オバマ大統領の来日の際に、安倍政権は日米同盟の結束を確認し、尖閣諸島周辺において中国との軍事的衝突が起これば、日米安保条約によって米軍が関与してくれることを約束したかのようにいっているが、実際にそのような事態が起こってもアメリカは動くことはないと思われる。尖閣諸島は単に海底資源を中国が強奪するということではなく、これを支配することが中華帝国の覇権の狼煙《のろし》となるのであり、尖閣への中国漁船団の度重なる侵攻は、すでに軍事的オペレーションなのである。

中華帝国の膨張

この八月に、日中文化交流協会主催の文学者の会議で上海、北京などを訪れる機会があった。日中両国の政治外交関係は尖閣問題以来冷え込んでいるが、文化交流ということで今回は中国の作家や評論家たちと食事をしながら和やかな会談ができた。たまたま杭州で清朝時代末期の風物や人々を撮った写真展を見る機会があった。古色蒼然とした写真には、世界史の変化から取り残されたような悠久の時間のなかに浮かぶ民衆の貧しい姿が映し出され、また数千年の暗く重く沈んだ空気のなかで、孤立した威厳を誇るかのような官吏の顔が撮し出されていた。長く続いた王朝は辛亥革命（一九一一年）によって崩壊するが、以後中国は軍閥の混乱のなかで西洋列強と近代国家日本の餌食になっていく。上海でちょうど魯迅の住んでいた家を訪れたこともあり、私は「愚弱な国民」のなかにあって「精神の覚醒」を促そうとした、かの文学者の言葉を思い起こしていた。

最初の作品集『吶喊』の「自序」のなかで、魯迅は次のように書いている。

かりに鉄の部屋があるとする。一つも窓がなく、どうしてもうち破ることができないのだ。なかには大勢の者が熟睡していて、まもなくみな窒息しようとしている。しかし昏睡したまま死んでしまうのだから、死の悲しみを感じることはない。いま君が大声でわめいて、比較的醒めている幾人かの者をおこしてしまったら、その不幸な少数者に、救うことはできないのに臨終の苦しみを受けさせることになるが、君はそれをかえって彼らにすまないことだと思わないのか。

（『吶喊』）

激変する世界のなかで、閉ざされた時代に眠りこける人々。アヘンを吸引し、あるいは儒教的な観念や王朝の残夢のなかにある人々。魯迅はこの閉ざされた状況を打ち破るために、大きな叫び声（吶喊とはその意味である）をあげようとした。中国は世界史における「近代」のなかで、この惰眠を続けることで長く苦しい屈辱の歴史を体験してきた。中華人民共和国の成立以降も、大躍進や文化大革命などに翻弄され、改革開放路線以降の経済成長（先富論）によって拝金主義と格差の矛盾に引き裂かれている。

しかし、その歴史の底に渦巻くエネルギーは、今日、巨大な覇権国家としての方向に向けられている。二〇〇一年、政治学者の坂本多加雄は、二十一世紀は日本にとって新たな「国家の形成期」とならねばならないといった。

日本が国家を構成するのは、実は、東ユーラシア大陸に巨大な勢力が成立して、これが玄界灘を渡って影響力を及ぼしてきたときだ。危機感を感じて。それが古代の律令国家であり、近代の明治国家だ。明治国家は、北の方のロシアが膨張して下ってきた、一方でイギリスがずっとユーラシア大陸を迂回してきて、両者がぶつかったのが日本と朝鮮の付近だ、日本はこれをどうしたらいいのかということになって、必死になってイギリスと結んでロシアに対抗するという道を選んだというのが近代の日本だ。

そのようにユーラシアが膨張してきたというときが大変なのだ。元寇のときも、朝鮮戦争もそうである。朝鮮戦争のときはソ連と中国が一枚岩だったが、これはばっと出てくるというときだ。ただ、幸いなことに、ユーラシア大陸というのは大体は中ですったもんだして、なかなか外まで出てこない。それで日本は安全だったということである。

（『国家学のすすめ』ちくま新書）


二十世紀は、アメリカという非ユーラシアの国による世界支配の時代であった。いま生じているのはそのアメリカ帝国の衰退である。それに代わる中国、そしてロシアという国の覇権である。

中国はおそらく二〇二〇年までに尖閣諸島を強奪し、経済力で台湾を支配し沖縄に覇権戦争を仕掛けるであろう。中東紛争はその間に沈静化するどころか、「イスラム国」のような、第一次大戦後の西洋列強の「国境」を全面的に塗り替えていく勢力がますます台頭するであろう。ユーラシアの膨張にたいして、中国、ロシアにたいして、日本は自主的な外交戦略をもって立ち向かう他はない。いわゆる価値観外交、自由と民主主義といった西洋近代の「価値」の共有を基盤にする外交も一つの手段ではあるが、むろんそれはただの手段に過ぎないのであり、日本が為すべきは、自らの国力を保持するためのパワー・ポリティックスの確立以外にはない。

二〇一五年

内なる「ポツダム」を超克せよ

二〇一四年十二月、衆院選で与党自民党・公明党、三百二十六議席で勝利

二〇一五年は、第二次世界大戦の終結から七十年目を迎える。

二〇一四年の六月六日には、連合軍のノルマンディー上陸作戦七十周年を記念して、戦勝国の首脳たちが一堂に会した（敗戦国のドイツのメルケル首相も参加した）。その席で、ヒロシマへの原爆投下のシーンがスクリーンに映し出されたとき、ロシア・プーチン大統領は俯《うつむ》いて東方正教会の十字を切った。アメリカのオバマ大統領は、ガムを嚙みながら拍手を送っていた。

大戦終結七十周年の年には、戦勝国と称している中華人民共和国がアメリカとの同盟を強調し、東アジアにおける覇権主義を強め、中華帝国の復興という膨張主義を拡大していく戦略に出るのは明らかであろう。日本にとって、来年は大きな政治・外交上の、そして歴史の転換期になるであろう。つまり、日米安保条約を基幹とする「日米同盟」を頼りにして、中国に対していくことはきわめて困難であり、独立国としての自主的な外交と国防の強化を図ることが急がれるのである。

それには、いわゆるヤルタ・ポツダム体制としての「戦後」を実質的に乗り越えていく道を切り開くほかはない。

ヤルタ会談は、一九四五年二月四日から十一日にかけてクリミア半島のヤルタ近郊で行われた、チャー

チル、ルーズベルト、スターリンによる米英ソ連邦の首脳会談である。ドイツ敗戦後にソ連の対日参戦および千島、樺太などの日本領土の処遇の密約を含み、東西冷戦も含む戦後体制の根幹となった。

ポツダム宣言（米、英、華三国宣言）は、一九四五年七月二十六日にアメリカ合衆国大統領、イギリス首相、中華民国主席の名によって日本に対する全十三箇条におよぶ降伏を促す文章である。会談はベルリン郊外のポツダムにおいて行われたが、宣言文はアメリカによって作成され、蔣介石はこの会談には参加しておらず、のちに内容を了承した。また、ソ連は後から加わり追認している。

ポツダム宣言の第三条には、「吾等の軍事力の最高度の使用は日本国軍隊の不可避且完全なる壊滅を意味すべく又同様必然的に日本国本土の完全なる破壊を意味すべし」とある。「完全なる破壊」は、原文では「complete destruction」であり、極めて強い「壊滅」のニュアンスである。当然のことながら、アメリカは日本への原爆投下を想定していたからである。

また、第八条には次のように記されている。

「カイロ」宣言の条項は履行せらるべく又日本国の主権は本州、北海道、九州及四国並に吾等の決定する諸小島に局限せらるべし

カイロ宣言は一九四三年十一月にエジプトのカイロで開催されたルーズベルト、チャーチル、蔣介石の首脳会談を受けて、同年十二月一日に発表されたものであり、日本の無条件降伏と領土を制限する内容であり、日本を他国を侵略する「野蛮ナル敵国」と断じ、「仮借ナキ弾圧ヲ加フルノ決意ヲ表明セリ」と記

されている。ポツダム宣言は、このカイロ宣言の「履行」を前提としている。ポツダム宣言の最後の第十三条には、「吾等は日本国政府が直に全日本国軍隊の無条件降伏を宣言し且右行動に於ける同政府の誠意に付適当且充分なる保障を提供せんことを同政府に対し要求す」とある。

この条項から、日本は連合国に対して「無条件降伏」したのではなくて、あくまでも日本国軍隊が無条件降伏したといった議論がなされることもあるが、カイロ宣言、ヤルタ会談そしてポツダム宣言、さらには日本の降伏後における米国の「初期対日方針」などを改めて辿れば、アメリカが戦後の日本に「自主独立の国家」をつくらせないことを究極の目的としたのは明らかである。

ちなみに、一九四五年九月に発表された「降伏後における米国の初期対日方針」(United States Initial Post-Surrender policy for Japan)の第一部「究極ノ目的」の一項には、次のように記されている。「日本国ガ再ビ米国ノ脅威トナリ又ハ世界ノ平和及安全ノ脅威トナラザルコトヲ確実ニスルコト」。また、二項には「他国家ノ権利ヲ尊重シ国際連合憲章ノ理想ト原則ニ示サレタル米国ノ目的ヲ支持スベキ平和且責任アル政府ヲ究極ニ於テ樹立スルコト」とある。

この占領政策は、いうまでもなく日本国憲法の前文に反映され、その後の日本の在り方を決定してきた。ナチス・ドイツのように、戦争終結に際して、政府機能を喪失した「敗戦」と日本のようにポツダム宣言を受諾する政府があったのとを比較すれば、そこには大きな違いがあり、日本国政府がポツダム宣言の「条件」を受諾したとの論理は確かに成り立つ。しかし、実質的には米国の占領政策は「国際連合憲章」の名のもとに、日本を二度と独立国としてアメリカに歯向かえないようにすることが、まさに「究極ノ目的」であり、この現実を日本人は受け入れてきたのである。しかも、戦後七十年という歳月のなかで、われわれは占領憲法を一度も自らの意志で改めることをせず、冷戦構造の名のもとに対米追従を続けてきている。

「ポツダム」とは、すなわち一九四五年七月に出された宣言であることを越えて、戦後の、今日に至るまでの日本人が選択し、安住してきた巨大な揺籃である。

そこには、「朝日新聞」をはじめとしたメディア、左翼文化人を養成してきたアカデミズム、安全保障を日米安保に託し、経済成長を為そうとした政治・経済人等々の、「戦後利得者」の群れが乗っかっているのである。「朝日新聞」の崩落は、この戦後利得者たちの終わりの始まりを物語っているが、その利得の体制にはなお強固なものがあるといわざるをえない。

「敗戦」の原点からの再出発

敗戦後七十年の時を経て日本人が立ち戻るとき、原点は昭和二十年八月十五日の「時」である。

作家の高見順は『敗戦日記』に、その日のことを次のように記した。

十二時、時報。

君ガ代奏楽。

詔書の御朗読。

やはり戦争終結であった。

君ガ代奏楽。つづけて内閣告諭。経過の発表。

――遂に敗けたのだ。戦いに破れたのだ。夏の太陽がカッカと燃えている。眼に痛い光線。烈日の下に敗戦を知らされた。蝉がしきりと鳴いている。音はそれだけだ。静かだ。

この「戦いに破れた」民であるという痛覚こそ、出発点にならねばならなかった。

一九四五（昭和二十）年八月十六日の『朝日新聞』は、ポツダム宣言の全文を報じるとともに、二重橋前に集った人々の姿を通して、次のような記事を掲げていた。

天皇陛下、お許し下さい。

天皇陛下！ 悲痛な叫びがあちこちから聞えた。一人の青年が経ち上つて、「天皇陛下万歳」とあらん限りの声をふりしぼつて奉唱した。群衆の後の方でまた「天皇陛下万歳」の声が起つた。将校と学生であつた。

土下座の群集は立ち去らうともしなかつた。歌つては泣き泣いてはまた歌つた。通勤時間に、この群衆は二重橋前を埋め尽くしてゐた。けふもあすもこの国民の声は続くであらう。あすもあさつても「海ゆかば……」は歌ひつゞけられるであらう。民族の声である。大御心を奉戴し、苦難の生活に突進せんとする民草の声である。日本民族は敗れはしなかつた。

この「一記者」の言葉は、「戦いに破れた」が、日本民族は「敗れはしなかつた」という日本人の根源的な思いを代弁したものであったろう。

しかし、「ポツダム」体制は、米国の占領政策として九月以降具体的に検閲となって吹き荒れる。『朝日新聞』は、九月十八日に発行停止処分を受けた。占領軍当局の実施した検閲によって、日本の言論空間は江藤淳がその全貌を明らかにしたように、まさしく閉ざされたものとなった。問題は、その閉ざされた時空において、『朝日新聞』などが「利得」を得るために、日本の歴史と民族的矜持を歪めていったことである。従軍慰安婦問題の「捏造」はその一例に過ぎないといってもいいだろう。

『表現者』五十七号で特集したように、ウクライナ問題を機にアメリカとロシアの対決が鮮明になり、その対立の背後には国家・政府というものを越えてグローバルに跳梁する国際金融資本があるが、そうした世界の対立・戦争状況は、第二次大戦後の連合国「ポツダム体制」の崩壊ともいえる。また、「イスラム国」の台頭は、西洋の近代国民国家の支配（十七世紀のウェストファリア体制以降）の揺らぎの一端でもあるが、こうした混沌とした状況のなかで日本は今後、国際社会でどのような役割と地位を果たすことになるのか。

国連の安保常任理事国入りがいわれているが、同時に国際連合がポツダム体制そのものであることを考慮すべきであろう。

二〇一五年は、この七十年間のポツダム体制の変容あるいは崩壊が露わになってくると思われるが、為すべきことは、戦後の日本と日本人が自ら寄りかかってきた「ポツダム」を乗り越えることである。

敗戦後に、「ポツダム少尉」といって除隊した軍隊経験者が一階級昇進させられるということが起こった。戦争に敗れることによって「昇進」したことへの自嘲的な意味合いもあったようだが、あえていえば日本人全体が、アメリカを中心とする戦勝国によって「平和国家」・「経済大国」に〝昇進〟させられたのである。

「平和を愛する諸国民の公正と信義に信頼して、われらの安全と生存を保持しようと決意した」この日本国憲法の「前文」ほど、「ポツダム」によって〝昇進〟した戦後のわれわれの欺瞞的かつ偽善的な姿を物語っているものはないだろう。

テロリズムと民主主義

二〇一五年一月、フランス『シャルリー・エブド』誌本社襲撃テロ事件で全世界に衝撃

フランスで起きた週刊紙編集部へのイスラム過激派を名のる銃撃テロは、二〇〇一年のアメリカの同時多発テロのような衝撃を与えたが、9・11以降の十五年に及ぶ歴史のなかであきらかになってきたのは、西洋近代の普遍的な（と信じられてきた）価値観の相対化である。

フランス革命の「自由」「平等」「友愛」という理念は、いうまでもなく神殺し、王殺しというアンシャン・レジームの権威の抹殺から生まれた。「自由の女神」は血みどろの殺戮と民衆のルサンチマンによって建てられたものであるが、カトリック教会の堕落、僧侶や貴族ら特権階級の腐敗などへの不平不満の爆発は、際限なきテルール（恐怖政治という意味のフランス語であるが、ここからテロやテロリズムという言葉が派生した）をもたらした。イスラム教の神を冒瀆して、それを「言論の自由」と称してはばからぬ風刺週刊紙へのテロに、フランス人がかくも過剰に反応するのも、自らのDNAのなかにテロリズムへの愛憎感情が渦巻いているからであろう。

今回のテロ事件で想起するもうひとつは、フランスにおける「ライシテ」と呼ばれる政教分離原則である。近代国家は宗教と政治とを分けることから出発したといってよいが、ことフランスでライシテ（laïcité）は、十九世紀後半に政治的野心を持っていた教権主義的カトリック勢力にたいして、共和派が自

律志向の政治と社会秩序の構築を目指すなかでこの新語を強烈に用いた。政治を宗教から自律させることであるが、一九〇五年のフランスの政教分離法は、王殺しの後になお残留していた「神」を完全に葬り去ることであった。ライシテという言葉は、聖職者でない在俗のキリスト教徒を意味するラテン語「ライークス」からきているというが、近代国家のこの極端な政教分離は、フランス革命以来のラディカルな人民主義によって際立っていた。

周知のようにフランス革命によってキリスト教暦は革命暦に変えられ、非キリスト教化が進められたが、ロベスピエールが画家ダヴィッドを演出家としてつくり出した「最高存在の祭典」なるものは、神にかわるものとして人間の「理性」を聖化とするグロテスクなお祭りであった。

「狂人とは理性を失った人ではない。狂人とは理性以外のあらゆる物を失った人である」(ギルバート・ケイス・チェスタトン)という卓抜した警句を思い出すが、この近代的な理性至上主義も、啓蒙思想の元祖たるフランスの伝統であるといってよい。王殺し、そして神殺しの果てにやってきた近代市民社会は、では二十一世紀の今日どのような状況に陥っているのだろうか。

一九四六年生まれのフランスの哲学者マルセル・ゴーシェは、宗教(キリスト教)からの脱出の進展とともに、むしろ民主主義は危機に陥ったと指摘する。

ラディカルな民主主義――フランスはその揺りかごであった――の考え方を理解するには、民主主義をそれにとっての他なるものの前に立たせ、民主主義が宗教にどのような位置を与えているかを、関係的にとらえるしかない。だが、そうすれば、自律にとっての他なるものが衰えている現在、また宗教がもはや他律の政治を信頼に足るにできなくなっている現在、いったい何が起こっているのだろうか。

（『民主主義と宗教』伊達聖伸・藤田尚志訳、トランスビュー）

人間は自分自身が立法者であるために、その「引き立て役」としての「神」を実は必要としてきたのであるが、もはや誰も「人間は神に結び付けられているのだと、信じることはできな」くなっている。民主主義はそのとき政治的な制度であることをやめて、人民《デモス》の欲望が国家を喰いつぶしていくように、自らを絶対化するそのラディカリズムによって自身を瓦解せしめていくのである。

フランスの襲撃事件にたいして、カズヌーブ仏内相が「すべての民主主義国家が試練に直面している」といったのは、したがって皮肉な光景である。それは労働力として多くのイスラム系移民を受け入れ、イスラム信徒がカトリック信徒を地域によっては上回っているフランスで、一神教の神を侮辱する週刊紙が、「宗教」の名のもとにテロリズムの残忍な標的となったからである。神殺しを徹底して進めてきたフランスの民主主義は、イスラム教という「他なるもの」に対峙することで、自ら陥っている頽廃と危機にようやく直面することができたわけである。

しかし、もちろんこの民主主義の危機はフランスや欧州、西洋近代国家に特有のものではない。アメリカン・デモクラシーを至上価値としてきた日本が特にそうであるように、「民主主義」というもの自体が孕んでいる害毒によるのである。

劣等者の支配

民主主義の害毒は、デモクラシー（民衆制）がオクロクラシー（衆愚政治）へと堕落していくことであり、人民が有権者である自分を主権者であると錯覚し、その欲望充足を政府（政治）に貪欲なまでに求めるところに顕著である。

プラトンは『国家』のなかで、「民主制」についてこう揶揄している。

このような状態のなかでは（自由な人間として万人が平等化される）、先生は生徒を恐れて御機嫌をとり、生徒は先生を軽蔑し、個人的な養育掛りの者に対しても同様の態度をとる。一般に、若者たちは年長者と対等に振舞って、言葉においても行為においても年長者と張り合い、他方、年長者たちは若者たちに自分を合わせて、面白くない人間だとか権威主義者だとか思われないために、若者たちを真似て機智や冗談でいっぱいの人間となる。

このような国では、人間に飼われている動物たちまでもが、他の国とくらべてどれほど自由であることか、それは実際に経験したことのない者には、とても信じられないだろう。犬たちは、それこそまったく諺のとおりに、『女主人そっくり』振舞うようになるし、さらに馬たちや驢馬たちも同様で、きわめて自由にして威厳ある態度で道を歩く慣わしが身について、路上では、こちらからわきにのいてやらないと、出会う人ごとにぶつかってくるという有様なのだからね。その他万事につけてこのように、自由の精神に満たされることになるのだ。

……国民の魂はすっかり軟らかく敏感になって、ほんのちょっとでも抑圧が課せられると、もう腹を立てて我慢ができないようになるのだ。というのは、彼らは君も知るとおり、最後には法律さえも、書かれた法であれ書かれざる法であれ、かえりみないようになるからだ。絶対にどのような主人をも、自分の上にいただくまいとしてね。

（プラトン『国家』田中美知太郎訳、『世界の名著　プラトン2』中央公論社）

プラトンは、このような民主制から「僭主独裁制」が誕生するのであり、「最高度の自由からは、最も野蛮な最高度の隷属が生まれてくるのだ」という。ポリーティアーすなわち国家や政治の制度・政体においては、紀元前四世紀から今日に至るまで何も変わってはいないともいえるが、「戦後民主主義の虚妄に賭ける」と放言した学者がアカデミズムの権威として最近まで存在していた日本にくらべれば、古代アテネはさすがに哲学の国であったというほかはない。

しかし、今日あきらかになっているのは西洋近代の普遍的な価値としてある「自由」や「民主」などの理念が、イスラムの宗教によって相対化される現実である。むろん、イスラム国をはじめ世界各地でテロ活動を展開する連中を短絡的にイスラム教徒と呼ぶわけにはいかない。だが、中東アラブ地域を帝国主義の論理で支配してきた西洋列強諸国の「価値」観は、ヨーロッパ（EU）自体が自らの欲望と利益のためにイスラムを国内・域内に入れることで、自壊をはじめているのである。

襲撃を受け編集長らが殺害された『シャルリー・エブド』は、事件後に預言者ムハンマドの風刺画を載せた特別号を発売し、「表現の自由」の象徴としてフランス市民はこぞって買い求め、膨大な部数を増刷したという。まさに「表現の自由」というバナナの叩き売りである。これこそ社会性と責任を欠いた「民主主義」の露骨な醜態でなくてなんであろう。

第一次大戦後のドイツで、ワイマール共和国体制を批判し民族の再興を訴えた青年保守主義のグループが現われた。その代表者たるエドガー・ユリウス・ユング（一八九四〜一九三四年）は、『劣等者の支配――その崩壊と更迭』（一九二七年）を著わし、「大衆の幸福のかわりに民族的人格の権利」の登場を主張した。それは西欧の国民国家のナショナリズムのような「他国の土地」や「民族」を支配するのではなく、民族性のその内部に向かい、神的なものを覚醒し、そのフェルキッシュ（民族的な根ざし）のうちにドイツの再生を目ざすというものであった。彼らの精神運動はほどなくして、ワイマール民主制が生み出したナチズム（国家社会主義）の独裁によって踏みにじられていくが、それは保守思想のひとつの可能性であったとも思われる。

アテネはペロポネソス戦争の最中に、軍よりもサーカスの観覧料の制度化のためにテオリコンという国庫を充実させた。日本人も、二〇二〇年の東京オリンピックのために何やかやと経済効果への期待を高め忙しい。しかし、東京オリンピックが実現できると思い込んでいるのは「自由」と「民主」主義に頭をしびれさせた「馬たちや驢馬たち」のようなニッポン人であろう。二〇二〇年までに中国は、尖閣列島はもとより沖縄そして台湾への軍事的膨張を確実にしてくるからである。

資本主義の「真空」

二〇一五年、貧困の格差に焦点を当てたフランスの経済学者
トマ・ピケティ『21世紀の資本』ベストセラー（ピケティ現象）

トマ・ピケティ『21世紀の資本』（みすず書房）が日本でも大きな話題を呼んだ。

アメリカのように、一部の富裕層が膨大な資産を持ち、貧しい層は医者にもいけないような格差社会とは異なり、日本ではさほどの経済格差は認められない。しかし、この二十年間の構造改革、規制緩和によって日本社会でも所得の格差が拡がってきたのは確かであり、ピケティの本が一般の読者にも注目されたことには納得できるものがある。

『21世紀の資本』は、カール・マルクスとサイモン・クズネッツの二人の対極的な格差論を検討している。マルクスの『資本論』は、十九世紀の産業革命後の労働者の悲惨な生活を告発し、資本による搾取と資本主義の矛盾を明らかにしようとしたが、マルクス主義は共産主義革命という倒錯した終末論に帰結することになった。

一方、クズネッツは第二次大戦後に米国で注目された経済学者で、一九七一年にはノーベル経済学賞も受けている。一九一三年の所得税の導入からの統計や国民所得のデータに基づいて、経済成長によって格差はむしろ縮小していく、という理論を打ち出した。十九世紀のヨーロッパでは資本家と労働者の格差は

極めて大きなものがあったが、二十世紀の二つの大戦とロシア革命などにより、資本の著しい格差は解消され、経済成長によって中間層が形成されたとする。

ピケティは、十八世紀以降のフランスやイギリスをはじめ多くの国の租税統計を資料とし、二十一世紀の現在までの三百年にわたる資本の動きを明らかにするが、第一次大戦から二次大戦までの時期を除き、富の格差は一貫して拡大する傾向を辿ったと結論付ける。そこで注目されるのが「資本」である。働くことで収益を上げ所得を得るのではなく、相続によって引き継がれる富としての資本が次々に膨らんでいく、それが富の偏りをもたらすというのである。高い課税によって福祉社会を作ってきたスウェーデンなどの国も、第二次大戦後には格差の拡大が続いており、所得より収益率の高い資本を持っている富裕層が拡がっていると指摘する。

このような世界的現象としての格差の是正のために、ピケティが提唱するのが課税強化、累進課税である。また、グローバル経済のなかで、国境を越えて税逃れをする多国籍企業や富裕層への国際的な課税システム、世界的資本税を目指すべきだとする。

このように『21世紀の資本』は、税制の強化という提案を行なっているが、それは極めてマクロ的な理論であり、「資本」への課税といっても、その具体的な内容がむしろ問題とされなければならない。その点では、この本は現実的な解決策はほとんど述べていないといってよい。また、税制上の複雑なシステムや課税の対象を議論しなければ、絵にかいた餅でしかない。

いずれにしても、ピケティの主張は資本主義社会の矛盾を突いている、という程度の次元で日本でも話題となったに過ぎない。グローバリズムへの本質的な批判や自由貿易がもたらす弊害などへの課題は外されており、不平等という感覚に訴え、人間のルサンチマンを掻き立てるという意味で人気を博したのである。

保守思想の可能性

資本主義と一言でいっても、その歴史的変遷を辿れば、さまざまな角度からの議論をしなければならない。

マックス・ウェーバーは、二十世紀のはじめに『プロテスタンティズムの倫理と資本主義の精神』を書き、西洋近代の資本主義は、ただ金儲けをして自分勝手に消費するのではなく、むしろ自分の欲望には禁欲的な職業労働をして、富を獲得することを神の恩恵と考えたといった。利益追求は乱暴な消費に結びつかず、禁欲・節約をよしとする宗教的「精神」によって行なわれる。そこから「資本」が蓄積され、社会的に形成される。ウェーバーは、プロテスタントの信仰のうちに、近代資本主義を生み出す行動的禁欲の力を見た。修道院や教会のなかにあった禁欲主義は、宗教改革によって世俗の職業生活のなかへと遷《うつ》されていったのである。だから資本主義には、自身を律する倫理が内在されていたという。

しかしながら、ウェーバーは同時に、神への信仰がうすれていく近代社会の現実を見据えて、人間の経済活動において、それがとんでもない混沌と悲惨をもたらすだろうとも予測していた。彼は、現代においては（とくにアメリカ合衆国では）「禁欲の精神」はすでに消え去っているともいった。

禁欲をはからずも後継した啓蒙主義の薔薇《ばら》色の雰囲気でさえ、今日ではまったく失せ果てたらしく、

「天職義務」の思想はかつての宗教的信仰の亡霊として、われわれの生活の中を徘徊している。

（『プロテスタンティズムの倫理と資本主義の精神』大塚久雄訳、岩波文庫）

二十世紀の資本主義は、まさにアメリカにおいて、貪欲の相貌を表し、富が徳として捉えられることはなくなっていった。東西冷戦の終結、社会主義の凋落は、さらにこの資本の貪欲な動きを加速させ、ＩＴ革命とグローバリズムの時代に突入して、人間が作り出したマモン（この言葉は新約聖書の「悪霊的な力」という意味を語源にしている）が、その人間を支配する暴力となった。

マックス・ウェーバーは、資本主義がマモニズムと化した果てに現れるものを、「最後の人々」(letzte menschen) と呼んだ。この「最後の人々」とは、次のような人間である。

精神のない専門人、心情のない享楽人。これらの無《ニヒツ》に等しいものは、人間性のかつて達したことのない段階にまですべて登りつめた、と自惚れるだろう。

（同）

二十一世紀の今日、いたるところに徘徊しているのは、マモンの操作によって文明の虚構を演出することのニヒツ（無）な人々である。アメリカ的な「自由」と「民主」という価値によって、開放的で豊かな国際社会を実現すべきだという「アメリカが誇ってきたブランド力」（フランシス・フクヤマ）こそが、金融危機の元凶となっているのだ。もちろん、このようなグローバリズム・アメリカニズムに翻弄され、乗っかっているのが、戦後のニッポン人であるのはいうまでもない。

グローバルな資本主義が生み出すニヒリズムを、神学者のカール・バルトは「真空」と呼んだ。

（貨幣という）道具は、或る時は、恐慌を食い止め、或る時はこれを惹き起こす。或る時は平和に奉仕し、だがしかし平和のただ中ですでに冷たい戦争を遂行し、流血戦争を準備し、遂には惹き起こす。この道具は、ここであらゆる種類の一時的な楽園（パラダイス）を創り出し、かしこではそれらの楽園にただあまりにも対応した一時的な地獄を創り出す。この道具が以上のすべてをなしうる、ということは決して必然ではないのであろう。だがしかし、この道具は以上のすべてをなしうるものであり、また実際なしえてもいるのだ。しかし、人間が自ら所有していると思い込んでいるあの貨幣——真相は、その貨幣が人間を所有しているにもかかわらず——のことである。しかも、貨幣が人間を所有しているというのは、人間が貨幣を神なしに所有することを欲し、そのことによってあの真空を創り出しているからなのである。すなわち、その真空において貨幣は、絶対的な仕方で悪霊とならざるをえないのであり、人間自身は悪霊の奴隷・弄ばれる球（ボール）とならざるをえないのである。

（『キリスト教的生Ⅱ』天野有訳、新教出版社）

グローバリズムとは、地球規模におけるこの「真空」地帯の出現なのである。イスラム国もまたこの悪霊の現象化である。この「真空」に対して、新たな規制の方法や対抗措置を考えることができるのか。

ピケティの理論でいえば、世界的資本税ということになるが、それは次のような彼の考え方で果して可能なのだろうか。

米国とEUの間で、貿易や投資の自由化のための話し合いがこれから進みます。このなかで、租税回避防止策や多国籍企業への課税など、税制の分野で協力できることはあると思います。資産を世界規模で把握することは、金融を規制するうえでも重要です。完璧な世界規模の課税制度をつくるか、さもなくば何もできないか、というオール・オア・ナッシングの進め方ではだめです。その中間に多くのやり方があります。一歩一歩前に進むべきです。

（『朝日新聞』二〇一四年六月十四日朝刊）

世界規模の課税システムの構築が可能なのか、理想論に過ぎないのかという議論をするよりは、グローバリズムによって空洞化した国家というものの再建がまず求められるべきなのではないか。EUという脱国家的試みは、失敗に帰している。その轍を踏む必要はない。税制とは国家の根幹であり、そこに形成される歴史なり伝統の感覚の共有によって支えられるものである。

安倍晋三首相は、強欲を原動力とするような資本主義ではなく、「道義を重んじ、真の豊かさを知る、瑞穂の国には瑞穂の国にふさわしい市場主義の形があります」といっている。

棚田は労働生産性も低く、経済合理性からすればナンセンスかもしれません。しかしこの美しい棚田があってこそ、私の故郷なのです。そして、この田園風景があってこそ、麗しい日本ではないかと思います。市場主義の中で、伝統、文化、地域が重んじられる、瑞穂の国にふさわしい経済のあり方を考えていきたいと思います。

（『新しい国へ』文春新書）

アベノミクスの成長戦略、ＴＰＰなどは、このような伝統、文化、地域が大切にされる「市場主義」と矛盾する。ピケティ現象は資本主義そのものの荒廃の一部であり、繰り返される一過性のものに過ぎないが、保守思想は資本主義のニヒリズムにたいして、それが生み出した巨大な物質文明の幻影を総合的に検証する課題を今日担っている。

沖縄にどう向き合うか

二〇一五年、沖縄の普天間基地移設問題が大きく紛糾

一九七二（昭和四十七）年五月十五日、沖縄の本土復帰が実現する。一九五二年の四月二十八日にサンフランシスコ講和条約が発効され、日本本土は独立したが、その後も沖縄は米軍施政下に置かれた。本土への復帰は沖縄の人々にとって悲願であり、米軍統治下においても英語ではなく日本語が公用語として学校で教えられたことからも、一九六〇年代から日本復帰運動が次第に昂揚していく。「日の丸」を掲揚することは、大きな実現されるべき夢としてあった。

しかし、佐藤政権下において米国との密約（核の持ち込み等）によって日本復帰が決定した後も、沖縄の米軍基地の問題はそのままになり、今回の普天間基地の辺野古への移転問題にまで至っている。

沖縄戦において本土の盾となり、民間人も多大の犠牲を強いられた沖縄は、戦後日本の矛盾と欺瞞を映し出す鏡であり、それはひとえに我々が今日までアメリカの軍事力によって自国を守ってもらうことによって、嘘の「平和」を謳歌してきたからである。

安倍首相は五月二十九日に、日本の首相として初めて米上下両院合同会議で演説し、日米同盟を「希望の同盟」と呼んで、自由と民主の価値を共有する両国のパートナーシップをさらに進めると明言した。集団的自衛権の限定的な行使容認や、自衛隊と米軍の新たな役割分担を定めたガイドラインの改定などは、

膨張する中華人民共和国にたいする抑止としての現実的な選択ではあるが、沖縄という地政学的にも戦略的にも東アジア全域における要となる地域への日本政府の対応次第によっては、足元から国の安全保障体制の根幹が崩れかねない事態を招いている。

つまり、日米同盟を強化し尖閣諸島の中国の侵略に対抗する（米国による日本防衛義務を定めた日米安保条約五条の適用）ことは、そのまま沖縄の米軍基地の固定化をうながし、そのことへの沖縄県民の反発は、沖縄の独立論なりに火を付けざるをえなくなるだろう。

沖縄の日本復帰は、独立する力がないから米軍統治よりは日本の方がよい、という消極論では本来なく、沖縄人の強い主体的な選択であった。しかし、その後の四十有余年の間、政府が沖縄に米軍基地を押しつけ、金だけで解決させようとする対応は、沖縄の人々の反発を買い、もはや臨界点に達している。

中国は二〇二〇年までに台湾を実質的に占領することを目標としている。となれば当然のことながら尖閣諸島（沖縄県石垣市）は、中国にとっての重要な軍事拠点として、その前に人民解放軍によって制圧されるだろう。中華帝国の復興とは、陸のシルクロードと海のシルクロードを確立し、かつてのモンゴル帝国に比する広大な陸海の領域を支配することである。

尖閣諸島において中国軍と自衛隊及び米軍の全面的な直接の戦闘がただちに起こるというシナリオは考えにくい。中国の軍事的オペレーションは、戦争か平和かという二分法ではなく、演習等による軍事力の誇示、平時体制のまま実行する小戦争、そして戦時体制へ移行する大戦争という段階をふむ。小戦争はすでに中国海軍がベトナム海軍などとの間で行なっており、それは外交の一手段となっている。つまり、平時においてすでに「戦争」は継続されているのである。

中国主導によるアジアインフラ投資銀行（ＡＩＩＢ）は、中華の冊封体制の金融版であり、これはあきらかに経済による侵略戦争の準備である。ＡＩＩＢの正体について田村秀男氏は次のように指摘する。

ＡＩＩＢは（アジア）経済圏に必要な資金を提供することになっているが、当面の資金需要の76％は中国発である。習政権は自国単独では限界にきた国際金融市場からの資金調達を多国間機関名義にしようとしている。

シルクロード経済圏構想の別名は「一帯一路」、要はすべての道は北京に通じる、という中華思想の産物だ。

（『産経新聞』二〇一五年四月十二日）

欧州諸国はこのＡＩＩＢへの参加を表明しているが、日本は「バスに乗り遅れるな」式の愚かしい選択などはせず、むしろ中華帝国が台湾を経済・金融の支配下に置き、「平時体制」のままでの「小戦争」によって事実上の侵略を実行する現実にこそ目を向けるべきである。そのとき沖縄の命運もまた中国の手に握られかねない。日米同盟をいかに強化しても、日本人が自国の領土である沖縄と沖縄の人々との間に深い信頼と国防意識を持たないかぎり、沖縄という祖国は中華帝国へと併合され、それはまた日本国の崩壊のはじまりとなるだろう。

二〇二〇年にオリンピックなどできない

さる五月十二日の「表現者塾」に、チベット出身で長くダライ・ラマ法王アジア・太平洋地区代表を務めたペマ・ギャルポ氏と本誌執筆者の三浦小太郎氏をゲストに招き、中国の膨張やアジア状勢などについての討論を行なった。

周知のように一九四九年十月の中華人民共和国の成立以来、チベットやウイグル、内モンゴルなどは、「自治」という名の「侵略と占領」を受けてきた。チベットでは中国軍によって百二十万人の犠牲者が出たといわれ、伝統的な寺院の破壊や僧侶の虐殺、チベット語とチベット文化の排除（一九六八年より中国語が公用語）など、その歴史は悲惨としかいいようがない。日本人はこのような中国が行なってきた民族政策、領土略奪の実態についてほとんど知らされないできた。それは日本のマスコミ、ジャーナリズムに中国の情報操作や利益の力が深く入り込んでいるからに他ならないが、我々自身が戦後の欺瞞的「平和」主義から一歩も出ることができないでいることに根本的な問題がある。

一九六五年の来日以来、ペマ・ギャルポ氏はこの中国の侵略とチベットの苦難を日本人に、世界へと訴えかけてきた。今回のレジュメのなかの次のような一文を目にして、私は深い嘆きを感じざるをえなかった。

私は過去四〇年間、この国の平和と豊かさを堪能し、多くの方々のご恩を受けてまいりました。日本人の謙虚さの裏には強い精神力が、厳格さのなかには深いやさしさがあることを身にしみて感じてきました。しかし、近年の日本では奢りと平和ボケに加え、いくつかの誤った政策のために社会全体が歪み、病んできているのではないでしょうか。私の第二の故郷・日本がチベットと同じ運命をたどり中国の餌食にならないよう、日本の皆様にチベットの真実、中国の真実を知っていただきたい。

二〇二〇年に東京オリンピックが開催される予定であるが、二〇〇四年七月に江沢民は人民解放軍幹部にたいして「台湾を併合するのは、二〇二〇年前後がのぞましい」と語ったのを想起すれば、オリンピックで日本人が浮かれている場合でないのはあきらかである。日米同盟の「未来」を安倍首相はいったが、アメリカは世界市場としての中国との関係を深めており、米中の二国間の経済的相互依存は増々高まっていくだろう。

アメリカと中国、そして沖縄。この関係を考えるときひとつの文学作品を私は想起する。一九六七年に芥川賞を受賞し、戦後の沖縄文学の存在を知らしめた大城立裕の『カクテル・パーティー』という小説である。米軍統治下のなか、主人公の沖縄人が知人の亡命中国人と連れだって、友人のアメリカ軍人の基地住宅《ベースハウジング》に招待される話である。そこでは親善というかたちが演出され、酒を飲みながら自由にお互いの意見を交わすといった雰囲気が作られる。しかし、パーティーから帰った主人公を待っていたのは娘が顔見知りであったアメリカ兵に強姦されたという痛ましい現実であった。そして、その娘がアメリカ兵に犯された後に、彼を岬の崖から突き落し大怪我をさせたという事実があきらかになる。父親である主人公はこの衝撃のなか、米軍があつかう暴行事件の裁判と琉球政府の裁判所が行なう娘の傷害容疑の裁判という、ふたつの「政府」の権力構造に翻弄される。友人のアメリカ軍人も、自分が「アメリカ人」であるという立場で主人公の証人として法廷に出てほしいという哀願を拒否し、また友人の中国人も戦時中に重慶の近くの町に住んでいたとき、当時の日本軍に病気の妻が犯された過去を持ち出し、主人公を助けることを拒む。アメリカ人と中国人、そして被占領下にある沖縄人。自由で紳士的に見えたパーティーでの親善が仮面であり、現実の苛烈さのなかで、その嘘と欺瞞があばき出されていく。『カクテル・パーティー』は、復帰前の「沖縄の地位」を文学作品として見事に表現しているが、これは今日の沖縄の「地位」にもそのまま当てはまる。いや、そこには今日、もう一人「ヤマトンチュウ」という日本人が登場する。主人公とその家族を真実に助けることのできるのは誰なのか。

日本政府が、日本国沖縄県の米国基地問題にどのように向き合うかはもとより重要な課題であるが、その前に問われているのは、ヤマトンチュウたる日本人が沖縄といかに対面するかであろう。日米同盟も、中国との戦略的互恵関係なるものも、所詮は外交上の〝親善〟という糖衣にくるまれている。互いの国益が優先され、覇権主義が牙をむけば事態は苛酷な相貌を露わにせざるをえない。戦後の「日本」もまた、沖縄にとっては真の同胞たりえてこなかった。そのことが今、ひとつの極限的な形で露呈しているのであり、沖縄への対応しだいでは、二〇二〇年はこの国にとっての悲劇の始まりの年になるだろう。

憲法を守って、国滅ぶ

二〇一五年七月、安倍内閣、衆院本会議で安全保障関連法案（安保法案）を多くの反対の声のなか強行採決

安倍政権は安全保障関連法案の採決を強行したが、この法案にたいするマスコミ・世論の反対の声が高まっている。国会の審議は最も重要な事実を十分に明らかにせず、集団的自衛権の行使容認でアメリカの戦争に巻き込まれるとか、安保法案が日本国憲法九条に違反するといった議論ばかりであった。

最も重要なこと、それは、中国の軍事的脅威が日本の領海・領土に直接及んでおり、二〇二〇年までには、台湾そして沖縄をも含む地域が中国の事実上の支配下に入ってしまうということである。安倍首相が強行採決に踏み切ったのも、今ここで一国のみで自国の安全を守ることができないという厳しい眼前の現実があるからだ。

憲法を守って国滅ぶことを、国民がもし選ぶのであれば、そのような国は滅ぶしかない。

安保法案の強行採決に際して、『朝日新聞』の「社説」は次のように書いている。

中国の台頭をはじめ、国際環境が変化しているのは首相らが言う通りだ。それに応じた安全保障政策を検討することも、確かに「政治の責任」だ。

ただ、その結果として集団的自衛権の行使が必要なら、あるいは国際貢献策として他国軍への後方支

援が必要と考えるなら、まず国民に説明し、国民投票を含む憲法改正の手続きを踏むことが、民主主義国として避けて通れぬ筋道である。

これを無視しては、法治国家としての基盤が崩れる。

（『朝日新聞』二〇一五年七月十六日）

「国民投票を含む憲法改正の手続き」をしたとすれば、どうなるか。『朝日新聞』をはじめとする左翼リベラル勢力は、当然のことながら憲法改正に反対するだろう。とりわけ、憲法九条の改正は平和憲法の根幹を破壊すると主張するだろう。今回の安保法案反対の声には、憲法九条を守れ、との主張が多くあった。自衛隊の存在そのものを否定するＧＨＱによって作られた占領下の憲法を守れ、というのであれば、アメリカの核兵器を含む巨大な軍事力によって日本を守ってもらう以外に道はない。安保法案に断固反対するのであれば、憲法改正をして、日米安保を解消し、核武装をも含む自国の軍事力を増強する以外にはない。憲法改正に反対し、なおかつ日米安保体制の強化たる法案に反対するというのは、明らかな矛盾である。この矛盾を直視してこなかったのが戦後の日本人であり、それは自己欺瞞としかいいようがない。

尖閣列島で中国との軍事的衝突が生じても、アメリカは何もしないとの意見もあるが、それは間違いである。中国の海洋覇権の拡大がここまで進めば、米国だけではアジア太平洋地域を含む防衛に対処できないのであり、日本が集団的自衛権の行使容認をしっかりと為すことで、中国の侵略を抑止することが初めて可能になるのである。

二〇一五年の四月二十六日からの安倍首相の訪米は、戦後の日本にとって歴史的出来事であった。それは、戦後体制すなわち憲法と日米安保を対にした対米従属の完成であるともいえるが、問題は、戦後七十年、この国の民が一度として「平和憲法」なるものの欺瞞を自らの手で払拭しようとしなかったことの結果である。政治家はいかに権力を持とうとも、国民の支持がなければ民主主義体制のなかでは政権を維持することはできない。国民が自分の国は自分たちで守るということを、はじめから放棄した憲法を金科玉条のものとしてきたのであれば、対米従属以外に道はない。もとより、そのような国家国民は、もはや国でもなければ国民でもないともいえるが、そうであれば戦後の日本は「国」ではないのである。

日本はすでに滅びているのではないか

「国」ではないものを、そもそも守る必要があるのか。ないともいえる。

旧約聖書の「エレミヤ書」はアッシリア帝国に支配されていたイスラエルの民がそこから解放され、民族の復興の予感に沸き立っているとき、そのナショナリズムの高まる気運に逆らって、反対に大きな災いが来るであろうと預言する。

「身分の低い者から高い者に至るまで
皆、利をむさぼり
預言者から祭司に至るまで皆、欺く。
彼らは、わが民の破滅を手軽に治療して
平和がないのに、『平和、平和』と言う。
彼らは忌むべきことをして恥をさらした。

しかも、恥ずかしいとは思わず
嘲られていることに気づかない。
それゆえ、人々が倒れるとき、彼らも倒れ
わたしが彼らを罰するとき
彼らはつまずく」と主は言われる。

（エレミヤ書六章十三～十五節、新共同訳）

日本人もまた戦後七十年余りの間、「わが民の破滅を手軽に治療して、平和がないのに、『平和、平和』と言う」ことを繰り返してきた。

一九四五（昭和二十）年八月十五日の戦争終結を知ったとき、「わが民」はまさに「破滅」の淵にあった。それは十九世紀末にアジアで成立した最初の近代国家が、総力をあげて西洋列強と戦った末の結果であったが、そこで敗れたのは、大日本帝国という一国家だけではなく、折口信夫がいったように「やまとびと　神を失ふ」という決定的な敗北であった。

文芸評論家の河上徹太郎は、一九四五（昭和二十）年八月十五日を次のように語っている。

それは、八月十五日の御放送の直後の、あのシーンとした国民の心の一瞬である。理屈をいひ出したのは十六日以後である。あの一瞬の静寂に間違ひはなかつた。又、あの一瞬の如き瞬間を我々民族が曾て持つたか、否、全人類の歴史であれに類する時が幾度あつたか、私は尋ねたい。

（「ジャーナリズムと国民の心」『河上徹太郎全集』第一巻、勁草書房）

戦後日本にあって、もし平和を語ろうとすれば、この「一瞬の静寂」から出発しなければならなかった。それは敗戦のショックによる精神的空白などではなく、ひとつの民族が、過去、現在、未来を貫く歴史の相に会した瞬間であったからだ。いや、超時間的なものと時間的なもの、人間的なものと神的なものが交叉した一瞬であったといってもいい。

「わが国民の破滅」は、決して占領軍の民主化政策や平和憲法によって「手軽に治療」されるべきではなかった。

安保法案に反対して国会を取り巻いている「平和」のプラカードを掲げた人々。「憲法九条を守れ！」と叫ぶ人々。「安保法案によって戦争に巻き込まれる」と詭弁を弄するジャーナリストたち。「戦死」や「殉職」という言葉を用いず、「英霊」という言葉を知らずして「自衛隊員のリスクはどうなるのか」と国会で問う民主党の議員たち。「安保法案は憲法違反である」と訳知り顔でいう憲法学者たち。

これが、戦後七十年を経ての日本および日本人の姿なのである。

「平和、平和」という欺瞞のなかで、この国はすでに滅びている。滅びて後の選択肢としては、二つしかない。米国への従属か、中華帝国への屈従か。私としてはどちらも選ぶつもりはないが、敢えていえば、前者以外にはないだろう。後者を選べば、日本文化の根幹たる天皇と皇室は大きな変容を強いられるからである。それは、中国に侵略され、文化を破壊しつくされ、統治されたチベット民族におけるダライ・ラマ法王制度と同じ運命を辿るしかないからである。

「国民の戦争」を忘れた日本人

『大東亜戦争詩文集』（新学社）という一冊の文庫本を手にしたのは、だいぶ以前のことであるが、この八月に改めて紐解いてみたいと思っている。これは、一九四〇（昭和十五）年九月から一九五一（昭和二十六）年三月までに戦争にかかわって殉難した人々（戦犯処刑者も含む）四百九十名の詩歌集である。

この戦没者の遺詠集を読むと、いわゆる歴史資料から客観的に見る「戦争」とは違った、あの戦争がまさに「国民の戦争」であり、そこに民族のこころがあり、また慟哭があるという思いに強くとらえられるのである。和歌という日本古来の文芸の形式のなかに、凝縮された心情と正気が、そこにあらわれている。

私が手にしている文庫は近代浪漫派文庫の三十六巻であるが、この文庫の元になっているのは、一九七六（昭和五十一）年に刊行された『大東亜戦争殉難遺詠集』である。その序文に評論家の保田與重郎は次のように記している。

この本は、声高にわめき叫んで世にひろめる本でなく、しづかに黙して人に手渡すべき本である。人がこれを手につけて読み始め、感動に心うたれ、止む時のない本である。醇乎とした誠心が、絶対境で歌はれてゐるからである。文芸の巧拙の技は一時の流行のものにて、誠心絶対境の詩文は、永遠不易であるとの理を示すものである。

（『大東亜戦争詩文集』（近代浪漫派文庫）新学社）

近代国民国家として、アジアのなかにあって、必死の近代化をなしつつ欧米列強と戦わなければならなかった日本。林房雄が『大東亜戦争肯定論』（番町書房）でいった、東亜百年戦争という「長い一つの戦争」の帰結としての、大東亜戦争と終戦。そのことの「本質」は、歴史的な資料や事実の検証からのみされるべきものではなく、むしろこのような詩文集を受けとめ継承する精神によってこそ、あきらかにされるのである。

しかし、戦後の日本人は生命尊重ということだけを絶対化してきた。命《いのち》あっての物種でやってきた。生命至上主義は、むしろ人間の生きるべき目的と価値を失わせる。それは、国家もまた同じである。国家は、ときに他国との戦争を余儀なくされる。その国の文化や歴史、伝統を守るためには、戦わなければならないことがある。しかし、戦後日本人はその「戦い」の意志を失って久しい。

今日、世界史で生じているのは、「文明の衝突」であるとともに、新たな文明世界の再秩序化である。この二百年、西洋列強あるいは日本に支配されてきた中国は、アメリカをはじめとする西洋世界の文明的没落のなかで、新たな勃興期を迎えつつある。この巨《おお》きな歴史の流れを変えることはできない。その現実はさほど遠い先ではなく、繰り返すが二〇二〇年には対岸の火事ではなくなるだろう。東京オリンピックや新国立競技場などについて騒いでいる日本人は、そのときもはや何も為す術を知らないだろう。

戦後「左翼」の断末魔

二〇一五年八月、安倍首相、安倍談話発表。村山談話との違いなどで国内外から批判

安倍晋三首相は、戦後七十年の「談話」を八月十四日に発表した。当日、テレビで私もその談話と記者会見を見たが、首相はゆっくりとした口調で堂々と語っていたのが印象的であった。有識者会議「21世紀構想懇談会」の報告書を基に、「侵略」、「植民地支配」、「お詫び」、「反省」の言葉を入れた。これにたいして中国や韓国の手先となっているかのごとき「朝日新聞」などのメディアは謝罪の主体がはっきりしない（つまり日本人の頭の下げ方が足らない）などのイチャモンを（予想通り）つけていた。ふだんは見ないが、その日の夜に放送されたテレビ朝日の「ニュースステーション」を見た。『表現者』誌にも以前に連載していただいていたノンフィクション作家の保阪正康氏がゲストに出て、安倍談話の謝罪が中途半端であると批判的コメントをしていたが、保阪氏はいつから日本は「侵略」国家であると認識するようになったか。作家であろうとも歴史を問題にする以上は、まず「侵略」の定義を明確にすべきではないか。いや、これは安保法制に反対する知識人や文化人、そして国会前その他で反安保、安倍政権打倒のデモを繰り返す（若者たちも含めた）少なからぬ人々に見られる反権力・反国家の〃空気〃に過ぎないにしても、歴史や国家そして安全保障にかんしてあまりに無責任であると思われる。

安保法制反対の集会で、山口二郎法政大学教授が安倍首相は「人間ではない」と罵倒したことが新聞に

報道されていた。言論の自由であるが、リベラル左翼の卑しい素顔を見る思いがする。これはいわゆるヘイトスピーチ以上であろう。余計なことだが、私は法政大学に電話して、大学としてこのような暴言を吐く教授にたいして何らかの対処をするのか、と問いただしてみたが、もちろん何もなし、とのことであった。山口教授も前に本誌の座談会に出席していただいた方である。本誌はいうまでもなく真正保守の立場のオピニオン誌であるが、『正論』や『WiLL』のように「反中・反韓」特集で売ろうとはしていない。リベラルの〝左翼〟から、リベラルの〝保守〟の人々にも参加してもらい真剣な議論を交わす場である。しかし、保阪氏や山口氏のような方々の昨今の言動を見ていると、こうした知識人の無責任さ（つまり思想の主体性を欠いた態度）には正直首を傾げざるをえない。

閑話休題。今回の安倍談話で、私が注目したのは二点である。ひとつは冒頭で二十世紀前半の世界を、「西洋諸国を中心とした国々の広大な植民地が、広がっていました。圧倒的な技術優位を背景に、植民地支配の波は、一九世紀、アジアにも押し寄せました。その危機感が、日本にとって、近代化の原動力となったことは、間違いありません。（中略）日露戦争は、植民地支配のもとにあった、多くのアジアやアフリカの人々を勇気づけました」といい、明確に西洋諸国の侵略支配に言及したことである。

大東亜戦争の開戦と敗戦に至る歴史は、当然のことながら黒船渡来（林房雄の『大東亜戦争肯定論』によれば、それより七年程前からポルトガル・オランダ以外の西洋列強の軍艦の出現以来）からの、西洋帝国主義による東洋諸国の植民地化の時代にさかのぼらなければならない。安倍談話がこの十九世紀後半からの西洋列強の動きを指摘したのはよかったと思われる。第一次大戦後の国際連盟への言及、世界恐慌と植民地経済を巻き込んだ、経済ブロック化とそれによる日本経済の打撃等々、世界史の現実もおおむね正しく辿られている。

満州事変、そして国際連盟からの脱退。日本は、次第に、国際社会が壮絶な犠牲の上に築こうとした「新しい国際秩序」への「挑戦者」となっていた。進むべき針路を誤り、戦争への道を進んで行きました。

そして七十年前。日本は、敗戦しました。

満州事変から日中戦争、そして大東亜戦争のいわゆる「十五年戦争」説がいかに根強く戦後の歴史認識を規定しているかを遺憾ながら改めて思わせる一節であるが、第二次大戦の戦勝国体制（国際連合）が揺らぎつつある現在、日本が第一次大戦後の国際連盟の体制のなかに存在していたこと、そしてそこから脱退していくことで「戦争への道」を選んでいった経緯を述べる意味はあると思われる。

「侵略」のワードを入れながら、その〝主語〟がはっきりしないという論評があったが、「我が国は、先の大戦における行いについて、繰り返し、痛切な反省と心からのお詫びの気持ちを表明してきました。その思いを実際の行動で示すため、インドネシア、フィリピンはじめ東南アジアの国々、台湾、韓国、中国など、隣人であるアジアの人々が歩んできた苦難の歴史を胸に刻み、戦後一貫して、その平和と繁栄のために力を尽くしてきました」と〝主語〟を明示している。

さらに、この後に、「こうした歴代内閣の立場は、今後も、揺るぎないものであります」との明言が加わっていることは、「侵略」や「お詫び」という単語が入っているか否かということよりむしろ重要である。この談話を閣議決定したこととともに、七十年という戦後日本の「平和国家」としての歩みが背景として強調されているからである。むろん、この「平和国家」が、米国への従属すなわち日米安保体制という名の「戦後レジーム」によって成立し保たれていたことは欺瞞的なものであるが、冷戦構造が崩壊して二十五年余を経ている現在、この問題は歴史認識のそれではなく、現在進行形の国家の課題として捉える他はないだろう。

醜悪なるリベラリズム

もうひとつ今回の談話で注目すべきは、「謝罪」を次世代に背負わせないという強いメッセージである。

日本では、戦後生まれの世代が、今や、人口の八割を超えています。あの戦争には何ら関わりのない、私たちの子や孫、そして先の世代の子どもたちに、謝罪を続ける宿命を背負わせてはなりません。

これは一九八五年五月三日、ドイツ敗戦四十年記念日のリヒャルト゠フォン゠ヴァイツゼッカー大統領の演説のなかにあった「今日われわれの国に住む圧倒的に大多数の者は、あの当時、まだ子供であったか、あるいはまだ生まれてもいなかったのであります。そのような者は、自分が犯してもいない犯罪についての自分の罪責を認めることはできません」とのくだりに明らかに重なるものである。それは、安倍談話の続く次のくだりも同じである。

しかし、それでもなお、私たち日本人は、世代を超えて、過去の歴史に真正面から向き合わなければなりません。謙虚な気持ちで、過去を受け継ぎ、未来へと引き渡す責任があります。

ヴァイツゼッカー演説はこうである。

「罪責があろうが、年を取っていようが若かろうが、われわれはすべてこの過去を引き受けなければなりません。この過去のもたらした結果が、われわれすべての者を打ち、われわれは、この過去にかかずらわないわけにはいかなくなっているのであります」

しかし、ただちに付言すべきはヴァイツゼッカーのこの一節は、ナチス時代のユダヤ人のホロコーストという「民族絶滅の行為」への「犯罪」の文脈において語られていることである。戦後ドイツにおいてユダヤ人虐殺は消すことのできない罪責の十字架であったのはいうまでもない。もとよりユダヤ人にたいする迫害や虐殺は、ヒトラー独裁下のドイツにおいてのみ起こったものではなく、ロシアでも他のヨーロッパ国においても、それ自体長い歴史的な出来事である。それはキリスト教の歴史そのものから反ユダヤ主義が生れたことと深い連関を有しており、旧日本軍の〝残虐行為〟などとうてい比較することはできない。

ヴァイツゼッカー演説は決して「謝罪」をしたものではなく、ホロコーストという過去の拭い去れない罪責を、ヨーロッパのキリスト教社会共同体（コルプスクリスティアヌム）のなかで乗りこえるために、四十年という聖書的な歴史時間（「荒れ野の四十年」との邦訳の題があるように、それは出エジプトしたイスラエルの民の約束の地へ入るための苦難の歳月を暗に意味している）を強烈かつ巧妙なレトリックとして用いているのである。

したがって、安倍談話とヴァイツゼッカー演説は、第二次大戦での枢軸国、同じく敗北したドイツと日本という共通項でくくるには、あまりに大きな歴史的・宗教的・文明的な相違があるのはたしかなのである。

しかしそうであっても、戦後七十年目に出された安倍首相の談話は、これまでの歴代内閣のものよりは、はるかに歴史の現実に接近した内容あるものになっていると評価されるだろう。村山談話が戦争の責任と謝罪を率直に語っているのにたいして、安倍談話は曖昧な言い回しや責任の所在が不明であるなどという論評が（リベラル左翼の側からとくに）出されたが、「ニュースステーション」での保阪氏も、朝日新聞などの論説でも、どこがどう曖昧なのか、どこが村山談話にくらべて後退しているのか、具体的な指摘は一切ない。

リベラルといわれる政治勢力は、安保法制反対、安倍政権打倒を叫んでいるが、かつての六〇年安保闘争以上に、その政治的「主張」の根拠は希薄である。山本七平のいう「空気」のなかで、戦後左翼とリベラリズムは今、その断末魔の声をあげている。保守思想の側に立つという者ならば、この醜悪かつ執拗なる声に引導を渡さねばならない。

二〇一六年

二〇二〇年までに憲法改正をする

二〇一五年一〇月、文芸評論家、加藤典洋『戦後入門』(筑摩書房)で「私の九条強化案」を提示

憲法改正をやるのは当然の理である。占領下においてGHQによってつくられた憲法であり、九条二項の「陸海空軍その他の戦力は、これを保持しない。国の交戦権は、これを認めない」は、少なくとも国家としてはその存立自体を自ら否定しているようなものである。自衛隊はあきらかに違憲の軍隊であり、安保法案がもし違憲というのであれば、自衛隊も解散させなければならないのが理屈である。誰もが(小学生にでもわかる)この当り前のことに気づきながら、七十年ものあいだ解釈改憲などといって問題を直視せずに誤魔化しをやってきた。これを欺瞞という。アメリカ製の憲法でもあるが、これを押しいただいたのは日本人であり、戦後一度も改憲の発議すらしてこなかったのだから、これは自己欺瞞である。自分に嘘をつきつづければ魂は腐敗する。戦後レジームとは制度や体制というよりも、この日本人の精神の腐敗状態のことである。

憲法改正の機会はこれまでなかったのか。

戦後史を見れば、当然のことながら何度かはあった。

ひとつは講和条約の発効による独立のときである。一九五一(昭和二十六)年九月八日のサンフランシスコ講和条約の調印、翌二十七年四月二十八日の発効である。六年半にも及ぶ占領の終結によって、敗戦

憲法を改めるべき好機であった。戦後、東西に分裂したドイツは、旧西ドイツが一九四九年に基本法という「過渡期の間」の暫定的な憲法を制定した（以後この名前を踏襲するがドイツは憲法改正を何度も行なっている）。

講和独立のときになぜ日本は自分たちの手で改憲（ないしは自主憲法の制定）をなしえなかったのか。いうまでもなくサンフランシスコ講和条約の調印と同時に日米安保条約を結び、米軍（占領軍）が「独立」以降も日本本土に駐留することになったからだ。朝鮮戦争の勃発（一九五〇年）によって共産主義化の脅威が高まるなかでの日米両国（というより米国の）判断であったが、東西冷戦という世界状況のなかで半独立国として経済成長へとひた走った日本人は、日本国憲法という「敗戦の汚辱」を払拭することをせずに、自衛隊（警察予備隊）は国軍たりえぬ（つまりは出自定かではない軍隊）憲法違反の〝武器〟を所持することになったのである。

憲法改正のもうひとつの機会は、一九六〇年の新安保条約の締結のときであったが、冷戦の激化のなかで日本国内の左翼勢力（日本の共産主義化を目指す）は未だ強く、自民党は池田ドクトリン（高度経済成長）によって、改憲（自主防衛）という火中の栗を拾うことなく長期安定政権（野党の社共勢力もこれに同調して）という甘い汁にありついたのであり、米軍に守ってもらって経済的繁栄にうつつを抜かす道を日本国民も選んだのである。

改憲のさらなる機会は一九九一年の冷戦崩壊期（東西ドイツの統一、ソビエト連邦の崩壊）であった。ベルリンの壁が崩れ（一九八九年）、不可能と思われた分裂ドイツが統一（九〇年）、そして戦後世界を二分してきた超大国ソ連の瓦解（一九九一年）は、まさに第二次大戦後の世界体制の激変であり、この世界史における一瞬の亀裂（西ドイツの為政者はこの機を見逃さずに東ドイツを編入し、一九九〇年十月三日に条文改正等を行なった基本法はドイツ国民に適用されることになった）のなかで、日本は占領下でつくられた現行憲法を改正すべきであった。

具体的にいえば、九条を改め、日本国民の日本国家の独立と安全を守る義務を明記し、政府は国防軍を保持するということである。九条二項が自衛権の放棄であるのは明白であり、国家としては少なくともこの前代未聞の条項を破棄するのは当然であり、平和国家として真に自立するのであれば、国防軍は他国にたいする侵略的な目的のためにその戦力を用いないとつけ加えればいいのである。あわせて集団的自衛や国際協調への連携も付加する。この九条の抜本的改正によって当然のことながら日米安保条約も見直されるべきであり、自衛隊（建軍の本義を回復した国防軍）の強化によって、日本国内の米軍基地の縮小そして撤退を実現する。

この九条改正（というより廃棄）によって自主防衛の確立と新たな日米同盟の再構築（国連との連携もふくめた）を行なうことは、前文その他の現行憲法の全体の改正にも必然的につながり、日本人の手による自主憲法の制定となる。

これを冷戦終結期にこそ、われわれは行なうべきであった。しかしその時、日本は経済バブルがはじけ、政治は五五年体制（自民・社会党）の腐敗と凋落の結果、細川・羽田・村山政権という日本憲政史上最悪の混迷期にあった。村山政権（一九九四年）などは自民・社会党の野合であり、五五年体制の逆説的完成（つまりは戦後レジーム）であったことを思えば、憲法改正と戦後の超克などという国家の根本問題に目を向けることなど全くできない体たらくであったのだ。かくして世界のなかでこの国だけが以後も、冷戦の幻想にすがりひたすらに日米安保体制（米国への従属）によりかかっていく他はなかった。

それから二十余年、日本は空虚な構造革命の大合唱によって自己破壊を行ない、経済の低迷、外交の不全、政治の混迷を深めてきた。安倍首相が第一次安倍内閣の失敗から不死鳥のごとくよみがえり再登場してきたが、安保法制と沖縄の基地問題は、敗戦憲法を七十年にもわたって改めることをせずにきた矛盾の強烈な噴出に他ならない。安保法制に反対の声を挙げている人々が、安倍首相の政治手法を批判するのはおかどちがいであろう。九条を金科玉条にして米軍によって守ってもらっていること自体の、とんでもない欺瞞と堕落をもたらしたのは、戦後の政治家というよりは虚偽に満ちた安逸をむさぼってきた日本国民なのだから。

欺瞞としての憲法を改める

しかしさすがに安保法制反対を叫び、戦争法案だとプロパガンダをくりかえしてきたリベラル左翼の人々も、ここにきてこの自己の欺瞞に耐えられなくなったらしい。というよりは九条をめぐる解釈改憲の拡大がここまでくれば、保守だけではなく左翼の側からも改憲を実現すべしとの主張が出てくるのは不思議ではない。戦後七十年間、日本が直接に戦争に巻きこまれなかったのは、憲法九条があったからだと本気で思っている知識人は、少なくとも現在、いないはずだからである（日本を共産主義国家にするために九条を平和憲法として称賛しておいて、米軍を追い出しソ連・中共の共産勢力を招き入れると本気で考えていた革命知識人はかつていっぱいいたが）。

文芸評論家の加藤典洋氏は『戦後入門』（筑摩書房）で新九条案を提起している。私もむかし加藤氏と文学論争をしたことがあったが、この人の議論は教条的な左翼のそれではなく、リベラルという言葉の曖昧さを最大限に用いているだけに少しわかりにくいところがある。要するにガチガチの戦後の進歩的知識人の限界を見て取った後の世代（全共闘世代）の典型的な、現実をふまえたような左翼の理想論（空想）を思想家ふうのパフォーマンスで語るのを得意とする。

今回のは、従来の「九条は変えない方が望ましい」との立場を改めて、陸海空の戦力は一部を国土防衛隊、残りは国連の待機軍として、交戦権を国連に委譲するというものだ。

交戦権を国連に⁉ 何とも奇妙なねじれた発想であるが、こういう「妄想」がどこから出てくるかといえば、国家や国軍というものにたいして根っからの反撥と違和を感じざるをえない戦後世代（日教組その他の戦後の反日洗脳教育の成果）の歪んだ思考によるものである。日本人・日本国民でありながら、日本という国家よりも国連のほうが価値が上とでも思っているようである。交戦権は独立国家のものであり、国連だってそんなものを日本国から委譲されても困るというものであろう。

ここまでくれば九条の改正（廃棄）は、明日にでもなされなければならないし、なされるだろうと通常は考えるが、そうはいかないのが戦後の日本及び日本人なのだ。

安保法制をめぐっての国会の議論の幼稚さと、愚民としかいいようのない国民（われわれ）の反応を見れば、現状では憲法改正は容易には実現できないのではないか。正直、筆者はこのような日本（人）の状況に絶望している。

しかし、絶望していても仕方がない。次の世代のためにも二〇二〇年までには、この欺瞞だらけのわれわれの自画像としての敗戦憲法を改正する、といっておきたい。微力だが、それをしなければ死ぬに死ねないではないか。

フラクタルな戦争＝テロの世紀

二〇一六年一月、サウジアラビア・ジュベイル外相、イランとの国交断絶を発表

二〇一六年の幕開けは、サウジアラビアとイランの国交断絶という衝撃的なニュースで始まった。スンニ派の盟主たるサウジアラビアと、イスラム教では少数派である、しかしイスラム教の歴史のなかで長い宗派対立の極を形成してきたシーア派の大国イランの緊張は、そのまま第三次世界大戦に発展することになりかねない。直接の原因はサウジアラビアが、シーア派高位聖職者のニムル師を一月二日に処刑（シーア派が約半数いるサウジ東部で、イランの対外工作として反体制活動を指導したとの理由）したことがきっかけであるが、両国の対立の背景には、スンニ派過激組織ＩＳ（イスラム国）の台頭がある。欧米のＩＳへの空爆などの攻撃（有志連合）に乗じて、ＩＳ打倒で勢力をのばすイラン（ＩＳにはシーア派の撲滅という目標がある）にたいして、サウジはイランによるアラビア半島支配を恐れるがゆえの国交断絶の行動である。

この国交断絶によって、中東各地での宗派対立が激化する恐れがあり、シリアをめぐるロシアやアメリカとの対立などもふくめて、イスラム教宗派対立と新たな帝国主義の対立という、複雑に入り組んだ戦争状況が展開されつつある。

ペルシア湾に注ぐチグリス、ユーフラテス河の流域のメソポタミア地方から、シリア、レバノン、ヨルダン、イスラエルなどの国々、パレスチナの土地を経て、エジプトのシナイ半島へと至る広大な、古来か

ら「肥沃な三日月（新月）地帯」と呼ばれてきた場所において、冷戦時代には見えてこなかった幾重にも交差し潜在する、対立状況が露呈してきているのである。

フランス（パリ）での同時多発テロ事件は、日本ではIS（イスラム国）の脅威ということばかりが強調されているが、中東という地域を舞台にした、このテロ＝戦争の実態を正確に見きわめるには、近代の国民国家や民族主義《ナショナリズム》の次元で考察するだけでは全く不十分なのである。

グローバリズムがもたらすテロ＝戦争

イスラム世界の激動を、たんに宗派の対立といった出来事であり、前近代（プレ・モダン）的な〝混乱〟として捉えるわけにはいかない。オスマン帝国の終焉とともに、西洋の帝国主義が中東地域の支配に乗り出し人工的な国境線を作り、近代国家の体制を押しつけてきたことはあきらかであり、歴史は今、その西洋近代文明の独善的な普遍性の大きな転換期をむかえているというべきだろう。

一八七〇年にドイツに生まれ第一次大戦後にミュンヘン評議会《レーテ》を組織し、その後反革命義勇軍によって殺害された社会哲学者グスタフ・ランダウアーは、十六世紀後半からのヨーロッパ諸国の近代国民国家の成立を、フランス革命からロシア革命までもふくめて、近代革命として捉えた。そして、この国家革命としての「近代」とは、安定した秩序を保っていた中世社会を解体しただけであり、それに代わる新たな社会秩序を創出したものとはなっていないと指摘した。

このような長いスパンで歴史を見るならば、西洋文明とは、人類史における大きな逸脱の時代であり、「近代」とは中世社会に続く新しい社会と秩序を実現した時代ではないという。（『レボルツィオーン』大窪

一志訳、同時代社）

これは近代世界と革命の観念（テロの語源たるフランス革命期の「恐怖政治」から、ロシア革命の根本的衝動としての無神論と結びついたメシアニズム＝終末論まで）そのものが、いかに逸脱した暴力によって、すなわちテロリズムによって色彩られてきたかを、改めて指し示しているといってよい。「自由、平等、博愛」といったフランスに象徴される近代的な価値を、普遍とみなすことはできない。フランスのライシテ（政教分離）は、まさに理性主義・人間中心主義によって、宗教や信仰を囲い込むことであったが、王殺しをなし、神殺しをやってきた、この「理性」と「合理」の精神は、個人主義と快楽主義、すなわち欲望充足のための経済的自由主義をもたらす結果となっている。

グローバリズムとは、この自由の行き着いた果ての巨大な空洞であり、そこでは「文明」というものが、いかに「野蛮」であるかが様々なかたちであきらかになっている。

とすれば、「文明」社会の側に立つことで、イスラム原理主義を標榜する（それはイスラム教の信仰的本質からかけ離れた政治主義であるが）テロリズムを「野蛮」と決めつけること自体が、大きな陥穽をはらんでいるといわざるをえない。

フランスのシャルリー・エブド事件（ムハンマドを風刺した週刊誌へのイスラム過激派を名のる銃撃テロ）のときにも書いたが（三三三頁参照）、現代社会の民主主義が内包する問題も、ここで考えなければならない。くだんの襲撃事件にたいして「言論の自由」にたいするテロであり、カズヌーブ仏内相が「すべての民主主義国家が試練に直面している」といったが、むしろ今日問われるべきは、近代の価値としての民主主義の病理であろう。以前にも紹介したが、現代フランスの哲学者マルセル・ゴーシェは、「宗教（キリスト教）からの脱出」とともに民主主義は危機に陥ったと指摘している。

ラディカルな民主主義——フランスはその揺りかごであった——の考え方を理解するには、民主主義をそれにとっての他なるものの前に立たせ、民主主義が宗教にどのような位置を与えているかを、関係的にとらえるしかない。だが、そうすれば、自律にとっての他なるものが衰えている現在、また宗教がもはや他律の政治を信頼に足るにできなくなっている現在、いったい何が起こっているのだろうか。

（『民主主義と宗教』伊達聖伸・藤田尚志訳、トランスビュー）

もはや「人間は神に結び付けられているのだと、信じることはできな」くなっているのであれば、人間の欲望は自らを絶対化するほかはなくなる。民主主義もまた「他なるもの」の消滅のなかで、無秩序と化し腐敗して、プラトンのいうごとく「最高度の自由からは、最も野蛮な最高度の隷属が生まれてくる」ほかはなくなるのである。

新たな「世界戦争」の到来

二〇二二年のフランスの大統領選で、イスラム政権が誕生するという近未来小説『服従』（ミシェル・ウエルベック）が、フランスなどでベストセラーになっているのは、ただイスラムが西洋社会のなかで「問題」として顕在化しているからだけではなく、フランス人をフランス人たらしめている個人主義や自由の至上性が、つまり西洋近代の価値の普遍性そのものが疑われているからであろう。とすれば、テロリズムを生み出しているのは、イスラムの宗教の「原理」ではなく、反対にランダウアーのいう「人類における大きな逸脱の時代」としての、「自由」や「民主」や「平等」、あるいは「人権」といった価値観があたかも絶対的な善として、社会を覆い尽くしている現実にこそあるといってよい。

テロリズムは、国家あるいはその全体主義の暴力（force）に対抗する暴力（violence）としてではなく、二十一世紀の現在においては、フラクタルな「戦争」として拡散し混沌化している。

二〇〇一年のアメリカの同時多発テロは、この二十一世紀の新たな「戦争」の到来の象徴的悲劇であった。ブッシュ大統領は、そのとき期せずして「これは戦争だ」と叫んだが、バベルの塔の崩壊を幻視させるがごときニューヨークの世界貿易センタービル（ＷＴＣ）の摩天楼が崩れゆく映像は、その後の世界のテロ＝戦争の在り方を残酷なまでに映し出していた。

世界戦争から世界戦争へと、毎回のように、人びとは単一の世界秩序のほうへ突き進んでいった。今回、世界秩序は潜在的にはその最終段階に到達し、いたるところにひろがった敵対勢力と争っている。世界性の中心にさえも、もちろん現在のあらゆる激動状況のなかにも、敵対勢力は存在しているのだ。抗体のかたちをとって反逆するあらゆる細胞、あらゆる特異性のフラクタルな戦争。

（『パワー・インフェルノ』塚原史訳、ＮＴＴ出版）

９・11のときに、フランスの哲学者ジャン・ボードリヤールは「世界戦争」の現実についてこう指摘した。この「フラクタルな戦争」は、文明社会のあらゆる部分を標的とすることで、世界そのものを不安定にし、いたるところに危機と恐怖をまき散らしている。まさに細胞が分裂していくように拡がり、潜在する恐怖は日常性に同化する。

テロを生み出す温床を消滅させること、すなわち貧富や地域の格差を解消し、宗教が寛容の精神に立ち戻り、民主主義と自由を拡大していくことは欠かせないといわれる。しかしグローバリズムは、文明社会そのものと完全に一体化することで、テロを呼び起こしているのだ。「アラブの春」などといわれた中東の民主化が、今日の混乱と戦争状態をもたらしているのは今さらいうまでもないが、「単一の政界秩序」に向かうことのなき、この第三次世界大戦は、「近代」という時代の最終形態としての〝逸脱〟なのか、それとも終りない暴力の連鎖なのか。いずれにしても、戦後日本人の一国平和主義（憲法九条信仰）などはもはやとうの昔に夢物語になっていることは、知るべきであろう。

緊急事態条項は必要なのか

自民党は二〇一二年、「日本国憲法改正草案」を提言し「緊急事態条項」の創設を提案二〇一六年、年頭挨拶で安倍首相は憲法改正に言及し、「緊急事態条項」創設で憲法改正を活発化させると報道

東日本大震災から五年の歳月を経た。

被災地の復興や福島第一原発の危機は、今日から検証されるというよりも、現在進行形の問題として、そこにある。

周知のように日本国憲法には緊急事態条項がなく、3・11の折には災害対策基本法（災対法）で定められた緊急政令も出せなかった。

災対法には、災害緊急事態の布告（非常事態宣言）の規定があり、政府は甚大な災害時などに緊急政令を出して対処することができることになっている。

しかし、3・11の危機にたいして、当時の菅直人首相は緊急政令の発動を見送ったのである。国会が開会中であり、緊急政令を発動すれば「戒厳令のようで必要ない」という理由からであり、今から思えば呆れ果てる他はないが、「平時の体制でいける」と判断したのだ。大災厄のときにこのような首相をいただいていたことは不幸の極み（阪神・淡路大震災のときの村山内閣の対応もそうであったが）としかいいようがないが、むろんこれは政権トップの責任にだけ帰すべき事柄ではない。

そもそも災対法は緊急政令によって、生活必需品の配給、物価の統制、金銭債務の支払いの延期、外国からの救援受け入れなどを行なうことができるが、非常時において人々の権利や自由を制限することによって（「公共の福祉」による制約という名目）、場合によっては憲法に定められている「自由権」や「社会権」に違反する。つまり「憲法違反」であるという訴訟が起こり、そのことで社会はさらなる混乱に陥ることになりかねないのである。

したがって、東日本大震災では災対法に定められているはずの緊急政令を、政府は出すことができなかった。これは「基本的人権」を至上のものとする、近代主義の「人権思想」の拡大からきているともいえるが、その前に改めていっておかなければならないのは、日本国憲法そのものがＧＨＱの占領下において、アメリカの占領政策の要としてつくられた歴史的事実である。憲法九条にあきらかなように、戦後日本は「平和と安全」を守ることを米国及び米軍にまかせたのであり、内乱や戦争などの非常事態のさいには占領軍が対応することになっているからである。

安倍内閣が次の参院選（あるいは衆参ダブル選挙）によって、憲法改正への議論を進めていくことはよいとしても、大きな災害、戦争やテロなどの緊急事態に備えるために、まず憲法に緊急事態条項を入れる、というだけでは不十分なのである。むしろ、現行憲法に緊急事態条項だけを取ってつけたように加えるのは、主権国家の憲法としてはきわめていびつな占領「憲法」を、日本人が自らの手でさらにおかしなものにしてしまいかねない。

なぜなら、壊滅的な災害や危機にさいして、超法規的な緊急対策を実行することができたにしても、現行憲法そのものの全体を根本的に改正しないかぎり（九条改変はもちろんのこと、基本的人権と自由の尊重とともに、国民としての責任・義務をあきらかにする等)、緊急事態条項はその本来的な意義を持ちえないからである。問題の根本にあるのは、現行憲法自体が「国家」という概念と「国民」という概念を著しく分離させ、むしろ対立的な構造に置いていることである。いや、正確にいえば、ナショナル・ピープルすなわち「国民」という概念を持ちえていないから(その自覚を喪失させているの)である。

憲法の「前文」からして間違っている

「国家」と「国民」の靭帯を切りはなして、日本国という国家にたいして「人間」「人類」「人権」という思想を対峙させること。「国民」としての責任や義務よりも、フランス革命の人権思想に基づくような「自由」を法的に拡大させてみること(現実のフランスはパリのテロのさいに、令状なしの家宅捜索や集会の禁止などの非常事態法で対応したが)、それが戦後憲法の最大の歪みであり問題点なのである。

そしてこの欠陥を、最大限に活用しようとしてきた(している)のが、戦後日本における左翼勢力(マルクス主義に基づく革命思想を実現せしめようとする)なのである。冷戦崩壊とともに「左翼」勢力は、現実変革の力を失ったなどというのは全くのウソである。戦後日本の「左翼」は、昨年来の安保法制反対運動のイデオロギーにあきらかなように、むしろ今日リベラルの名のもとに猖獗をきわめている。朝日新聞、毎日新聞、東京新聞、岩波書店その他各マスコミのリベラルレフトは、当然のことながら各テレビ局の報道にも影響をおよぼしている。

たとえば、「岩波ブックレット」は、『憲法に緊急事態条項は必要か』という冊子を二〇一六年三月四日に出している。著者は永井幸寿という一九五五年生まれの弁護士の先生。もちろん憲法を改正して「緊急事態条項を入れようという動き」に反対するための内容である。

まず緊急事態条項とは、「国家緊急権」であり、非常事態において、「国家の存立を維持するために」「国民のためでなく国家のために、立憲的な憲法秩序、つまり「人権の保障」と「権力分立」を一時停止する制度です。平常時とは異なる行政権をとること、要するに『政府への権力の過度の集中』と『人権の強度の制約』を内容としています」と説明している。

緊急事態条項の「説明」としてはそうであるが、この文章の前提となっているのは、まさに「国家」と「国民」をアプリオリに対立するものとみなしていることである。そして「市民」でも「国民」でもなく、人は「人間」として存在しており、人間であるからこそ、その「固有性、不可侵性、普遍性」を性質として有しているという。たしかに「人間」にはそうした「固有性」もあり、公権力その他によって侵害されない「不可侵性」を持ち、人間として人種や国籍をこえた人類的な「普遍性」があるだろう。しかし、そのような「人」は、また家族や地域やそれを拡げた国家という共同体の一員でもあろう。近代の国民国家の時代のなかにあるわれわれは「人間」としてさまざまな「権利」を持ちうるであろうし、それを法律的に主張もできるが、通常の場合どこかの「国」に居住し生存しているのは疑いえない。つまり、ナショナル・ピープル、国民として生存しているのである。

永井氏の指摘は、この点において間違えている。つまり緊急事態条項は、一方的に「国民のためでなく国家のために」あるというのは、おかしいのである。災害などの危機にさいして、たとえば家屋や車を撤去しようとして「財産権」と抵触し、倒壊した家屋から被災者を助け出すために「住居の不可侵」となったり、緊急政令が発せられずにガソリンの買い占めを規制できなかったり、自衛隊の派遣が大幅に遅れたり等々の具体的な例がたくさんあるが、それら緊急時の対応は全て「国民」のためでなく、「国家」のためなのだろうか。憲法に緊急事態条項を入れる必要はない、それはナチス・ドイツや戦前の治安維持法のような国家主義や独裁者を生むのであり、災対法で十分であるというのならば、現実に3・11において、その災対法の〝法律〟が役に立たなかったことを、どう説明できるのか。

……東日本大震災の事例を見ればわかるように、東日本大震災で適切な対処が出来なかった理由は、法の適正な運用による事前の準備を怠ったことによるものであり、準備していれば充分対処出来たものです。また、「人権を守るため」国家緊急権を用いると言っていますが、全く逆です。国家緊急権は「人権を守るため」の制度ではなく、「国家を守るため」に人権を制限する、場合によっては人権を犠牲にする制度です。このレトリックには注意してください。確かに予想出来ないことが発生することはあり得ます。しかし、予想を超えたところに制度を設けるとその先にさらに予想を超えたことが起き、その先に制度を設けることが必要になります。日本国憲法はこのようなことが権力の濫用の危険があるとして国家緊急権を敢えて設けなかったのです。

（『憲法に緊急事態条項は必要か』岩波ブックレット）

「予想を超えた」クライシスは、まさに想定外であるがゆえに「制度」では対応できないのである。だからそのような危機の事態にさいして、法律が万能であるという考え方では対処しえないがためにこそ、緊急事態条項が必要になってくるのではないか。「事前」に「準備していれば」よろしい、というのではそもそも話にならない。

話を戻せば、占領下につくられた日本国憲法は、その前文の冒頭からして、「国家」と「国民」を意図的に分離・対立させせようとしている。

日本国民は、正当に選挙された国会における代表者を通じて行動し、われらとわれらの子孫のために、諸国民との協和による成果と、わが国全土にわたつて自由のもたらす恵沢を確保し、政府の行為によつて再び戦争の惨禍が起ることのないやうにすることを決意し、ここに主権が国民に存することを宣言し、この憲法を確定する。

「政府」＝「国家」は、「戦争の惨禍」をもたらす（もたらすであろう）ものであり、「日本国民」は日本という「国家」ではなく、「諸国民」と相たずさえていくべし。戦後ニッポン人は、かくしてこの七十年間もナショナル・ピープルとしての自覚も使命もついぞ持つことなく、ここに至ったのである。

日本共産党の本質とは何か

二〇一六年七月、参院選で日本共産党は議席を減らしたが前向き評価と産経新聞が報道

一九二二（大正十一）年七月十五日に創立された日本共産党ほど、日本の近現代史のなかで変遷してきた政党もないだろう。そもそも結成一年足らずで幹部が治安警察法違反で検挙され、一九二六年に再建されるが、第一次日本共産党はコミンテルン（共産主義インターナショナル）との接触によってできた（一九二一年に上海のコミンテルン極東委員会から資金を得て「日本共産党」のビラを撒いて検挙され、その後山川均、堺利彦、荒畑寒村らが党を結成）非合法の活動組織と、いくつかの思想団体や労働団体の寄せ集めであった。社会主義者の運動が弾圧されていった時代に、ロシア革命という激震を受け、アナーキストとボルシェヴィストの対立などをふくみながら（今日から見れば煩雑にしか映らぬ思想・運動論の衝突や結合があり）、挙げくの果てに一九三五（昭和十）年にはほぼ壊滅状態となった。戦前の共産党の歴史は、政治活動の面からすれば文字通り国家権力の弾圧による離合集散そのものであった。

現在の「日本共産党綱領」では、この歴史を「戦前の日本社会と日本共産党」のなかでこう記している。

帝国主義戦争と天皇制権力の暴圧によって、国民は苦難を強いられた。党の活動には重大な困難があり、つまずきも起こったが、多くの日本共産党員は、迫害や投獄に屈することなく、さまざまな裏切り

ともたたかい、党の旗を守って活動した。このたたかいで少なからぬ党員が弾圧のため生命を奪われた。

今日からすれば、このように〝総括〟するほかはないだろう。コミンテルンのテーゼとか、アナ・ボル論争、労農派と講座派などといっても、共産党の現役政治家の人たちもほとんど関心がない（知らない？）のではないか。そのこと自体をとやかくいう必要はない。一九六〇年代後半からの全共闘の各派のヘルメットの色がどうのこうのといった程度の知的好奇心の範疇に過ぎない。

ただ日本共産党という非合法（当時）政党が大正末年に創立されたことは、近代日本における社会主義・共産主義の思想的感染力のありように当然のことながら深く関わる。冷戦の終結によって、いわゆるマルクス主義のイデオロギー神話は完全に潰えたし、現在の日本共産党も「ソ連覇権主義という歴史的な巨悪の崩壊」といっているが。（ただし同じ文章の後段では、「大局的な視野で見れば、ソ連邦崩壊は世界の革命運動の健全な発展への新しい可能性を開く意義をもった」とある！）

戦前からの共産党の政治理念の根底にあるもの、すなわちドストエフスキーが『悪霊』で描いてみせた共産主義思想と革命の熱狂の、どす黒いまでに濃密な理想主義の恐ろしさを、今ここでもう一度確認する必要はあろう。

日本におけるマルクス主義の異様さ

戦前の（昭和前期に猖獗をきわめたといってよい）マルクス主義の本質を端的にいい表わした言葉に、プロレタリア・メシアニズムという用語があった。

当時において、マルクス主義は、私たちにとって単に社会変革の理論ではなかった。それは、「われらはいかに生くべきか」を私たちに教えてくれる倫理的な規範であり、さらには宗教的な何ものかでさえあった。ソヴィエト連邦は神の国のごときものであったし（プロレタリア・メシアイズムという言葉を聞いたこともある）、共産党の活動家たちは神の国の福音の使途たち、少なくともその宣教者たちであった。しかも、その神の国は近いというのが、彼らの確信であった。

（井上良雄『戦後教会史と共に』新教出版社、一九九五年）

井上良雄は、一九三二（昭和七）年に文芸批評家として「芥川龍之介と志賀直哉」という文章を発表し注目され、その後評論の筆を折りキリスト者となり、戦後はカール・バルトの神学書（『教会教義学』）の翻訳者としてプロテスタントの信仰を生きた。京大の学生時代に芥川の自殺を時代の危機の象徴的事件として受けとめた井上は、無神論を前提とするマルクス主義に「宗教」的な救済の超越性を見ていたのであるが、それはその「思想」が、当時の青年たちの不安と危機の自意識に共通に訴えかける理念的な力を持っていたからである。

これは一九三四（昭和九）年に発表された、島木健作の『癩《らい》』という百枚程の小説にも、よく現われている。一九〇三（明治三十六）年札幌で生まれた島木は、一九二二（大正十一）年十九歳の頃より社会主義思想に関心を持つようになり、左翼運動家となるが検挙の後、昭和四年に転向を表明。作家として『生活の探究』などで有名となったが、『癩』は政治犯として刑務所に服役させられている太田という主人公が、肺病のため隔離病舎へと移され、そこで左翼運動（金融恐慌で困窮する農民たちの争議を指導した）の同志であった岡田という男と再会する話である。

その岡田は癩を病んでおり、全く面がわりして太田を驚かせるが、それ以上に岡田があくまでも転向表明を拒否し権力の前に屈することなく七年の刑を受け、さらに癩に冒されながらも、信ずる「思想」によって毅然たる自信をみなぎらせていることに圧倒される。それはマルクス主義という思想が、ほとんど信仰となって肉体の次元にまで浸透しているかのようであった。結核によって死の影におびえていた太田は、この徹底した非転向の力強さに羨望を感じざるをえない。

……岡田にあっては彼の奉じた思想が、彼の温かい血潮のなかに溶けこみ、彼のいのちと一つになり、脈々として生きているのである。

（島木健作『癩』角川書店）

この戦前の忘れられた小品に注目をしたのが三島由紀夫であり、三島はここに「当時の日本のもっとも強烈なマルキストの誠実な形があった」といい、「実に日本的な形態において、マルキシズムは何かより高次の異質の信仰に変貌したのである」と指摘した。ここにはまさに共産主義思想が、プロレタリア・メシアニズムとして強烈に作用したことがうかがえるのである。

おそらく近代日本において、共産主義は政治の思想にとどまらず、このような「宗教」性を帯びた理念として、ほとんど唯一の感染力を持った。この事実は、今日から見れば荒唐無稽に映るかもしれないが、決して看過できないものがあると思われる。なぜなら、今日の「反原発＝反核」の主張や、「反安保法制」

運動などにはっきりと現われているのは、そこに明確な政治性と論理性が存在しているからではなく、むしろ政治の思想が一瞬にして「宗教的なもの」と化し、それが「時代の空気」と化す傾向があるからである。

共産主義「思想」は死んでいない

日本共産党が、自民一強そして野党の弱体化のなかで存在感を強めているのは、むろん民進党などがすでに政党の態をなしていないからである。しかし、それだけではない。共産党の出自が共産主義思想を原点としているという、当り前ではあるが、ある意味では驚くべき来歴を忘れるべきではない。戦前はコミンテルンの指導によって創立・活動し、戦後もスターリンの指令のもとに武装闘争、暴力革命の方針を貫徹しようとした日本共産党は、今日ではスターリン批判や中国共産党批判はもとより、現在の日本社会が必要としているのは社会主義革命ではなく、異常な対米従属と大企業・財界の横暴な支配の打破としての「民主主義革命」であるという。そのために日本共産党と統一戦線（労働者をはじめ国民諸階層と広く結びついた組織）が、国会の議席を占め、国会外の運動と結びついて戦うべきである、と。

民主主義的変革によって独立・民主・平和の日本が実現することは、日本国民の歴史の根本的な転換点となる。日本は、アメリカへの事実上の従属国の地位から抜け出し、日本国民は、真の主権を回復するとともに、国内的にも、はじめて国の主人公となる。

と、こうした共産党の現在の綱領は、ほとんど具体性を欠いた（憲法九条を守り自衛隊を解消せよなどという）空虚な理想論というしかないコトバの羅列となっている。

しかし綱領の最終章「社会主義・共産主義の社会をめざして」を読むと、その空虚さが、にわかに妖しいばかりの「思想」の色彩を熱く帯びはじめる。

これまでの世界では、資本主義時代の高度な経済的・社会的な達成を踏まえて、社会主義的変革に本格的に取り組んだ経験はなかった。発達した資本主義の国での社会主義・共産主義への前進をめざす取り組みは、二十一世紀の新しい世界史的な課題である。

かくして「生産手段の社会化」による「人間による人間の搾取」の廃止を謳う。「世界史的な課題」と、「搾取も弾圧もない共同社会の建設に向かう人類史的な前進の世紀」とする云々。

もとより、これもまた理想論ともいえない「絵に描いたモチ」であると揶揄しておけばよい、といえるのかもしれない。ただし繰り返していえば日本共産党が幾多の変遷を遂げながらも、その党《パルタイ》の根底的理念としてきたもの、すなわちプロレタリア・メシアニズムともいうべき、「日本的な形態」のなかで「異質の信仰」のようになったマルキシズムは、冷戦崩壊後も実は決して潰え去ってはいない。むしろこの「宗教的なもの」こそは、真の宗教性への感性を喪失して久しい日本人にとって、きわめて感染しやすいものなのではないのか。

アメリカ幻想からの覚醒

二〇一六年七月、共和党予備選でドナルド・トランプが正式に大統領候補に指名

共和党の大統領候補にトランプが選ばれ、トランプ現象はアメリカ国内だけでなく、世界の注目するところとなった。

日米関係も、敗戦後七十年間、GHQの占領期から講和独立後も、日米安保条約によって米軍隊が日本国内に駐留するという、米国への従属を続けてきたが、ここにきて大きな歴史的転換期をむかえている。

トランプが日米同盟やNATOとの関係をゼロベースから見直すべきであると発言したことから、東アジアにおけるパワーバランス、中国、北朝鮮、ロシアという核保有国との関係も当然のことながら新たな緊張関係に突入するだろう。トランプが日本の核武装を容認するかのような発言をしたというが、その真意はあくまでも偉大なるアメリカ合衆国の復活であって、アメリカの国益のための日本（あるいは韓国）核武装論であることはいうまでもない。そもそも一九七二年にニクソン大統領は佐藤栄作首相に核武装を要請した（沖縄返還との関係でもある）といい、小泉内閣の時にもブッシュ大統領からの核武装要請があったとの説（未確認であるが）がある。しかしどだい核武装というような国家の重要な決断をアメリカにうながされるということ自体が、戦後日本の対米従属を物語っている。

核武装を日本が将来的にするかどうかは、その議論さえもタブー視されてきた（現在もそうである）こ

とを思えば、アメリカ大統領候補の一人がどう言おうが容易ならざることなのである。

しかしトランプの発言は決して突飛なことではない。オバマ政権から「米国は世界の警察官ではない」と明言しているのであり、その経済力の衰退のなかで軍事費の削減とパックス・アメリカーナの世界戦略の見直しは必然である。日米同盟、日米安保体制の再構築は、対米従属の脱却とともに、日本の自主防衛の強化という当然の国家的使命と国民の義務をもたらすであろう。

具体的にいえば、日米地位協定や日米合同委員会の在り方を根本的に見直していかなければならない。日米合同委員会は日本は各省庁から官僚が出席するが、米国側はほぼ軍人が参加しており、日本は主権国家というよりは、駐留基地を持つ「治外法権の外国軍」に支配されているといってよい。これは第二次大戦での同じ敗戦国であるイタリアやドイツ（両国にも米軍基地はあるが、その管理は主権国家として合法的に行なっている）とくらべても異常であり、米国側への迎合を主権の喪失と感じない政治家や官僚の体質は、ほとんど占領下と同じである。この異常さを生み出しているのが、敗戦憲法たる「日本国憲法」に一度も手を触れずにきた、戦後日本人の歪んだ国民感情にあるのはいうまでもないだろう。

これは基地問題（そういえば沖縄の普天間基地県外移設を構想した鳩山首相が、TOKYO MXテレビ「西部邁ゼミナール」に出席した折に「日米合同委員会」での議論のカヤの外に置かれていたとの発言には驚愕する他はなかった）や安全保障関連の問題だけにとどまらない。閣僚や政務官、各省の官僚が、いわば自主的にアメリカの主張に従属することがあたかも国益ないしは省益であるかのごとく倒錯的に判断してきたことは、日米経済戦争としてのプラザ合意（一九八五年）以降の、日米構造協議（一九八九年）、「年次改革要望書」（一九九三年〜）などの米国の対日要求を受け容れてきた事実と重なる。アメリカの五百億ドルに及ぶ対日貿易赤字の解消のために二百四十項目にも及ぶ構造改革・規制緩和（つまり日本の産業や市場の秩序を、アメリカにとっては「不利益」だから「不公平」として破壊する）の原案を突きつけてきたが、その中味には日本人でなければわからないことまで書いてあったという。「アメリカの外圧によって日本は改善される」というプロパガンダが公然と敢行されてきたのである。

一九九四年の「年次改革要望書」からアメリカが日本の郵政民営化を主張し、「日本郵政公社は民営化すべきだ」、「市場原理主義でなされるべきだ」と繰り返し、小泉内閣での郵政民営化法案となったのは周知の通りであるが、九〇年代以降の構造改革は、米国からの一方的といってよい「要望」を受け容れることで、バブル崩壊後の日本社会は組織や共同体を打ち壊していったのである。アメリカ式の構造改革論は経済や市場だけではなく、政治や教育などもふくむ日本の全体を覆い尽くし、戦後レジーム（占領体制）は克服されるどころか完成されていったのである。

それは冷戦崩壊後のほんの僅かな期間のパックス・アメリカーナの幻想に、すなわち米国の覇権主義による世界の一極支配が続くと思い込もうとした、日本（人）の自己欺瞞の惨憺たる結果であったことはいうまでもないだろう。

「悲しいアメリカ」の末路

二〇〇一年のアメリカの同時多発テロは、今日から見ればあきらかにアメリカ帝国の衰退のはじまりであった。クリントン政権下でグローバリズムや規制撤廃によって国境を低くし、テロを呼び込んだともいえる米国は、以降アフガン攻略やイラクへの侵略戦争によって国際法を無視した破壊的行動に出て行った。

イラク統治について「GHQ方式の有効性」などということがいわれ、アメリカン・デモクラシーに服従した日本（人）が例に挙げられもしたが、複雑な部族の争いを内包した中東諸国とイスラームの宗教を背景にした歴史のなかで、アメリカ式の〝統治〟が成功するはずもなかった。「大量破壊兵器をイラクが持っている」という虚偽の理由をでっちあげての先制攻撃は侵略以外の何物でもなく、アメリカの覇権主義はこのときから完全に失敗と衰退に陥った。

二〇一三年に逝去した詩人の飯島耕一の『アメリカ』（思潮社、二〇〇四年）は、戦後詩においてアメリカの現在を鋭く捉えた成果であり、文学者の眼に映った九・一一以降のアメリカを、これほどの衝迫力で語った言葉は（国際政治の専門家や政治学者はもとより）他になかった。

映像のテロリズム　9・11に
ヒロシマとナガサキをかけらほども連想しないメイフラワーの末裔　北米人《グリンゴ》たち
なつかしいアメリカよ
ドク・ホリデイと　エドガー・ポーと
エルヴィン・ジョーンズのサマータイム
横たわる巨大なアニタ・エグバーグのミルクの大看板よ
武器の谷のアメリカ
悲しいアメリカ
それは私だ

私から癒えようとするアメリカ
決して私にはなれない私を恐がっている
やっと近代の滅亡にフルエテいる
肥り過ぎた腔腸動物なおも貪り食うことによってしか死の幻想から逃亡できぬ
寒天質の海に漂う腐敗物質
寂しい国アメリカ

この「肥り過ぎた腔腸動物」は、近代文明の末期症状のなかで、つねに武器（戦争）を消費し、金融グローバリズムのなかで国民を「貪り食う」ことしかできなくなっている。不動産王のドナルド・トランプが、エスタブリッシュメントの偽善を剝ぎ取り、人種や人権や性や宗教そして同盟関係などについての語ってはいけない禁忌を犯し、「米国第一」という空虚なスローガンだけを口にして大統領候補に勝ちあがってきたのは、まさに「腐敗物質」のようなアメリカの病理そのものを体現しているからであろう。

そして、この「悲しいアメリカ」は、そのままこの米国に従属することで、嘘の「平和」を享受してきた半独立国家「日本」と表裏一体となっている。

トランプが出馬表明（昨年六月）の演説でメキシコ移民を犯罪人扱いして「メキシコ人に費用を支払わせてメキシコ国境に万里の長城を築け」と叫び、メディアは挙げてこの暴言を攻撃したが、ニューヨーク州の予備選挙で勝った後の外交演説では、「米外交政策の目標はソ連崩壊後に見失ってしまい、リビアの独裁者を爆撃で倒し、民主国家をつくると思いきや、翌日には国がつぶれてしまうなど一貫性がない」と、アメリカの外交の迷走ぶりを客観的に言い立てている。トランプはオバマ政権が基本軸にしてきた孤立主義を「米国第一」と呼びかえることで、その路線を踏襲しつつ、弱腰のオバマ政権批判を一方で展開するという戦術をやってのけているのである。もちろん、これを矛盾とか混乱とか詭弁とか批判するのは容易であるが、トランプ現象こそは、この半世紀にも及ぶ米国社会の矛盾そのものなのだ。

アラン・ブルームは『アメリカン・マインドの終焉』（みすず書房）で、「アメリカ人のニヒリズムは、ひとつの気分、ぼんやりした不安、深淵のないニヒリズムである」と看破したが、その「気分」や「不安」は、トランプという「ニヒリスト」を鬼っ子として生み落したのである。

アメリカ合衆国こそは、近代文明が生んだ実験国家であった。ソビエトがマルクス主義という近代思想のディストピアの、異形の連邦国家であったのに対して、民族や領土や歴史といった根っ子を持たないこの移民国家は、ピューリタニズムというキリスト教近代の奇形児を理想とすることで成立したのである。アメリカ型の「自由」も「民主主義」もまた、この倒錯的な理想主義の産物に過ぎないことが、今日あきらかになっている。米国はまさに「なおも貪り食うことによってしか死の幻想から逃亡できぬ」淵に立っている。日本の自立とは、戦後の「私」、すなわち「アメリカ」という幻想から覚醒することであろう。

象徴天皇制の世界史的意義

二〇一六年七月、ＮＨＫ「天皇が数年内の生前退位の意向を示している」とスクープ。八月、「象徴としてのお務めについての天皇陛下のおことば」発表。「生前退位の意向をにじませる内容であった」と報道

二〇一六（平成二十八）年八月八日午後三時からの今上陛下のメッセージを聞きながら、その言葉の全てが、ひとつの事柄《ザッヘ》に集中していることに畏怖を覚えざるをえなかった。

いうまでもなく、それは象徴天皇制とその在り方である。現行憲法下で即位されたはじめての天皇として、憲法第一条「日本国の象徴であり日本国民統合の象徴であって、この地位は、主権の存する日本国民の総意に基く」を、どう解釈し、いかに「天皇」として体現するかは、今上陛下が即位以来、いや皇太子の頃よりつねに考えられてきたことであった。

占領下でつくられた敗戦憲法としての〝日本国憲法〟は、大日本帝国憲法における「天皇の神聖」と「不可侵」を否定し、一九四六（昭和二十一）年元旦の天皇のいわゆる「人間宣言」と相まって、現人神（現御神）の地位（人でありながらも神聖をもって君臨される天皇《スメラミコト》の民族的・精神的支柱）を葬り去ろうと意図したのである。したがって「象徴《シンボル》」とは、当然のことながら国家元首でもなければ、歴史的・文化的権威という積極的な意味でもなく、「象徴にすぎない」という程度の天皇の格下げとして受けとられるべきと、アメリカが考えたとしても自然であろう。

この「象徴」の言葉をめぐっては、今日に至るまでさまざまな識者の解釈があり意見がある。哲学者の和辻哲郎は「国民全体性の表現者」であるといったが、その具体的な像は示されたわけではない。

昭和天皇は終戦直後一九四六（昭和二十一）年二月から足かけ八年半、三万三千キロにも及ぶ全国巡幸をされた。空襲の被害のなかから復興した昭和電工川崎工場を皮切りに、返還前の沖縄をのぞく四十六都道府県をくまなく回られ、天皇が直接に声をかけられた人数は二万人に達したという。GHQは戦争責任を追及されるかも知れない天皇が国民の非難を浴びるのではないかと思い込み巡幸を許可したといわれているが、国民は天皇巡幸によって計り知れない勇気と復興への希望を与えられた。

ふりつもるみ雪にたへていろかへぬ　松ぞををしき人もかくあれ

敗戦直後のこの御製は、「戦のわざわひうけし国民を　おもふ心にいでたちて来ぬ」との巡幸のお気持ちを歌った御製へと響き合い、被災地や戦争孤児の施設、傷痍軍人の入院する病院、また学校、工場、農村など全国津々浦々を歩かれる昭和天皇の実際の行動となった。

昭和天皇は帝国憲法（欽定憲法）のもとで即位され、第三条「天皇は神聖ニシテ侵スヘカラス」、第四条「天皇ハ國ノ元首ニシテ統治権ヲ総攬シ……」とあるように、現人神であり国家元首であった。敗戦憲法に定められた「象徴」として存在されることは、皇統を維持されながら「一身にして二生を経る」ことであったといってよい。

この点は今上陛下とあきらかに相違している。昭和天皇にとっては国民は「赤子《せきし》」という臣民であったが、平成の天皇は一九八六（昭和六十一）年十一月二十九日、三原山噴火で千代田区の体育館に集団避難してきた大島島民を慰問されたとき、疲れ果ててぐったりと座りこんだ被災者たちに声をかけられても立ちあがれない様子を見ると、自らが腰をおとしひざをついて話を聞かれたのだった。それはこの国の天皇、皇室の歴史上はじめての光景であった。当時はまだ皇太子であったが、東日本大震災の被災者に、両陛下が時に正座しながら声をかけ話に耳を傾けられている姿は忘れがたいものである。

皇太子時代からの今上陛下の一貫した確たる信念が、そこにある。昭和六十一年五月、皇太子として自らこう語られている。

天皇と国民との関係は、天皇が国民の象徴であるというあり方が、理想的だと思います。天皇は政治を動かす立場にはなく、伝統的に国民と苦楽を共にするという精神的立場に立っています。このことは、疫病の流行や飢饉にあたって、民生の安定を祈念する嵯峨天皇以来の写経の精神や、また「朕、民の父母となりて徳覆うこと能わず。甚だ自ら痛む」という後奈良天皇の写経の奥書きなどによっても表われていると思います。

今上陛下は、先帝の国民への想いを受け継ぎながら、平成の御代において「象徴」という言葉のもつ深い意味を自身によって汲みあげ、それを生かし体現することを何よりも大切な事柄とされてきたのである。二〇〇九（平成二十一）年、結婚五十年に際しての記者会見（四月八日）ではこう語られている。

天皇は、「日本国の象徴であり日本国民統合の象徴」であるという（憲法の）規定に心を致しつつ、国民の期待にこたえられるよう願ってきました。象徴とはどうあるべきかということはいつも私の念頭を離れず、その望ましい在り方を求めて今日に至っています。

即位のときにも今上陛下は、「常に国民の幸福を願いつつ、日本国憲法を遵守し……」と語られたが、憲法を「遵守」しつつ、天皇が実践されてきたのは、近代憲法（成文法）をはるかに超えた、この国の歴代天皇の精神と皇統の歴史を、「象徴」として継承する道を築くことであった。平成の二十八年間という歳月を通して、日本全国、硫黄島やサイパン島、ペリリュー島への「慰霊の旅」を、また阪神・淡路大震災や東日本大震災などで被害を受けた人々への見舞いの旅を、まさに「国民と苦楽を共にする」天皇としての地位を体現されてきたのである。

八月八日のメッセージで、「天皇の高齢化に伴う対処の仕方が、国事行為や、その象徴としての行為を限りなく縮小していくことには、無理があろうと思われます」との言葉は、したがって重く受け止めるべきであろう。それは、「……そして象徴天皇の務めが常に途切れることなく、安定的に続いていくことをひとえに念じ、ここに私の気持ちをお話しいたしました」という締めくくりの言葉とともに、「象徴天皇」による皇統の維持をなすための手段として、「生前退位」という選択を国民に考えてもらいたいという強い意思の表明と受け取れる。

拠点としての「象徴」

昭和天皇の崩御のおりに、福田恆存は「象徴天皇の宿命」という文章（『文藝春秋 特別号』一九八九年三月）に寄せている。そこで福田氏は、憲法に定められた「象徴」の規定が昭和天皇に「苛酷な宿命」を背負わせることになっていたのではないかと指摘している。それは「象徴」という用語が不分明であり抽象的なものであり、さらに「国民統合の象徴」になれなどというのは、「生身の人間に向って、この世ならざる何者かになれと要求することである」という。

全生活をあげてそういう「象徴」になろうとすれば、身動きの出来ぬ非人間的な存在にならざるをえないであろう。天皇はそういう苛酷な宿命を背負いながら、しかもなお周囲のあらゆる紐帯を断ち切られているのだ。政治から打ち切られ、軍事とは訣別し、藩屏《はんぺい》たるべき華族は消滅した。そしてひたすら署名をし、人に会うことのみを責務として求められている……

たしかに戦後という時代において、天皇は「苛酷な宿命」を負うことになった。しかし、今上陛下がその御代にあってなさってきたのは、まさしく「全生活をあげて」、象徴天皇としてのその姿を国民に示されることであり、宮中祭祀や公務をつつがなく果たされることであった。

福田氏の指摘するように、「政治」「軍事」そして「藩屏」から切り離されたことは、昭和天皇においては繰り返すが「一身にして二生を経る」宿命であったろうが、今上陛下は急速な近代化と大衆社会状況のなかで、この国の歴史そのものである皇統を、象徴天皇として国民一人ひとりに向き合われることで護られてきた。憲法を「遵守」しながら、それよりもはるかに大切な天皇と皇室の伝統を護られてきたのである。さらにいわなければならないのは、その天皇の傍につねに寄り添われたのが、いうまでもなく皇后陛下だということである。平成の巡幸は、この「寄り添ってくれる」皇后とともにする旅であり、国民の安寧を願う祈りの言葉はそこで共有されたのである。平成の新しい皇室と国民との一体感をもたらされた美智子皇后の役割には大きなものがある。「ミッチーブーム」や「週刊誌天皇」などともいわれた大衆社会の状況そのものを象徴天皇制は呑み込んで、皇室の意義を示してきたといってもよい。

福田氏のいうように「象徴」とは政治的には不分明な言葉である。しかし比較宗教学のミルチャ・エリアーデは、「『象徴』は直接の経験の平面では明らかでない実在の様相、世界の構造を示す力を持っている」という。それは特定の宗教の「宗教」性ではなく、人智を超えたもの、人間の力を超えたものが、この世界にはあるという超越的な感覚を大切にするという意味での「宗教的象徴」である。宗教が政治と結びつき暴力を横行させ、グローバリズムが経国済民を破壊し、テクノロジーが自然と人間の生活を席巻し、超越的な価値や実在が見失われて久しいこの混沌化した世界のなかで、この国の皇統の力はかぎりなく尊いものであろう。今上陛下の公務をへらせばよいとか、摂政を置くとかの議論は、天皇がメッセージの根幹とされた「象徴天皇」という事柄の、深さと重さを十分に理解していない言であると思われる。

あとがき

本書は隔月刊のオピニオン誌『表現者』に連載したエッセイをまとめたものである。『表現者』は二〇〇五年六月に創刊し、現在まで十二年余、七三号を刊行している。

そもそも『表現者』は評論家の西部邁氏が主幹する月刊誌『発言者』（一九九四年四月創刊〜二〇〇五年二月号終刊までの全一三〇号）の後継誌として発刊し、その際に西部氏から私が編集委員代表を任されたが、『発言者』はもとより、『表現者』も西部氏が財政面から編集実務に関する万端を担われ、版元を三度変更するなど、この時代における雑誌刊行の困難な状況を乗り越えられ、今日に至っている。

『発言者』に「文芸展望」という題で、毎月自由気ままなエッセイを連載することができたのは、いうまでもなく西部氏との出会いがあったからである。一九七九（昭和五十四）年、大学四年次に文芸雑誌『群像』の新人文学賞の評論部門の佳作を受賞した私は、就職のあてもなく大学院に残ることもできず、見よう見まねで文芸評論を書き始めたが、幸いにも二十八歳のときに最初の評論集『戦後文学のアルケオロジー』を刊行することができた。一九六〇年代後半からの高度経済成長の浮力のなか、八〇年代は後にバブル経済と呼ばれる好況を呈し、出版界やジャーナリズムも空虚な祭典のなかにあった。埴谷雄高や三島由紀夫などの戦後作家を論じながら、文芸時評などで現代文学にふれ、健筆をふるう若手の文芸評論家として傍目には見られていたが、書き続けながら自分自身のなかに言いようのない空無感が広がるのを感じていた。それは、一九八〇年代に入ってからのいわゆるポスト構造主義やポスト・モダンの新しい言葉、批評タームへの違和感と結びついていた。それまでの近代批評・戦後批評の言葉ではすでに状況を捉えられなくなっていたのは確かであり、流行する現代思想や文学の言葉に私自身も棹差しながら、そのことへの懐疑と一種の苛立ちを抑えることはできなかった。

一九八八（昭和六十三）年に日本のキリスト者・内村鑑三についての小著を著したのは、近代（現代）日本における「神」の不在ではなく、「神の問題」の不在を痛感せざるを得なかったからである。その本のあとがきにも記したが、そもそも神学の思想が根本的に欠落している日本において、西洋の形而上学批判を含むポスト構造主義などの思想を、どうして自分たちの問題として実感できるというのか。そういう思いが内村鑑三を通しての、キリスト教神学との遭遇となった。

西部邁氏と出会ったのは、そんな折であった。新宿の文壇バーで初対面にもかかわらず、酔いの勢いで西部氏に稚拙な論争を挑んだことを恥ずかしくも、いま懐かしく思い出す。文壇ジャーナリズムの枠から出ようとしていた自分にとって、東京大学教授を辞し経済学から思想・社会・政治・文化・歴史などの多分野を総合しつつ大衆社会状況を説法鋭く批判する評論家・西部邁は仰ぎ見つつも接近したいと思わせる存在であった。雑誌『正論』で西部邁氏が連載する対談にゲストとして招かれたとき、驚きとともにここで、いま自分が考えていること全て語りたいという（文字通り若気の至りだが）思いに駆られた。「あとがき」としては異例なことであるが、このときの対談を以下に収録させていただく。

「ニヒリズムを超えて」

西部邁×富岡幸一郎

『正論』一九八九年五月号

三島の死が語るもの

西部　富岡さんとは、酒場などで数回すれ違っていますが、まともにお顔を見るのは、今日が初めてですね。

富岡　そうですね。

西部　僕はある新聞で「論壇時評」というのをやっていまして、特にこの一年ぐらいかな、富岡さんの書いたものをしばしば読んで、ある感慨を持っていたんです。それは、僕が福田恆存とか三島由紀夫とかを含めて、日本の戦後の広い意味での保守派の系譜というものに興味を持ち始めたのは、四十過ぎてからなんです。ところが、あなたは、非常に若いうちから……富岡さんは今おいくつでいらっしゃいます？

富岡　今年で三十一になります。

西部　ということは、もう既に二十代の後半から、そういうことをやっていらっしゃるわけで、自分がいかに成熟が遅いかを痛感すると同時に、さしでがましくも、富岡さんのような、そんなに早く成熟していいのかなあという心配も（笑）あったりしたんです。そのあたりからお話しいただけますか。

富岡　僕が、三島由紀夫に興味を持ったきっかけは、あの死からなんです。三島由紀夫が死んだのは一九七〇年ですから、僕はまだ中学一年生でした。実はそれまでは、三島由紀夫という作家自体を知らなかったし、もちろん小説も全然読んでなかった。だから白紙状態のところに三島という存在がいきなりああいう死に方で飛び込んできたわけです。あの日のことは、今でもよく憶えています。

ちょうど中学が昼ごろで終わって、教員がいやにザワザワと騒いでるのを憶えていて、家に帰ってテレビをつけたら、市ヶ谷でのあの演説風景が何回も録画で出ている。それで、そのまま呆然として見ていると三島由紀夫が割腹し、一緒にいた森田必勝という二十五ぐらいの青年に首をはねさせて死んだというんですね。その森田もあとを追って死んだと。それを見て異常なものというか、言葉では語りにくいようなショックを受けた。これは一体何なんだろうという素朴な驚きですね。

西部　あれはやっぱり衝撃だったよね。

富岡　ええ。あの日の夕刊もよく憶えてるんですが、ちょうど臨時国会が始まる時で、佐藤首相の所信表明演説かが本来トップで出ているはずが全部端になっていて、各紙とも大きく三島の割腹事件を報じ、朝日新聞には生首が二つ並んでいるのが出たり、僕なんかは戦争も戦後の混乱期も直接に知らずに、いわゆる高度経済成長の中で育ってきた世代で、あまり人間の死みたいなものがそういう形で露呈されるのを見た経験がない。それは子供だったせいもありますが、ともかく一人の日本人の作家があああいう形で死んだという驚きは、ものすごく大きかったですね。

だから自分にとって三島とは、文学作品よりもまずあの自死という事実。死に方とはすなわちその人の生き方であるとすれば、三島の生きざまと言ってもいいですが、いずれにしてもそこから三島の『文化防衛論』とか『太陽と鉄』とかを注目して読んだわけです。

西部　なるほどね。じゃあ、僕はあなたより十八も年上なのに、三島を巡るサイクルでいうと全く同じ系譜をたどったことになる。つまり僕にとっての三島というのも、やはり生首だったんです。ただ僕の場合は、あなたより十八年上ということがあったからかもしれないけど、三島の生首については、エキセントリックだという押さえ方がまずあった。僕自身はそのころ三十一だったのかな。自分の意識の中ではそのずいぶん前、おそらく二十四、五のころから、今でいえば保守を明確に志向してたんです。だから、潜在的には僕にとっての三島は自分を引き寄せる吸引力だったんだけれども、同時にあの死は、自分をはねつけるものでもあった。つまり、自分が志向する方向にこういうエキセントリックなものが待ち構えているならば、僕はそれはだめだと思ったわけです。エキセントリシティは避けた保守でありたいと。

僕が自分に、オレはどうしても保守なんだというレッテルを貼るのが、四十になるまで十年も遅れたのは、どこか三島のせいみたいなところがあるんです。

富岡　そうですか。

西部　十年もかかったのは僕が怠け者のせいでもあるんだけれども、ともかく十年かかって、そうだ、保守というのはそうエキセントリックなものじゃなくて、むしろ中心志向という意味でセントリックなものである。のみならず、そのセントリックな構えに大いなる面白さが秘められてもいるものなんだと思うようになったわけです。

そこであなたに伺ってみたいんですが、生首というのはずいぶんエキセントリックなはずだったと思うんです。エキセントリックなものは我々を引きつけるんだけれども、同時にくわばらというところがあるでしょう？　そのあたりの感情の仕分け方というのは、どんなふうに……。

富岡　エキセントリックなものに対する拒否の感情よりは、一人の作家が命を賭けて何かを語ろうとしたという驚きですね。というのも、当時、僕らの少し上の全共闘世代が学園闘争をやっていた。それを中学生ぐらいの視線で下から見ていた。六九年の安田講堂の闘争なんかもテレビで見ているんですよ。で、この人たちは大学解体と言ってるが、大学生をやってるわけで、月謝払って大学解体というのも面白いなというふうに（笑）、単純にそう思っていましたね。そういうなかで、三島というのは自分の肉体を棄てるというか、殺した。彼はやはり何かを語ろうとしたのであろうと。

西部　ああ、そうか。

富岡　考えてみると自分の十代というのは、死を賭けて何かを語るということへの驚きをどっかでずっと意識していたような気がします。その後、連合赤軍事件とかも自覚的にみて、いろいろ考えるようになったわけですが、僕はやっぱり三島の死の思想みたいなものを、こっちも生きていかなきゃいけないから、何らかの形で自分の中で克服というか……。

西部　迎え入れつつ、乗り越えるみたいなね。

富岡　ええ。乗り越える方向をおそらく探すために、三島について文芸評論というスタイルで書いたり、あるいは喋ったりしてきたような感じですよ。

西部　なるほどね。ちょっと自己弁護で言うと、僕が三島の生首から受けたエキセントリシティを嫌ったのは、おそらく自分が十九、二十のころに左翼過激派の運動に関わっていて、そういう自分の姿自身がエキセントリックだという自意識があったからだと思うんです。そういう自分を何とかしなきゃいかんと思って二十代を暮らしていたところへ、生首がきたもんだから、それでちょっと過剰に、このエキセントリシティをどうしょうと思ったのかもしれないんです。

富岡　エキセントリシティをいかに処理するかというのは、わかるような気がしますね。

ニヒリズムのはての絶対

西部　それはともかく、僕はずいぶん前に、全共闘世代のど真ん中にいた小阪修平君と対談したことがあるんです。その時もきっかけは三島論でした。僕の記憶では、彼はその後どこかで長い三島由紀夫論を……。

富岡　『文芸』で書きましたね。

西部　ええ。それを読んでみて感じたことは、小阪君に代表される全共闘世代の人たちには、戦後到達したニヒリズムの底知れなさみたいなものを三島がシンボライズしているという思いから、どうしても離れられないということがあるように僕には見受けられるんです。

つい先だっても、浅田彰君と島田雅彦君が『新潮』だったかで三島について対談していて、やはりテーマとして言うと、彼らの世代がたどりついたニヒリズムということでしたね。三島のニヒリズムをさらに突き抜けた、どうでもいいやという感じのニヒリズムを、その対談で表明していたように思うんです。

僕がとても気になるのは、ニヒルというのは人間誰しもあるし、戦後の価値崩壊、意味崩壊の中では、ニヒルは時代の顕著な風潮でもあるけれども、でも我々はニヒルな時代に生きていると表現することそれ自体は、既に自己矛盾を孕んでいるんじゃないかということなんですね。

富岡　というと？

西部　つまり、今はナッシングな時代だと意識することは、何かサムシングを空想している、願望しているということでもあるわけですよね。でなければ、わざわざオレたちはナッシング・インポータントだと言う必要もないわけでね。だから、仮にもし浅田彰君が本当の意味でのナッシングだというのならば、なぜ彼はわざわざ『新潮』の誌面に出てきて、ナッシングだと言ったのか。彼はおそらく自己矛盾にさらされているはずだと思うんです。

富岡　なるほどね。

西部　ところがあなたは、要するにサムシング・インポータント、何か重要なことを求めなければいけないのだということを、三島論なり福田恆存論なりで表明されている。あなたの世代でそういうことを表現するというのは珍しい現象なんでしょう?

富岡　僕の場合は三島をニヒリズムの帰結点としては必ずしも思ってない。

西部　そうか。

富岡　確かに三島にはニヒリズムが色濃くありますね。小阪修平とか浅田彰が言っているようなニヒリズムの不毛の中をとことんまでやってるけど、しかし重要なのはそこで終わってないということですね。つまり、サムシング・インポータント、西部さんが言ったような何かを渇望していた。三島はおそらく三十代ぐらいまでは、どっちかといえば妙に楽観的なところのあるニヒリストであって、ギリシャへの関心もそうですし、一種の相対主義的な考え方を持っていた。それが最後の五年ぐらいは、これは時代とも相関関係があると思うけど、非常に突き詰めた形で、ニヒリズムではもうだめなんだというところがあった。逆にすごく希望していった。だからその希望することの中で、ああいう自決のドラマを作ったというところが、むしろ怖いわけですよね。

西部　おっしゃる通りだと思うな。僕は最近、三島をほとんど全部読んだんだけれども、三島の言ったことはその通り受け取ったほうがいいと思ったんです。言葉というのはそう簡単にうそはつけないもので、例えば彼が絶対を垣間見ると言った時には、彼はやっぱり絶対が欲しいと思ってたんだと思うんです。だから、彼の旧友である澁澤龍彥はすぐさまそれをつかまえて、三島の死の直後に、「絶対を垣間見んとして……」というふうに三島論を書いた。それは確かにニヒリズムじゃないんです。

富岡　ニヒリズムではないですね。

西部　そう。僕はそこのところが、今度読んでみてよーくわかった。さきほど僕は、三島の死をエキセントリックと言ったけれども、ニヒリズムと言われている時代に生まれて育って生きて、でも、どうしても希望の極致にある絶対とかいうものを自分が想念して、それをずっと持ち永らえてた人としては、彼は実に普通の人であったと思うんです。そういう意味では、彼をおそるべき明晰の人だとか、反対におそるべき情念の人だとか言うけれども、彼の論理にも情念にも何らおそるべきものはない。これは決して三島の価値を貶める意味じゃなくて、高める意味で言ってるんだけれども、彼はごくごくわかりやすいし、もっというと、人並みに不明晰だし、人並みなコモンセンスに根づいていた人だと思う。

ただ、それじゃ、そういうおよそ人並みの人が、なぜ生首をさらすという、僕に言わせればエキセントリックなことをしてしまったのか。このことに関しては、僕はあれは三島の最後の親切かなという気がするんですよね。つまり彼は、戦後という言論や政治や文学の舞台が根本的なところで歪んでいることをよく知っていた。ところが誰もそれに気がつかない。それならば、自分は生首という歪んでエキセントリックな姿を晒すことを通じてしか、その歪みを人に自覚させることはできないと考えたんじゃないかと思うんです。

富岡　三島をニヒリストとして捉えてもそこからは何も出てこないですよ。西部さんが今おっしゃったように、彼は言われているようには明晰でも論理的でもないし、まあ、かなりファナティックなものはあったと思うけれども、情念に溺れるような人でもない。やはり正直だったということだと思う。それが、彼があういう形で戦後史の空間の中に自分を追い込んでいった、一つの大きな要素になっていますね。

三島由紀夫と福田恆存

西部　明晰と言うと、僕は戦後知識人で言う限り、やはり怖いぐらい明晰なのは福田恆存だと思うんです。いや、怖いぐらいと言うのはちょっと違うな。何かすごく安心できる。本当に鋭い明晰さかな。僕は四十過ぎて福田恆存を読んでね。非常に明晰なんでこれで安心できると思った。

富岡　三島と福田恆存は実に不思議な関係ですね。三島を語る時、福田恆存を抜きにはできない面があると思うんです。

西部　そうですね。

富岡　その話に入る前に、西部さんが『海燕』（十二月号）に書いた三島論に触れておきたい。西部さんは、三島というのは伝統ということをしきりに言いながら、結局、自分の言葉が伝統というものにつながっていることすら信じられなくなり、伝統放棄に陥り、最終的には肉体まで放棄する形になったとお書きになっている。しかし、伝統の中にはもう少し平均感覚というか、言葉だけじゃなく習慣とか生活の現実とか色々なものがあるわけだから、三島も例え信じられなくても信じちゃえばよかったんじゃないかと最後のほうに書かれていますね。あそこが僕が読んだ一つのポイントです。

例え三島が伝統というものを信じられなくても、虚構としてでもいいからそれを信じる可能性をなぜ追い求めなかったのか。僕はあれを、三島論というよりは、西部邁の自分の宣言というか、生き方の覚悟の表明だと思って読みましたが……。

西部　それは本当にそうで、僕はこう思ったんですよ。へんな言い方だけど、男が女を信じられるか、親が子を信じられるかと考えていくと、信じられないことばかりですよね。この信じられなさは別に僕が初めて到達した境地ではなくて、千年前にも二千年前にもあったわけです。そして、言ってみればそういう不信の中から信を求める態度、チェスタトン的に言うなら、信じ難いことを信じようとすることが徳なのだという思いが、実は伝統としてずっと続いてきたんじゃないかと思ったわけです。つまり、言葉遣いもマナーもしきたりも、信じられない中でみんながなんとか生きていくためのすべとして、残されてきたものじゃないかと。

そう思ったら、僕はものすごく安心できた。ともかくこれで、なんとかエキセントリックじゃない生き方ができると思った。それが僕のいう伝統の根本であって、君が代でも日の丸でもないというのはそういう意味なんです。

富岡　三島論を読んで思ったのは、西部さんのは伝統主義じゃない。あなたの言う〝伝統〟とは一種の生き方の切り開き方なんですね。

西部　それを読み取ってもらえたのは本当にありがたいな。

富岡　それでさっきの福田恆存の話ですが、彼が今度出した全集に、非常に面白くて含蓄のある覚え書を書いてますね。語っちゃえば簡単なんだけど、それをわざと語らず、ものすごく削って書いたいい文章なんです。その中で福田さんは、森鷗外の小説『かのように』を引っ張ってきて語っているところがある。『かのように』は、明治の擬似宗教国家の中で青年が出てきて、例えば国家にしろ共同体にしろ、あるいは超越的なものにしろ、存在する〝かのように〟思わないといけないんじゃないかということを一生懸命語っている。でも、これは僕の解釈ですが、鷗外はそこで、オレは〝かのように〟でよかったんだろうかとどんどん迷っちゃって、ポテンシャルが落ちていく。ところが福田さんは、自分はむしろ逆で、神にしろ国家にしろ家族にしてもそういう〝かのように〟仮説、フィクションを信じると。フィクションはすべて事実であり実在であると。そう言いたいんだと思うんです。そうすると、西部さんが言う伝統というのは、やっぱり福田さん的な意味での〝かのように〟ではないか。

西部　〝かのように〟の哲学については、僕自身、天皇をいかに解釈するかということに関連して、ある雑誌で書いたことがあるんです。〝かのように〟というのは、ハンス・ファイヒンガーが言ったのを鷗外が受けて使った哲学ですが、僕は天皇というものは、〝かのように〟の哲学として、つまり神であるかのように思うと書いたんです。

で、今の富岡さんの話に戻ると、福田さんは、〝かのように〟というのはフィクションだけれども、ギリギリの地点で立てたフィクションならば、命を賭けて信じてみせようではないかというふうに言ってるんですね。

富岡　それが言葉だと。

西部　僕は彼の言うことがすごくわかる。でも、福田さんや三島からみれば、山の裾野を徘徊している人間に過ぎない僕なんかからすると、こういうことも思ったんです。つまり、〝かのように〟のフィクションをギリギリの地点で立てた以上信じてみせようと言った時に、福田さんはそこに命を賭けてという厳しさを求めているけど、僕には、一旦思った以上信じてみることは楽しいんだという感じがしたんです。

例えば、今、僕と富岡さんは〝かのように〟の哲学についてこうやって喋っている。それと同じように、酒の上で、食事の上で、つまり日常生活の中で、そのフィクションについて信じて言葉を紡ぐことが、ほとんど唯一の人生の快楽なんだというふうに、僕は言いたくなったわけです。その時に僕はチェスタトンにぶつかったんですけどね。

富岡　なるほど。

西部　つまり、ちょっと比喩的に言うと、福田さんはすごくスリムでしょう。カミソリのような人といわれるけど、本当に体自身がカミソリのように贅肉がないわけ。さっきの三島由紀夫論とも関係があるけど、三島由紀夫は贅肉を持っている人間を怠惰だとして軽蔑して、自分の筋肉を鍛え上げようとした。福田さんは贅肉がつかない人間だから、もともと贅肉について思いを寄せようとしなかった。

ところで僕なんかは、三十過ぎから贅肉がついてきて、この通りたっぷりでしょう（笑）。それで、この自分の贅肉の中に、ある種のユーモアというものが蓄積できるのかもしれないと思ったわけです。つまり、フィクションについてギリギリの地点での面白さを紡ぎ出していくというふうに考えると、人生も社会も国家もけっこう贅肉だらけで、でもトロトロと溶けるような脂肪の味わいのようなものがあるのかもしれない（笑）。保守というのはそうなんじゃないかと考えると、さらに生きやすくなる。

富岡　三島は贅肉がいやだったんでしょうね（笑）。おそらくそれで三島は福田恆存に、おまえは西洋と闇取引だったか密通だったかしてるというようなことを、晩年にいきなりズバッと言ったらしい。つまり三島には、〃かのように〃信じてやっていく、それをまた言葉で還流していくという福田さんの考え方が、西洋的なものに映って耐えられなかった。

三島というのは、西洋的なものにすごいスピードで飽き飽きした人で、伝統主義者のようにも言われているけど意外にそうでもない。伝統を本当のところで投げ捨ててあいう自死に至った一つのポイントは、そのあたりにあったのではないかと思う。

神学的心性に欠ける日本人

西部　僕は僕なりに西洋と密通しているところがあって、気持ちの上でも論理構造としてもそうなんです。西洋の象徴の体系といえば、神様とか教会ですよね。彼らは、その神様とか教会とかのために、積年にわたっておそるべき殺し合い裏切り合いをやり続けているということがあるわけです。僕が西洋に対して思いを入れているとしたら、その一点だけなんです。日本には裏切りも亀裂も分裂もなかったというふうに考えてしまうと、瞬く間に同質でアメ玉のようにベターッとくっついた日本という文化共同体を想念することになる。その象徴としての天皇、というような論理に巻き込まれていくわけね。僕が三島が不明晰だというのはその点なんです。

富岡　それは重要なことだと思います。僕は最近、西洋派なんですよ（笑）。少し前に内村鑑三を書いた時、キリスト教にぶつかったんですが、僕は内村の苦闘を通して、結局、近代日本には超越とか絶対に対しての感性の訓練が全くないということがわかった。つまり神学がない。これは大木英夫という神学者が言ってるんだけれども、日本の教育というのは明治以降、ドイツの大学を真似たけれども、神学部は切り捨てている。この神学部の切り捨ては、あたかも大脳前頭葉の一部が異常人間をつくり出すように、ヨーロッパの深層にたいする感受性のない人間をつくり出したと。僕は日本の近代と近代化の最大の問題点はそこにあると思ってます。これは自分の内村論の冒頭にもふれたんですが、明治四年の岩倉使節団に同行した久米邦武の『米欧回覧実記』に書いてあるんですが、ニューヨークのバイブル会社に行って、聖書が文化とか文明の根本にあるんだよといろいろ説明されても、彼らはこれは白痴のたわごとだと思うっていう受け入れ方なんです。

近代日本人というのは、超越とか三島の言う絶対に対して必ずそういう受け入れ方をしてきた。明治近代化から百二十年を経た今、そのツケというのが非常にたまってきている。天皇の問題なんかでも結局、僕はそこだと思うんです。

西部　おっしゃる通りだと思いますね。やっぱり超越とか絶対を思うためには切実な根拠がなきゃいけないわけで、仮に我々の社会に分裂も亀裂も裏切りも敵対もなければ、わざわざ超越だ、絶対だと思う必要がないわけです。で、僕には、それを思いたいという気持ちが自分の中にあるわけですが、オレはなぜ思いたいかというと、こんな小さな島国の中でも、男と女、親と子、文学者と社会科学者という具合にズタズタに切り裂かれていて、結局のところ、誰も何も信じられない。そういう不信の中で信を求めたいということなんですね。超越とか絶対とかがある〝かのように〟思いなしていくと、僕は天皇の必然性がわかるような気がしたんだな。

富岡　そうですね。やはり、日本人の神学の欠如、超越に対する訓練やメンタリティのなさがいちばん問題だと思うんですよ。最近、共同体という言葉がよく出てますね。例えば浅田彰なんかが、批評とは共同体の外へ出ることだとカッコいいことを言ってるんですけど、何のことだかよくわからないし、面白くない。なぜかというと、彼は簡単に共同体と言ってるけど、はたして日本に本当に西洋的な近代市民社会のような共同体があったのか、あるいは超越というものを括り込んだところでの共同体意識があったのかというところまで考えてないからです。だからそこから出るとか出ないとか言っても、あまり意味がない。もう一回コマを戻して、最初のかけちがったボタンのところまで戻って考えてみないといけないと思う。

西部　本当にそうですね。

富岡　それから文化人類学者の青木保さんが、最近、文化の〝アムネジア〟つまり記憶喪失ということを言っていますね。文化とか共同体というものは、ナショナリズムに陥りやすくって、それで対立が起きるので、とりあえず文化とか共同体に対して記憶喪失をする。それがモダンからポストモダンのパラダイム変換と今後の国家のモデルになるとか言ってる。僕はこういうのも非常に楽天的な議論に思えてしょうがない。

西部　そうね。でも、これは彼自身が認めているんだけれども、かなりポリティカルな表現でもあるんですよね。彼だって、人間が言葉を持ってる以上、ある時代に生まれている以上、文化も何もかも投げ捨てるなんてことができないことはわかっているわけです。ただ彼は、みんなが文化や共同体にこだわりすぎるとよけいなフリクションばっかり起こるから、ともかくこれを記憶喪失に陥らせて、自分には共同体も文化もなかったんだとひとまずしなければ、ちゃんとコミュニケーションが成り立たないんじゃないかと言ってるわけです。その気持ちはよくわかるんだけれども、でも僕はそういうポリティックスは今はまず不必要だし、若干有害だと言いたいね。

富岡　むしろ、有害じゃないかと。というのは、そういう思考は一種の相対主義の泥沼の中を回っているだけで、モダンからポストモダンに移行したといっても、根本の構え自体は変わってないと思いますね。

西部　青木さんの話に戻すと、A文化とB文化が自分の文化にこだわるために熾烈な戦いを起こす、それはもうしんどいからAもBもなかったことにしようというのは、いっときのポリティックスとしてはありえても、でもそれはインポッシブルを運命づけられているポリシーなわけね。人間が生きてる以上、所詮Aであり Bなんだから、それなら我々は断固として、AとBを差し当たり媒介するCにたどり着く努力をしなきゃいけないと思うわけ。そしてそのCの上にD、Eと連ねていって、単純論理でいうと、最後の最後に何か超越といったものが出てくるという方向を追い求めるべきであって、しんどいから無にしちゃおうというのは、やはり僕は認められないな。

富岡　僕は文化人類学者に根本的に疑問を抱いているところがありまして、文化人類学者というのは人類に文化を与えない人たちなんじゃないか（笑）。そういう偏見も持っている。天皇の問題にしても、以前から山口昌男さんなどが色々言ってますが、文化人類学的な位相でいつまでも議論してってもしようがないんじゃないか。もっと神学的な視点から天皇の問題というのを捉えなきゃいけないと思うんです。

西部　僕は、文化人類学者というのはびっくりするぐらいフィールドワーカーだと思うんですよ。つまり、彼らにとっては文化というのはいつも自分の外にあって、それをフィールドワークして、社会とか国家とか人間とかを分析する。そのあげく、そこが一種の窒息状態のように見えてきて、それから外部へ逃れようというふうに言うわけね。僕なんかからすると、どうしてそういう論理が出るのかわからないんですよ。というのも、僕なんかは自分が言葉を持ってるせいだと思うんだけど、自分自身が実は文化のフィールドだと思ってるわけです。つまり、自分自身の中に文化も人間も社会もあるし、天皇もホッテントットもいるし、天国と地獄もあると。

富岡　その通りだと思いますね。

西部　うん。だとすれば、自分の中にある未開の文明とかいうものを、最後にどうすればバランスが取れるだろうかというふうにしか考えられないんだな。そのバランス感覚のやり方を、福田恆存は特に戦後の十年間において指し示そうとしたんですね。それ以後、彼は進歩的文化人との戦いの戦場に出向いていったわけです。彼の戦いはあるいは戦前から始まっていたのかもしれないけど、彼の文芸批評というのは、すごく鋭利な平衡感覚ですね。

富岡　日本で文芸批評というと小林秀雄がいますが、結局、福田さんの文芸批評というのは、言葉は適当じゃないかもしれないけど、戦いのための、しかも捨て身の文芸批評なんですね。だから、彼の文章は、ある意味では戦いの傷を受けて満身創痍の文章ですね。小林秀雄みたいな珠玉の一編も、これが福田恆存の文学作品であるというものも、ない。すべて……。

西部　散文で、退屈といえば退屈（笑）。

富岡　そう（笑）。でも僕は、珠玉の一編も文学作品もむしろないところに、福田の意味というか、戦後というか、近代化の問題が如実に現れていると思う。福田恆存からすれば、たぶん、小林秀雄というのは向こうで動かないで座っててくれという感じだったと思います。で、あとはオレが全部やるんだというところで彼は戦った人だと思う。

西部　同感ですね。

富岡　内村鑑三を書いてて副産物で面白かったのは、昭和十年前後に書いてた人で井上良雄という文芸評論家なんです。平野謙が戦後になって再発掘した人で、『芥川龍之介と志賀直哉』とかごくわずかしか書いてないんですが、とっても鋭い評論家なんですね。ところが彼は、文芸評論の筆を折って、カール・バルトの翻訳家になる。

　僕は今度、内村を考えていて、井上がなぜ文芸評論をやめたのかがよくわかった。つまり彼は、日本人にとって神学の思考というのが根本的に落ちているんだ、そういう状態で近代化をいくらやったって異常人間や異常社会ができるだけだと、おそらくはっきりとわかってたんだと思うんですね。もちろん平野謙はそれが全然わかってなかったと思う。井上はそれがわかってたから、文芸評論の筆を折ってバルト神学の翻訳家になったんだと思います。

西部　よくわかる。

富岡　福田さんはロレンスとかを持ってきて別の形で言論戦を展開したが、そのあたり井上なんかの努力もふくめて、日本の文芸評論家というのは捨てたもんじゃないないというかね。ただ、みんな捨て石というか踏み石のような形でしかできなかった。今後、そのことも含めて非常に問題になるんじゃないかという気がするんです。

西部　よくわかる。僕はトマス・アクィナスのような神学を書けもしないし、書く準備も気力もないけど、論理の組み立てからいうと、日本には天皇がおられるけど、天皇神学がないということが問題ですね。非常にファナティックなものや、美濃部達吉的な政治学の援用みたいなことはあったけれども、人間の魂から前頭葉の先端の屁理屈に至るまで全部引き受けてやってみせるという神学の体系を、日本人は準備しなかった。そのことの脆弱さが大問題だと、僕もだいぶ前から思っていて、僕が福田さんが好きだったのは、彼もそのことをわかってたと思うからなんです。

富岡　当然わかったと思いますよ。

散文的健全性の必要性

西部　これも福田論に関連してなんだけれども、ケインズがイギリスの歴史を踏まえながら、散文的健全性ということを言ってるんです。イギリスの歴史家とか哲学者とか経済学者の書いたものは、一見退屈なんですよ。グチャグチャ書いてて鋭さがない。でもそれを読んでいるうちに、何か重要なものが川底に沈んで砂金が残ってくるみたいな、そういう文章があるんです。それをケインズは散文的健全性と言ってて、われわれはそういう文化を大切にしなきゃいけないと言ってるんです。

僕が福田さんの文章を読んで感じるのは、この散文的健全性なんです。確かに珠玉の名編はないし、ちょっと退屈だけれども、何かジワッと残るようなものがある。おそらく彼は意図的にそれを狙ったんだと思う。だから僕は、日本人は珠玉の名編とか鋭いもの、エキセントリックなものをずっと求めてきたけれども、それを吸引し排泄して、かつて福田さんが念願したであろう散文的健全性というのかな、つまり、この世が退屈でも、退屈なものともきちっと付き合っていると、いろいろ重要なことが砂金の粒として川床に積もらないとも限らないんだという落ちついた精神みたいなものが、そろそろ出てこなきゃいけないと思う。出てこなければ、こんな文化は屍みたいなものだというところに差し掛かっているという気がします。

富岡　本当にそうだと思いますね。

西部　それからもう一つ、神学の話からいうと、トーマス・エリオットの戯曲『カクテル・パーティー』の中にアリバイ論というのがあるんです。要するにアリバイというのは不在証明ですね。で、僕なりの理解でいうと、人間は必死になって神の不在や絶対の不在を証明しようとしているわけだけど、何ゆえそんなに必死になって神や絶対の不在を証明しなきゃいけないんだろう。絶対は不在だということをひたすら証明するというのは相対主義だけれども、でもこんなに相対主義によって絶対の不在を証明するからには、よほど絶対のことが気になっていて絶対が大事なんだろうということになるわけです。福田さんはそういうふうに追い込んでいってるんですね。

富岡　それは福田さんの中に一貫してありますね。それと西部さんが言った散文的健全性だけど、福田恆存という人は確かに戦後、そういうところで戦った人で、その戦い方はどっかで忍耐しながらなのか、それとも戦い自体を一種の快楽にしていたかのどっちかわからないんだけれども、いずれにしても僕は、福田さんの中には苦虫をかみつぶしたようなところがあるような気はする。

西部　表現されたものはまさにそうなんだけど、ただ彼はある人との対談で、自分は安楽椅子のペシミストだと言ってるんですね。つまり、そういう意味じゃすべて悲観してるんだけれども、フンワカした安楽椅子にいると。

富岡　安楽椅子のペシミストなんてすごい言葉だ（笑）。

西部　たぶんそれは彼の最後の境地だと思う。それで僕は、自分にたいする希望的な脚本として言うと、福田さん的な安楽椅子のペシミズムを取る気はないんです。いや安楽椅子でもいいけど、でき得るならば、ナポレオンがヨーロッパの戦場のど真ん中に椅子を置いて、そこに座って指揮したように、せめてその安楽椅子を戦場のど真ん中に持っていきたい（笑）。持っていかざるを得ないのが、我々の世紀末なり新世紀における必然じゃないかなという気がする。

富岡　戦場が成立すればいいけれどもね（笑）。今の日本人のメンタリティの中には、例えば、天皇は神か人間かを問う基盤はまずないですね。三島にもそういう神学的な思考力は結局なかったんじゃないかと思う。ないからこそ彼は、絶対を死に置き換えたわけです。悪い言葉でいえば詐欺をやった。いや、やらざるを得なかった。

西部　おっしゃる通りです。

富岡　『太陽と鉄』にそれははっきりと出ていますね。三島ですらそうで、福田恆存はそれを横目でずっと見ながら安楽椅子に座っていたわけで（笑）、この二人というのは実に好対照で面白いんだけれども、後の世代としては三島の道も困るし、福田恆存の位置にとどまるんでもちょっと前進がない。やはりそこからもう一つコマを進めなくては面白くない。そんなことを最近思っているんですけどね。

西部　僕は論理的には三島に批判的だけれども、心情的にはわかるんです。彼は戦争が終わった八月十五日の空を〝絶対の青空〟と言っていて、あの日は確かに青空だったんだけれども、とにかく彼が人間とか家とか酒場とかを超えた、あの日の青空のような絶対的なものを希求していたことを考えると、幾分せつなくなるんだなあ。自分の中にも確かにそういうものを希求する部分があるから。

富岡　それはしかし、〝かのように〟とは矛盾対立しますよね。

西部　そうなんですよねえ。

富岡　僕は日本の近代思想家で鷗外と鑑三をくらべると、前者は〝かのように〟で、後者は〝青空〟。単純に言いますとね。自分はどっちに行くか、これからゆっくり考えたいと思ってますが、どうも〝かのように〟では日本人の魂は支えきれないんじゃないかという気がしますね。それが現在はっきりあらわれているのではないか。

西部　僕は自分の中に両方ある〝かのように〟と〝絶対の青空〟の矛盾対立を説明するために、扇子を思い浮かべてこういう屁理屈を考えたんですよ。つまり扇子というのは、開いたり閉じたりするものでしょう。広げると左右の端が離れるけど、閉じちゃうと一本の棒になっちゃうわけ。それで僕の保守の精神というのは、扇子をいろんな角度に開いたり閉じたりして、自分を〝かのように〟かなと思ったり、〝絶対の青空〟かなと思ったりする平衡感覚だという気がするんです。

富岡　わかるなあ。閉じたままだと三島になっておだぶつになっちゃうんで、また開くか。だから僕は、仏教的にいえば親鸞の行って帰るじゃないけれども、青空なら青空へ行ってもまた戻ってくるという運動性というか、意識の健康みたいなものが出てくれば、けっこう日本の近代も捨てたものじゃないのではないかと思う。

西部　今おっしゃった健康さというものはないわけではないんですね。それは庶民です。僕は愚かで不健康な人々を唾棄すべき大衆と呼び、健康的でバランス感覚を持った庶民とは区別して、ことあるごとに大衆批判をしてきてるんだけど、僕が批判すると、唾棄すべき大衆の中にも、たちどころに健康な庶民の顔を示してくれる人たちがいるわけね。そうすると僕は、うん、やっぱり見捨てたもんじゃないと思うわけです。

富岡 例えばドストエフスキーがしきりにナロードと言ってるでしょう。彼は一八八〇年の世紀末にプーシキン記念講演で、一方にキリストがいて一方にナロードがいて、ヨーロッパとスラブそして全世界の矛盾の全調和をはかるのがロシア人の精神的な使命だというようなことを言う。ほんとうの意味での近代にぶつかったならば、結局どこかでそういうものを信じないと進めない。それをドストエフスキーにしろトルストイにしろやってきたんじゃないか。日本の知識人はいちばんそれをやってないということが、問題なんだと思いますね。

この対話の二年後に、私は東西統一を果たした直後のドイツに赴きソ連の崩壊などを見聞しつつ一年程過ごし、帰国後、二十世紀最大の神学者といわれたカール・バルトを書くための準備を進めていたが、西部氏に創刊する『発言者』への執筆依頼を受けたことは私にまた新たな批評の分野の開拓となった。以後、西部邁は私にとって「氏」ではなく「先生」となった。『発言者』、『表現者』を通しての二十三年間は、『発言者』の最終号に記された課題「『近代主義の超克』への果てしなき試み」を展開する思想家・西部邁先生との対話の日々であった。

日本の「戦後」とはいうまでもなく一九四五（昭和二十）年八月の敗戦、占領にはじまる七十余年であるが、「平和」や「民主」や「自由」といった無数の空語に覆われたこの言論空間は、明治維新以降の近代日本の延長にある。戦後の「虚妄」とは、すなわち近代主義そのものと骨がらみになった、われわれの姿に他ならない。維新からおよそ七十年を経た昭和十年代に、日本人は西洋化とその啓蒙主義思想から脱却する日本「思想」の模索を為した。敗戦・占領から七十年を経て、今ここにどんな日本人の思想的営為があるのか。それを考えると、自身の無力を含めて忸怩たる思いに捕らわれるが、本書に収めた状況論が根底とするのは、近代・戦後の超克のための思想的道筋である。西部先生との対談のなかで語った「神学的心性」を、私はその言葉の営為のための重要な補助線として今日に至っている。

西部邁先生に改めて深く御礼申し上げるとともに、『発言者』、『表現者』でお世話になった多くの方々、執筆者、そして西部事務所を支え頼りなき編集長を支えてくださった西部智子さんに心より感謝の意を表したい。

最後になったが、中央大学フランス文学科以来の畏友である志賀信夫君の尽力によってこの本が刊行されることを有難く思う。また、出版事情の困難のなか本書の刊行を勧めていただいた論創社社長の森下紀夫氏に感謝申し上げげたい。

平成二十九年八月十日

富岡幸一郎

富岡幸一郎（とみおか・こういちろう）
1957年東京生まれ。文芸評論家。関東学院大学国際文化学部比較文化学科教授、鎌倉文学館館長。中央大学文学部仏文科卒業。第22回群像新人文学賞評論部門優秀作受賞。
著書『戦後文学のアルケオロジー』（福武書店 1986年）『内村鑑三 偉大なる罪人の生涯』（シリーズ民間日本学者15：リブロポート 1988年／中公文庫 2014年）『批評の現在』（構想社 1991年）『仮面の神学 三島由紀夫論』（構想社 1995年）『使徒的人間 カール・バルト』（講談社 1999年／講談社文芸文庫 2012年）『打ちのめされるようなすごい小説』（飛鳥新社 2003年）『非戦論』（NTT出版 2004年）『文芸評論集』（アーツ・アンド・クラフツ 2005年）『スピリチュアルの冒険』（講談社現代新書 2007年）『千年残る日本語へ』（NTT出版 2012年）『最後の思想 三島由紀夫と吉本隆明』（アーツアンドクラフツ 2012年）『北の思想 一神教と日本人』（書籍工房早山 2014年）『川端康成 魔界の文学』（岩波書店〈岩波現代全書〉2014年）。共編著・監修多数

虚妄の「戦後」

2017年9月20日 初版第1刷印刷
2017年9月30日 初版第1刷発行

著　者　富岡幸一郎
発行人　森下紀夫
発行所　論 創 社
〒101-0051 東京都千代田区神田神保町2-23 北井ビル2F
TEL：03-3264-5254 FAX：03-3264-5232 振替口座 00160-1-155266
装幀／宗利淳一
印刷・製本／中央精版印刷
組版／フレックスアート
ISBN978-4-8460-1638-8 © Koichiro Tomioka, printed in Japan
落丁・乱丁本はお取り替えいたします。

論　創　社

吉本隆明質疑応答集①宗教◉吉本隆明

1967年の講演「現代とマルクス」後の質疑応答から93年の「現在の親鸞」後の質疑応答までの100篇を吉本隆明の講演などを参考にして文章化し、7つのテーマのもとに編集。初めての単行本化。　本体2200円

吉本隆明質疑応答集②思想◉吉本隆明

1967年の講演「現代とマルクス」後の質疑応答から93年の「現在の親鸞」後の質疑応答までの100篇を吉本隆明の講演などを参考にして文章化し、7つのテーマのもとに編集。初めての単行本化。　本体2200円

「反原発」異論◉吉本隆明

1982年刊の『「反核」異論』から32年。改めて原子力発電の是非を問う遺稿集にして、吉本思想の到達点！『本書は「悲劇の革命家　吉本隆明」の最期の闘いだ！』（副島隆彦）　本体1800円

述5――反原発問題

原発は美術・思想・社会・運動・文学・サブカル・写真・演劇などでどのように描かれてきたのか。岡崎乾二郎、土井淑平、黒古一夫、奥泉光、いとうせいこう、絓秀実が縦横無尽に論じる。　本体1900円

原発禍を生きる◉佐々木孝

福島第一原発から約25キロ。南相馬市に認知症の妻とともに暮らしながら情報を発信し続ける反骨のスペイン思想研究家。震災後、朝日新聞等で注目され、1日に5千近いアクセスがあったブログ“モノディアロゴス”、待望の単行本化。　本体1800円

戦後日本の思想と運動◉池田元

「日本近代」と自己意識　国家や政治を、民衆心性の反映、民衆の共同幻想であると捉え、天皇の戦争責任、住井すゑの戦争責任、丸山眞男と全共闘、尾崎豊と吉本隆明。三里塚闘争、秩父事件などを論じる。　本体3200円

鬼才 いいだもも◉いいだもも

天才的才能と様々な「伝説」と波乱の人生に彩られた希代の革命家・思想家いいだもも。「いいだももさんを偲ぶ会」での追悼の挨拶、配布された追悼文や資料、いいだもも最後の年頭挨拶などをまとめたもの。　本体1500円

好評発売中

論　創　社

恐慌論◉いいだもも

先駆者・宇野弘蔵の恐慌論を吟味しつつ、マルクス資本論体系の内在的把握を試み、シュンペーターら近代経済学の成果をも大胆に取り入れ、新たな“恐慌論”の創出をめざす世界変革の書。　本体 13000 円

ハンナ・アーレント講義◉ジュリア・クリステヴァ

トロント大学で行われた五回にわたる連続講義の記録。〈生〉というアーレントの核心的概念の綿密な解読と情熱的な〈語り方〉で種々の誤解からアーレントを解き放ち現代の課題を引き受けるべく誘うアーレント講義。　本体 2500 円

日本の虚妄 増補版◉大熊信行

戦後民主主義批判　戦後民主主義の虚妄と真実。2009 年、この国の「いま」が果して本書を否定できるのか？『国家悪』、『家庭論』の著者による問いかけは、いまも新しい！　本体 4800 円

収容所文学論◉中島一夫

この息苦しい時代は「収容所」と呼ぶのに相応しい。気鋭が描く「収容所時代」を生き抜くための文学論。石原吉郎や志賀直哉、現代文学の旗手たちである村上春樹。そして現在の状況。縦横無尽の批評にする、闘うための「批評」の書。　本体 2500 円

昭和文学への証言◉大久保典夫

私の敗戦後文壇史　文学が肉体を持ちえた時代を生きとおした“最後の文学史家”による極私的文壇ドキュメンタリー。

本体 2000 円

圧縮批評宣言◉可能涼介

劇詩人、可能涼介が描く批評集の誕生。世紀を跨いで、文学、音楽、演劇など軽やかなフットワークで放たれる切れ味ある圧縮批評！　付録として島田雅彦との対談「大作家の条件」、絓秀実、鴻英良らとの座談会を収録。　本体 2200 円

戦後派作家梅崎春生◉戸塚麻子

戦争の体験をくぐり抜けた後、作家は“戦後”をいかに生き、いかに捉えたのか。処女作「風宴」や代表作「狂い凧」、遺作「幻化」等の作品群を丁寧に読み解き、その営為を浮き彫りにする労作。　本体 2500 円

好評発売中

論　創　社

透谷・漱石と近代日本文学◉小澤勝美

〈同時代人〉として見る北村透谷と夏目漱石の姿とはにか。透谷、漱石、正岡子規、有島武郎、野間宏、吉本隆明など、幅広い作家たちを論じることで、日本の近代化が残した問題を問う珠玉の論考集。　本体2800円

漱石の秘密◉林順治

『坊っちやん』から『心』まで　作家漱石誕生の原点である幼少年期を、漱石作品、時代背景、実証的な研究・資料の検討、そして実地調査も踏まえて再構成しつつ、そのトラウマと漱石の謎に迫る好著。　本体2500円

林芙美子とその時代◉高山京子

作家の出発期を、アナキズム文学者との交流とした著者は、文壇的処女作「放浪記」を論じた後、林芙美子と“戦争”を問い直す。そして戦後の代表作「浮雲」の解読を果たす意欲作。　本体3000円

増補新版　詩的モダニティの舞台◉絓秀美

日本近代詩から萩原朔太郎へ、戦後詩の鮎川信夫や田村隆二、68年の天澤退二郎や吉増剛造、寺山修司、そして現在へと至る詩人たちが、詩史論に収まりきらない「文学」や「批評」の問題として描かれる。　本体2500円

無言歌——詩と批判◉築山登美夫

3.11以後、書き継がれた詩と思考のドキュメント。長年に渡り詩の創作に携ってきた著者が、詩人吉本隆明を追悼する論抄も収録。

本体3000円

あのとき、文学があった◉小山鉄郎

「文学者追跡」完全版　記者である著者が追跡し続けた数々の作家たちと文学事件。文壇が、状況が、そして作家たちが、そこに在った。1990年代前半の文壇の事件を追い、当時「文學界」に連載した記事、「文学者追跡」の完全版。　本体3800円

リービ英雄◉笹沼俊暁

〈鄙〉の言葉としての日本語　数々の作品を論じることによって現れる「日本人」「日本語」「日本文学」なるものの位置と、異文化・異言語への接触の倫理性。台湾で「日本語教師」をする著者が描く渾身の文芸評論。　本体2500円

好評発売中